골든 프린트

—

1

골든 프린트 1

지은이 은재
펴낸이 임상진
펴낸곳 (주)넥서스

초판1쇄 발행 2020년 9월 15일
초판2쇄 발행 2020년 9월 21일

출판신고 1992년 4월 3일 제311-2002-2호
10880 경기도 파주시 지목로 5
Tel (02)330-5500 Fax (02)330-5555

ISBN 979-11-90927-57-4   04810

이 도서의 국립중앙도서관 출판예정도서목록(CIP)은 서지정보유통지원시스템
홈페이지(http://seoji.nl.go.kr)와 국가자료공동목록시스템(http://www.nl.go.kr/
kolisnet)에서 이용하실 수 있습니다. (CIP제어번호 : CIP2020035389)
www.nexusbook.com

은재 지음

첫걸음

골드 프린트

GOLDEN | PRINT

1

─── 디자인을 완성시킬 단 하나의 선, Golden Print ───

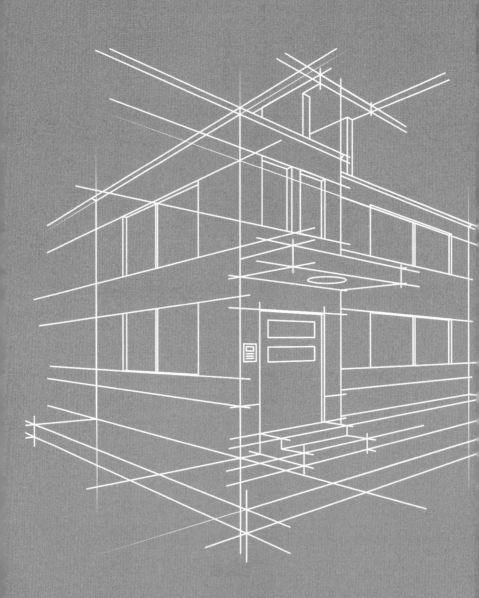

차례

Prologue ··· 6

디자인이 하고 싶었다. 세상을 내가 만든 멋진 것들로 채우고 싶었다. 내 바람은… 단지 그것뿐이었다.

"양심은 있냐?"

"예?"

"단지 '그것뿐'이라기에."

"…."

"차라리 김 주임처럼 매주 로또나 한 장씩 긁어봐, 서 소장. 그게 조금은 더 생산적일 것 같은데."

후우-

한숨 섞인 탄식이 입술 사이로 새어 나오며, 까만 연기가 허공으로 흩어진다. 순간 말을 잃은 우진을 향해, 권 실장이 한마디를 덧붙였다.

"실없는 소리 말고, 빨리 퇴근이나 해, 짜샤. 내일 L시네마 현장 감리 가야 되는 거 알지?"

"예, 예. 나이가 먹으니, 헛소리가 느나 봅니다."

등짝을 팡팡 두들기는 권 실장을 힐끔 보며, 우진은 피식 웃고 말왔다. 얄미운 표정으로 능글거리기는 해도 그의 곁에 몇 남지 않은, 미워할 수 없는 사람 중 한 명이었다.

"어우, 졸려 뒤지겠네. 딱 내년까지만 현장 다니고, 은퇴하든지 해야겠어."

권종우의 말을 들은 우진은 어이없는 표정으로 대꾸했다.

"실장님도 퍽이나 현실적이십니다."

"크크, 내가 적어도 네 녀석보단 현실감 있는 편이지."

치이익-

불이 채 꺼지지 않은 담배를 재떨이에 털어낸 우진과 권 실장은, 사무실로 내려와 퇴근 준비를 하였다. 그리고 재빨리 짐을 챙긴 그는, 꾀죄죄한 배낭을 메고 내 앞을 지나 사무실을 나섰다.

"태워줘?"

"아닙니다. 오늘은 약속이 있어서….."

"구라 치지 말고."

"거참, 진짭니다."

"알겠다. 그럼 오늘은 나 먼저 간다?"

우진을 향해 피식 웃어 보인 그는, 다시 걸음을 옮겨 사무실 문을 나섰다.

끼이익-

그런데 그 순간, 뭔가 잊었던 사실이 떠오르기라도 한 양, 권 실장이 우진을 슬쩍 다시 응시하였다.

"야, 서우진이."

"예?"

"디자인, 그거 뭐 별거 있냐?"

"…?"

"네가 만날 하는 그거. 그게 디자인이야, 인마."

"갑자기 그게 무슨⋯."

"그러니까 어깨 좀 빨딱 펴고 다니라고. 사내자식이 축 늘어져서 는⋯."

쾅-

속사포처럼 할 말만 쏟아낸 그는, 뭐라 대답할 새도 없이 문을 닫고 사무실 밖으로 나가버렸다. 그런 그를 보며 우진은 다시 헛웃음을 지을 수밖에 없었다.

— * —

우진은 제법 큰 건설업체의 현장소장이었다. 그러니까 우진이 매일같이 하는 것. 그것은 바로, 수많은 건설현장과 인테리어 공사 현장의 시공 총괄 역할이었다. 해서 우진은, 권종우 실장의 격려가 무슨 의미인지 잘 알고 있었다.

-실무는 x도 모르는 것들이 위에서 디자인 총괄이랍시고 설치니⋯. 이런 거지 같은 도면이 자꾸 현장으로 내려오지.

-휴, 어쩌겠습니까, 실장님. 개떡 같은 도면이 와도 찰떡같이 만들어내는 게 저희 일인데요, 뭘.

-차라리 우리 서우진이가 디자인 팀장으로 올라가는 게 더 낫겠어. 서 소장 감각이면 정말 기깔 나는 건물 하나 뽑아낼 수 있을 것 같은데 말이야.

-방금 기분 좀 좋았는데⋯ 그 거짓말, 믿어도 됩니까?

-크크크, 당연히 안 되지. 짜샤, 디자인은 무슨⋯ 목공이나 빨리

마무리하고 막걸리나 한잔 때리러 가자.

-예, 예. 어련하시겠습니까.

권종우 실장은 종종 디자인 팀을 까고 싶을 때면, "우리 서우진이가 디자인해도 이것보단 낫겠네"라는 말을 뒤에 덧붙이곤 했다. 그리고 다른 사람은 몰라도 우진은, 그 말이 완전히 빈말은 아니라는 사실을 알고 있었다.

'그래, 도면도 제대로 볼 줄 모르는 임 차장도 디자이너라고 설치는데… 그놈보단 내가 백 배쯤 낫겠지.'

디자인이란, 머릿속에 있는 어떤 추상적인 미(美)의 개념을 실체화하여 만들어내는 것이다. 그런 의미에서 알아볼 수 없는 추상적인 시안을 가져다가 멋들어진 공간으로 뽑아내는 서우진의 일이야말로, 진정한 디자인이라 할 수 있을지도 몰랐다. 하지만 이런 그럴싸한 합리화조차도, 오늘만큼은 우진의 기분을 완전히 풀어줄 수 없었다. 그동안 현장 일을 하면서 쌓이고 쌓인 울화가, 펑 하고 터져버린 날이었으니 말이다.

"후우, 바람이라도 좀 쐬고 오면, 기분이 좀 나아지겠지."

자신의 자리를 정리하고 짐을 챙긴 우진은, 천천히 걸음을 옮겨 사무실을 빠져나갔다.

— * —

우진이 향한 곳은 강남이었다. 하지만 권 실장에게 말한 것처럼, 정말 약속이 있는 것은 아니었다. 단지 오늘 그는 퇴근 후에 가려던 곳이 있었을 뿐이었다.

'꽤나⋯ 오랜만인가?'

버스에서 내려 정류장에 선 우진의 표정이 살짝 상기되었다. 고 즈넉한 풍경과 차분한 분위기. 강남이라고는 하지만 보통 사람들 이 생각하는 '강남'과는 사뭇 다른 분위기를 가진 이곳은 우진의 고향과도 다름없는 곳이었다.

'여긴⋯ 오랜만에 와도 여전하네.'

우진이 버스에 내려 찾아간 곳은 높다란 언덕배기 위의 다 무너 져가는 빌라촌이었다. 강남, 그것도 대치동이라고는 믿기 힘들 정 도로 낙후된 달동네. 이곳에서 조금만 걸어 나가도 평당 억 단위가 넘는 멋들어진 신축 아파트들이 즐비했지만 이곳만큼은 아직도 삼십 년 전과 다를 바 없는 모습 그대로였다. 물론 이 낙후된 공간 자체를 우진이 아름답다고 느끼는 것은 아니었다. 다만 이 공간 안 에 담긴 그의 추억만큼은 여전히 아름다웠다.

"이젠, 좀 개발이 될 때도 됐는데 말이지."

낡은 골목길을 천천히 걸으며, 우진은 쓴웃음을 지었다. 사실 우 진의 행복했던 추억과 별개로, 이 낙후된 동네가 개발되지 않는 이 유는 그리 아름답지 못했으니 말이다. 낙후된 동네가 개발되기 위 해서는 그 공간 안에 사는 사람들의 이해관계가 맞아떨어져야만 했고, 이곳이 아직까지 개발되지 못하고 있는 이유는 모두의 욕심 이 충분히 채워지지 못했기 때문이었으니까.

'뭐, 그걸 전부 욕심이라고 볼 수는 없겠지. 실제로 생계가 걸려 있는 사람들도 분명히 있을 테니까⋯.'

우진은 고개를 절레절레 저었다. 오랜만에 추억의 공간에 걸음 을 해서까지 이런 생각을 하고 있는 자신이 문득 안타까워졌다. 그 가 하는 일 중에는 이런 재개발 재건축의 현장 일도 포함되어 있었

10

으니, 어찌 보면 퇴근해서까지도 일과 관련된 생각을 하고 있는 것이나 다름없었으니 말이다.

'이런 것도 직업병이라고 해야 하나.'

저벅- 저벅-

어둑해진 골목 안으로 한참 들어간 우진은 익숙한 걸음으로 길을 찾아 낡은 대문 앞에 멈춰 섰다. 그리 크지는 않지만, 아담한 이 층집에 작은 마당까지 딸려 있는 단독주택. 이 집은 바로 초등학생 시절 우진의 추억이 담긴, 그가 가장 행복했던 기억 속의 집이었다. 물론 추억을 제외한다면, 우진의 지분이라곤 하나도 남아 있지 않은 집이었지만 말이다.

"휴우."

대문 앞에서 잠시 망설이던 우진은, 천천히 손을 뻗어 문을 열어젖혔다.

끼이익-

그러자 듣기 거북한 쇳소리와 함께 금방이라도 부서질 것 같은 낡은 철문이 천천히 열린다. 그가 집 안으로 들어가는 것을 제지할 사람은 아무도 없었다. 당연히 집을 가진 주인이야 따로 있었지만 이미 십수 년 전부터 이 쓰러져 가는 집에는 아무도 살고 있지 않았으니까. 우진에게는 집 안 곳곳 소중하지 않은 곳이 없는 추억의 공간이었으나, 지금 이 집을 가진 소유주에게는 그저 투자 가치가 높은 강남 한복판 금싸라기 땅일 뿐이었다.

"...!"

마당에 들어선 우진의 표정은 더욱 상기되었다. 지금 그의 심장은 두근두근 뛰고 있었다. 지난 세월 동안에도 가끔 이 집 앞을 지나간 적은 있었지만 이 집의 안까지 들어온 것은, 거의 삼십 년 만의 일이었다. 그의 기억 속에 있는 그 어떤 공간보다 아름다운 곳. 우진은 천천히 집 안으로 들어섰다.

— ＊ —

우진이 오늘 이곳에 온 이유는 수십 년 동안 그의 가슴속에 담겨 있던 의문점 하나를 해결하고 싶어서였다.

'정말 내 기억처럼… 그렇게 완벽한 공간이었을까?'

우진의 기억 속의 이 집은, 그가 아는 가장 아름답고 완벽한 공간이었다. 그것은 비단 그가 가진 행복한 추억 때문만이 아니었다. 좁은 대지 위에 세워진 평범한 단독주택에 불과하지만 잘게 쪼개진 구획과 디자인이, 수십 년 전에 지어진 주택이라고는 믿을 수 없을 정도로 완벽한 공간. 어린 시절 그의 추억이 담긴 이 작은 단독주택은, 어쩌면 지금의 우진이 있게 해준 원동력인지도 몰랐다. 그의 손에서 그려진 수많은 설계도면들은, 이 작은 공간에서 크고 작은 영감을 받은 것들이었으니 말이다.

'어쩌면 그저 추억 미화일지도 모르지만… 꼭 한번은 확인하고 싶었으니까.'

그리고 한 가지 더. 우진은, 그의 꿈이 시작된 바로 이곳에서 이 제는 삶에 치여 희미해져가는 그의 꿈을 다시 한번 확인해보고 싶었다. 현실에 부딪쳐 꺼져가는 열정의 불씨를 되살려낼 수 있을지도 모른다는 막연한 기대감을 가지고 말이다.

'다시 예전처럼 설렐 수만 있다면…!'

떨리는 손을 천천히 뻗은 우진은 현관문을 덥석 움켜쥐었고 이어서 조심스레 손잡이를 끌어당겼다.

철컹-!

녹이 슨 것으로 모자라 누렇게 부식되어버린 낡은 철문. 이미 오래전에 잠금쇠가 고장 난 대문은, 우진이 당기자마자 활짝 열렸다. 이어서 현관 안으로 들어선 우진의 동공은, 조금씩 확대되기 시작하였다. 그의 눈앞에 생각지도 못했던 광경이 펼쳐졌으니 말이었다.

"이, 이게…!"

그의 기억 속에 있던 아름다운 환상이 깨어져서?

아니. 오히려 그 반대였다. 지금 우진의 눈앞에 펼쳐진 공간은, 그가 막연히 상상하던 바로 그 아름답고 완벽한 공간이었으니 말이다. 사람의 손길이 닿은 지 이미 수년이 넘어 이제는 철거만을 기다리고 있는 낡은 집이라고는 상상조차 할 수 없을 정도로 아름다운 공간. 어릴 적 우진이 살던 그 추억 속의 집이 우진의 눈앞에 펼쳐진 것이다.

"…!"

우진은 마치 귀신에 홀리기라도 한 듯, 천천히 집 안으로 들어섰다. 그리고 마치 소중한 애장품을 다루기라도 하듯, 집 안 구석구석을 하나씩 살피기 시작하였다.

'정말 내 기억 속 그대로야…!'

현관 구석에 가지런히 놓인 우산꽂이부터 시작해서, 거실과 부엌 사이에 놓인 예쁜 무늬목 책장까지. 가구에는 먼지 하나 쌓여있지 않고, 모든 것은 우진이 기억하던 그대로였다.

'어떻게 이럴 수가 있지?'

하지만 잠시 후 집 구석구석을 살피던 우진은, 더욱 당황할 수밖에 없었다. 경황이 없어 신발까지 신은 채 돌아다녔음에도 불구하고, 집 안 어디에도 그의 발자국이 남아 있지 않았던 것이다. 심지어 방금 전에 생겨났던 옅은 발자국까지도.

스르륵-

거짓말처럼 우진이 보는 앞에서, 감쪽같이 사라져버렸다.

"허, 허억…!"

그리고 이쯤 되자, 우진은 온몸에 소름이 돋을 수밖에 없었다. 지금 그의 눈앞에 펼쳐진 이 모든 상황이, 너무나도 비현실적인 것이었으니 말이다.

'혹시 꿈인가?'

하지만 이것은 결코 꿈도 아니었고 현실이 아닌 것도 아니었다. 때문에 우진은 무서워지기 시작하였다. 귀신이라도 만난 것이 아니라면, 이런 일은 일어날 수가 없었으니 말이다.

'어, 어쩌지…? 지금이라도 나가야 하나?'

하여 저도 모르게 뒷걸음질 치며, 슬금슬금 집을 나서는 우진. 하지만 다음 순간, 우진은 걸음을 멈출 수밖에 없었다. 그의 귓전으로, 기억 속 깊숙한 곳에 남아 있던 반가운 목소리가 들려왔으니 말이었다.

[놀랍구나, 우진아.]

"…!"

[너는 정말 마흔이 넘도록, 삼십 년 전의 꿈을 잃어버리지 않았어.]

목소리를 들은 우진은 소스라치게 놀랐다.

하지만 그와 별개로, 방금 전처럼 소름 돋거나 무섭지는 않았다. 오히려 목소리를 들은 순간, 마음이 따뜻해지는 느낌이 들었으니 말이다.

"아, 아저씨…!"

[자, 삼십 년 전에 약속했던 대로 네게 선물을 주마.]

"네…?"

[열두 살 서우진이 이 아저씨에게 얘기했던 꿈.]

"…?"

[그 꿈을 다시 꿀 수 있는 기회를, 네게 선물하도록 하마.]

우진은 고개를 획획 돌리며 두리번거리기 시작하였다. 그가 지금 무슨 이야기를 하고 있는지 알 수 없었지만 그와 별개로 목소리의 주인공은 그가 무척이나 보고 싶었던 사람이었으니 말이다. 하지만 우진은 그를 결코 찾을 수 없었다.

'어, 어지러워…!'

순간 그의 시야가, 새하얗게 물들기 시작했으니까.

22살이지만, 경력은 20년 찹니다

열두 살 우진은 친구가 많은 편이 아니었다. 여덟 살에 아버지가 돌아가신 이후로 일찍 철이 들어서인지 또래 아이들보다는 진중하고 말수가 적었으며, 비교적 내성적인 성격을 가졌기 때문이었다. 하지만 그런 우진에게는 나이 차이가 제법 나는 '특별한' 친구가 하나 있었다.

"엇, 아저씨! 여기서 뭐 하고 계셨어요?"

"오, 우진이로구나. 아저씨는 오늘도 산책을 하고 있었지."

한결같이 덥수룩한 수염에 꾀죄죄한 작업복을 입고, 동네 골목을 거니는 특이한 남자. 우진조차도 남자를 자주 만나는 것은 아니었지만, 그는 분명 우진이 가장 좋아하는 친구였다. 언제나 그 아저씨를 만날 때면, 우진은 신기하고 재미있는 이야기를 들을 수 있었으니 말이었다.

"나 때는 말이야…"

"그건 재미없어요, 아저씨."

"…"

하지만 이런저런 이유들을 제쳐두고 우진이 그를 좋아하는 가장 큰 이유는 그와 공유할 수 있는 것이 있었기 때문이었다. '임학철'이라는 이름을 가진 그 남자는, 우진과 같은 꿈을 꾸고 있었으니 말이다.

"아저씨의 꿈은 세상에서 제일 멋진 집을 짓는 것이었단다."

"우, 우와…! 저도! 저도요!"

"응? 정말이니?"

"네!"

학철은 건축 디자이너였다. 본인의 말에 의하면 그리 유명한 디자이너는 아니었지만 그래도 제법 실력 있고 경력 있는, 뛰어난 디자이너였다. 적어도 어린 우진의 눈에는 그러했다.

"저는 아저씨가 부러워요."

"으음…? 어째서?"

"아저씨는 건축 디자이너잖아요!"

"그래 뭐, 그렇다고 할 수 있지."

"제 꿈이 훌륭한 건축 디자이너가 되는 거거든요."

"아하."

"아저씨는 제가 가진 꿈을 이룬 사람이에요. 그래서 아저씨가 부러워요."

우진은 건축 디자이너라는 임학철이 진심으로 부러웠다. 하지만 우진이 그런 말을 할 때마다, 학철은 고개를 절레절레 저으며 쓴웃음을 지을 뿐이었다.

"그렇지 않단다, 우진아. 오히려 이 아저씨는 네가 부럽구나."

"왜요?"

"아저씨는 이제 더 이상 꿈을 꿀 수 없는 사람이거든."

"응…?"

"아저씨의 한계는 별 볼 일 없는 건축사무소의 디자이너지만…
우리 우진이는 더 큰 꿈을 꿀 수 있잖니?"

"왜요? 아저씨는 세계 최고 디자이너가 되지 않을 생각이에요?"

"하, 하핫."

이런 대화를 나눌 때면 학철은 더 이상 대답을 하지 않았다. 다만
그 이야기를 하는 대신, 자신의 이야기를 넋두리처럼 해주곤 했다.

"아저씨가 이전에는 30층짜리 큰 건물을 설계한 적도 있었는
데….."

"우, 우와!"

"아주 거지같이 재미가 없었단다."

"켁, 왜요?"

"한국에서는 네모난 건물 말고, 다른 모양으로는 짓는 게 거의
불가능하거든. 아, 그렇다고 외국 가면 가능하단 얘긴 아냐. 사실
아저씨도 외국은 잘 몰라."

그렇게 매번 우진에게 재밌는 이야기를 들려주던 임학철은 언제
나 한 시간이 지나면, 어디론가 사라지곤 하였다.

"다음에 또 보자꾸나, 우진아."

"조금만 더 있다 가시면 안 돼요?"

"아저씨가 보기보다 바쁜 사람이라 미안하구나."

"피… 그럼 어쩔 수 없죠, 뭐."

그리고 종종 동네에서 우진과 이야기하던 학철은, 어느 날 그와
이런 대화를 나눈 적이 있었다.

"우진아."

"네?"

"아저씨는 네가 삼십 년이 지난 뒤에도 그 꿈을 잃지 않았으면

좋겠구나."

"에이, 걱정 마세요. 그럴 일은 없으니까요."

"그래?"

"전 반드시 성공해서 세계적인 건축 디자이너가 될 거거든요."

"후후."

"두고 보세요, 아저씨. 전 나중에 커서… 63빌딩보다도 더 높고 멋진 건물을 지을 거예요."

우진은 그날 보았던 아저씨의 그 미소를 아직까지도 기억하고 있었다. 그것은 우진이 그 어떤 어른에게서도 본 적 없었던, 해맑고 밝은 미소였으니 말이다.

"아저씨는 네가 분명 그렇게 세계적인 디자이너가 될 거라고 생각한단다."

"저, 정말요?!"

"지금 네가 가진 그 꿈을… 잃어버리지만 않는다면 말이지."

우진은 그때 학철이 했던 이 한마디가 지금껏 그가 꿈과 열정을 잃지 않을 수 있었던 버팀목이라고 생각했다. 그리고 삼십 년이 지난 지금. 우진은 그때 아저씨가 남겼던 마지막 말을 또렷이 기억할 수 있었다.

"부디 꿈을 잃지 말거라, 우진아. 삼십 년 뒤에도 같은 꿈을 꾸고 있다면… 이 아저씨가 너에게 아주 큰 선물을 하나 주도록 하마."

"아저씨…."

우진은 이제 알 수 있었다. 삼십 년 전에 사귀었던 그의 '특별한' 친구가, 결코 평범한 아저씨가 아니었다는 사실을 말이다.

우우웅-!

깨질 것처럼 머릿속을 두들기던 두통이 점점 희석되고, 어지럽던 머리가 천천히 맑아졌다. 이어서 하얀 빛 무리로 가득 찼던 우진의 시야가, 서서히 본래의 기능을 찾기 시작하였다.

'무슨 일이 일어난 거지?'

이어서 우진은 천천히 눈을 떴다. 그리고 그의 눈앞에 가장 먼저 들어온 것은….

[2010년 2월 15일.]

정확히 20년 전의 달력이었다.

——— * ———

인생을 살아가면서, 누구나 한 번쯤 이런 생각을 하곤 한다.

'딱 10년 전으로만 돌아갈 수는 없을까? 그럼 정말 멋지게 살아볼 수 있을 텐데….'

'답안지 달달 외워서 수능 전날로 돌아가면 얼마나 좋을까?'

'그럴 필요 있냐? 로또 1등 번호만 몇 개 외워서 회귀하면 인생 쫙 필 텐데 말이지.'

그리고 이런 생각을 하는 거의 모든 사람들은 정말 그런 일이 일어날 리 없다는 사실을 아주 잘 알고 있다. 그래서 그저 행복한 상상으로만 남겨둘 뿐 정말 지나간 로또 번호나 수능 답안지 따위를 외워두는 사람은 존재하지 않았다. 그리고 서우진 또한 그런 정상적인 범주의 사람들과 크게 다르지 않은 사고를 가지고 있었다.

'후우, 이럴 줄 알았으면….'

분명 여느 때와 다를 바 없는 평범한 하루였다. 회사에선 평소보다 조금 더 답답한 일들이 있었고, 퇴근 후엔 조금 더 특별한 곳에 갔지만 그뿐이었다. 단지 갑갑해진 마음에, 오래전 행복했던 추억을 찾았을 뿐인데. 이렇게 기적 같은 일이 우진의 눈앞에 펼쳐졌다.

'꿈인가? 그런 것 같진 않지만….'

주변을 둘러본 우진의 입가에, 저도 모르게 웃음이 걸렸다.

'적어도 쉽게 깰 것 같은 꿈은 아니라 다행이야.'

눈앞에 펼쳐진 세상이 정말 2010년이 맞는지 굳이 확인해볼 필요조차 없었다. 지금 우진이 눈을 뜬 이 공간이, 그리고 눈앞에 펼쳐진 지금의 상황이 2010년 2월 15일이라는 날짜를 너무도 여실히 증명해주고 있었으니 말이다.

"서우진 병장님, 이제 슬슬 환복하셔야지 말입니다."

오늘은 바로 우진의 전역 날이었다.

마흔이 넘도록 결혼도 하지 못했던 우진의 일생에서 가장 행복했던 날 중 하나인 전역 날. 그날의 아침을 알리는 햇살이 내무반 창문을 통해 들어오고 있었고 20년이라는 세월이 무색할 정도로, 우진은 이날이 또렷이 기억났다.

'내가 전역을 두 번 하게 될 줄이야.'

사실 전역을 두 번 한다는 경험은, 대한민국 남성이라면 누구나 손사래를 칠 만한 것이었다. 우진과 같이 특수한 상황이 아니라면, 군 생활을 두 번 했다는 얘기나 다름없었으니 말이다. 하지만 깔끔하게 전역 날만 한 번 더 경험하는 것이었기에 우진은 마음 놓고 웃을 수 있었다.

"하, 하하."

"왜 이렇게 느긋하십니까, 서 병장님."

우진의 맞후임이었던 김성관.

그와 얼굴이 마주친 우진은 반사적으로 20년 전과 똑같은 대사를 읊었고.

"뭐, 급할 이유가 있을까?"

성관 또한 우진의 기억과 토씨 하나 다르지 않은 말을 그를 향해 똑같이 했다.

"저라면 0.1초라도 빨리 신고하고 뛰쳐나가겠습니다."

"ㅎㅎ."

이제 몽롱하던 감각에서 완전히 깨어난 우진은 오랜만에 가슴이 뜨거워지는 것을 느낄 수 있었다. 비록 전생에서 건축 디자이너라는 꿈을 이루지는 못했지만, 사십 년이라는 세월을 그 누구보다 열심히 살았다고 자부하는 우진이었다. 이런 천금 같은 기회가 주어진 이상, 그는 멋지게 해낼 자신이 있었다.

"그나저나 이제 말 놓으라니까, 성관이 형."

"싫습니다."

"왜?"

"제가 지금 말 놓으면, 벌써 민간인 되신 것 같아서 말입니다."

"그게 뭐 어때서?"

"사실 0.1초라도 빨리 전역시켜 드리고 싶지 않습니다."

능글거리며 대꾸하는 성관을 향해, 우진은 피식 웃어 보였다. 나이는 우진보다 한 살 많지만 군 생활 동안 누구보다 자신을 잘 따랐던 맞후임 김성관. 우진은 전생에서도 그랬듯 성관과 오래도록 친하게 지내고 싶었다. 성관에게 예쁜 여동생이 있다는 사실과 그녀와 같은 대학교에 입학할 수 있다는 사실도 알고 있었지만 결코 어떤 사심이 있는 것은 아니었다.

"전역하면 꼭 연락해, 형."

"그전에 전역이나 먼저 하시지 말입니다."

"하, 하하."

그렇게 우진은 무사히 전역하여 다시 사회로 나왔다.

"충성! 병장 서우진, 전역을 명받았습니다! 이에 신고합니다!"

그것으로 우진의 두 번째 삶이 다시 시작되었다.

— * —

전생의 우진이 결국 디자이너가 되지 못한 데에는 여러 가지 이유가 있었다. 하지만 그중 가장 치명적인 이유는, 역시 학벌이었다. 어머니 밑에서 어렵게 자란 우진의 집안 사정은 넉넉지 않고, 그래서 어머니의 만류에도 불구하고 그는 대학을 가지 않았다. 심지어 국내에서 디자인으로 손꼽히는 대학에 일찌감치 수시 합격통지까지 받아놓았는데도 말이다. 어머니는 본인께서 어떻게든 갚아주시겠다며 학자금 대출을 받으라 권하셨지만, 나이에 비해 일찍 철이 든 우진은 어머니를 더 이상 고생시켜 드리고 싶지 않았다.

'그땐 몇백만 원 빚진다는 개념 자체가… 정말 그렇게도 싫을 수가 없었지.'

처음에는 등록금이 아까워 입학을 보류하고 군대에 먼저 들어갔다. 전역 이후에는 한 푼이라도 벌기 위해 건축사무소를 전전하며 노가다를 뛰었다. 말이 좋아 건축사무소지 사실상 노가다 현장이나 다름없는 곳. 그러다 보니 결국 대학의 문턱은 끝까지 밟아보지 못하였다. 그리고 그것이 우진이 전생에 가지고 있었던 가장 큰 한

이자 후회였다. 어릴 때는 알지 못했지만, 대한민국 사회에서 학벌이라는 것은 생각보다 큰 비중을 차지했으니까.

'빚도 다 자산인데… 그땐 왜 그걸 몰랐는지 몰라.'

그래서 전역신고 후 집에 돌아오자마자 우진이 가장 처음 한 것은 어머니께 심경의 변화를 알려드리는 것이었다.

"어머니, 저… 대학 가겠습니다."

"저, 정말이니, 우진아?"

"네, 군 생활 동안 많이 생각해봤는데… 어머니 말씀이 맞는 것 같더라고요."

우진의 이야기를 들은 어머니는 그대로 눈물을 주르륵 떨어뜨리셨다. 그리고 그런 어머니의 눈물을 마주한 우진은 저도 모르게 울컥 감정이 북받쳐 올랐다.

"잘 생각했어, 우진아. 정말 잘 생각했단다."

우진은 울먹임을 숨기기 위해, 목소리를 꾹꾹 눌러 대답하였다.

"대신, 어머니."

"응?"

"학자금 대출은 어떻게든 제가 해결하겠습니다."

"괜찮아. 엄마가 그 정도는 해줄 수 있대도?"

"싫습니다. 이것만은 저도 양보할 수 없습니다."

이제껏 들어보지 못했던 단호한 아들의 목소리에 어머니는 잠시 침묵하였다. 그리고 잠시간의 정적이 흐른 뒤 그녀는 어느새 다 커버린 아들을 천천히 끌어안았다.

"고맙다, 우리 아들."

그렇게 우진은 회귀한 바로 그날, 그의 마음속에 담겨 있던 가장 큰 한을 풀어낼 수 있었다.

—— ＊ ——

　소설 속에서나 나올 법한 특별한 일을 경험했지만, 우진의 일과
는 비교적 평범한 편이었다. 어차피 회귀자라고 떠들고 다닐 것도
아니었으며 새롭게 얻은 생활에 적응할 시간도 필요했으니 말이
다. 게다가 허름한 집에 가족이라고는 어머니와 우진 두 사람뿐이
었고, 며칠간은 딱히 집 밖에 나갈 일도 없었으니 뭔가 특별한 일
이 생기려야 생길 수도 없었다. 하지만 이 무료해 보이는 하루하루
는, 사실 우진에게 무척 값지고 소중했다. 지난 십수 년 동안 달리
며 쌓인 정신적 피로를 털어내고, 새롭게 얻은 인생을 설계할 수
있는 시간이었으니까. 물론 우진에게 아침을 차려주던 어머니는
그런 속사정을 알 리 없었지만 말이다.

　"우진이 너, 이제 슬슬 학교 갈 준비해야지?"

　"학교 갈 준비요?"

　"그래, 녀석아. 입학식 날 입을 옷도 좀 사고, 머리도 좀 정리하
고…."

　회귀 후 처음으로 어머니의 잔소리를 들은 우진은 웃으며 고개
를 끄덕였다. 겉으로는 아무 말도 않고 계셨지만, 집 안에만 틀어
박혀 빈둥거리는 그가 조금은 걱정되셨음이 분명했다.

　"아, 그렇지 않아도 오늘은 나가려고 했어요."

　"그래?"

　"이제 쉴 만큼 쉬었으니까요."

　나가려 했다는 우진의 말은 변명이 아니었다. 오늘부터는 정말,
세워뒀던 계획이 있었으니 말이다. 물론 어머니의 말씀처럼 학교
갈 준비를 하기 위함은 아니었다.

'오늘이 2월 18일이니까… 이제 슬슬 모집공고가 올라왔겠지?'

우진이 오늘 가려던 곳은, 전생에도 이맘때쯤 들락거렸던 건축사무소였다. 물론 전생과 달리 학교생활을 성실히 해볼 예정이었지만, 그와 별개로 용돈 벌이 정도는 해야 했으니 말이다. 학자금 대출도 대출이지만, 디자인 대학의 실습비도 한두 푼이 아니었으니 부지런히 벌어둬서 나쁠 것이 없는 것이다. 우진은 단돈 백 원이라도 어머니께 손을 벌릴 생각이 없었다.

'그럴 이유도 없고 말이지.'

든든히 식사를 마친 우진은 방으로 들어가 옷을 갈아입었다. 그리고 금세 밖으로 나와, 망설임 없이 집을 나섰다.

— * —

전역 직후 우진의 집은 강남구 개포동이었다. 우진이 회귀하기 전인 2030년 즈음에야 번쩍거리는 신축 아파트로 가득 찬 부촌 중의 부촌이었지만 2010년인 지금의 기준에서는, 허름한 5층짜리 주공 아파트로 가득 찬 낙후된 동네 개포동.

'진짜, 상전벽해가 따로 없었지.'

그의 집 또한 그 낡은 주공 아파트들 중 한 곳이었고, 우진은 그것이 아쉬우면서도 참 다행이라고 생각했다. 전생의 어머니는 내후년쯤 이 집을 파셨지만, 이번 생에는 그럴 일이 없을 테니 말이다. 파신다는 말조차 꺼내지 못하시도록, 우진이 뜯어말릴 생각이었으니까.

'그때 이 집만 안 파셨어도, 살림살이가 몇 배는 나았을 텐데….'

4~5억에 겨우 팔리던 이 허름한 아파트가, 딱 십 년 뒤면 15억

에도 없어서 못 판다는 사실을 당시에 대체 누가 알았겠는가?

'일단 일이나 가자, 지금 이런 생각해봐야 뭣하겠어.'

부지런히 걸어 나와 버스를 탄 우진이 향한 곳은 3호선 끝자락 수서역이었다. 조금 더 정확히 말하자면, 수서역 사거리에 자리 잡고 있을 현장사무소. 지금쯤 이곳에 인력이 엄청나게 부족하다는 사실을 우진은 너무 잘 알고 있었다.

'박경완 부장이었나? 그 사람을 찾아야 할 텐데….'

정확한 날짜야 기억나지 않았지만, 이맘때쯤 3호선 종점이었던 수서역이 오금역까지 개통된다. 그리고 공사 일정을 맞추기 위해 모집된 현장인력들 때문에 수서역 인근 인력사무소의 인력이 씨가 말라버렸다. 우진이 이 사실을 아는 이유는 간단했다. 전생에서도 그가 전역하자마자 일했던 현장이 바로 수서역이었으니 말이다. 수서역 사거리의 코너 라인에 완공을 앞두고 있는 대형 오피스 건물 건설현장. 이번 생에도 우진은 그곳을 첫 번째 일터로 정하였다.

'물론 하는 일은 조금 다르겠지만….'

깡- 깡-!

버스에서 내린 우진은 멀리서부터 들려오는 쇳소리를 들으며 빙긋 웃었다.

— * —

"아오, 미치겠네. 대체 인력확보 미리 안 해두고 뭐한 거야?"

"죄, 죄송합니다, 부장님. 저희도 이렇게까지 부족할 줄은…."

"안 그래도 준공까지 일정 **빠듯한데**… 마감 치는 게 제일 **빡센**

거 몰라?"

"일단 연락 닿는 인력사무소에는 전부 다 전화 돌렸습니다, 그러 니….."

"하아, 전화 돌리면 사람이야 구할 수 있겠지. 그런데 비용은? 단 가도 맞춰야 할 것 아냐!"

천웅건설의 수서역 오피스 건물 준공 현장. 그곳의 관리부장으 로 나와 있는 박경완은 한숨을 푹푹 내쉬었다. 건설현장에서 시간 이란 곧 돈이나 다름없었는데, 마감을 얼마 남겨두지 않은 상태에 서 자꾸 일정이 어그러지고 있었으니 말이다. 준공이 늦어짐으로 인해 누적되는 손해는 곧 건설사의 책임이었고 그 손해가 커질수 록 현장 총 책임자인 박경완의 목은 위태위태하다 할 수 있었다.

"데모도(보조 근로자)야 어떻게든 구할 수 있어."

"예, 부장님."

"그러니까 내장 목공 제대로 가능한 업자 셋만 딱 데려와. 셋만."

"아, 알겠습니다."

"늦어도 내일부턴 B-1도 작업 들어가야 해, 알지?"

"B-1이면… 카페 인테리어 말입니까?"

"그래, 인마."

경완의 말을 듣던 팀장 강준민은, 의아한 표정이 되었다. 건물 1층에 대형 카페가 들어선다는 사실은 알고 있었지만, 그쪽 인테 리어 공사는 준공 일정과 무관한 것으로 인지하고 있었기 때문이다.

"설마… 1층 인테리어까지 준공 날에 맞춥니까?"

준민의 물음에, 경완이 한숨을 푹 내쉬며 고개를 끄덕였다.

"후우… 그러니까 내가 지금 얼굴이 이렇게 썩어 들어가는 것 아냐."

"아니, 대체 왜…?"

"도급계약서에 그렇게 적혀 있는 걸, 어떡하냐, 그럼."

"…."

보통 이런 오피스 건물의 상업 시설 인테리어는, 건물 준공이 끝난 다음에 따로 일정이 잡힌다. 그러니까 1층의 카페 인테리어는 일반적인 케이스에서라면 천웅건설의 일이 아닌 것이다. 그런데 지금 박경완 부장의 이야기로는 그게 아닌 것 같았으니, 준민으로선 당황할 수밖에 없었다.

"오늘 안으론 무조건 구해와야겠네요."

"그렇지."

"하아… 최대한 알아보겠습니다, 부장님."

"조금 웃돈 줘도 되니까, 무조건 실력자로 데려와. 알겠지?"

"그래야죠. 카페 도면 보니까, 디자인도 엄청 들어가 있던데…."

한숨을 푹푹 쉰 강준민은 샐쭉한 표정이 되었다. 일정이 어그러진 데에는 조금 여유를 부린 자신의 잘못도 분명 있었지만, 그래도 이렇게까지 빡빡하게 굴러갈 상황은 아니었다. 수서역 지하철 공사라는 악재와 인테리어 공사라는 변수가 겹치면서, 상황이 꼬이고 꼬였을 뿐이었다.

'젠장, 카페는 건물주가 직접 운영하나 본데… 어쩐지 디자인 기획이 건물 로비까지 싹 다 통일되어 있더라니….'

얼굴이 흙빛이 된 경완의 앞을 잽싸게 빠져나온 준민은 서둘러 복도를 지나 엘리베이터로 향했다.

'젠장. 까라면 까야지, 뭐.'

상황이 못마땅한 것과 별개로 이러다 진짜 준공 일정이 망가지기라도 하면, 실무진 중 하나인 그 또한 책임을 면할 수 없었으니 말이다. 오만 가지 생각에 정신이 없어서일까? 준민은 자신의 옆을 스쳐 지나가는 젊은 남자를 신경조차 쓰지 못하였다.

— * —

이십 년 전 이곳 현장사무소에 왔을 때, 우진의 목적은 무척이나 단순하였다.

"현장 일을 해보고 싶어. 나중에 언젠가 대학을 다시 간다 해도, 현장에서 배운 일들이 분명히 도움 될 테지."

물론 전생에선 결국 대학 문턱을 밟지 못했지만, 이때만 해도 우진에게는 배움이 절실했다. 때문에 배우고 싶은 일을 하면서 돈도 벌 수 있는 건설현장은 우진에게 완벽한 일터라고 할 수 있었다. 하지만 건장한 몸뚱이와 열정만 가진 우진은 현장 일이 얼마나 힘든 건지 금방 깨달을 수 있었다.

'그러고 보면, 그땐 참 순수했었네.'

우진이 건설현장에서 가장 처음 했던 일은 현장에서도 힘든 일로 유명한 형틀목공이었으니까.

"학생, 몸 쓰는 건 자신 있다고 했지?"

"그렇습니다."

"일당은 넉넉히 챙겨줄 테니까, 그럼 오늘 한번 씨게 굴러 보자고."

"감사합니다!"

형틀목공의 주요 업무는 간단하다. 도면을 검토하여 합판과 각재를 치수에 따라 재단하고 마름질한 뒤 철골 기둥이나 벽체 등에 거푸집을 설치하는 것. 콘크리트를 부어 구조체를 만들 수 있도록 그 틀을 제작하는 것이 형틀목공의 일이었던 것이다. 물론 말이 간단하다는 것이지, 실제 업무 난이도까지 그렇지는 않았다. 거푸집을 꼼꼼히 만들지 않으면 수평선이 어긋나버리기 일쑤였고 조심하지 않으면 작업 중에 철근에 얻어맞을 수도 있었으니 말이다.

정확하고 신속하게 목재를 다루는 것이, 형틀목공의 가장 중요한 덕목. 때문에 처음 현장에 투입되었을 당시, 우진의 직책은 보조일 수밖에 없었다. 현장에서는 데모도, 혹은 조공이라고 불리는 보조인력. 다행인 것은 워낙 일이 힘든 탓인지 반장을 비롯한 상급 기공들의 대우가 친절하다는 점이었다.

'그럴 수밖에… 사람 구하기가 힘드니까.'

힘든 것은 물론 위험천만한 일들이 많은 업무 특성상, 지원자들도 하루 이틀 일하고 나면 떨어져 나가기 일쑤였던 것이다. 물론 당시에 열정 넘치는 청춘이었던 우진은 현장에서 장장 세 달을 악착같이 버티며 일했다. 그리고 그 결과, 기공들로부터 제법 신뢰도 얻었다.

"학생, 금방금방 느는데?"

"하하, 이 기회에 한번 눌러앉아보는 건 어떤가?"

"그래. 학생은 젊으니까, 공부도 좀 해서 자격증 몇 개 따면 괜찮을 거야."

당시에 우진은 힘들면서도, 시간이 갈수록 완성되는 건물을 보면 무척이나 뿌듯했다. 하지만 지금의 우진은 그때의 스물둘 청년이 아니었다. 이번에도 형틀목공에 뛰어들기 위해 이곳에 온 것은 아니라는 말이다.

'노가다는 전생에서 할 만큼 했으니까.'

이번에 우진이 이곳에서 하려는 일은, 단지 몸만 쓰는 일이 아니었다.

"음…? 무슨 일로 오셨습니까?"

사무소에 문을 열고 들어간 우진은 관리부장 박경완과 눈이 마주쳤다. 그리고 다음 순간, 빙긋 웃으며 입을 열었다.

"모집공고 보고 왔는데요?"

"모집공고라면…."

"내장목공 경력 3년 이상. 간단한 캐드, 스케치업 가능한 목공인력 구인공고요."

"…?"

우진의 말을 들은 박경완은 어이없는 표정이 되어 두 눈을 끔뻑였다. 방금 우진으로부터 들은 이야기가 여러모로 현실성 없었으니 말이다.

'아니, 공고 올라간 게 두 시간 전인데… 그걸 보고 벌써 왔다고?'

물론 한시가 급한 상황에서 이렇게 인력이 제 발로 찾아와 준 것은 쌍수를 들고 환영할 일이었다. 하지만 지금 경완의 눈앞에 나타난 이 청년은 아무리 긍정적으로 봐주려 해도 햇병아리가 분명했다. 제대로 된 내장목공 기능공이라기엔 너무 어려 보이는 것이다.

"정말… 기능공 맞아요?"

"아니면 여기 왜 왔겠습니까."

"실례지만 나이가…?"

"스물둘이요."

"…."

너무도 당당한 우진의 태도에 기가 차서 순간 말문이 막혀버린 경완. 그런 그를 향해 우진이 천천히 다시 입을 열었다.

"김지훈 반장님 아시죠?"

"…!"

"그분 밑에서 몇 년 굴렀습니다."

"그게, 정말입니까?"

"하루만 딱 써보시죠. 맘에 안 드시면 일당 안 주셔도 됩니다."

혼란에 빠진 경완의 동공을 보며, 우진은 속으로 실소를 흘렸다.

— * —

김지훈은 업계에서 유명한 인물이었다. 특히 목수들 사이에서 제자를 자청하는 사람들이 줄 설 정도로 뛰어난 기술자였으며 지금 이곳 건물을 시공 중인 천웅건설에서 십 년 정도 일한 경력도 있는 인물이었다. 그러니 우진이 그의 이름을 판 순간, 경완의 시선이 달라지는 것은 너무도 당연하였다. 지훈은 경완도 함께 일해 본 적 있는 인물이었고, 그의 밑에서 몇 년 제대로 배웠다면 어지간한 5~10년 차 목수보다 나을 수도 있었으니 말이다. 그리고 그런 경완의 심경변화를 눈치챈 우진은 능글맞은 표정으로 그의 대답을 기다렸다.

'뭐, 거짓말을 한 건 아니니까.'

실제로 김지훈은, 전생에 우진의 스승이었다. 현장에서 연이 닿아 거의 5년 정도 함께 손발을 맞춘, 우진이 본 목수들 중 세 손가락에 꼽을 정도로 뛰어난 실력자. 물론 이번 생에서야 아직 스쳐 지나간 적도 없었지만, 딱히 중요한 문제는 아니었다. 지금쯤 지훈은 잠적 상태일 테니, 경완이 사실 여부를 확인하는 것은 불가능한 일일 것이었다.

'반장님 귀국하시는 게 언제였더라… 그때 맞춰서 꼭 찾아봬야

하는데.'

그리고 우진이 오랜만에 전생의 인연을 떠올리는 사이 경완은 생각을 마친 것인지, 천천히 다시 입을 열었다.

"말씀하신 내용이 정말 사실이라면… 어리다고 일을 드리지 못할 이유는 없겠죠."

경완의 말을 들은 우진은 고개를 끄덕이며 답하였다.

"반나절. 아니, 삼십 분이면 들통 날 거짓말을 할 정도로 제가 바보는 아닙니다."

"흐음."

"김 반장님은 지금 해외 계셔서 확인시켜 드리기는 힘들지만… 그야 사실 확인할 필요도 없지 않습니까?"

"그건 무슨 말입니까?"

"어차피 현장에선, 일만 잘하면 땡 아니냔 말이죠."

"…."

우진의 화법은 뭔가 묘한 구석이 있었다. 사실 여부 확인이 안 된다는 이야기를 오히려 먼저 꺼내면서도, 그 안에 경완의 마음을 움직일 수 있는 내용을 담았으니 말이다.

'그래, 김 반장 해외 있다는 사실은 나도 몰랐던 건데… 그걸 알고 있을 정도면 개인적인 친분은 있다고 봐야겠지.'

전생의 지식을 통해 알고 있는 사실로 은근슬쩍 김 반장과의 친분을 확인시켜 주면서 실력에 대한 자신감을 다시 한번 어필하였으니 사실상 여기까지 이야기를 들은 순간, 박경완의 마음은 이미 기울 수밖에 없었다.

'뭐, 마음에 안 들면 일당도 안 줘도 된다 했으니. 손해 볼 건 없겠네.'

하여 잠시 생각하던 경완은 고개를 끄덕이며 다시 입을 열었다.

"좋습니다. 그 정도 자신감이시라면…."

경완은 탁자 위에 놓여 있던 노트북의 전원 버튼을 누르며, 우진을 자리로 안내하였다.

"바로 한번 시작해보죠. 실무자 불러오겠습니다. 저희도 지금 좀 급한 상황이라."

우진은 망설임 없이 그의 앞에 마주 앉았다.

"좋습니다. 아, 그리고 말은 놓으셔도 됩니다, 부장님."

이제 판은 깔렸으니 실력 발휘를 할 차례였다.

— * —

우진은 1층 현장의 상황을 빠삭하게 꿰고 있었다. 공고가 올라오기도 전 내장목공 기술자를 모집할 것이라는 사실까지도 미리 알고 왔을 정도였으니 말이었다.

'나중에 사람 없어서, 형틀목공 인력까지도 인테리어에 싹 투입되었으니… 대충 어떤 상황인지는 안 봐도 훤하지 뭐.'

해서 우진은 단단히 벼르고 이곳에 왔다. 전생에 갈고닦은 현장 기술력과 경험. 거기에 미리 알고 있는 수서 현장의 지식까지. 이것들을 십분 활용한다면, 박경완이 놀랄 정도의 성과를 제대로 보여줄 수 있을 테니 말이었다. 그리고 당연한 이야기겠지만, 그것은 일종의 설계였다. 용돈 벌이도 어느 정도 쏠쏠하긴 하겠지만, 그것은 부차적인 보상일 뿐. 전생보다 더 어린 나이에, 보다 빠르게 업계의 인지도를 쌓기 위한 포석을 미리 깔아두는 것이라고 할 수 있었다. 우진의 꿈은 결국 건축 디자이너였지만, 그렇다 해서 현장

인맥과 인프라가 소중하지 않은 것은 아니었으니. 이것은 전부 그의 꿈을 성장시킬 자양분이 되어줄 것이었다.

"스케치업 파일은 따로 받아두신 것 있습니까?"

"투시도는 몇 장 뽑아둔 게 있네만… 3D 파일은 따로 없어."

"업체에서 모델링 파일은 안 줬나 보군요."

"보통 그렇지."

"그럼 결국 도면만 가지고 작업 쳐야 한단 얘긴데…."

우진의 눈이 살짝 빛났다.

"아직 저 말고는 작업자 세팅도 안 된 것 같은데, 간단하게 모델링 작업이나 먼저 시작해도 되겠습니까?"

우진의 말에 실무자가 살짝 놀란 표정이 되었다.

"모델링? 자네가 직접?"

"현장에서 바로 열어볼 수 있는 스케치업 파일이 하나 필요합니다."

"그, 그야 있으면 좋긴 한데…."

"오래 안 걸립니다. 한 네댓 시간 정도만 주시죠."

"모델링 페이는 따로 없다네. 알고 있지?"

"물론입니다. 그냥 저 편하려고 하는 작업이니까요. 그래도 일당은 챙겨주실 것 아닙니까?"

"그야 물론이지."

실무자와 우진의 대화를 옆에서 듣던 박경완은 시작부터 눈이 휘둥그레졌다. 그가 공고에 조건으로 올렸던 '간단한 스케치업 능력'이라는 것은, 사실 모델링까지 할 수 있는 능력을 말하는 것은 아니었으니 말이다. 현장에서 필요한 스케치업 능력이란, 사실 누군가 만들어놓은 3D 파일을 열어서 치수만 확인할 수 있으면 되는 수준.

'이놈, 말만 번지르르한 건 아니겠지?'

경완은 흥미로운 표정으로, 우진이 하는 양을 지켜보기 시작하였다.

— * —

스케치업(Sketch up)은, 보통 공간을 모델링할 때 쓰이는 3D모델링 툴이었다. 3D 툴 중에는 프로그램이 가장 가볍고 사용법이 간단한, 마치 3D계의 그림판 같은 프로그램이라고나 할까. 전생에서 우진은 이 스케치업이라는 프로그램을 무척이나 애용했다. 스케치업으로 잘만 작업해두면, 현장에서 마치 3차원 도면처럼 활용하는 것이 가능했으니 말이다.

'평면도, 입면도 하나씩 다 뜯어볼 시간에 마우스 클릭 몇 번으로 치수 확인이 가능하니까.'

하지만 이렇게 현장에서 유용한 프로그램임에도 불구하고 현장 일을 하는 기술자들 중, 스케치업을 잘 다루는 인재는 찾아보기 힘들었다. 3D프로그램 중에 가장 간단하다고는 하지만, 그렇다 해서 노력 없이 사용할 수 있을 정도로 만만한 프로그램은 또 아니었으니 말이다.

'목공일 20년 하면서 캐드도 못 만지는 업자들이 수두룩 빽빽한데… 어쩌면 당연한 현실이겠지.'

우진이 이렇게 스케치업에 능숙한 이유는, 그가 별났기 때문이었다. 그는 십수 년이 넘도록 현장 일을 하면서도 끝까지 디자이너라는 꿈을 붙들고 있었던 별종 중의 별종이었고, 건축 디자이너에게 3D 프로그램 활용능력은 시간이 흐를수록 선택이 아닌 필수 소양으로 자리 잡았으니 말이다. 우진으로서는 그나마 독학으로 공부해볼 만한 스케치업에 필사적으로 매달릴 수밖에 없었다.

'결과적으론 악착같이 배워놓길 잘했지. 여러모로 잘 써먹었고… 지금도 잘 쓰게 생겼으니 말이야.'

능숙하게 스케치업을 켠 우진은 실무자로부터 받은 현장도면 파일들을 빠르게 프로그램 안으로 불러들였다. 지금 우진이 하려는 것은 평면 위에 그려진 현장의 도면을 3D 공간 위에 구현해내는 것. 물론 모델링의 목적이 현장 시공용이었으니, 디테일한 질감 묘사나 집기류 모델링은 할 필요가 없었다. 다만 인테리어 공사에 필요한 굵직한 구조물들의 치수와 위치를 정확하게 3D로 만들어내는 것이 그의 목적이었다.

딸깍- 딸깍-

그리고 모니터에 빨려 들어갈 것처럼 집중하여 작업하는 우진을 보며, 옆에 있던 경완은 혀를 내두를 수밖에 없었다.

'이거 혹시 목수가 아니라 모델러 아냐? 무슨 목수가 이렇게 스케치업을 잘해?'

경완은 현장의 총 책임자인 만큼 실무경력도 뛰어났고 아는 것도 많았다. 때문에 스케치업을 할 줄은 몰라도, 우진이 지금 하는 작업이 어떤 것인지 알아볼 정도의 눈은 가지고 있었다.

'손가락에 모터라도 달았나…'

하지만 그렇다고 해서 우진을 향한 그의 의심이 완전히 걷힌 것은 아니었다. 지금 현장에서 필요한 것은 이런 모델링 능력이 아닌 목공 능력이었고 우진의 목공 실력은 아직 증명되지 않았으니 말이다.

'목공 실력도 스케치업 실력만큼 좋았으면 좋겠는데….'

하지만 그런 경완의 걱정은 그야말로 기우에 불과하였다. 모델링 능력이 우진의 무기 중 하나였다면… 목공은 그가 살아온 인생, 그 자체나 다름없었으니 말이다. 우진이 사무소에 나타난 바로 다음 날부터 본격적으로 목공팀이 세팅되었고 그로부터 정확히 일주일 뒤.

"우진이 자네… 일 몇 달만 더 해볼 생각은 없나?"

"목공은 이제 다 끝났는데, 무슨 일을 더 해요? 일정도 이틀이나 당겨놨구만."

"천웅건설에 사업장이 어디 여기뿐이겠어? 다음 사업장부턴 반장급으로 페이 맞춰주겠네."

"안 돼요."

"왜?"

"학교 가야 되거든요."

"…."

의심의 눈초리로 우진을 바라보던 경완의 시선은, 어느새 간절함으로 바뀌어 있었다.

— * —

천웅건설의 관리팀장인 준민은, 하루 종일 정신없이 뛰어다녔다. 알고 있는 인맥이란 인맥은 다 동원하여, 현장의 인력을 충원하기 위해서 말이다. 그리고 그 결과, 준민은 제법 많은 인력들을 모아오는 데 성공하였다. 문제는 그중 제대로 실력이 검증된 기술자가 없다는 것이었지만 말이다.

'후우, 반장급 디렉터가 없는 게 치명적이긴 하지만… 여차하면 다른 팀에 손 좀 벌려야지, 뭐.'

하루 종일 할 수 있는 모든 수단을 전부 동원한 뒤 다음 날, 될 대로 되라는 심정이 되어 현장에 출근한 준민. 밤늦게까지 돌아다닌 탓에 반차를 내고 늦게 출근한 준민은, 현장에 오자마자 눈이 휘둥그레질 수밖에 없었다. 아직 시작조차 하지 못했어야 정상인 1층의 인테리어 공사가, 뭔가 뚝딱뚝딱 진행되고 있었으니 말이다.

'뭐, 뭐지? 설마 부장님이 따로 사람을 찾으신 건가?'

준민은 고개를 갸웃했지만, 금세 얼굴에 화색이 돌았다. 작업 속도를 보아하니 제대로 된 기술자 영입에 성공한 듯싶었고. 그렇다면 자신의 부담이 많이 줄어들 테니 말이었다.

"부장님!"

"오, 준민이 왔나?"

이어서 한층 밝아진 박경완의 표정을 본 준민은, 거의 확신할 수 있었다. 단단히 꼬여 있던 상황이 극적으로 풀렸다는 사실을 말이다.

"일 층에 인테리어 목공 시작했던데….."

"후후, 봤어?"

"대체 사람 어떻게 구하신 겁니까? 반장급은 아예 씨가 말라버렸던데요."

"내가 고스톱 쳐서 부장까지 올라온 줄 알아? 다 방법이 있지."

창가의 소파에 앉아 으스대는 경완을 보며, 슬며시 그 건너편에 마주 앉은 준민. 어찌 됐든 일이 좀 풀린 것 같자, 그도 안도의 한숨을 내쉴 수 있었다.

'그래, 일정만 사수했으면 됐지, 뭐.'

경완의 의기양양한 표정을 슬쩍 응시한 준민은 고개를 절레절레 저으며 창밖을 내려다보았다. 관리실은 1층 현장이 훤히 보이는 위치에 자리 잡고 있었기 때문에 현장 돌아가는 상황을 한 번더 확인해본 것이다. 그런데 바로 다음 순간, 준민은 뭔가 이상함을 느끼지 않을 수 없었다.

"잠깐."

"뭐, 인마."

"사람이 왜 셋밖에 없어요?"

눈을 아무리 크게 뜨고 찾아봐도 작업자의 숫자는 고작 셋뿐이었고.

"그야 세 명이서 일하는 중이니까."

"…?"

심지어 더욱 당황스러운 것은….

"저기 쟤, 쟤는 뭐예요, 부장님?"

"쟤라니?"

"저기 컴프레서* 질질 끌고 다니는 빡빡이 말이에요."

묵직한 에어 컴프레서를 끌고 다니며 작업자들에게 오더를 내리고 있는 남자의 나이가, 아무리 봐도 너무 어려 보인다는 것이었다. 준민의 그 어이없음을 충분히 공감하는 박경완은, 헛웃음을 지을 수밖에 없었다.

"하, 하하."

이어서 찻잔을 한 차례 홀짝인 경완이, 천천히 다시 입을 열었다.

"너 빡빡이, 그거 취소해라."

---

* 공기나 그 밖의 기체를 압축하는 기계.

"네?"

"어쩌면 저 친구가 우리 구세주일지도 모르니까."

경완의 대답을 들은 준민은, 더욱 어이없는 표정이 되어 작업장을 내려다보았다. 하지만 준민의 그 표정이 놀람으로 바뀌는 데까지는 그리 오랜 시간이 걸리지 않았다.

첫걸음

우진은 기분이 좋았다. 그냥 기분이 좋은 걸 넘어서, 콧노래까지 흥얼흥얼 절로 튀어나올 정도였다.

'크으…! 바로 이거지!'

사실 따지고 보면 지금의 상황 자체가 딱히 우진에게 기분 좋을 만한 상황은 아니었다. 목공 일이야 전생에서 지겹도록 했던 것이었고, 그렇다고 지금 그가 원했던 디자인 디렉팅을 하고 있는 것도 아니었으니 말이다. 다만 지금 우진의 기분이 날아갈 것처럼 좋은 이유는 딱 하나였다.

'역시 젊음이 최고라니까!'

군 전역 직후의 탄탄한 그의 몸뚱이가, 그가 생각한 대로 너무 완벽히 움직여주고 있다는 사실. 지금 그의 몸은 팔다리는 얇고 술배만 불룩했던 40대 아저씨 서우진의 몸과는 격이 다를 정도로 완벽한 상태였다. 때문에 우진은 말 그대로, 날아다니는 중이었다.

"히야… 우진 씨, 보드 벌써 다 쳐 올린거야?"

"아니 무슨 젊은이가 이렇게 실력이 좋아?"

"젊으니까 일도 잘하는 것 아니겠습니까, 하핫."

수십 킬로그램을 훌쩍 넘는 목공용 컴프레서를 아무렇지도 않게 질질 끌고 다니면서 단 한 번의 실수도 없이 정확한 위치에 네일 건*을 탁탁 쏘아내는 신기를 보여주는 우진. 작업자는 딱 셋뿐이었지만 지금 우진의 팀은 어지간한 10명 팀만큼의 속도를 보여주는 중이었다. 한 명은 쉼 없이 목재를 재단하고, 다른 한 명은 재단된 목재를 우진에게 가져다준다. 그리고 정확한 위치에 그것이 고정된 것을 확인하면, 어김없이 우진의 네일 건이 정확한 위치에 틀어박혀 나무를 고정시킨다.

　준비해둔 도면에 따라, 필요한 판재와 각재의 사이즈는 미리 정리해두었고 스케치업 작업을 미리 해봄으로써, 이미 우진의 머릿속엔 모든 목공 구조가 그림처럼 각인되어 있었다. 따로 도면을 보면서 목재 위치를 맞춰볼 필요도 없이, 말 그대로 뚝딱뚝딱 구조물을 만들어낸 것이다. 마치 수십 번 조립해본 퍼즐 조각을 하나씩 끼워 맞추기라도 하듯 작업은 물 흐르듯 진행되었다.

　"박 부장님이 속는 셈 치고 딱 하루만 같이 해보랬는데…."

　"이 친구 이거, 아주 물건이네."

　박경완의 사정에 어쩔 수 없이 등 떠밀려 나왔던 목수 김진태는 우진의 작업 방식을 무척이나 흥미진진하게 보고 있었다. 마침 잡아뒀던 외부 일정이 펑크 난 탓에 어쩔 수 없이 끌려왔는데, 생각지도 못했던 진기한 광경을 보게 된 것이다.

　'저거 타카질 하는 폼도 그렇고, 하루 이틀 굴러본 솜씨가 아니야.'

　사실 급조된 이 세 명짜리 목공팀 안에서 원래 디렉팅의 역할을

---

* 못을 발사하는 기계식 공구.

했어야 하는 것은 우진이 아닌 진태였다. 겉으로 드러난 경력으로 보나 나이로 보나, 그것이 맞는 얘기였고 말이다. 그래서 처음에는 진태도 우진의 스케치업 파일을 보며 설명만 조금 들을 생각이었다. 아무래도 하루라도 먼저 투입된 우진이 현장에 대해 잘 아리라 생각했으니, 인수인계 정도나 받은 뒤에 본격적으로 나서볼 요량이었던 것이다. 하지만 우진의 설명을 들으면서 하나하나 인계를 받다 보니, 어느새 이런 생각하지도 못했던 상황이 되어버렸다. 마치 귀신에 홀리기라도 한 듯 자연스레 우진의 페이스에 말려들어 버린 것이다.

'대체 어디서 굴러들어온 놈일까?'

그런 우진이 딱히 못마땅하지도 않았다. 가장 나이 어린 우진이 거의 디렉터의 역할을 하고 있기는 했지만, 그것과 별개로 일도 앞장서서 가장 많이 하고 있었으니 말이다. 머리에 피도 안 마른 놈이 이래라저래라 말만 했다면 진태의 성격상 뒤집어엎었겠지만 지금은 그럴 이유가 전혀 없는 상황이었다. 알아서 척척 다 해주는 우진이라는 존재는, 진태의 입장에서 승차감 좋은 안락한 버스나 다름없었으니 말이다.

"자, 두 분. 조금만 더 힘내시죠."

"음? 그게 무슨 말이야, 우진 씨."

"박 부장님이 처음에 오더 줄 때, 오늘 여기까지가 야리끼리라고 했습니다."

"그게 정말이야?"

우진의 말을 들은 두 목수는 살짝 놀란 표정이 되었다. 야리끼리란 그날 정해진 할당량을 채웠을 경우 끝나는 일을 의미하는 공사 현장의 용어였고, 당연히 야리끼리와 관계없이 일당은 전부 다 받을 수 있다. 그런데 우진의 말에 따르면 야리끼리까지 진짜 얼마 남지 않았으니 작업자들로선 기분이 좋을 수밖에 없는 것이다. 지금 시각은 정확히 두시 반. 해가 중천에 떠있는데, 퇴근하게 생겼다.

"크, 역시 오야를 잘 만나야 된다니까?"

"오야는, 누가 오얍니까?"

"당연히 우진이 자네지."

"에이, 여기 진태 형님도 있는데 제가 무슨 오야예요."

함께 일하던 다른 목수 오영철이 엄지를 치켜세우자, 우진은 손사래를 치며 멋쩍은 표정이 되었다. 사실 전생에서야 항상 오더를 내리는 입장이었지만, 오늘은 조금 실수했다고 생각하고 있었으니 말이다.

'아, 기분이 좋아서 너무 나댄 것 같은데….'

보통 목수들은 자존심이 강한 편이었고, 보기에 따라 오늘 우진의 행동은 충분히 아니꼬울 수 있는 것이었기에 우진으로서는 조심스러울 수밖에 없는 게 당연했다.

'원래 이러려던 건 아닌데….'

특히 나이에 비해 업력이 짧은 오영철이야 크게 신경 쓰이지 않았지만, 경력이 10년 넘는 김진태의 눈치는 조금 보일 수밖에 없는 게 사실. 그러나 우진의 걱정과 달리, 진태는 너털웃음을 터뜨리고 있었다.

"하하, 현장에선 일 제일 잘하는 사람이 오야 아니겠어?"

"그, 그게…."

"난 전혀 기분 나쁘지 않으니 걱정 마, 우진 씨."

"좋게 봐주셔서… 감사합니다."

심지어 진태는, 눈을 찡긋하며 한마디 덧붙이기까지 하였다.

"대신 이 일 끝날 때까지, 우리 팀은 자네가 계속 오더 하는 거야."

그리고 진태의 그 말에, 우진은 멋쩍은 웃음을 지을 수밖에 없었다.

— * —

시간은 금방금방 흘러갔다. 우진은 정말 초심으로 돌아가 땀을 뻘뻘 흘리며 일하였고, 처음 만난 팀원들과 손발이 잘 맞은 덕인지 작업장의 분위기 또한 화기애애하였다. 작업 삼 일 차부터는 거의 열댓 명의 인원이 1층 내장목공에 투입되었음에도 불협화음 없이 순조롭게 공사가 진행된 것이다. 물론 개중에 우진이 못마땅했던 사람도 없진 않았겠지만, 적어도 티 내는 인원은 없었다. 진태를 비롯한 연식 있는 목수들이 우진을 지지해주었으니, 불만이 있더라도 꺼낼 순 없었던 것이다.

'현장에서 이렇게 즐겁게 일하기는… 정말 오랜만이네.'

그래서 우진은 마지막 날까지, 정말 기분 좋게 일을 마칠 수 있었다. 일정이 이틀이나 당겨졌음에도 불구하고 원래의 일정 기준으로 보수를 전부 다 챙겨준 박경완 덕에, 조금은 더 기분이 좋아졌는지도 몰랐다.

"정말 일 더 안 할 거야?"

"학교 가야 된다니까요?"

"너, 진짜 대학생이었어?"

"아직은 아니죠."

"그건 또 무슨…."

"다음 달에 입학할 예정이니까요."

"아⋯."

"제가 대학 생활했으면, 이 나이에 경력 3년 말이 안 되잖아요."

"지금 말이 안 되는 게 뭐 한두 가지여야지⋯."

"⋯."

그렇게 우진은 훈훈하게 박경완과의 마지막 정산까지 마쳤고 보너스로 명함도 몇 장 얻을 수 있었다. 우진에게 침을 질질 흘리고 있던 박경완의 명함은 물론,

"자, 명함이나 챙겨 가라."

"감사합니다."

"방학 때 일할 거지?"

"등록금 내야 되니까요."

"딴 데 가지 말고, 어지간하면 나한테 연락해."

"그래 볼게요."

"얌마, 나처럼 착한 관리자도 드물어."

일주일 동안 제법 친해진 베테랑 목수 김진태의 명함도 얻게 된 것이다.

"우진이, 다음 달에 학교 간다고?"

"네, 진태 형."

"학기 중에 시간 나면, 형이랑 술이나 한잔하자."

"좋죠."

"형 도움 필요한 일 있으면 연락 주고."

"좋습니다, 흐흐."

그리고 이것으로, 우진은 원했던 첫 번째 목표를 깔끔하게 달성할 수 있었다.

'수서 현장은 박경완 부장 눈도장이나 찍어두려고 왔던 거였는 데… 진태 형 번호는 보너스네.'

후에 천웅건설 임원까지 올라갈 박경완과의 친분이 우진의 가장 중요한 목표였던 것이다. 하지만 우진은 김진태와의 인연도 그에 못지않게 중요하다고 생각하였다. 조금만 더 갈고닦으면 웬만한 현장 정도는 충분히 지휘할 수 있을 만한 인재. 그에 더해 다른 작업자들과의 친분도 가능하면 유지해볼 생각이었다.

'좋아, 이 정도면 첫걸음은 괜찮게 디딘 것 같아.'

건축에는 사람이 필요하다.

그것도 아주 많이 필요하다.

때문에 우진에게는, 사람 하나하나가 정말 소중하였다.

— * —

수서 현장에서의 일주일 동안, 우진이 번 돈은 200만 원이 살짝 넘는 정도였다. 일당은 22만 원 정도로, 일주일이면 150만 원 정도여야 정상이었지만 우진이 단축해낸 공사 기간만큼의 임금을 박경완이 따로 챙겨줬기에 가능한 액수였다. 해서 지금 우진의 수중에 있는 돈은, 모아둔 것까지 해서 대략 570만 원 정도. 사람에 따라 많다면 많고 적다면 적을 수도 있는 돈이었지만, 스물둘 우진의 입장에서는 거금이라 할 만한 자본이었다.

'딱 일주일만 더 당겨볼까? 그럼 첫해 등록금 정도는 얼추 나올 것 같은데….'

속으로 잠시 등록금 생각을 했던 우진은 고개를 절레절레 저었다.

잠깐 생각만 그렇게 했을 뿐이지, 사실 우진은 통장에 오백이 아니라 천만 원이 넘게 있다 하더라도 그것으로 등록금을 낼 생각이 없었으니 말이다.

'학자금 대출은 무조건 받아야지.'

유동자금이 한 푼이라도 아쉬운 우진의 입장에선 무이자에 가깝게 돈을 빌려주는 학자금 대출을 마다할 이유가 전혀 없었다.

'역시 대출은 최대한 많이 당겨서, 최대한 늦게 갚아야…'

현대 사회에선 빚을 무서워할 필요가 없다. 특히나 제로금리를 향해 달리는 중인 이런 저금리 시대에는 더더욱 말이다. 전생의 우진은 이 사실을, 마흔이 다 되어서야 깨달았었다.

'뭐, 전생에서는… 30대 초반까지만 해도 투자에 관심 가질 여유조차 없었으니까….'

물론 무차별적인 대출이 옳다는 얘기는 절대로 아니다. 다만 감당 가능한 이자 내에서의 건전한 대출은, 오히려 자산 증식에 도움이 된다는 사실을 경험으로 알고 있을 뿐이었다.

'일단 유동자금 딱 3천만 모으자. 그 정도면 얼추 판은 깔아볼 수 있을 테니까.'

잠시 돈 벌 궁리를 하며 실실 웃던 우진은 다시 고개를 절레절레 저으며 상념을 떨쳐내었다. 이제 다음 주면 3월이었고, 3월 첫 주에는 입학식이 있었으니 정말 대학 생활 준비를 해야 할 때가 온 것이다. 물론 없는 형편에, 돈 벌 계획을 짜는 것은 무척 중요하다. 오히려 금전적인 상황은 회귀 전보다 지금이 훨씬 더 열악했으니 말이다. 하지만 그와 별개로 지금 가장 설레는 것은 누가 뭐래도 학교생활이었다. 전생에서 질리도록 해본 현장 일과 달리 대학 생활은 그의 모든 생을 통틀어 처음이었고 지난 세월 동안 너무도 갈

구했지만 현실에 치여 결국 얻어내지 못했던 것이 바로 대학에서의 배움이었으니 말이었다.

'드디어⋯ 드디어, 내가 대학을 가보는구나!'

그리고 지금, 낡아빠진 폴더 폰을 확인한 우진의 입꼬리가 귀에 걸린 이유도 그와 비슷한 맥락이라고 할 수 있었다.

"공간디자인학과 '서우진' 님. OT(오리엔테이션) 참여 여부, 확인 부탁드립니다."

스물두 살 서우진의 심장이, 주책맞게 벌렁거리기 시작하였다.

— * —

O.T(OrienTation)란, 영문단어가 가진 뜻 그대로 '예비교육'을 의미한다. 하지만 대학교에 처음 입학하는 새내기들에게 O.T라는 것은, 조금 더 복합적인 의미를 가지고 있었다. 애초에 대학 O.T란 특별히 어떤 교육을 받으러 가는 자리라기보단 대학 생활의 기분을 처음 내볼 수 있는 대학문화의 체험관 같은 느낌이었으니 말이다. 그에 더해 처음 성인으로서 자연스레 음주 가무를 경험할 수 있을 것이라는 기대도 가지게 되다 보니 새내기들의 입장에서는 설레는 것이 어쩌면 너무 당연하다 할 수 있다. 물론 정신연령이 마흔이 넘은 우진에게 술 게임 같은 것이 기대될 리는 없었지만 말이다.

'술이야 회사 다닐 때 지겹도록 마셨지.'

다만 우진이 설레는 이유는 이 O.T라는 행사가 가지는 상징적인 의미 때문이었다. 전생에서 걸어보지 못한 한 걸음을 처음으로 내딛는다는 상징성.

'흐, 흐흐!'

하지만 그렇다고 해서 그 설렘의 감정이 무거워진 눈꺼풀까지 들어 올려주는 것은 아니었다. 우진의 집에서 학교까지는, 대중교통으로 한 시간이 족히 넘는 거리였고 피로와 별개로 지하철에 가만히 앉아 있는 것은, 생각보다 더 지루한 일이었으니 말이다.

'어후, 멀긴 머네. 자취라도 생각해야 하나?'

앉은 자리 건너편에 붙어 있는 노선도를 확인하던 우진은 한숨을 푹 쉬며 고개를 저었다. 자취를 하든 차를 사든 어머니 도움은 바랄 생각이 없었고, 때문에 아직은 시기상조라고 할 수 있었다.

'스마트폰이라도 있었으면 좀 덜 심심했을 텐데….'

손에 들린 낡은 폴더 폰을 잠시 응시하던 우진은 고개를 절레절레 저었다. 꼭 심심함을 달래기 위해서가 아니더라도, 우진은 스마트폰의 빈자리를 절실히 느끼고 있었다. 우진이 회귀하기 전 2030년대의 스마트폰은 그야말로 만능기기나 다름없었으니까.

'구닥다리 초기 세대 스마트폰이라도 구매해야 하나….'

덜컹- 덜컹-

이른 주말 아침이라 그런지, 지하철은 한적했다. 덕분에 우진은 구석 자리에 앉아 눈을 붙일 수 있었다. 회귀 이후 1분 1초라도 허투루 보내기 싫다는 강박관념이 조금 생겼지만 이렇게 할 수 있는 일이 없을 때는, 자는 것이 남는 것이다.

'한 삼십 분 정돈 잘 수 있으려나.'

하지만 우진은 예상과 다르게, 그리 오래 눈을 붙이지 못하였다. 대충 십여 분 정도가 지났을 무렵.

'음…?'

제대로 잠에 들기도 전에, 우진의 흥미를 동하게 하는 목소리들이 귓전으로 흘러 들어왔기 때문이었다.

"혜진아, 우리 잘못 탄 건 아니지?"

"당연하지. 내가 노선도만 세 번 확인했어. 걱정 붙들어 매시라고."

"으으…! 떨린다! 오티라니… 오늘이 오티라니!"

재잘재잘 떠드는 두 여학생의 목소리에, 우진은 저도 모르게 슬쩍 눈을 떴다. 우진의 잠이 깬 것은, 당연히 오티라는 단어 때문이었다.

'오티라고? 같은 학교 학생인 건가…?'

물론 같은 날 오티를 가는 다른 대학교가 있을지도 몰랐다. 하지만 지하철 노선도와 지금 시간대를 생각해보면, 아주 높은 확률로 같은 학교 학생일 것이었다.

'같은 과일 확률은 낮겠지만….'

우진은 티 나지 않게 슬쩍 시선을 돌려, 방금 지하철에 오른 두 여학생을 응시하였다. 눈에 확 띌 정도로 예쁜 것은 아니었지만, 풋풋한 차림새에 생기가 도는 외모를 가진 귀여운 여학생들. 하지만 잠시 관심을 가졌던 우진은 저도 모르게 피식 웃으며 고개를 절레절레 저을 수밖에 없었다.

'완전 애기들이네 애기들, 하….'

순간 여학생들이 조카뻘로 느껴지는 것이, 뭔가 죄짓는 기분이 들었으니 말이다.

'젠장. 이래서 연애나 할 수 있으려나… 대학교에 가면 CC도 해보고 해야 하는데 말이야.'

전생의 우진은 노총각이었지만, 그렇다고 모태솔로는 아니었다. 외모가 못난 것도 아니고 성격이 모난 것도 아니었으며, 키도 훤칠

하고 비율도 괜찮았으니 전생에서도 연애까지는 남들만큼 충분히 해봤던 것이다. 다만 미친 듯이 일에 매달리고 꿈을 좇다 보니, 결국 아무도 그의 곁에 남지 않았을 뿐이었다.

'뭐, 어떻게든 되겠지. 그래도 천천히 이십 대 초반에 동화되는 느낌이긴 하니까.'

처음에는 젊어진 어머니의 모습도, 퇴보한 시대환경도 너무 어색할 수밖에 없던 우진이었다. 하지만 하루하루 지날 때마다 그런 것들도 다 적응이 되어갔으니 우진은 마음 편히 생각하기로 하였다. 결국 세월에 찌들어버린 이 정신연령과 감성까지도, 자연스레 이십 대에 맞춰질 것이라고 말이다.

'인간은 적응의 동물이니까.'

하지만 잠시 후. 그렇게 실없는 생각을 하고 있던 우진은 다시 한번 화들짝 놀랄 수밖에 없었다.

'…!'

관심을 접었던 여학생들의 목소리가, 다시 우진의 귓전으로 쏙 들어박혔으니까. 그것도 제법 가까운 거리에서 말이다.

"저, 저기요…?"

그것은 분명, 우진을 부르는 목소리.

"네? 저요?"

"네네, 그쪽이요."

우진은 반사적으로 고개를 돌렸고, 말을 걸어온 여학생과 자연스레 눈이 마주쳤다. 이어서 우진에게 다가온 여학생, 임혜진이 조심스레 그에게 물어보았다.

"혹시, K대 공간디자인학과 신입생이세요?"

그리고 그 말을 들은 우진은 저도 모르게 헛바람을 집어 삼킬 수밖에 없었다.

—— * ——

처음 혜진의 이야기를 들은 우진은 눈이 튀어나올 정도로 놀랐다. 독심술이라도 익힌 것이 아니라면, 처음 보는 자신의 학교와 학과를 알 수가 없을 테니 말이었다. 하지만 그녀의 이어진 이야기를 듣자, 놀란 가슴을 쓸어내릴 수 있었다.

'휴, 또 귀신이라도 만난 줄 알았잖아?'

그녀가 우진의 학교와 학과를 알아볼 수 있었던 것은 그의 주머니 속에서 반쯤 삐져나와 있던, 오리엔테이션 명찰 덕분이었다. 제법 큼지막한 명찰의 구석에는 '공간디자인학과'라는 글씨가 떡하니 인쇄되어 있었고 그것은 혜진이 가진 명찰과 같은 디자인의 명찰이었다.

"이야, 넌 눈도 좋다. 그걸 어떻게 찾았대?"

"몰라, 그냥 순간적으로 보였어."

자신의 앞으로 와 재잘거리는 두 여학생을 보며, 우진은 피식 웃었다. 그녀들의 이름은 임혜진, 유세영이라 하였고, 우진과 달리 나이는 둘 다 스물이었다. 예상대로 둘 다 K대 학생이 맞았고 말이다. 심지어 우진에게 말을 건 혜진은, 그와 같은 공간디자인학과 신입생이었다.

'그래서 말을 걸었겠지. 뭐, 나였더라도 같은 과라는 것까지 알았으면… 꽤나 반가웠을 테니까.'

K대의 신입생은 한 해에 천 명이 넘는다. 하지만 공간디자인과 신입생의 숫자는, 많아야 오십 명을 넘지 않았다. 때문에 단지 같

은 학교 신입생인 것과 같은 과 동기라는 것은, 조금 다른 차원의 문제라고 할 수 있었다.

"이거 은근히 반갑네요. 제가 원래 이렇게 막 모르는 사람한테 말 걸고 그런 타입은 아닌데….'

혜진은 약간 멋쩍은 표정으로 말끝을 흐렸고, 우진은 웃으며 대답하였다.

"하하, 과에 아는 사람 하나도 없을 텐데 잘됐죠 뭐. 오티 가서 심심하지는 않겠네."

우진의 대답에, 이번에는 세영이 끼어들어 말했다. 그녀는 혜진과 달리 공간디자인학과가 아니었지만, 그래도 같은 건물을 쓰게 될 학생이었다. 세영의 과는 영상디자인학과였다.

"어차피 오티에서, 심심할 일은 없었을 걸요?"

그녀의 말에, 우진이 반문하였다.

"네? 그게 무슨…?"

그리고 어리둥절한 그의 표정에, 세영이 웃으며 다시 말을 이었다.

"이 오빠, 정보가 하나도 없네."

우진은 속으로 어이가 없었다. 회귀자에게 정보를 논하다니.

'나만큼 이 학교 조사를 많이 한 사람도 없을 텐데….'

하지만 그는 잠자코 세영의 다음 말을 기다렸다. 궁금했으니까. 그리고 세영은 놀랍게도, 정말 우진이 몰랐던 정보를 꺼내었다.

"다른 과는 몰라도 디자인학부 오티는… 거의 전쟁이에요."

"전쟁? 무슨 전쟁이요?"

세영이 씨익 웃으며 답하였다.

"첫 학기 등록금이 걸린 전쟁이랄까요…?"

잠시 뜸을 들인 세영이 천천히 말을 이었고, 그 이야기를 듣던 우진의 표정이 묘하게 변하기 시작하였다.

—— * ——

우진이 K대학에 대해, 정확히는 K대의 디자인학부에 대해 조사했던 것은 회귀 전인 전생이었다. 결국 입학하지는 못했지만, 수십 번도 넘게 입학을 고민했던 학교였으며 나이 서른이 넘어서도 대학에 대한 미련이 생길 때면, 가장 먼저 떠올렸던 것이 바로 K대였으니 말이었다. 하지만 세영의 이야기는 그런 우진도 처음 듣는 것이었다.

"매년 K대 모든 과에는, 특별장학금 티오(T.O)가 과마다 세 개씩 나와요. 하나는 전액 장학금, 나머지 둘은 반액 장학금이죠."

T.O는, Table of Organization의 약자다. 학교뿐 아니라 어느 집단에서나 통용되는, 조직의 정원이나 자릿수를 의미하는 단어.

"그리고 이건 약간 전통 같은 건데, 디자인학부는 그 특별장학금의 주인을 매년 O.T에서 뽑아요."

"그럼 그 특별장학금이라는 건, 신입생밖에 못 받겠네요?"

"그렇겠죠. 뭐, 고학년에게 줘도 문제는 없는… 학과장 재량 장학금이라는데. 지금까지 그랬던 적은 한 번도 없었대요."

세영의 말에 의하면 K대의 디자인학부는, 매년 오티에서 그 특별장학생을 뽑기 위한 경연을 벌인다고 한다. 그 경연에서 정해진 1, 2, 3등에게 각각 장학금이 주어지는 것이다.

'반액만 돼도 최소 200 이상이잖아?'

때문에 우진의 입장에서도 이건 제법 혹할 수밖에 없는 정보였다. 등록금을 아낄 수 있다는 말은, 그것을 벌기 위해 필요한 시간을 아낄 수 있다는 말과 일맥상통했으니 말이다.

"경연은 어떤 식으로 하는데요? 디자인… 과제라도 내주는 건가?"

우진의 물음에, 이번에는 혜진이 대답하였다.

"아마 그렇겠지만, 자세한 부분은 저희도 잘 몰라요. 매년 방식이 바뀐다고도 하고… 학과마다, 담당 교수마다, 방식이 완전히 다르다고 들었어요."

우진은 제한된 정보가 살짝 아쉬웠지만, 그보다는 기대감이 더컸다. 장학금도 장학금이었지만 디자인 경연이라는 그 콘텐츠 자체가, 그에게 무척 매력적으로 다가온 것이다.

'재밌네, 이거.'

경연 상대가 새파란 조카뻘들이라는 생각도 잠깐 들기는 했다. 하지만 그런 생각은 금방 지워졌다. 어찌 됐든 전생의 우진은 디자이너가 아니었고, 때문에 디자인이라는 카테고리 안에서만큼은, 다른 학생들과 출발선이 다를 게 없었으니까.

"이건 어떻게 알았어요?"

우진의 물음에, 세영이 혜진을 힐끔거리며 대답했다.

"얘 언니도, 디자인학부 학생이거든요. 과는 저희랑 다르지만요."

"아하."

경연에 대한 이야기가 끝난 뒤에도, 세영과 혜진은 과에 대한 이야기들을 제법 많이 해주었다. 학부에서 유명한 괴짜 교수라든가 디자인학과에서 많이 쓰는 은어 같은 것들 말이다.

"언니가 김기환 교수 수업은 웬만하면 피하라던데…."

"그래? 그분 너네 과 교수 아니야? 시디(시각디자인) 다니는 언니가 어떻게 알아?"

"언니 우리 과 수업 몇 번 들은 적 있거든."

"아하."

"그 교수 수업 듣는 동안, 언니 거의 집에 들어온 적이 없어."

"그 정도야?"

"이틀에 한 번은 야작했다고 하던데?"

"야작이 뭐예요?"

"야간작업의 약자일 걸요."

"아…."

물론 경연에 대한 내용만큼 흥미로운 정보는 더 없었지만, 그래도 우진은 충분히 흥미롭게 들었다. 적어도 이 두 사람에게 듣는 이야기들은 전부 신선한 것들이었으니 말이다. 우진은 K대학교에 대해 많이 알고 있었지만, 그것은 대부분 대외적인 내용이다. 때문에 이런 학부 내의 자잘한 이야기들은, 우진의 입장에서 재밌기까지 하였다.

"정보 고마워요."

우진의 말에, 세영이 웃으며 대답했고

"별말씀을요."

혜진이 한마디를 덧붙였다.

"그건 그렇고 오빠."

"음?"

"이제 서로 말은 편하게 하는 게 어때? 어차피 동기인데."

본인을 내성적이라고 소개했던 혜진의 이야기는, 아무래도 거짓말이 분명하였다.

강원도에는 스키장이 많다. 보드 타는 것을 꽤나 좋아하는 우진은 전생에서도 매년 한 번 정도는 강원도에 있는 스키장에 가곤 했다. 하지만 회귀 후 첫 스키장 방문에서, 우진은 그 좋아하던 보드를 만져볼 수조차 없었다.

"아니, 왜!"

"일정표에 없다니까, 오빠."

"그럴 거면 대체 왜 여기로 오티를 오는 건데?"

"알겠냐? 나도 신입생인데?"

오티 목적지는 강원도에서도 큰 규모의 스키장 리조트였지만, 정작 학생들이 스키를 탈 수 있는 시간은 전혀 주어지지 않았다.

"젠장."

툴툴거리는 우진을 보며, 혜진이 피식 웃었다. 지금 우진은 혜진과 함께 다니고 있었다. 영상디자인학과인 세영은 학교에서 출발할 때부터 다른 버스로 이동했고 혜진도 딱히 공간디자인과 신입생 중에 지인이 있는 것은 아니었으니, 자연스레 우진과 동행하게 된 것이다. 물론 우진도 오늘 아침에 만난 것은 매한가지였지만 그래도 혜진의 친화력 덕에, 제법 친해진 상태였다.

"오빠, 근데 오빠는 왜 공디과 지원했어?"

"우와, 그럼 군대도 다녀온 거야?"

"뭐야, 우리 언니보다도 나이가 많잖아? 할배네, 할배."

노인네 소리를 들었을 때는 정곡을 찔린 탓에 조금 버럭 할 뻔하기도 했지만….

"아 알았어, 발끈하기는. 할배 소리 듣고 발끈하는 건 우리 삼촌밖에 없을 줄 알았는데….”

그래도 꿰다 놓은 보릿자루처럼 혼자 어슬렁거리는 것보다는, 혜진과 함께하는 편이 좀 더 나은 것이 사실이었다.

‘뭐… 심심한 것보단 훨씬 나으니까.’

그리고 이런 식으로 실없는 대화를 나누는 사이 두 사람은 조교의 인솔에 따라 오티가 진행되는 대강당에 도착했다. 이어 안내에 따라 강당 한쪽 구석에 자리를 잡고 앉았다.

“공간디자인과 신입생 분들은, A열부터 C열까지 앉으시면 됩니다!”

조교의 목소리를 들은 우진은 슬쩍 고개를 돌려 학생들의 면면을 살펴보았다.

‘흠, 이쪽에 앉은 친구들은 전부 같은 과 동기라는 얘기겠네.’

그리고 곧, 살짝 어색한 표정이 될 수밖에 없었다. 디자인학부답게 신입생 대부분이, 여학생들로 구성되어 있었으니 말이다. 공간디자인과의 정원 55명 중, 얼핏 봐도 여자의 비율이 마흔 명은 넘어 보였던 것. 항상 현장의 땀내 나는 사내놈들 사이에서 생활해오던 우진으로서는, 적응하기 쉽지 않을 것 같았다.

‘여초 학과일 거라고 생각은 했지만… 이 정도일 줄이야.’

물론 우진도 남자다. 때문에 개중에 눈에 띄는 예쁘장한 여학생들을 발견할 때면, 절로 시선을 빼앗기는 것이 지극히 정상적인 본능이라고 할 수 있었다. 하지만 내면에서 느껴지는 약간의 양심의 가책을 비롯하여….

“할배, 뭐하나?”

게슴츠레한 표정으로 우진을 응시하는 방해꾼 덕에, 그 기분 좋은 시간이 오래 이어질 수는 없었다.

"너 자꾸 그렇게 태클 걸면…."

"뭐. 그러면 뭐."

"오전에 소개팅 건, 나가리 되는 거 알지?"

"아, 오빠 잠깐. 아니, 오라버니…!"

단숨에 태세전환을 하는 혜진을 보며, 우진은 피식 웃을 수밖에 없었다. 우진이 얘기했던 소개팅 제의란, 바로 그의 맞후임이었던 김성관과의 소개팅 주선. 성관은 까만 눈썹에 뚜렷한 이목구비를 가진, 미남 축에 속하는 외모를 가지고 있었고 그런 그의 사진을 본 혜진이 소개팅 주선을 졸라댔던 것이다. 물론 혜진도 외모가 빠지는 편은 아니었기에, 우진이 흔쾌히 수락했지만….

'흐흐, 적어도 오티 하는 동안에는 이걸 좀 우려먹을 수 있겠군.'

건방진 꼬마 녀석의 버릇을 고쳐주기 전까지는, 약속을 잠깐 보류할 용의도 있었다.

"너 하는 거 봐서."

"하… 이 야비한 노인네…."

"후후, 일단 3점! 감점되셨고요."

"감점 말고 가산점은 어떻게 하면 얻을 수 있는 건가요…?"

"글쎄, 우물은 목마른 사람이 파야 되는 거 아닐까?"

"히잉…."

두 사람이 강당에서 티격태격하던 사이 몇백 자리는 족히 되어 보이던 강당의 의자는 금세 거의 다 들어찼다. 그리고 실내가 점점 더 시끌벅적해진다는 느낌을 받을 즈음.

지이잉-

강당 전면에 설치된 커다란 스크린에 갑자기 환한 불이 들어오며 새로운 화면이 떠올랐고, 그와 동시에 시끄럽던 장내는 순식간에 조용해졌다. 이어서 자연스레 그 스크린을 확인한 우진은 흥미로운 표정이 되었다.

"오호. 저게 오늘 일정인가 본데?"

우진과 마찬가지로 스크린을 응시하던 혜진도, 고개를 끄덕이며 대답하였다.

"그러게. 심플하네."

그런데 잠시 후.

"…!"

내용을 찬찬히 읽어 내려가던 두 사람의 시선은, 약속이라도 한 듯 스크린의 하단부에 고정되었다. 표제만으로도 지루해 보이는 앞단의 순서와 달리, 마지막 순서는 단번에 둘의 눈길을 사로잡았으니 말이다.

Step5 - 디자인의 밤.
디자이너로서의 첫걸음을 뗀 신입생 여러분의 아이디어와 상상력을 마음껏 펼쳐내는 시간입니다.
…후략…

만약 지하철에서 혜진과 세영에게 들은 이야기가 아니었더라면, 우진은 고개를 갸웃했을 것이다. '디자인의 밤'이라는 표제는 너무 추상적이었으니까. 하지만 '경연'에 대한 이야기를 알고 있는 지금, 우진은 본능적으로 이 순서가 디자인 경연이라는 것을 알아챘다.

"이거…."

그리고 그것은, 혜진 또한 마찬가지였다.

"맞아, 오빠. 아무래도 이게 경연 같은데?"

"그렇지?"

우진은 눈을 반짝이며 스크린에 떠 있는 설명을 읽어 내려갔다. 하지만 그 내용에도 딱히 경연에 대한 구체적인 언급은 없었다. 다만 우진의 눈에 들어온 것은, 무척이나 의미심장한 마지막 한 줄의 문장이었다.

디자인의 밤은 여러분들의 축제입니다.

그리고 이 밤은… 여러분의 상상보다 훨씬 더 긴 밤이 될지도 모릅니다.

우진은 스크린의 설명을 보며, 뭔가 경연에 대한 힌트라도 있는 것은 아닌지 곰곰이 생각해보았다.

'긴 밤이 될 거라고? 그게 무슨 말이지?'

하지만 바로 다음 순간, 경연에 대한 우진의 생각은 더 길게 이어질 수 없었다. 스크린이 띄워져 있는 강단의 위로, 저벅저벅 걸어 올라가는 누군가를 발견했으니 말이다.

"어…?"

우진의 두 눈은, 저도 모르게 확대되었다. 의외의 장소에서 생각지도 못했던 시점에 전혀 예상치도 못한, 낯익은 얼굴과 마주하게 되었으니 말이다.

'김기태…? 저놈이 대체 왜 여기에?'

볼륨감 넘치는 가르마 펌을 한 말끔한 헤어스타일에, 까만 뿔테 안경을 쓴 남자. 그는 우진이 분명 알고 있는 사람이었고 그리 반가운 얼굴은 아니었다.

'설마 저놈도… K대였어?'

한껏 멋을 부린 남자의 얼굴을 다시 한번 확인한 우진의 표정이 저도 모르게 살짝 일그러졌다.

— * —

우진과 김기태의 인연은 당연히 전생에서의 그것이었다. 서울 토박이나 다름없는 우진과 달리 김기태는 해외에서 나고 자란 유학파 출신이었고 정확하지는 않지만, 나이도 우진보다 네댓 살 정도 더 많았으니 말이다. 우진이 전생에서 김기태를 처음 만났던 것은, 서른이 훌쩍 넘었을 때의 일이었다.

"반갑습니다, 서 반장님. 데피노스 디자인사무소 김기탭니다."

우진이 그를 처음 만났을 때 김기태는 스페인에서 손에 꼽힐 만큼 유명한 건축사무소인 '데피노스(De Pinos)'의 디자인 팀장이었다. 당시 데피노스는 한국에서 프로젝트를 처음 맡았던 업체였고, 우진은 그들로부터 외주를 받은 하청업체의 목공반장이었다. 그리고 그들의 첫 만남은 사실 그렇게까지 나쁜 편은 아니었다. 데피노스는 자금력이 풍부한 대형 건축사무소였고 그들은 우진의 팀에게 대금을 후하게 지급하는 편이었으니 말이다. 김기태의 어투가 한 번씩 고압적일 때도 있었지만 그 정도는 현장에서 일상다반사였기 때문에 크게 불쾌한 기분이 들 정도는 아니었다.

"2층 대리석 타일 마감, 왜 이렇게 지저분해요?"

"분전함 위치가 너무 툭 튀어나와 있잖아요. 이런 건 알아서 벽체 안쪽으로 숨겨주셔야지…."

굳이 따지자면… 조금 재수 없고 까탈스러운 유학파 매니저의

66

느낌이랄까? 하지만 말도 안 되는 부분으로 트집을 잡거나 생떼를 쓰는 것은 아니었기에 우진도 그렇게 큰 불만을 갖지는 않았다. 준공을 한 달 정도 남겨놨을 무렵 '그 일'이 터지기 전까지는 말이다.

"아, 아니. 서 반장님."

"예?"

"여기 3층 필로티 위에 대체 왜 이렇게 사선으로 가벽이 쳐져 있는 겁니까?"

"네? 그야, 도면이 그렇게…."

"뭐라고요? 지금 장난하십니까?"

"그게 무슨 말씀이시죠?"

"대체 도면에 이런 괴상망측한 구조가 어디 있다는 겁니까?"

"…?"

"하… 미치겠네. 본사에 올려서 손해배상 청구하겠습니다."

"아니, 지금 무슨 말씀을 하시는 겁니까? 저는 분명히 도면 주신 대로 작업했고, 분명히 어제까지만 해도 팀장님이 감리를…."

건축물은 설계 과정에서 도면이 수십, 수백 번 변경된다. 클라이언트의 요구에 따라, 예산에 따라 그리고 건축법에 따라 가장 완벽에 가까운 공간을 만들기 위해 수없이 변경되는 것이 건축 도면이었으니 말이다. 그리고 김기태와 진행했던 이 프로젝트도, 현장 미팅 과정에서 실시설계가 최소 다섯 번 이상은 바뀌었다. 그 과정에서 김기태가 클라이언트와 소통을 잘못하여, 일부 도면이 잘못된 구조로 시공된 것이다. 결코 흔한 일은 아니었다. 우진의 건축 인생에서 이 정도의 대형 사고는, 딱 두 번밖에 없었으니 말이다. 하지만 여기서 더 끔찍했던 것은, 김기태가 자신의 실수를 서우진에게 덮어씌웠다는 점이었다. 자신이 누락시켰던 도면을 교묘히 바꾸치기까지 하며, 치밀하고 계획적으로 말이다.

"여기, 날짜별로 정리된 도면 파일 보이십니까?"

"…"

"저희 데피노스는 분명 제대로 된 도면을 전달해드렸고, 반장님께서 시공을 잘못된 도면으로 진행하신 겁니다. 아시겠습니까?"

결과적으로 이 사건의 결말은 그렇게까지 최악으로 흘러가진 않았다. 애초에 잘못 시공된 도면도 끝까지 변경안과 함께 고민하던 원안이었고, 때문에 디자인 자체는 나름 괜찮게 뽑혔기 때문이었다. 하여 책임 소재 여부와 별개로 클라이언트가 잘못 시공된 부분을 눈감아주었고, 사건은 그렇게 마무리되었다. 물론 그 사건 이후로, 우진은 김기태를 경멸했지만 말이다.

"인생 그런 식으로 사시는 거 아닙니다, 팀장님. 이번에야 운 좋게 넘어가셨지만… 이 바닥 좁습니다."

"무슨 소립니까? 하하. 이 양반, 본인이 잘못해놓고 계속 나한테 덮어씌우려고 하시네."

"…"

"그리고 말 한번 잘하셨는데. 말씀하신 대로 이 바닥 좁습니다."

"…?"

"그리고 전 이렇게 좁은 바닥에서, 앞으로 이런 조막만 한 프로젝트 진행할 일 별로 없을 겁니다. 데피노스는 글로벌 기업이니까요."

오랜만에 잊고 있던 최악의 기억이 떠오른 우진은 좋았던 기분이 확 다운되는 것을 느낄 수밖에 없었다. 그리고 더욱 불쾌한 것은 자신이 기억하는 그 쓰레기 같은 기억이, 김기태에게는 아직 일어나지도 않은 일일 것이라는 점이었다. 그러니까 우진이 지금 달려 나가 김기태의 얼굴에 주먹을 꽂아 넣는다면 우진만 나쁜 놈이 되는 상황인 것이다.

'이거 은근히 기분 묘하고 더럽네.'

그리고 썩어들어 가는 우진의 표정을 눈치챈 것인지, 옆에 있던 혜진이 조심스럽게 그를 향해 물었다.

"오빠…? 갑자기 뭐 안 좋은 일이라도 생겼어?"

"아, 아니. 그런 건 아니고."

혜진의 목소리에 감정을 추스른 우진은 김기태에게서 시선을 떼고 살짝 눈을 감았다.

'그래. 뭐, 회귀했다고 저 개 같은 놈 본성이 어디 가겠어?'

이번 생에서도 김기태와 부딪칠 일이 생길지는 모르겠지만, 우진은 굳게 다짐하였다. 놈은 분명 이번 생에서도 더러운 짓을 저지를 놈이었고 만약 그런 날이 온다면, 전생의 빚을 배로 갚아 주리라고 말이다. 그리고 우진이 속으로 감정을 삭이고 있던 그때 강당에 김기태의 목소리가 울려 퍼지기 시작하였다.

오리엔테이션

우진이 가장 궁금했던 건, 이 학교에서 김기태의 직책이 뭐냐는 것이었다.

'신입생은 당연히 아닐 거고. 대충 조교쯤 되려나….'

군대를 다녀온 우진도, 신입생 중에는 나이가 많은 편이다. 그런데 김기태는 그런 그보다도 대략 세 살 정도 많았으니, 신입생일 확률은 거의 없다고 봐도 무방하였다.

'게다가 스페인 국적인 저놈은, 군대도 안 다녀왔을 테니….'

보통 스물다섯 정도의 남자라면, 사 년제 대학을 졸업하고 조교가 되기에는 좀 이른 나이다. 그러나 군대를 스킵했을 김기태라면, 충분히 조교가 됐을 수도 있을 나이. 하지만 우진의 예상은, 살짝 빗나갔다. 김기태는 아직 학생이었고, 공간디자인과의 학회장이었던 것이다.

"안녕하십니까, 신입생 여러분! 공간디자인과 학회장 김기태라고 합니다…!"

김기태의 목소리가 울려 퍼지자, 강당의 신입생들이 환호성을 터뜨린다. 그의 본색을 알고 있는 우진의 입장에서는 역겨운 목소리였지만 오늘 이 자리에서 그를 처음 본 신입생들에게 훤칠한 외모의 3학년 학회장은 충분히 선망의 대상이 될 만했다.

"와…! 공간디자인과 학회장이래."

"학회장이면 몇 학년이지?"

"3학년?"

"아니, 아마 3학년일 거야."

"너네 과 학회장 오빠 잘생겼다?"

"오오오…!"

물론 여기저기서 웅성이는 와중에도, 우진은 표정 관리를 하기 위해 애를 먹어야 했다.

3학년? 차라리 잘된 건가. 조교보다는 3학년이 아무래도 부딪칠 일이 적을 테니까.'

하지만 우진은 머릿속에 가득 들어찼던 불쾌감을 빠르게 털어내었다. 그 텁텁한 감정이 지금의 상황에선, 아무런 도움이 되지 않는다는 사실을 잘 알고 있었으니 말이다. 물론 전생의 악연을 잊겠다는 얘기는 아니다. 다만 어떤 계기가 있기 전까지는, 감정을 숨길 필요가 있었을 뿐. 그리고 그런 우진의 마인드 컨트롤에, 의외로 혜진이 약간의 도움을 주었다.

"뭐야, 엄청 느끼하잖아. 뭐가 잘생겼다는 거야."

"응?"

"아니, 저 학회장이라는 오빠 말이야. 난 나보다 쌍꺼풀 진한 남자는 질색이거든."

"그래?"

"목소리도 너무 느끼해. 아무튼, 내 스타일은 아니야."

"흐흐, 아무래도 그렇지?"

"앗, 목소리가 너무 컸나?"

주변을 슬쩍 두리번거리는 혜진을 보며, 우진은 기분 좋게 웃었다. 혜진은 모르겠지만, 그녀는 방금 우진에게 제법 큰 가산점을 따냈다. 물론 쌍꺼풀도 없으면서 자신보다 쌍꺼풀 진한 남자를 운운하는 건 좀 어이없었지만, 그 정도는 충분히 넘어가 줄 용의가 있었다.

"난 성관이 오빠처럼 큰 눈에 쌍꺼풀 없는 얼굴이 좋아."

"뭐야, 언제 봤다고 그새 성관이 오빠가 됐어?"

"오빠가 연결만 해준다면, 당장 다음 주에 만날 수도 있을 걸?"

"흐음… 좋아. 그 정도 열정이라면, 내가 한 달 뒤쯤 바로 연결해 줄게."

우진은 능청스런 표정으로 대답했고, 혜진은 얼굴을 팍 찡그리며 인상을 썼다.

"한 달…? 치사하게 자꾸 그럴래?"

"아니, 성관이 형 전역은 해야 할 것 아냐, 멍청아."

"아…."

혜진을 놀리는 것에 재미를 붙인 우진은 기분이 한결 나아지는 것을 느꼈다. 그리고 그것과 별개로 한결 머릿속이 차분해졌다.

'그래, 저런 놈에게 감정 소모하는 것만큼 비생산적인 일도 없지. 오티에 집중하자.'

물론 오티의 내용에 집중하기 위해서는, 기분 나빠도 김기태의 목소리를 경청해야 한다. 어쨌든 그는 지금 공간디자인과 학회장으로서 이 디자인학부 오티의 오프닝을 맡은 상황이었고 개인적인 감정과 별개로 그가 하는 이야기들 속에, 학교생활에 대한 정보가 담겨 있었으니 말이다.

그나마 다행인 것은, 이십 분 정도 소요된 오프닝을 제외한다면, 김기태가 다시 단상에 올라오는 일은 없었다는 정도.

"으… 지루해. 몇 시간 동안 교장쌤 훈화 말씀 듣는 기분이야."

옆에 앉은 혜진은 투덜거렸지만, 우진은 정보 하나라도 놓치지 않기 위해 꼼꼼히 메모하였다. 중요해 보이는 내용이 있으면, 간단하게라도 수첩에 적은 것이다. 그리고, 그렇게 두 시간 정도가 더 지났을까? 조금씩 집중력이 흐려지고 있던 우진의 두 눈이 다시 번쩍 뜨여졌다.

"…!"

우진이 전생에서 알았던 또 다른 인물이, 강당의 단상 위로 천천히 걸어 올라오고 있었으니까.

— * —

김기태가 단상에 올라왔을 때와 달리, 우진은 크게 놀라거나 당황하지 않았다. 이번에 단상 위에 나타난 남자는 완전히 예상 범주를 벗어나는 인물은 아니었으니 말이다.

'조운찬 교수…! 오티에서 볼 수 있을 줄은 몰랐는데.'

그리고 악연 중의 악연인 김기태와 달리, 조운찬 교수는 우진의 롤 모델 같은 사람이었다. 지금이야 대외적으로도 막 인지도를 얻기 시작했으며, 교수로서는 정교수 1년 차인 햇병아리에 불과했지만 우진이 회귀하기 전인 2030년에는 국내에서 세 손가락에 꼽히는 최고의 건축 디자이너였으니 말이다.

사십 대 후반에는 세계 건축계에서 가장 권위 있는 상인 프리츠커상을 한국 최초로 수상했을 정도였으니 건축 디자이너가 꿈인 우진의 롤 모델인 것은 너무 당연하다고 할 수 있었다.

'하긴. 이 시점에서 정교수 중에는 조운찬 교수가 짬에서 가장 밀릴 테니… 오티에 끌려온 것도 이해는 가네.'

2010년 현재 조운찬 교수의 이름 앞에 붙는 수식어는 '디자인학부 최연소 정교수'라는 타이틀뿐이었다. 물론 30대에 K대 디자인학부 정교수를 단 최초의 인물이라는 것만 해도 충분히 대단한 것이었지만, 어쨌든 현 시점에서는 공간디자인학과의 정교수들 중 막내인 것이다. 그리고 이런 사실들과 별개로 K대에서 가장 만나고 싶었던 사람이 단상 위에 나타났으니 우진의 두 눈은 초롱초롱할 수밖에 없었다.

"반갑습니다, 신입생 여러분. 공간디자인과 교수, 조운찬입니다."

물론 조운찬이라고 해도 축사의 시작은 다른 교수들과 다를 것 없이 진부한 편이었고, 때문에 꾸벅꾸벅 졸고 있던 신입생들의 상태도 달라질 것은 없었다. 하지만 잠시 후, 조운찬의 손짓과 함께 스크린에 비친 페이지가 넘어간 순간부터 강당의 분위기는 조금씩 달라질 수밖에 없었다. 조운찬이 맡은 순서가 바로 많은 신입생들이 기다렸던 '디자인의 밤' 식순이었고, 스크린에는 2010년 디자인의 밤에 대한 내용이 구체적으로 모습을 드러냈으니 말이었다. 물론 옆에서 거의 잠들기 직전이었던 혜진 또한, 우진의 한마디 속삭임에 번쩍 눈을 떴다.

"야, 시작한다."

"으음…? 뭐라고?"

"디자인의 밤 시작한다고, 멍충아."

"…!"

'멍충이'라고 한 것조차 그냥 지나칠 만큼, 디자인 경연에 대한 혜진의 관심은 우진 못지않았다. 왈가닥에 가까운 독특한 캐릭터이기는 했지만, 그녀 또한 승부욕은 대단했으니 말이다. 사실 그렇지 않고서는 그 치열한 경쟁을 뚫고 K대 디자인학부에 입성할 수 없었을 것이었다. 혜진이 졸음을 털어내고 늘어졌던 자세를 바로잡는 사이, 조용해진 강당에 조운찬의 목소리가 다시 울려 퍼졌다.

"여기 계신 신입생 여러분들 중에서는 이 디자인의 밤에 대해 아시는 분도, 그렇지 못한 분도 계실 겁니다."

'디자인의 밤'에 대한 조운찬의 설명은, 간결하고 명료했다. 그 구체적인 룰은 결국 각 과마다 전부 다를 것이었고, 때문에 모든 학부생이 모인 이 대강당에서 해야 할 이야기는 '본질'에 관한 것이었으니까.

"오늘 이 밤에 우리가 해야 할 일은, 티 하나 묻지 않은 새하얀 도화지 위에 첫 번째 선을 긋는 것입니다."

찬찬히 신입생들을 둘러본 조운찬이, 다시 말을 이었다.

"그리고 우리 디자인학부에서 매년이 '디자인의 밤'을 여는 이유는… 그 첫 번째 획이 오롯이 여러분이 가진 그, 때 묻지 않은 색깔로 그려지길 바라기 때문이죠."

조운찬 교수의 연설을 듣던 우진의 머릿속에, 과거 감명 깊게 읽었던 그의 칼럼 한 줄이 떠올랐다.

"디자이너에게도 배움은 정말 중요합니다. 하지만 아이러니하게도, 배움이 시작되는 순간 자신만의 색깔이 조금씩 흐려지게 됩니다."

그리고 놀랍게도 조운찬은, 그때 우진이 읽었던 문구를 거의 비슷하게 이야기하였다.

"누군가의 주관이 조금이라도 섞이는 순간, 그것은 더 이상 원색(原色)이 아니게 된다는 겁니다."

조운찬의 칼칼한 목소리가 울려 퍼진 순간, 우진은 살짝 전율이 이는 것을 느꼈다. 과거 선망의 대상이었던 남자의 진정성 넘치는 목소리가 그의 속 깊은 곳에서 꿈틀대는 감성을 자극한 것이다.

"앞으로 여러분은 디자인을 하면서… 기술적으로 감각적으로 원숙해질수록, 점점 더 타성에 젖게 될 겁니다."

목이 타는지 조운찬은 마른침을 한 차례 삼켰고, 강당의 신입생들은 조용히 그의 다음 말을 기다렸다.

"그래서 오늘, 이곳에서 여러분이 만들어야 할 것은 길이 보이지 않을 때마다 언제든지 꺼내 볼 수 있는 나침반입니다."

이야기는 10분이 넘도록 장황하게 이어졌지만, 결국 조운찬이 말하고자 하는 바는 하나였다. 바로 초심(初心). 처음 디자이너가 되고자 꿈꿨던 그 순수한 마음으로 만든 작품이, 디자이너로서 매너리즘에 빠질 때마다 길잡이 역할을 해줄 것이라는 이야기다.

"물론 이 디자인의 밤은 소정의 장학금이 걸려 있는 경연입니다. 하지만 그것이 본질이 아니라는 사실을 여러분께 말씀드리고 싶었습니다."

'경연'의 형태로 장학금을 걸어둔 것은, 단지 동기부여를 위함일 뿐이다. 조운찬이 마지막으로 이야기한 것은 이것이었다.

"경쟁은 수단이 될 수는 있겠지만, 목적이 되어서는 안 될 것입니다."

"자, 그럼 이제… 2010년 디자인의 밤을 시작하겠습니다."

짝-!

조운찬이 가볍게 손뼉을 치자, 스크린이 다시 넘어가며 다음 페이지가 출력되었다. 스크린에 떠오른 것은 학과별로 배정된 숙소의 위치와 안내도. 디자인의 밤에 대한 소개는 강당에서 이뤄졌지만, 본격적인 경연은 각 숙소에서 진행되는 것이었다.

"김 조교."

"네, 교수님."

"학과별로 인솔 부탁드립니다."

"옙, 알겠습니다!"

조운찬의 말이 끝나자, 조교들이 일사불란하게 움직인다. 그리고 우진과 혜진을 포함한 학생들 또한 자리에서 일어나 이동하기 시작하였다.

"그러니까… 학과별 디자인 경연으로 장학생을 뽑는다는 거지?"

"그런 셈이지."

"크…! 우리 과는 공간디자인이니까, 집이라도 지어보라고 하려나?"

"무슨 말도 안 되는 소리야."

왁자지껄 떠들며 움직이는 학생들의 들뜬 얼굴에 기대감과 흥분이 피어오르기 시작하였다. 그것은 우진도 마찬가지였다.

'디자인이라… 오늘 내 인생 첫 번째 디자인을 해보는 건가?'

아직 최고의 디자인을 할 수는 없겠지만, 할 수 있는 최선의 디자인을 할 것이다. 그리고 우진은 자신의 최선이 기왕이면 최고였으면 좋겠다고 생각하였다. 적어도 이 안에서만큼은 말이다. 한쪽 입꼬리를 작게 말아 올린 우진은 의욕적인 걸음으로 조교의 뒤를 따라 숙소에 도착하였다.

"각자 명찰에 번호 알고 있죠?"

"네, 조교님!"

"다섯 명 단위로 같은 호실을 쓰게 될 겁니다."

그리고 배정된 숙소에 도착한 우진은 다시 한번 놀랄 수밖에 없었다.

'뭐, 이렇게 커?'

다섯 명 단위로 배정되었다는 숙소의 크기가, 생각했던 것보다 엄청나게 넓었던 것이다. 대충 봐도 열 명 정도는 충분히 배정할 만한 공간. 하지만 그 놀람은 거기서 끝이 아니었다.

"우와, 저게 다 뭐야?"

숙소의 한쪽 구석에, 생각지도 못했던 물건들이 가지런히 놓여 있었으니 말이다.

— * —

우진의 명찰 번호는 26번이었고, 혜진의 명찰 번호는 30번이었다. 즉 두 사람은 같은 호실을 쓰게 되었다는 말이다. 물론 호실이 같다 해서, 남녀 혼숙은 아니다. 호실 안에는 방이 두 개 따로 있었으니까. 그리고 신입생들은 생각지도 못했겠지만, 오늘 그들 중 대부분은 잠을 잘 일이 없을지도 몰랐다.

"뭐야, 너도 202호야?"

"오빠도?"

우진은 피식 웃었다. 우연히 지하철에서 만난 혜진이 같은 학교에 같은 과, 게다가 오티에서 같은 호실까지 쓰게 되었다는 것은, 확실히 신기한 면이 있었다.

"뭐지, 이걸 운이 좋다고 해야 나쁘다고 해야 하나…."

"시끄러."

우진의 장난기 어린 말에, 혜진이 툭 쏘아붙인다. 그리고 티격태격하는 것과 별개로, 둘의 시선은 숙소의 구석으로 향해 있었다. 넓은 거실 구석에 가지런히 놓여 있는 각종 자재들.

'자재라기보단, 잡화에 가깝다고 해야겠지.'

우진과 혜진은 그것이 왜 숙소에 비치되어 있는지 어렵지 않게 짐작할 수 있었다.

"와, 리조트에 이런 걸 갖다 놓을 줄이야…."

"이거 보니까, 입시 때 기억이 막 새록새록 떠오르네. 스키장에서 입체 조형하게 생겼잖아, 이거?"

2010년 기준 대부분의 디자인 대학은 정시에서 수능과 실기 두 가지를 요구한다. 일반 인문, 공과 대학과 마찬가지로 내신과 수능 점수를 보면서, 학교별로 만들어놓은 실기시험을 따로 치르게 하는 것이다. 그리고 우진이 입학한 K대의 실기는, '입체 조형'이라는 과목이었다.

매년 다르게 주어지는 주제와 콘셉트를 반영하여, 실기장에 제공되는 재료를 가지고 조형물을 만들어야 하는 시험. 때문에 몇 년 동안 그 시험을 준비한 K대의 신입생들로서는, 지금 숙소에 비치되어 있는 다양한 재료들을 모르려야 모를 수가 없었다. 물론 우진의 경우에는, 입시 때보다 현장에서 활동하던 기억 때문에 더욱 빠삭한 것이었지만 말이다.

'목재 사각 봉, 모형용 합판에, 401은 다섯 통이나 있고… 아크릴, 폼 보드는 두께별로 다 있잖아? 이 정도면 거의 문구점을 그대로 옮겨놓은 수준인데.'

재료들을 하나씩 확인해본 우진은 혀를 내둘렀다. 문구점을 옮겨놨다는 표현은 좀 과장된 게 맞았지만, 그래도 정말 있을 건 다 있는 수준의 재료 세팅이었으니 말이다. 그리고 우진과 혜진이 그 것들에 감탄하는 사이, 그들의 뒤편에서 인기척이 들려왔다.

"저걸로 뭔가 모형이라도 만들어야 하나 보네요."

"그러게요."

낯선 목소리를 들은 우진은 반사적으로 고개를 돌렸다. 그러자 그의 눈에, 처음 보는 세 명의 신입생들이 들어왔다.

'같은 호실을 쓸 친구들인가?'

두꺼운 뿔테안경을 쓴 길쭉한 남학생 한 명과, 그에 못지않게 길 쭉한 키를 가진 단발의 여학생 하나. 그리고 긴 머리를 포니테일로 묶은, 예쁘장한 외모의 여학생 하나. 우진은 그들의 이름을 바로 알 수 있었다. 오티에 참여한 모든 신입생들은 명찰을 목에 걸고 있었으니까.

"저희 호실은 이렇게 다섯 명인가 보네요."

젓가락처럼 길쭉한 키를 가진 남학생, 류선빈이 먼저 우진을 향 해 입을 열었고 우진이 고개를 끄덕이며 대답했다.

"아무래도 그런가 봐요."

선빈과 눈이 잠시 마주쳤던 우진은 자연스레 그 옆에 선 두 여학 생에게로 시선을 옮겼다. 멀대같이 큰 키를 제외하고는 평범한 류 선빈과 달리, 완전히 상반된 인상을 가진 두 명의 여학생. 그중 하 얀 얼굴에 긴 머리를 올려 묶은 여학생이 자신의 명찰을 슬쩍 들어 보이며 빙긋 웃었다.

"한소연이라고 해요."

그리고 그녀의 말을 시작으로 그들은 조금 어색한 분위기 속에 서 인사를 나누기 시작하였다.

— ＊ —

새로 알게 된 세 명의 동기들 중, 가장 눈에 띄는 인물은 한소연이었다. 티 없이 하얀 피부에 반달 모양으로 휘어진 예쁜 두 눈. 오뚝한 코에 도톰한 입술까지. 추리닝에 가벼운 기초화장만 얹은 수수한 차림새였지만, 우진은 확실하게 얘기할 수 있었다. 오티 와서 본 신입생들 중에서, 소연이 세 손가락 안에 들 정도로 예쁘다는 것을 말이다.

'어디 연예기획사에서 연습생이라도 데려온 줄 알았네.'

하지만 소연이 눈에 띄는 이유가 단지 외모 때문만은 아니었다. 202호에 합류한 세 사람 중 가장 활달한 성격을 가진 것도 그녀였으니까.

"우와, 그럼 우진 오빠랑 혜진이는 학교 오다가 지하철에서 우연히 만난 거야?"

"그렇다니까, 언니. 여기서 같은 호실까지 쓰게 될 줄은 몰랐어, 정말."

소연과 혜진은 이미지가 조금 다르긴 했지만, 제법 쿵짝이 잘 맞는 편이었다. 재수생인 소연이 혜진보다 한 살 많긴 했지만, 혜진이 언제 그런 것을 신경이라도 썼던가.

"반가워서 말 걸었는데, 내 실수였어."

"왜?"

"이렇게 재미없는 할배일 줄 몰랐다니까?"

우진이 인상을 팍 쓰자 혜진이 살짝 움찔했다. 하지만 그것과 별개로 소연은 재밌다는 듯 깔깔거리며 웃었다.

"그래도 같은 방에 오빠 하나 있어서 다행이야."

소연의 말에, 우진이 의아한 표정으로 물었다.

"왜?"

"내가 나이 제일 많으면 어쩌나 조금 걱정했거든."

"아…."

"할배라고 놀리려는 건 아니니까 걱정 마. 큰언니 노릇이 부담 돼서 그런 거니까."

"놀려도 돼, 언니."

"넌 좀 빠져. 모옷된 꼬마."

"흥."

뭔가 소연이 좀 더 고차원적으로 놀리는 듯한 느낌을 받긴 했지만, 우진은 애써 부정하였다.

'이렇게 착하고 예쁜 얼굴로, 그런 흉계를 꾸밀 리 없지. 암.'

외모지상주의라고 비난해도 할 말은 없다. 원래 예쁘면 착한 법이거든.

"잊지 마라, 꼬마. 아직 성관이 형 번호 안 넘겼다."

"와… 이 치사한 할배가…."

혜진의 소개팅에 대한 이야기도 이미 들은 세 사람은 둘의 투닥거림에 피식 웃었다. 그리고 예쁘고 착한 소연은 낯을 가리는 멀대에게도 친절히 말을 걸어줬다.

"그나저나 선빈이는 대체 성적이 얼마나 좋기에 전액 장학을 받은 거야?"

못된 꼬마도 놀란 표정으로 추임새를 넣어주었다.

"우와, 선빈이 장학생이야?"

"그렇다니까? 얘가 우리 과 수석 입학생이었어. 엄청나지?"

선빈이 수석 입학생이라는 이야기를 들은 우진은 겉으로는 티

내지 않았지만 무척이나 놀랐다.

'저 멀대 같은 놈이 수석이라고?'

이제 20년도 더 된 기억이었지만, 우진은 K대 디자인학부에 합격하기 위해 정말 이 악물고 노력했었다. 성적이면 성적, 실기면 실기. 예체능 계열에선 정말 최상급의 실력이 아니면, 들어오기 힘든 학교가 바로 이곳이었으니 말이다. 하지만 그렇게 노력했음에도 불구하고, 우진은 이 학과에 겨우 문을 닫고 들어왔었다. 아마 08년 수능에서 두 문제 정도만 더 틀렸었어도, 우진은 회귀하자마자 대학 입학 대신 재수 준비를 했어야 했을 것이다.

'사실 그때 수능을 좀 망치긴 했었지만….'

우진이 부족한 성적을 압도적인 실기 실력으로 뚫고 입학한 케이스라면, 아마 선빈은 성적과 실기 모두 탑 클래스였을 터. 수줍은 멀대 정도로 생각됐던 선빈의 첫인상이, 달라 보이는 것은 당연하였다.

"근데 선빈이가 수석인 거, 언니는 어떻게 알았어?"

"우연히 들었거든."

"우연히…?"

"아까 대강당 처음 들어갔을 때, 조교님이 선빈이랑 얘기하고 계시더라고."

"아하."

"선빈이 진짜 짱인데?"

"그, 그냥 운이 좋았을 뿐이야."

"운…?"

"평소보다 수능을 좀 잘 봤거든…."

"그래서 몇 등급인데?"

"그건….'

소연의 한마디로 갑자기 몰리는 관심에, 선빈은 쑥스러운 표정이 되어 말까지 더듬었다. 키는 거의 190에 가까운 전봇대가 얼굴을 붉히며 말을 더듬으니, 그 모습도 뭔가 우스꽝스러웠다. 그리고 선빈보다도 더 낯을 가리던 또 다른 멀대 오윤정은, 대화에 끼기 쉽지 않은지 입을 가리고 작게 웃고만 있었다. 그리고 얼추 서로에 대해 알게 된 신입생들의 대화 주제는 다시 '디자인의 밤'으로 돌아왔다.

"그나저나 소연 언니."

"응?"

"오늘 주제는 뭐가 나올까?"

"글쎄, 작년에는 타운하우스(Town House)였다고 하던데."

"그래? 그건 어떻게 알았어?"

"나, 재수했잖아."

"음…?"

"같이 공부했던 친구가 2학년 선배 중에 있거든. 박정훈이라고."

"오…! 좋은 정보!"

타운하우스를 한 단어로 표현하면 연립주택이다. 하지만 단지 연립주택이라기보다는, 옹기종기 모여 있는 테라스 하우스(Terraced House)를 의미하는 경우가 많았다.

'타운하우스라… 역시 주제는 건축 디자인인가?'

소연의 말을 들은 우진은 다시 흥미로운 표정이 되었다.

그리고 혹시나 하는 마음에 물어보았다.

"그럼 소연아."

"으응?"

"08년 주제도 혹시 알아?"

"08년이면… 재작년?"

"응."

"재작년 주제까진 알고 있어. 그것도 정훈이가 얘기해줬거든."

"오오…!"

"뭔데 언니?"

모두의 관심 속에, 소연이 잠시 뜸을 들였다. 이어서 씨익 웃으며 다시 입을 열었다.

"마천루(Skyscraper)."

"응?"

"주제가 마천루였다고."

마천루는 쉽게 말해 고층빌딩을 의미한다. 현대 건축의 꽃이라 할 수 있는, 커튼월 룩을 자랑하는 도심의 아름다운 고층빌딩. 그리고 소연의 이 대답을 들은 우진은 이제 어느 정도 예상할 수 있었다. 디자인의 밤에 어떤 주제가 나올지를 말이다.

'오랜만에 건축모형 만들게 생겼군.'

건축과 관련된 일을 이십 년이 넘게 했던 우진은 당연히 건축모형을 만들어본 경험도 있었다. 어릴 적부터 만들기를 좋아하고 손재주가 좋았던 우진에게, 건축모형 작업은 꽤나 즐겁게 할 수 있는 일이었으니 말이다. 게다가 자재를 잘만 아껴서 사용하면 수입도 꽤나 쏠쏠했기에, 현장 일을 하면서도 종종 아르바이트 식으로 모형작업을 했었던 우진이었다.

'좋아, 재밌겠는데?'

우진의 기분이 살짝 상기된 것은 두 가지 이유에서였다. 일단 디자인 경연의 형태가 자신 있는 분야라는 사실이 첫 번째였으며 두 번째 이유는 처음으로 의뢰가 아닌 자신의 디자인이 담긴 모형을 만들게 되었다는 점이었다. 전생에서 그가 만들었던 건축모형들은, 전부 디자인업체나 건설업체의 외주작업이었고 그는 업체에서 준 도면과 디자인 그대로 모형작업을 했던 것뿐이었으니까.

'디자인의 밤 인솔 교수가 조운찬 교수님이었으니까… 좀 포괄적이고 추상적인 주제가 나오려나? 어쩌면 공공 건축 쪽일 수도 있고….'

그리고 우진이 머릿속으로 이런저런 상상을 하고 있던 그때.

드르륵-

숙소의 문이 열리면서, 낯익은 얼굴이 모습을 드러내었다. 신입생들을 숙소까지 인솔했던 조교였다.

"여기, 팸플릿(Pamphlet) 나왔습니다."

조교는 숙소 현관에 얇은 책자 한 권을 툭 던졌고

"팸플릿이요?"

우진의 물음에, 고개를 끄덕이며 대답하였다.

"네, 2010 디자인의 밤 팸플릿입니다."

조교는 간결하게 대답만 남긴 뒤, 바쁘게 다음 호실로 사라졌다. 그리고 우진의 옆에 있던 혜진이 재빨리 튀어 나가 팸플릿을 가지고 왔다.

"주제… 나온 거야?"

우진의 물음에 모두의 시선이 혜진을 향해 꽂힌다. 혜진은 대답 대신 팸플릿을 학생들 앞에 펼쳤고, 순간 숙소는 조용해졌다. 다들 팸플릿을 읽는 데 집중한 것이다. 그리고 누구보다도 진지한 표정으로 그것을 읽어 내려가던 우진은 점점 묘한 표정이 되어갔다.

　　　　　　　　　— ✱ —

　팸플릿의 내용은 총 두 파트로 나뉘어 있었다. A파트에는 '디자인의 밤'이라는 행사의 취지와 진행 일정, 그리고 장학생 선발방식 등이 적혀 있었으며 B파트에는 각 학과별로 다른 경연주제가 명시되어 있었던 것이다. 그리고 먼저 A파트의 내용을 읽던 신입생들은, 다들 조금씩 놀랄 수밖에 없었다. 일단 경연의 진행방식부터가, 예상했던 것과는 조금 달랐기 때문이었다.

　"분명 작년까진, 개인전이라고 했었는데….."

　"이렇게 되면 우리 다섯이 한 팀인 거잖아?"

　지하철에서 혜진이 우진에게 이야기했듯 작년까지 디자인의 밤 경연방식은 모든 신입생이 각각 한 작품씩을 출품하는 개인전이었다. 그리고 그중 1~3등까지를 선정해, 등수에 따른 장학금을 각각 수여하는 방식. 하지만 지금 팸플릿에 명시된 내용을 보면, 올해는 방식이 완전히 달라졌다.

　"각 학과별로 1등 한 팀만 뽑고, 그 팀 전원에게 반액 장학금이라….."

　"장학금 총액 자체는 조금 늘어난 셈이지."

　"그런데 왜 이런 방식으로 바뀌었을까?"

　"글쎄."

　이제 막 입학한 신입생들의 입장에서는 알 수 없는 것이었지만, 경연방식이 바뀐 데에는 당연히 이유가 있다. 그리고 그 이유는, A파트의 최하단에 작은 글씨로 쓰여 있었다.

　"2010 디자인의 밤 수상작은 당해 졸업 전시에 함께 전시됩니다."

수상작이 졸업 전시에 함께 전시된다는 것은, 일견 수상방식이 바뀐 것과 연관이 없어 보일 수도 있다. 하지만 그 연관성은 생각보다 간단했다. 그것은 바로 작품의 퀄리티. 아무리 한국 최고의 디자인 대학에 입학한 학생들이라 해도 신입생들은 신입생들이었고 하룻밤이라는 제한시간 안에 신입생 혼자서 만들어낼 수 있는 작품의 완성도는 아무래도 엉성할 수밖에 없다.

한데 K대학교의 졸업 전시는 수많은 업계 관계자들과 유명 디자이너들도 방문할 만큼 커다란 규모의 디자인 전시인 데다, K대의 얼굴이나 다름없는 연례행사였기 때문에 디자인의 밤에서 배출된 작품의 퀄리티를 조금이라도 더 높이기 위해서 팀 방식으로 바꾼 것이다. 하지만 이런 속사정이 어찌 되었든, 지금 신입생들에게 중요한 부분은 아니었다. 지금 그들에게 가장 중요한 것은 당장 이 경연의 '룰'이었으니까. 일단 경연방식이 작년과 같은 것은 단 하나뿐이었다. 작품 출품까지의 데드라인이, 다음 날 오전 10시라는 것.

"오늘 잠은 다 잤네."

"흐으으."

하지만 투덜거리는 말과 달리 학생들의 두 눈은 반짝반짝 빛나고 있었다. 다들 의욕이 충만한 것이다. 그리고 A파트를 꼼꼼히 다 읽은 다섯 명은 이제 경연의 주제가 담겨 있는 B파트 팸플릿을 바닥에 펼쳤다.

— * —

2010 디자인의 밤, 공간디자인학과의 경연주제는 다음과 같았

다.

"우리는 인간 생활의 기본적인 세 가지 요소를, 의식주라고 부릅니다. 입을 것(衣), 먹을 것(食). 그리고 생활하는 곳(住)."

"때문에 모든 건축은, 집에서부터 시작되었습니다."

"그리고 오늘. 여러분은 학부 생활을 시작하기에 앞서, 첫 번째 공간을 디자인하게 되었습니다."

"어쩌면 여러분이 디자인할 첫 번째 공간으로 집(宙)이 선택된 것은, 너무 당연한 결과일지도 모릅니다."

말은 거창했지만, 결국 주거공간이 주제라는 이야기. 여기까지만 보면 지난 주제들과 다를 바 없이 포괄적인 건축주제였지만 이 다음부터가 이번 경연에서 새로 추가된 부분이었다. 그것은 바로, '조건지'.

[조건 1. 클라이언트는 40대 중반의 남성입니다. 그에게는 동년배의 아내가 있으며, 갓 중학교에 입학한 딸이 하나 있습니다.]

[조건 2. 클라이언트의 직업은 소설 작가이며, 그의 아내는 의류 디자이너입니다.]

[조건 3. 클라이언트는 자동차를 무척이나 좋아하며, 아내는 영화를, 딸은 강아지를 좋아합니다.]

[조건 4. 필지(筆地)의 면적은 40평이며 층수 제한은 5층이고, 높이 제한은 12m입니다. (3p. 지적도 첨부)]

[조건 5. 클라이언트는 충분한 예산을 가지고 있지만, 그렇다고 해서 그것을 터무니없이 낭비하는 것은 원하지 않습니다.]

지난 경연주제에도 조건이 없었던 것은 아니다. 하지만 이렇게까지 구체적으로 조건이 부여된 적은 이번이 처음이었기에, 신입생들은 조금 당황할 수밖에 없었다. 그리고 그것은 202호실의 학생들도 마찬가지였다.

"와, 지훈이한테 이런 얘긴 못 들었는데…."

"이 조건들을 최대한 충족해야겠지…?"

"그러면서 디자인도 좋아야겠고."

학생들은 각자 골똘히 생각에 잠겼다. 사실 이 조건지를 보기 전까지만 해도, 다들 어떻게 멋진 집을 그려낼지만 고민하고 있었을 것이었다. 이제 갓 고등학교를 졸업하고 올라온 신입생들이 건축 디자인을 떠올릴 땐, 멋지고 예쁜 집을 짓는다는 것 이상의 무언가를 생각해내기 쉽지 않았으니까. 물론 우진의 경우에는, 일반적인 신입생들과 사고구조가 조금 달랐지만 말이다.

'대지면적 40평에 층수, 층고 제한이 저 정도면… 3인 가족 살기에는 넓다 못해 광활하겠네.'

현장 경력 20년이 넘은 우진은 오히려 이렇게 조건지가 있는 것이 더 편했다. 그가 전생에 해왔던 모든 건축은 클라이언트의 요구에서 시작해서 그들의 만족으로 끝나는 것이었으니까. 그리고 우진은 건물을 설계할 때, 가장 먼저 따져봐야 하는 것이 뭔지 아주 잘 알고 있었다.

"자, 다들 한 번씩 읽었지?"

조용한 가운데 울려 퍼진 우진의 목소리에, 나머지 넷의 시선이 자연스레 그의 입을 향했다.

"다들 알다시피, 시간이 많지 않아. 당연히 한숨도 안 잤을 때가 기준이야."

우진의 말에 학생들은 반사적으로 시간을 확인하였다. 데드라인까지 주어진 시간은 대략 16시간 정도. 모형 하나를 제대로 완성하기엔 무척이나 빠듯한 시간이라는 것을 이 자리에 모인 모두가 알고 있었다. 다섯 명 모두 입시 준비를 하는 동안 모형이라면 수백 번이 넘게 만들어보았으니 말이다. 우진의 말이 다시 이어졌다.

"그래서 내가 생각할 때, 우린 두 시간 안에 모든 걸 결정해야 돼. 그러려면 지금 당장 회의를 시작해야 하고."

우진의 말에 동의한 학생들은 진지한 표정으로 다들 고개를 끄덕였다. 촐싹거리던 혜진마저도 한마디 하지 않는 것을 보면, 다들 의욕이 불타고 있는 게 분명했다. 대충 분위기가 잡히자, 우진은 본론을 꺼내었다.

"혹시 여기서, 건축모형 만들어본 사람 있어?"

다들 모형이야 수없이 만들어봤겠지만, 그것과 건축모형은 다르다. 입시 미술에서 하는 모형제작은 추상적이고 조형적인 아름다움을 표현하는 모형이었고 지금 신입생들이 만들어야 할 건축모형은 말 그대로 건축물을 모형으로 만드는 것이었으니 말이다. 아무도 대답을 않자, 우진이 다시 말했다.

"내가 방학 때, 현장사무소에서 꽤 여러 번 알바했었거든?"

선빈이 눈을 빛내며 물었다.

"그럼 형은, 건축모형도 만들어본 거야?"

혜진도 한마디 덧붙였다.

"그러니까 얘길 꺼냈겠지?"

우진이 웃으며 고개를 끄덕였다.

"맞아."

사실 현장사무소에서 건축모형 만드는 알바를 할 일은 거의 없었지만, 그런 것은 중요한 게 아니었다. 어차피 우진에게 필요했던 것은, 단지 이 프로젝트를 주도할 명분이었으니까.

"내가 한번 방향을 제시해볼게. 물론 디자인 방향성을 말하는 건 아냐. 내가 하려는 건 단지 교통정리 정도니까."

우진의 말에 202호의 신입생들은 망설임 없이 고개를 끄덕였다. 어영부영 시간을 날리는 것보다 우진의 제안을 따르는 게 나쁠 게 없었으니 말이다. 그리고 그렇게, 202호의 디자인 회의가 시작되었다.

— * —

류선빈의 아버지는 건축가였다. 건축 디자이너라기보다는, 제법 큰 건설사를 운영하는 중견기업의 오너. 선빈은 어릴 적부터 그런 아버지를 존경하였고, 아버지처럼 건축가가 되고 싶었다. 조금 더 정확히 말하자면 뛰어난 건축 디자이너가 되어, 아버지보다 더 멋진 건물을 짓고 싶었다.

'해외의 유명 건축가들처럼, 랜드 마크가 될 수 있는 멋진 건물을 설계하는 디자이너가 될 거야.'

물론 건설업이 얼마나 힘든지 잘 아는 그의 아버지는, 똑똑한 선빈이 다른 길로 가기를 원했다. 선빈이 가진 꿈은 한국에서 이뤄내기 너무도 힘든, '이상'과도 같은 것이었으니 말이다. 하지만 선빈의 고집은 쉽게 꺾이지 않았고 결국 건축 디자인으로 한국에서 가장 유명한, K대학교의 디자인학부에 입학하였다.

'내가 해냈어…!'

선빈이 전액 장학금까지 타내며 수석으로 학부에 입학하자, 아버지는 더 이상 그의 꿈을 반대하지 않았다.

"기왕 이렇게 된 거, 열심히 한번 해보거라. 졸업까지 열정을 잃지 않는다면, 유학도 보내주도록 하마."

그리고 내성적인 성격 탓에 겉으로는 티 내지 않았지만 선빈은 수석 입학에 대한 자부심도 엄청 크게 가지고 있었다. 물론 그가 이뤄낸 결과는 스무 살 청년이 자부심 갖기에 충분할 정도로 대단한 것이었고 말이다.

'여길 수석으로 졸업하고, AA스쿨에 입학할 거야.'

AA스쿨은 영국에서 가장 유명한 건축대학이었다. 바틀렛(Bartlett)도 AA스쿨과 함께 양대 산맥으로 꼽히기는 하지만, 선빈이 가장 진학하고 싶은 학교는 AA스쿨이었다. 이유가 그렇게 거창한 것은 아니었다. 단지 그가 가장 좋아하는 건축가인 자하 하디드(Zaha Hadid), 렘 콜하스(Rem Koolhaas) 등이 졸업한 학교가 AA스쿨이었을 뿐이었다.

'난 할 수 있어.'

선빈은 자신 있었다. K대의 디자인학부가 한국에서는 최고의 명문은 아니었지만 어쨌든 수석 입학에 성공하지 않았던가. 하지만 그렇게 하늘 높은 줄 모르고 치솟던 그의 자신감은, 이상한 시점에 조금씩 꺾이고 있었다.

"자, 조건을 보면 알겠지만… 우리가 지을 수 있는 건물은 최대 5층이야. 하지만 실질적으론 4층을 초과해서 지으면 안 돼."

"왜?"

"5층으로 지으면, 층고가 너무 낮아지거든. 조건에 명시된 12미터를 넘기면 안 되니까."

"한 층당 3미터는 되어야 한다는 소리야?"

"그것도 솔직히 아주 넉넉하진 않아."

"그래?"

"이 정도 면적에 고작 세 가족이 사는 단독주택을 짓는다는 것부터가 프리미엄 하우스라는 얘기고, 그런 고급 주거공간의 천장고는 3미터 이상 올려주는 게 좋거든."

"아하."

"층간 간격까지 생각하면 한 층당 4미터 정도 잡는 게 괜찮을 거야."

"그럼 3층?"

"난 그렇게 생각해."

선빈은 디자인의 밤에 대해 미리 알고 있었다. 때문에 경연에서도 내심 자신이 돋보일 것이라고 기대하고 있었다. 우진이 처음 팀을 주도하기 시작할 때까지도 그 생각에는 변함이 없었다. 결국 실질적인 작업이 시작되면 개개인의 실력이 드러날 테니 말이다. 하지만 본격적인 디자인 회의가 시작되자 뭔가 위화감을 느낄 수밖에 없었다.

'이 형… 대체 뭐지?'

나이가 두 살 많기는 하지만 분명 자신과 같은 신입생인 우진. 그의 모습에서 선빈이 막연히 상상했던 '건축 디자이너'의 모습이 보인 것이다.

"게다가 단독 세대가 사는 주거공간에서, 층수가 많은 건 생각보다 불편해. 그렇다고 엘리베이터를 만들기엔, 대지면적이 너무 좁고."

단지 인상 좋은 동네 형 정도의 이미지였던 우진이 갑자기 활약하기 시작하자, 선빈은 저도 모르게 위축되었다.

"3층으로 가고, 1층 절반 정도는 필로티로 쓰자. 어차피 3인 가족이면 2, 3층만 써도 주거공간은 넉넉히 뽑힐 거야."

"필로티에 주차공간을 만들면, 자동차를 좋아하는 클라이언트를 만족시킬 수도 있을 테고."

우진이 도화지 위에서 슥슥 펜대를 놀릴 때마다 그럴싸한 투시도가 그려져 갔고, 팀원들은 신이 나서 우진과 어우러져 의견을 내놓고 있었다. 심지어 그 신난 팀원 중에는 어느새 선빈 자신도 포함되어 있었다.

"형, 옥상은 루프탑으로 가는 게 어때요?"

"오호, 그거 괜찮은 의견인데?"

"여기 지적도상으로 보면 제법 넓은 강이 서남쪽으로 흐르고 있거든요. 이쪽으로 테라스를 뽑으면…."

"좋아, 리버뷰 괜찮게 뽑히겠네."

그리고 그렇게 두 시간 정도의 디자인 회의가 끝났을 때

"우와…! 오빠, 이대로만 나오면 진짜 그럴싸하겠어."

"이러다 우리 장학금 타는 거 아냐?"

"선빈이는 이미 전액 장학인데, 장학금 안 나오면 어쩌지?"

"바보야, 다음 학기 장학금으로 밀어주겠지. 아니면 따로 입금해주든가."

"아하…!"

그렇지 않아도 열정 넘치던 팀원들은 거의 활활 타오르고 있었고 우진을 보는 선빈의 눈빛에는 뭔가 복잡 미묘한 감정이 담겨있었다.

'앞으로 이 형 뒤만 졸졸 따라다녀야겠어. 아니, 잠깐. 수석은 내가 해야 하는데….'

처음 디자인의 밤이 시작되었을 때와는 사뭇 다른 선빈의 심리

상태. 하지만 선빈은 알 수 없었다. 콘셉트 회의가 끝나고 도면 작업이 시작된 지금.

"…!"

자신감 넘치게 팀을 리드하던 우진의 두 눈이, 갑자기 화등잔처럼 커진 이유를 말이었다.

골든 프린트 Golden Print

모든 건축설계는 평면(Floor Plan)부터 시작된다. 디자인될 공간을 어떤 용도로 사용하느냐에 따라 면적 분할이 달라지는데, 그것을 한눈에 볼 수 있는 도면이 평면도이기 때문이다. 같은 넓이의 공간이라도 어떻게 공간을 분할하고 활용하느냐에 따라 천차만별의 공간이 나오기 때문에 사실상 평면만 잘 뽑아내면, 공간 디자인의 절반은 성공했다고 봐도 되는 것이다. 그래서 우진이 가장 먼저 그린 도면도 평면도였다. 디자인 회의에서 이야기된 대로 필요한 공간들을 평면도에 배치해보기 위해, 러프 스케치 평면도를 그린 것이다.

우진은 거침없었다. 전생에서는 직접 디자인한 공간의 평면을 그려본 적이 없었지만, 어쨌든 실제 시공된 실시설계 도면도 수백 장 이상 그려본 게 그였으니 말이다. 하지만 하얀 트레이싱지(Tracing Paper) 위를 쭉쭉 달려 나가던 그의 펜대는, 순간 브레이크라도 걸린 듯 멈출 수밖에 없었다.

'뭐지?'

우진이 그리던 도면 위 그의 시선이 머문 한쪽 부분에, 이상한 것이 보이기 시작했으니까.

'너무 집중했더니, 헛것이 보이나?'

마치 빛으로 만들어진 얇고 투명한 금빛 유리판처럼, 우진의 도면 한편에 떠오른 정체를 알 수 없는 물체. 우진은 뭐에 홀리기라도 한 듯 그곳을 향해 손을 뻗었고, 다음 순간 더욱 놀랄 수밖에 없었다.

'화, 환영…?'

그 정체를 알 수 없는 금빛 물체 위로, 우진의 손이 그대로 통과되었으니 말이다. 처음에는 어디 창틈으로, 햇빛이라도 새어 들어오는 게 아닌지 착각했다. 하지만 그것도 잠시뿐이었다. 이미 창밖은 어두워진 지 오래였다.

"음….."

이해할 수 없는 현상에, 우진은 두 눈을 비비고 다시 보았다. 하지만 도면 위에 홀로그램처럼 떠 있는 금빛 물체는 여전히 그대로였고

펄럭―!

심지어 도면이 그려진 트레이싱지를 한 손으로 잡아당겨 봐도, 펄럭이는 종이의 표면을 따라 금빛 물결은 그대로 출렁였다.

'귀신이라도….'

그리고 그 순간 우진은 한 가지 사실을 깨닫고는 온몸에 소름이 돋기 시작했다.

'잠깐, 그때랑 비슷한 느낌이잖아?'

우진이 과거로 돌아올 수 있게 해준 그의 어린 시절이 담겨 있는 공간인 작은 단독주택. 그곳에서 보았던 환영의 느낌이 이 금빛 물체와 너무도 비슷했던 것이다. 하지만 그때와 다른 점이 있다면,

그곳에서 보았던 환영이 좀 더 또렷하고 구체적이었다는 점이다. 지금 우진의 도면 위에 떠오른 황금빛 물체는 작고 투명하고 얇았지만 우진이 회귀 전에 보았던 환영은, 사실 그 집 그 자체였으니까. 그리고 생각이 여기까지 미치자, 우진은 놀란 마음을 어느 정도 가라앉힐 수 있었다. 생각해보면 그가 회귀 전에 봤던 환영도 그에게 득이 되었으면 득이 되었지, 해를 끼치지는 않았었다.

'그래, 과거로 돌아오기도 했는데 이깟 게 뭐 대수라고.'

하여 우진은 다른 방향으로 생각하기 시작하였다.

다시 눈앞에 나타난 이 기이한 현상을 분석해보려 한 것이다.

'이 황금빛은 뭘 의미하는 걸까? 내게 도움을 주려는 걸까?'

그러나 그의 생각은 그렇게 오래 이어질 수 없었다. 곧 우진이 뭔가 이상하다는 것을 알아챈 동기들이 의아한 표정으로 말을 걸었으니까.

"형, 갑자기 왜 그래?"

"으응?"

"오빠, 갑자기 멍하게 무슨 생각 하는 거야?"

"아, 아냐. 잠깐 딴생각을 했네."

우진은 고개를 절레절레 저었다. 어차피 이 기이한 현상에 대해 이야기한다고 믿어줄 사람은 아무도 없다. 물론 믿게 만들어야 할 이유도 없고 말이다. 그래서 우진은 일단 도면 위에 나타난 환영에 대한 생각을 잠시 접어두기로 하였다. 지금은 타임 어택이나 마찬가지인 디자인의 밤이었고, 시간은 계속 흐르고 있었으니까.

"선빈아."

"응?"

"네가 윤정이랑 같이, 3층 평면도 한번 구상해봐."

"알겠어."

"혜진이랑 소연이가 1층 구조 잡고."

"오케이."

"문제없지."

"다들 계단실 위치만 정확히 맞춰주면 돼. 나머지는 어차피 다 같이 다시 봐야 하니까, 일단 러프하게 위치만 잡아봐."

"그럴게."

팀원들에게 빠르게 작업을 분배한 우진은 다시 자신이 맡은 2층 평면도에 집중하기 시작하였다. 의문의 황금빛 환영에 대한 것은, 경연이 끝난 뒤에 고민해보기로 했다.

'평면도만 내가 가져가면… 이 황금빛이 어디 사라지진 않겠지.'

그런데 그렇게 30분 정도 시간이 지났을까?

"어, 어어…?"

우진의 입에서 이번에는, 아예 육성이 터져 나왔다.

"오빠, 또 왜 그래?"

"무슨 일 있어?"

심지어 우진은 팀원들의 질문에도 대답할 수 없었다. 아니, 그들의 목소리를 듣지조차 못했다는 표현이 정확할 것이다.

'이럴 수가!'

우진은 지금 당황이나 놀람의 감정을 넘어, 경악하고 있었다.

— * —

우진의 펜대가 황금색 선을 따라 미끄러지듯 움직인다. 그렇게 그려진 사각형의 실루엣 위에, 새하얀 금빛 환영이 살포시 내려앉았다. 이어서 도면 위에 완벽히 겹쳐진 금빛 환영은, 마치 눈 녹듯 트레이싱지 위로 녹아들며 사라졌다. 그리고 그 순간 우진은 알 수 있었다. 그의 눈앞에 떠올랐던 황금빛 물체는, 그가 그려내야 할 도면의 일부였다는 것을 말이다.

'말도… 안 돼.'

더욱 놀라운 것은 이 금빛 홀로그램에 따라 도면 일부를 채워 넣은 순간, 머릿속을 가득 채웠던 2층 평면에 대한 고민도 함께 눈 녹듯 사라졌다는 사실이었다. 마치 이 공간은 원래 이 자리에 이렇게 생겼어야 한다는 것처럼 자연스레 2층의 평면도가 완성 되었다.

'여기에 펜트리(Pantry)가 들어가고 부엌과 거실이 자연스럽게 이어지면… 완벽해. 동선 낭비까지도 싹 다 해결됐어!'

우진은 말 그대로 소름이 돋았다. 그는 지금, 완벽한 공간을 환영 을 통해 엿본 기분이었다. 마치 퍼즐의 히든피스 한 조각이 끼워지 면서, 이해되지 않았던 모든 퍼즐 조각이 완성된 것처럼 말이다.

툭툭-

이상함을 느낀 소연이 다가와 어깨를 두들겼지만, 우진은 흥분 을 가라앉힐 수가 없었다.

"다, 다들 이리로 와봐."

"응? 아직 평면 완성 못했는데?"

"무슨 일인데, 형."

우진은 아직도 손끝에서 저릿하게 느껴지는 이 감각이 사라지기 전에, 3층으로 구성된 모든 평면을 이대로 완성하고 싶었다.

"계단실 위치 왼쪽으로 천삼백만 조정하자."

"천삼백이면… 1.3미터 말하는 거 맞지?"

"응, 현장에선 전부 밀리미터 단위로 얘기하더라고."

흥분한 우진의 이야기에, 선빈이 고개를 갸웃하며 다시 물었다.

"형, 그런데 계단실 이렇게 옮겨버리면 3층에 만들기로 했던 서재 위치가 애매해지는데?"

하지만 우진의 대답은 1초의 망설임도 없이 튀어나왔다.

"서재랑 패밀리 룸 위치를 바꿔보자."

"이렇게?"

"그렇지. 그리고 계단실이랑 서재 사이에, 작은 화장실을 하나 끼워 넣는 거야."

선빈은 그렸던 러프 스케치 위에, 우진이 이야기한 대로 도면을 다시 그려보았다.

그리고 잠시 후.

"…!"

선빈의 눈은, 휘둥그레질 수밖에 없었다.

"진짜, 이렇게 하니까 훨씬 더 그림이 예쁜데?"

"그렇지?"

이번에는 소연이 물었다.

"그럼 오빠, 1층에 두기로 했던 게스트 룸이랑 작은 거실은?"

계단실의 위치가 바뀌면, 모든 도면이 조금씩이라도 조정될 수밖에 없다. 하지만 이미 그 모든 공간분할이 머릿속에 떠오른 우진은 곧바로 소연의 스케치 위에서 펜대를 슥슥 움직였다.

"굳이 필로티랑 실내공간을 딱 잘라 나눌 필요가 없었어."

"으음…?"

"이렇게 주차공간이 들어갈 필로티를 중앙으로 빼고, 실내공간을 그 주변으로 둘러치면…."

"오…!"

우진이 그리는 양을 지켜보던 혜진의 동공이, 점점 크게 확대되었다. 우진의 손에서 고쳐진 새로운 평면이, 그녀가 보기에도 훨씬 더 세련되게 변했으니 말이다. 이번에도 가장 먼저 탄성을 터뜨린 것은, 공간감이 좋은 선빈이었다.

"와…! 잠깐. 형, 이러면 1층 벽체는 완전히 다 통유리로 하는 게 어때?"

"흐흐, 너도 그 생각 했냐?"

"이거 가운데 차고지에 슈퍼카 한 대 세워두면… 완전히 전시 부스 느낌 나겠는데?"

선빈의 말이 끝나자마자, 우진을 비롯한 모든 학생들의 시선이 거실 구석으로 움직였다. 아직까지 아무도 건들지 않은, 건축모형을 만들기 위한 재료들이 가지런히 놓여 있는 곳. 클라이언트가 자동차를 좋아한다는 사실이 조건지에 명시되어 있어서인지, 주어진 재료 중에는 작은 자동차 모형들도 있었다.

"좋아. 이거네."

소연이 작은 목소리로 읊조리듯 중얼거렸고, 다른 학생들은 저도 모르게 고개를 끄덕였다. 그리고 그것을 기점으로, 작업에는 점점 더 가속도가 붙기 시작하였다.

— * —

디자인의 밤은 제법 유구한 역사를 자랑하는 K대학교의 행사였다. 30여 년 전 처음 K대 디자인학부가 설립되었던 그해부터 오늘까지 단 한 번도 빼먹지 않고 개최된 행사가 바로 디자인의 밤이었으니 말이다. 하지만 그렇게 30년이 지나는 동안, 디자인의 밤이 같은 형식 그대로 유지되어 온 것은 아니었다. 최초 디자인의 밤은 고작 한두 시간 정도의 짧은 행사였고 그 안에 간단한 아이디어 스케치를 하는 정도로 경연이 진행됐었으니 말이다.

"그럼 대체 언제부터 밤샘 작업 경연이 되어버린 건데?"

"그건 나도 모르지. 으⋯ 졸려 죽겠다 진짜."

아침 10시가 되면 조교들은 모든 호실을 돌아다니며, 학생들의 작품을 수거한다. 개중에는 아예 경연을 포기한 호실도 있었지만, 그런 경우는 극히 드물었다. K대 디자인학부에 입학할 정도면 정말 피나는 노력을 한 학생들이었고 그런 학생들에게 경쟁심과 승부욕이 없을 리 없었으니 말이다. 해서 총 쉰다섯 명이 참가한 K대 공간 디자인과 디자인의 밤에는, 정확히 11개의 작품이 출품되었다. 그러니까 모든 호실의 모든 학생들이 경연에 참가했다는 이야기다.

"하⋯ 하얗게 불태웠다⋯."

"마무리 작업이 좀 덜 됐는데 어쩌지?"

"몰라, 너무 욕심 부렸나 봐. 흑⋯."

거의 녹초가 된 디자인학부의 학생들은, 늦은 아침 식사 후 시간에 맞춰 삼삼오오 대강당으로 모였다. 그리고 그들 중, 표정이 밝은 학생들은 많지 않았다. 하룻밤 만에 콘셉트 기획부터 시작해서 모형까지 뽑아낸 작업이, 만족스럽게 완성되긴 쉽지 않은 일이었으니 말이다. 실제로 디자인의 밤에 출품되는 작품들 중, 미완성인 경우가 절반 이상일 때도 많았다.

"장학금은 물 건너간 건가?"

"아직 결과도 안 나왔는데 무슨 소리야."

"시간이 너무 부족했잖아…."

"우리만 시간 부족했겠어? 다른 호실도 마찬가지일 거야."

"그런가?"

"뚜껑 열어보기 전까지는 모르는 거라고."

학생들은 저마다 밤새 불태웠던 작업에 대한 이야기를 나누며, 호실별로 배정된 위치에 차례대로 들어가 앉았다. 그리고 그들 중에는 당연히 우진을 위시한 202호 학생들도 있었다.

"와, 생각해보면 진짜 아슬아슬했다. 그치, 선빈아?"

"그러니까. 우진이 형 덕에 진짜 엄청 빠르게 작업한 것 같은데, 그래도 시간이 모자랄 뻔했네."

다른 호실의 학생들과 마찬가지로, 지난밤 작업에 대해 이야기하는 202호의 신입생들. 하지만 한 가지 다른 것은, 다섯 명 모두의 얼굴이 빠짐없이 밝다는 점이었다.

"장학금 받았으면 좋겠다."

"그러게."

중얼거리듯 이야기하는 혜진을 향해, 윤정이 고개를 끄덕이며 짧게 대답한다. 그리고 그 뒤를 따라오던 선빈이 하얀 이를 드러내며 웃었다.

"뭐, 못 받아도 후회는 안 해."

선빈의 말에, 우진이 피식 웃으며 되묻는다.

"정말?"

"정말이야."

잠시 뜸을 들인 선빈은 어깨를 으쓱 하며 말을 이었다.

"아쉽긴 하겠지만, 후회는 하고 싶어도 할 수가 없어. 어차피 다시 어제로 돌아가도, 그것보다 잘 만들 자신이 없거든."

선빈의 대답에, 202호 학생들은 저도 모르게 고개를 끄덕였다. 그의 말이, 모두의 마음을 대변하는 말이었으니 말이다.

"빨리 결과나 나왔으면 좋겠다."

"나도, 나도."

그들이 대화하는 사이 대강당은 금세 학생들로 가득 들어찼다. 그리고 곧 오리엔테이션의 폐회식이 진행되었지만, 딱히 그것에 관심 있는 학생들은 없었다. 다들 밤을 꼬박 샌 상태라 정신이 몽롱하기도 했으며, 지금 신입생들의 관심사는 단 하나뿐이었으니 말이다.

"디자인학도 여러분의 대학 생활에 축복이 깃들기를 기원합니다. 그럼, 입학식 때 뵙겠습니다."

기획부 총장의 진부한 축사를 마지막으로 간결한 폐회식이 막을 내렸다. 하지만 강당에 앉은 디자인학부의 신입생들은 누구 하나 자리에서 일어서지 않았다. 그들 모두 오늘 이 자리에서 장학생이 결정된다는 사실을 알고 있었으니 말이다.

저벅- 저벅-

디자인의 밤을 열었던 조운찬 교수의 발걸음이 조용한 강당에 울려 퍼지기 시작하였다. 그리고 단상 위에 올라온 조운찬은 마이크를 잡는 대신 노트북의 스페이스 바를 가볍게 두들겼다.

탁-

그러자 폐회식이 끝나면서 까맣게 꺼졌던 대강당의 커다란 스크린에 다시 환한 빛이 쏟아졌고.

"…!"

"와아아!!"

강당에 앉아있던 학생들은, 너도나도 자리에서 벌떡 일어섰다.

그리고 그 화면에서 어렵지 않게 자신의 이름을 찾은 우진은 저도 모르게 두 주먹을 불끈 쥐었다.

— * —

우진을 비롯한 많은 신입생들은 조운찬 교수가 올해 디자인의 밤 행사를 총괄하는 교수라고 생각했었다. 학과의 내부사정을 잘 모르니, 행사를 소개한 교수가 책임교수일 것이라고 짐작하는 게 당연한 것이다. 하지만 디자인의 밤은 신입생들이 생각하는 것보다 K대에서 훨씬 더 중요하게 생각하는 행사였다. 강당에 나타난 교수는 조운찬 하나뿐이었지만 사실 더 많은 주임 교수들이 오티에 와 있었던 것이다. 그들이 와 있는 이유는 간단했다. 학과별로 출품된 디자인의 밤 작품들을 다각도로 채점해야 했으니 말이다.

"어이, 조 교수. 올해는 괜찮은 작품 좀 있던가?"

"아! 김 교수님 오셨습니까!"

채점장으로 가는 길에 만난 공간디자인과의 두 교수는 서로를 향해 반갑게 인사했다. 디자인의 밤을 열었던 조운찬 교수와, 그보다 훨씬 연배가 높은 교수인 김기환 교수. 조운찬이 유학파 디자이너라면, 김기환은 국내에서 손가락에 꼽히는 실무 권위자였고. 두 교수는 나이 차이뿐만 아니라 디자이너로서의 성향도 상극에 가까웠지만, 사적으로는 제법 친한 사이였다.

"저도 아직 보러 가는 길이라 확인은 못 했습니다만, 조교들 얘기 들어보니 기대해도 될 것 같습니다."

조운찬의 대답에, 김기환의 주름진 눈이 살짝 커졌다.

"그래?"

"교수님, 윤호 아시죠?"

"알지, 얼마 전까지 내 사무실에 있던 놈인데."

"윤호가 그러는데, 스파이가 하나 있는 것 같답니다."

"스파이? 그건 또 무슨 참신한 헛소리야?"

"다른 학교 졸업반이 재입학이라도 한 줄 알았다더라고요."

조운찬이 말하는 '윤호'라는 인물은, 2년째 공간 디자인과의 조교를 하고 있는 강윤호였다.

그리고 그의 성격을 잘 알고 있는 김기환은, 조금 더 놀란 표정이 되었다.

'윤호가 막 던지는 스타일은 아닌데….'

차분하고 진중한 성격인 윤호가 저런 정도의 이야기를 했다면, 빈말이 아닐 확률이 높았으니 말이다.

"이거… 기대되는데? 기대해도 되는 거지? 조 교수."

김기환의 말에, 나란히 걷던 조운찬이 웃으며 답했다.

"기대해서 안 될 게 뭐 있겠습니까, 교수님. 실망 한번 하면 되는 거죠 뭐."

실없는 대화를 주고받으며 걸음을 옮긴 두 사람은, 곧 목적지에 도착해 채점장으로 들어섰다. 채점장이라고 해봐야 별다른 건 없었다. 리조트에서 가장 큰 호실 중 하나를 공간 디자인과 작품 채점장으로 쓰는 것뿐이었으니까.

끼익-

그리고 말이야 기대하네 마네 해도, 채점장에 들어서는 두 사람은 별생각이 없었다. 날고 기어봐야 아무것도 배운 것 없는 신입생이라는 생각이 어쩔 수 없이 기저에 깔려있었으니 말이다. 하지만 문을 열고 호실 안에 일렬로 배치된 작품들을 확인한 순간.

"…!"

"어?"

두 사람은 거의 동시에, 놀란 표정이 될 수밖에 없었다.

"윤호가 말한 작품이… 아무래도 저거인가 본데?"

"그러게요 교수님, 하하."

작품 자체가 11개밖에 없다는 사실을 차치하고라도, 그중 한 작품이 너무 눈에 띄었던 것이다.

— * —

우진은 디자인의 밤 주제를 조운찬 교수가 낸 게 아닌가 짐작했지만, 사실 이번 주제의 출제자는 김기환이었다. 매년 디자인의 밤 주제는 1학년 메인 과목 수업인 '기초 공간 조형'을 맡은 담당 교수가 내게 되어 있는데, 올해 해당 과목의 담당 교수가 김기환이었던 것이다. 때문에 김기환은 작품들을 보는 순간, 그것들을 한눈에 꿰뚫어 볼 수 있었다. 학생들이 어떤 의도와 생각을 가지고 이런 작품을 만들어냈는지, 그대로 눈에 보였던 것이다.

"봐줄 만한 작품이… 네댓 개쯤은 되는군."

김기환의 말에, 옆에 있던 조운찬이 고개를 끄덕이며 말을 받았다.

"제 생각도 그렇습니다. 사실상 그 작품들을 제외하면… 미완성이라고 봐야겠군요."

채점장에는 두 교수 말고도, 제법 많은 사람들이 들어와 있었다. 김기환과 마찬가지로 '기초 공간 조형' 수업을 맡은 고승훈 교수(김기환은 기초 공간 조형 A반을 맡았고, 고승훈은 B반을 맡았다). 그리고 1학년의 기초적인 디자인 툴 수업인 '기초 그래픽' 수업을 맡은 이아랑 교수. 그 외 타 학년 수업을 맡은 몇몇의 교수들과 오티에 따라온 세 명의 조교까지, 대략 열댓 명의 사람들이 심사위원이었던 것이다. 하지만 그들 또한 김기환의 의견에 딱히 이견은 없었다. 누가 봐도 그가 찍은 작품을 제외한 나머지는 너무 엉성했으니 말이다. 그리고 이야기는 꺼내지 않고 있었지만, 사실 모두의 시선은 이미 하나의 작품에 꽂혀 있었다.

가장 연배가 높은 김기환 교수가 작품을 살펴보기 시작하자, 나머지 사람들은 조용히 그를 지켜보았다. 그리고 잠시 후, 김기환이 그의 반대편에 서 있던 부교수 하나를 불렀다.

"자네."

"네, 교수님."

"자네라면 이거, 시공할 수 있겠나?"

김기환의 말을 들은 장내의 인물들은 하나같이 놀랄 수밖에 없었다. 사실 학생이 디자인한 건축모형을 가지고 시공을 논한다는 것 자체가 말이 되질 않았는데, 누구보다 현장에 대한 이해도가 높고 자부심이 강한 김기환 교수가 이런 말을 꺼낼 줄은 몰랐으니 말이다. 하지만 놀람도 잠시뿐. 김기환의 부름을 받은 부교수는, 망설임 없이 고개를 저으며 대답했다.

"모형 자체는 잘 만들었지만… 이렇게 지은 집에 살다가는 척추 나갑니다, 교수님."

"하하."

부교수의 말을 이해한 사람들은 저마다 실소를 흘렸다. 김기환이 가리킨 모형은 겉으로 보기엔 그럴싸했지만, 스케일이 완전히 엉망이었다. 너무 멋진 외관에만 치중한 나머지, 휴먼 스케일에 대한 고려가 전혀 없었던 것이다. 계단을 오르려면 허리를 반쯤 접어야 했고, 안방이라고 만들어놓은 공간에는 침대 하나 제대로 들어갈 자리가 없었던 것. 부교수의 대답을 들은 김기환이 이번엔 그 옆의 다른 작품을 가리켰다.

"그럼 이건?"

이번에도 부교수의 대답에는 망설임이 없었다.

"스케일만 놓고 보자면 방금 전 작품보다야 낫지만… 현대 건축 기술로는 건축이 불가능하겠죠."

부교수의 말이 끝나자, 좌중은 아예 웃음바다가 되었다. 그의 말처럼 두 번째 작품은, 건축의 역학구조를 완전히 무시한 기하학적 형태를 가진 건축물이었으니 말이다. 가만히 웃던 조운찬이, 웃음기 어린 표정으로 한마디를 거들었다.

"그래도 창의성은 높게 평가할 만하군요."

"그건 그래."

"달에서는 지을 수 있을지도 모르겠습니다."

"후후후."

조운찬의 농담에 가볍게 웃어 보인 김기환이 그 옆의 작품을 향해 다가섰다. 그러자 채점실을 가득 채우던 웃음소리는 금세 잦아들었다. 이어서 김기환은 다시 부교수를 향해 시선을 돌렸다.

"내가 무슨 말할지 알지?"

그의 말에, 부교수가 고개를 주억이며 대답했다.

"이거… 지을 수 있냐는 말씀이시죠?"

"그래."

김기환이 짧게 대답하자, 부교수는 조금 더 가까이 모형 앞으로 다가왔다. 망설임 없이 대답하던 지금까지의 태도와는 사뭇 다른 모습이었다.

"이거… 신입생이 한 거 맞습니까?"

"일단은, 그렇다는구먼."

"어디 모델하우스 같은 데서 훔쳐 온 건 아니겠죠?"

"결론부터 얘기해봐, 결론부터."

모형의 앞으로 좀 더 가까이 다가온 부교수는, 마른침을 삼키며 꼼꼼히 모형을 살펴보았다. 그리고 잠시 후, 그의 입이 다시 떨어졌다.

"결론만 말씀드리면, 이 모형 역시 시공이 가능한 완성도는 아닙니다."

김기환은 입을 열지 않았고, 다른 사람들도 마찬가지였다. 그의 말이 아직 끝나지 않았다는 것을, 알고 있었으니 말이다.

"하지만 이걸 만든 친구들한테 시간을 며칠만 더 주면… 조금 얘기가 달라질지도 모르겠군요."

부교수의 대답이 끝나자, 좌중은 무척이나 놀란 표정이 되었다. 그가 과 내에서 인지도가 큰 교수는 아니었지만, 실제로 작은 건축사무소를 운영했던 경력이 있는 실무자였으니 말이다. 게다가 누구보다 실무에 빠삭한 김기환 앞에서 빈말을 할 리도 없었으니, 그의 말에 과장이 섞여 있을 리는 없었다. 조용하던 김기환의 입이 다시 열렸다.

"자네, 그거 아나?"

"네?"

"이번에 내가 경연주제에 부록으로 첨부했던 지적도 말이야."

"네, 교수님."

"그거 실제 경기도 지적도에서 따온 거거든."

모든 땅은 그 쓰임새에 따라 분류된다. 크게는 토지(土地)와 임야(林野)로 구분되지만, 토지 안에서도 좀 더 세분화되어, 여러 가지 용도에 따라 분류된다. 그리고 그렇게 분류된 땅을 필지별로 구분하고 경계를 그어놓은 것이 바로 지적도(Cadastral Map)였다. 하여 김기환이 이번 경연 조건지에 이 지적도를 첨부해놓은 이유는, 다른 것이 아니었다. 지적도를 통해 주변 환경을 파악하고, 그에 어울리는 건축물을 디자인하길 바랐던 것이다. 하지만 그런 의도를 가지고 지적도를 조건지에 넣은 김기환조차도, 전혀 기대하지 않았던 부분이 하나 있었다.

"근데 지금 내가 이 모형을 살펴보면서… 좀 재밌는 걸 찾았어."

부교수는 궁금한 표정으로 되물었다.

"재밌는 거라시면…?"

툭툭-

모형이 올려진 다이를 툭툭 건드린 김기환이, 씨익 웃으며 입을 열었다.

"내가 학생들에게 제시한 필지가 제2종 주거지역이거든?"

김기환이 들고 있던 지시봉이 건축모형을 향해 움직였다.

"그런데 이거 대충 면적 계산해보면, 묘하게 용적률이 맞아떨어질 것 같단 말이지."

아무리 김기환이 실무와 현장을 중요시 생각한다 해도, 아무것도 모르는 신입생들이 토지의 용도에 맞게 건축법을 고려하여 모형을 설계하길 바란 것은 아니었다. 그런 수준의 실무설계는, 고학년 학생들에게도 쉽지 않은 것이었으니 말이다. 그런데 지금 그의 눈앞에 만들어진 깔끔한 건축모형은 묘하게 그런 부분들이 맞아떨어졌다. 마치 지적도에 명시되어 있는 토지의 용도에 따라, 설계를 신경 쓴 것처럼 말이다.

"우연일까?"

김기환의 물음에, 부교수가 한 치 망설임도 없이 고개를 끄덕였다.

"당연합니다."

"흐음….."

"3학년도 과제를 그렇게 해오는 놈들은 없습니다. 그냥 어쩌다 보니, 잘 맞아떨어진 거겠지요."

부교수의 말에 좌중은 고개를 끄덕였다. 그리고 김기환도 고개를 주억거렸지만, 그의 속마음은 조금 다른 상태였다.

'우연이라… 그렇다고 하기엔, 토지 활용을 정말 맥시멈까지 뽑아냈는데….'

모형 앞에 붙어있는 '202호'라는 딱지를 한 차례 응시한 김기환은 저도 모르게 실소를 흘렸다. 말이 안 된다고 생각하면서도 그의 본능은, 이 건축모형의 제작과정에서 건축법이 고려되었다고 말하고 있었다.

"뭐, 사실 그게 그렇게까지 중요한 건 아니겠지."

김기환이 다시 실소를 흘리며 말을 이었다.

"어차피 올해 장학생들은, 이미 정해진 것 같으니 말이야."

"그렇습니다."

김의환의 말에, 장내에 있던 모두가 천천히 고개를 끄덕였다. 그가 이 채점실 안에서 가장 연배가 높은 교수라는 사실 때문만이 아니었다. 누가 보아도 공간 디자인과의 올해 디자인의 밤 선정 작품은 채점이 시작될 때 이미 정해져 있었던 것이다. 모형을 한 번 더 응시한 김기환이, 피식 웃으며 한마디를 덧붙였다.

"어쩌면 올해는 좀 재밌을지도 모르겠어."

— * —

　일반적으로 신입생들이 오티에서 가장 기대하는 것 중 하나는, 처음 만나는 동기들, 오티에 놀러 온 선배들과의 술자리다. 보통의 대학들은 K대의 디자인학부처럼 '디자인의 밤' 같은 것을 하는 게 아니라 밤샘 술 파티를 벌이는 경우가 많았으니 말이다. K대학이라 해서, 그런 술자리가 없는 것은 아니었다. 오티 당일 밤은 디자인의 밤으로 지나갔지만. 오티가 끝나고 서울로 돌아온 뒤, 그날 저녁에 2학년 선배들과의 술자리가 잡혀 있었던 것이다. 술자리에서 친목도 다지고 선배들과의 안면도 트면서, 학과 생활에 대한 조언도 얻는 것이 이 술자리의 목적.

　'대면식'이라 불리는 이 술자리는 K대 디자인학부의 전통 같은 것이었고, 우진도 딱히 피해갈 생각은 없었다.

　술을 딱히 좋아하지 않는 것과 별개로, 원만한 학교생활은 우진에게도 중요했으니까.

　'친구 많아서 나쁠 건 없지, 뭐. 다들 졸업하면 업계에서 만나게 될 확률도 높고….'

　20여 년의 세월을 미리 살아본 우진은 K대 디자인학부의 위력을 잘 알고 있었다. K대는 지금도 손꼽히는 디자인 대학이지만 시간이 지날수록 더욱 인지도가 높아지는 명문대였고. 20년 후에 얼마나 많은 업계의 유명 디자이너들이 K대 출신으로 채워지는지 우진은 너무 잘 알고 있었던 것이다. 때문에 여러 가지 이유에서 우진은 학기 초 술자리에는 참석할 생각이었다.

"오빠도 그럼 참석?"

"그래, 참석할게."

"자, 그럼 이대로 명단 짜서 예약 잡으면 되죠?"

"네, 선배님. 확인 다 끝났어요."

"고마워요, 후배님."

오티에 참석했던 2학년 과대 진수현이 1학년 임시 과대에게서 명단을 받아갔다. 1학년의 임시 과대는 명찰 번호 1번이 하도록 되어 있었고, 그녀의 이름은 '김인하'였다.

"인하야, 우리 몇 명 참석이야?"

"서른다섯 명."

"불참이 스무 명 정도 되는 거네?"

"일 있는 사람들은 어쩔 수 없지 뭐."

학교로 돌아가는 셔틀버스의 안은 어제와 달리 무척이나 조용하였다. 다들 디자인의 밤을 불태운 여파로 인해, 차에 타자마자 그대로 곯아떨어졌으니 말이다. 장학금 덕에 한껏 텐션이 올라있던 202호의 신입생들도 별다를 것은 없었다. 대관령을 넘어 이어지는 영동고속도로가 꽉 막혀 움직이지도 않았지만, 아무도 그런 사실을 눈치채지 못할 정도였으니까. 다만 셔틀에 앉아 눈을 감았다 뜨니, 어둑어둑해진 학교의 운동장이 눈에 들어왔을 뿐이었다.

"자, 공간 디자인과 후배님들은 이쪽으로 모이세요! 저 따라오시면 됩니다!"

2학년 과대 진수현의 인솔에 따라, 1학년 학생들은 삼삼오오 줄지어 운동장을 나섰다. 이어서 그들이 향한 곳은, 〈언니네 포차〉라는 이름의 대학가 술집이었다.

10년도 즈음의 대학문화는 선후배 간의 군기 같은 악폐습이 많이 사라지던 추세였다. 하지만 디자인 대학과 같은 예체능 계열 학과의 경우 조금씩은 남아있었고, K대도 크게 다르지 않았다. 불합리한 군기까지는 아니지만, 선후배 간의 위계질서나 학과 활동의 강제성 같은 것이 약간씩은 남아 있던 것이다. 그것은 선후배 간의 호칭만 봐도 알 수 있었다. 나이가 많건 적건 학번이 높은 선배에게는, 첫 대면에선 무조건 선배님이라는 호칭을 써야 했으니까.

"이야, 후배님들 많이 오셨네?"

"그러게. 우리 때는 절반도 안 왔던 것 같은데."

그리고 이런 대학문화 중에서 우진에게 가장 힘든 것은 바로 '장기자랑'이었다. 딱히 장기자랑에 대한 이야기가 나온 것은 아니었지만, 우진은 눈치로 알 수 있었다. 2학년들이 말하는 '자기소개'라는 것에, 장기자랑이 분명히 포함되어 있음을 말이다.

"별거 없으니까 너무 긴장하지 마세요, 후배님들."

"그래, 그래. 서로 얼굴 익히고, 조금 있다가 자기소개나 한 번씩 하면 돼."

실제 정신연령을 차치하더라도 우진의 나이는 스물둘.

'내가 이 나이 먹고 장기자랑이라니….'

절반 이상의 2학년 학생들이 우진보다 나이가 어렸으니, 민망한 것은 어쩔 수 없었다.

'뭘 해야 하나.'

그리고 우진이 그런 사소한 고민을 하고 있던 사이 〈언니네 포차〉는 어느새 만원이 되었다. 공간디자인과 1, 2학년 학생들로, 모든 자리가 만석이 된 것이다. 이어서 대충 자리가 정해지자, 2학년 남학생 중 하나가 소주병에 숟가락을 꼽은 채 자리에서 일어섰다. 둥글둥글하고 장난기 넘치는 인상에, 투실투실하고 커다란 덩치. 과대나 부과대는 아닌 것 같았고, 나이가 제법 있어 보이는 것이 갓 전역한 복학생인 것 같았다. 그가 '대면식' 진행을 위해 사회를 보려는 모양이었다.

"안녕하세요, 후배님들. 07학번 오윤택입니다. 잘 부탁드립니다."

오윤택의 굵직한 목소리가 울려 퍼지자, 벌써 한 잔씩 걸친 학생들의 환호가 여기저기서 터져 나왔다.

"와아아…!"

"오윤택! 오윤택!"

"잘생겼다!!"

커다란 곰 같은 인상의 윤택이 잘생긴 외모는 아니었지만. 그래도 그는 잘생겼다는 추임새가 기분 나쁘지는 않은 모양이었다.

"김민주, 너 뭘 좀 아는구나?"

"그럼, 그럼. 윤택 선배 잘생겼지. 일단 눈, 코, 입 정도는 전부 제자리에 잘 붙어 있잖아?"

김민주의 장난에 2학년 학생들은 왁자지껄 웃기 시작했고, 얼어 있던 신입생들도 점점 분위기에 녹아들기 시작했다.

"너, 수강 신청 때 보자 김민주."

"뭐! 왜! 왜!"

"내가 조운찬 교수님한테 말해서, 민주 너는 꼭 디지털 모델링 수업에 꽂아 넣을 거야."

"아 선배, 잘못했어. 제발…!"

신입생은 보통 전원 모두 그해 입학한 같은 학번 동기로 구성되어 있지만, 2학년부터는 얘기가 좀 다르다. 1학년만 마치고 휴학하는 학생들도 제법 많았고, 그들 전부 같은 시기에 복학하는 것은 아니었으니 말이다. 해서 김민주와 오윤택은, 같은 2학년임에도 불구하고 학번이 2년이나 차이 났다.

"자, 누구 때문에 갑자기 잡설이 좀 섞였는데…."

김민주를 한 차례 째려본 오윤택이, 다시 말을 이었다.

"여튼 우리 공간디자인과 10학번 후배님들, 오늘 이 자리가 어떤 자린지는 다들 아시죠?"

오윤택의 목소리에, 구석에서 1학년의 목소리가 작게 흘러나왔다.

"대면식이요!"

그리고 목소리를 들은 오윤택은, 기분 좋은 표정으로 고개를 끄덕이며 다시 입을 열었다.

"맞습니다, 대면식이죠. 그럼 대면식의 목적은 뭘까요? 아시는 후배님?"

"선후배 간의 돈독한 친목 도모요!"

"넌 좀 빠져, 민주."

"아 왜, 선배한텐 나도 후배님인데."

"우리 파릇파릇한 새내기 후배님들이랑 네가 같아?"

"우우- 선배가 후배 차별한다!"

오윤택이 특별히 끼가 있는 스타일은 아니었지만, 그래도 대면식의 사회는 자연스레 진행되었다. 2학년들의 분위기가 워낙 좋은 탓인지 전체적으로 금방 화기애애해진 것이다. 물론 그렇다고 해서 '자기소개'라는 난관을 피해갈 수 있는 것은 아니었지만….

"자, 그럼 임시 과대 김인하 후배님부터! 자기소개 한번 시작해 보겠습니다…!"

"김인하! 김인하!"

그 또한 무난하게 흘러갔고, 생각보다 재밌는 상황도 많이 연출되었다. 일단 첫 번째 타자였던 김인하부터, 기대 이상의 장기를 선보인 것이다.

"와, 저 친구 어디서 백댄서 알바라도 한 것 아냐?"

"진짜 춤 잘 춘다."

고등학교 때부터 아이돌 덕후였던 김인하는 왜소한 체구임에도 멋진 춤을 보여줬으며, 가수처럼 노래를 잘 부르는 친구도, 개그맨 뺨치도록 성대모사를 잘하는 친구도 중간중간 대면식의 분위기를 한껏 끌어올렸다. 물론 그렇다고 해서 신입생들이 자신의 차례가 다가올 때마다 느끼는 압박감을 벗어날 수 있었던 것은 아니었지만 말이다.

"오빠, 장기자랑 뭐 할 거야?"

한소연의 걱정 어린 목소리에, 우진이 피식 웃으며 고개를 갸웃했다.

"글쎄."

'한' 씨인 그녀의 학번은 거의 끝 번호였기에, 우진보다도 더 뒤 순번이었고.

그녀는 수준급의 노래 실력으로 장기자랑을 때운 혜진을 부러운 눈으로 쳐다보고 있었다.

"오빠, 엄청 태평하네. 뭐 준비한 거라도 있는 거야?"

"아니, 딱히 막 대단한 걸 준비한 건 아니지만…."

사실 겉으로 티는 내지 않고 있었지만, 우진은 오히려 소연보다 더 큰 부담을 느끼고 있었다. 방금 전, 괜찮은 아이디어가 떠오르기 전까지는 말이다.

'좋아, 건설사 회식 20년 짬밥이 이럴 때 도움이 될 줄이야.'

혜진의 차례 이후 몇 번의 순서가 유야무야 지나가고 나자, 드디어 우진의 자기소개 차례가 왔다.

"다음 순서는… 서우진 후배님!"

"우와왁!"

"우진 오빠! 파이팅!"

우진이 호명되자, 간단히 통성명을 한 몇몇 동기들과, 같은 테이블에 앉아있던 2학년 학생들이 과장된 응원을 쏟아내었고. 멋쩍은 표정으로 일어난 우진은 천천히 윤택이 있는 단상을 향해 걸어나갔다.

"안녕하세요. 10학번, 스물둘 서우진입니다!"

"스물둘이시면… 삼수생이셨겠군요?"

"아, 아닙니다, 선배님. 군대를 미리 다녀와서 늦게 입학한 거라…."

"오오…! 군필 신입생이라니!"

우진의 대답에, 술집 여기저기서 웅성이는 소리가 들려왔다. 확실히 우진의 케이스가 흔한 것은 아니었으니 말이다. 그리고 그 웅성임 중에는, 아직 군대에 다녀오지 않은 08, 09학번 남학생들의 한숨이 가장 컸다.

"이야, 저 후배님 군대도 다녀오셨대. 부럽지, 현수?"

"후우…."

"휴학했으면 군대나 다녀오지 그랬어."

"그러게 말이다."

하지만 군필이라 해서 신입생 장기자랑을 피해갈 수는 없는 법.

"우리 잘생긴 군필 후배님은, 장기자랑 준비 좀 하셨습니까?"

학번은 차이 나도 군번은 비슷한 오윤택이, 장난스럽게 군대식 말투로 포문을 열었고. 생각해둔 것이 있었던 우진은 씨익 웃으며 자신 있게 대답하였다.

"예, 선배님. 물론입니다."

"오오…! 역쉬! 군필!"

우진의 망설임 없는 대답에, 좌중은 더욱 기대에 찬 표정이 되었다. 신입생의 입에서 저렇게 자신 있는 대답이 나올 때면, 대부분 볼만한 장기자랑이 이어졌으니 말이다.

그리고 우진이 준비한 장기는… 지독하기로 소문난 건설사 회식 자리의 20년 차 내공이 담긴, 초강력 폭탄주였다.

"여기 지금 테이블이… 총 열다섯 테이블이군요."

"뭘 하시려고?"

"제가 테이블마다, 전부 다른 종류의 폭탄주를 말아드리겠습니다."

"음…?"

생각지도 못했던 우진의 이야기에, 시끌벅적하던 장내가 순간 정적에 빠졌다. 뭔가 장기자랑이라고 하기엔, 생각지도 못했던 장르였으니 말이다. 하지만 그것도 잠시뿐.

저벅- 저벅-

가장 가까운 테이블로 성큼성큼 다가간 우진이 폭탄주 제조를 시작하자….

탁- 촤아악-!

그 화려한 손놀림에 매료된 학생들은, 아예 일어서서 그 모양을 구경하기 시작했다.

"우오오오!"

"대박!"

갓 대학에 입학한 신입생이라고는 도저히 믿을 수 없는, 능숙한 폭탄주 제조실력.

치이이이익-!

우진이 쏘아낸 맥주 거품으로 인해 글라스에 절반쯤 찬 폭탄주가 회오리치기 시작했고, 그것을 잽싸게 집어든 우진이 테이블 가장 가까이 앉아있던 김민주에게 술잔을 내밀었다.

"혹시 '회오리주'라고… 들어는 보셨습니까?"

"…?"

"한잔하시죠, 선배님."

"나…? 나요?"

생각지도 못했던 우진의 제안에 김민주는 커다란 두 눈을 깜빡였다. 그러자 사회를 보던 윤택이 이때다 싶었는지 한마디 거들었다.

"오오…! 김민주! 당연히 원샷이겠지?"

한껏 흥이 난 학생들의 추임새는 덤이었으며.

"김민주! 당연히 원샷이겠지?!"

2학년 중에서도 흥이 많기로 소문난 김민주는….

"에라 모르겠다!"

그대로 잔을 받아 단숨에 입으로 털어 넣었다.

"오…! 오오!"

"역시 선배님!!"

꿀꺽- 꿀꺽-

이어서 찰진 목 넘김 소리와 함께, 각종 알코올이 뒤섞인 폭탄주 한잔을 그대로 원샷 하는 김민주. 그것을 지켜보던 다른 학생들의 입에서는 절로 탄성이 흘러나왔고.

"크으으…!"

　폭탄주를 전부 마신 그녀의 반응이 궁금했는지, 모두의 시선이 민주를 향해 있었다. 이어서 잠시 후, 조금 떨떠름했던 김민주의 표정은 점점 더 묘하게 변하기 시작하였다.

"이거…."

　단숨에 들이켠 정체불명의 폭탄주가 상상 이상으로 맛있었으니 말이었다.

"뭐 이렇게 맛있어…?"

　그리고 그녀의 목소리가 울려 퍼지자마자.

　〈언니네 포차〉에는 학생들의 환호성이 가득 들어찼다.

"우와아아악!"

자본이 필요해

위이이잉- 위이이잉-

머리맡에서 울리는 요란한 진동 소리에, 우진은 무거운 눈꺼풀을 가까스로 들어 올렸다.

"으, 으으… 왜 벌써 알람이…."

이미 해는 중천에 걸려 있었지만, 우진은 제대로 잔 기분이 아니었다. 선배, 동기들과 신나게 술을 마신 우진이 귀가한 것은 새벽세 시가 넘은 시간이었고. 그 전날 밤도 꼴딱 샜던 우진으로서는, 잠이 부족한 게 너무 당연한 것이다.

"우진이, 일어났니?"

문밖에서 들려오는 어머니의 목소리에, 우진은 무거운 몸을 억지로 일으켰다. 우진이 알람을 맞춰뒀던 시간은 정오. 그래도 여덟시간 이상은 푹 잔 셈이었다.

"네, 일어났어요!"

"수제비 해놨다. 나와서 먹어라."

"알겠어요, 잠깐만요!"

우진은 헝클어진 머리를 쓸어 넘기고는 문밖을 나섰다. 몸이 피곤한 것과 별개로 수제비라는 한마디에, 어느새 그의 입에는 침이 고이고 있었다. 그의 어머니 이주희는 2010년을 기준으로도 이미 십 년이 넘게 수제비 칼국수 집을 운영하고 계셨고. 전생에서도 우진이 숙취가 있는 날이면, 항상 어머니의 수제비로 속을 풀곤 했었으니 말이었다.

'잠깐, 그러고 보니… 엄마가 왜 출근을 안 하셨지?'

12시를 가리키는 시계를 확인한 우진은 잠깐 고개를 갸웃했지만, 곧 그 이유를 알 수 있었다. 어머니의 수제비 칼국수 집은 항상 월요일이 휴무였고, 우진의 주말은 순식간에 지나가 있었으니까.

"휘유, 정신이 하나도 없네."

따뜻한 전기장판에서 벗어난 우진은 어느 정도 정신이 맑아지는 것을 느꼈다. 그리고 어제의 술자리가 떠오른 그는, 저도 모르게 실소를 흘렸다.

'그래도 어제는, 기대보다 훨씬 재밌었단 말이지.'

전생에서 20년을 더 살아본 우진은 사실 대학 생활 자체에 대한 설렘은 크게 갖고 있지 않았었다. 그가 가진 대학에 대한 로망은, 단지 디자인과 관련된 부분들뿐이었던 것이다. 하지만 어제의 술자리 이후로, 우진의 생각이 조금은 달라졌다. 우진이 전생에서 겪었던 술자리는 대부분 드센 현장 아재들과의 술자리, 혹은 건설사의 접대 술자리 같은 것이었고. 파릇파릇한 신입생들. 그것도 여학생 비율이 압도적인 꽃밭에서의 술자리는 얘기가 좀 달랐던 것이다. 전생에서는 이런 것도 못 해보고 마흔 살까지 나이만 먹었었다니. 조금 더 억울해지는 우진이었다.

후르릅-

수제비 국물을 벌컥벌컥 들이키는 우진을 향해, 어머니 이주희가 걱정스런 표정으로 입을 열었다.

"얘, 천천히 좀 먹어라, 천천히. 입천장 다 벗겨지겠어."

"걱정 마세요. 저 원래 뜨거운 거 잘 먹잖아요."

"그래도."

회귀 후 달라진 것은 한두 가지가 아니었지만, 그중에도 가장 깊게 와닿는 것은 어머니에 대한 감정이었다. 여느 아들내미들이 다그렇듯 전생의 우진은 무심하기 그지없는 아들놈이었으니까.

'엄니, 이번 생에는 무슨 일이 있어도 호강시켜 드릴게요.'

진부한 레퍼토리의 드라마에나 나올 법한 대사였지만, 그래도 우진의 마음은 진심이었다. 사실 어머니뿐 아니라 그의 주변에 있는 모든 사람들이, 이번 생에서는 전부 다 잘되기를 바라는 마음이었다.

"엄니, 저 나갔다 올게요!"

"어휴, 술냄시 풀풀 풍기면서 또 어딜 가려고."

"친구들이랑 약속이 좀 있어서요. 늦진 않을게요."

"녀석, 체력도 좋다."

얼큰한 수제비를 국물까지 탈탈 털어먹은 우진은 잽싸게 옷을 챙겨 입고 집 문을 나섰다. 친구들이랑 약속이 있다는 말은 거짓이 아니었다. 저녁에는 그와 어릴 적부터 친구였던, 강석현을 만나기로 되어 있었으니 말이다. 다만 친구를 만나기 전에, 따로 할 일이 있다는 사실을 말하지 않았을 뿐이었다.

"보자, 시간은 충분하고…."

손목에 찬 싸구려 가죽 시계를 슬쩍 확인한 우진. 그가 버스를 타고 향한 곳은 송파구 문정동이었다.

— * —

2010년의 수도권 부동산 시장은, 말 그대로 침체기였다. 06년부터 시작된 전례 없던 부동산 급등기 이후, 부동산 투자 열기가 활활 타오르다 못해 재가 되어버린, 그런 시기였던 것이다. 몇 달 만에 억 단위로 뛰던 강남구 아파트 대형평형들은 순식간에 수억씩 툭툭 떨어졌으며, 부동산과 관련된 기사들은 부정적인 타이틀로 도배되던 시기.

[서울수도권 '불 꺼진 아파트' 늘어난다]

[분양가 할인 나선, ○○○재건축아파트]

하지만 이런 시기에도 투자처는 분명히 있었고, 우진은 그중 확실한 투자처를 몇 군데 알고 있었다.

심지어 그가 가진 몇백만 원 정도의 소액으로도 충분히 투자할 수 있는, 그런 훌륭한 투자처를 말이다.

끼익-

버스가 멈추고 우진이 내린 곳은 문정동의 로데오 거리. 정류장에서 내린 우진은 망설임 없이 걸음을 옮겨, 대로변에 있는 커다란 모델하우스로 들어섰다. 모델하우스의 입구에는, 다음과 같은 문구들이 쓰여 있는 커다란 플래카드가 걸려있었다.

[○○○레이크빌 아파트 특별 할인 분양!]

[계약금 100만 원 정액제! 미분양분 계약 시, 분양가 3% 할인!]

부동산이 활황일 때 서울 아파트 분양은 받고 싶어도 받을 수 없는 그림의 떡이었다. 당첨만 되면 수억의 차익이 생기기 때문에, 수백 대 일의 경쟁률을 기록하며 '로또 분양'이라는 이름까지 붙곤 했으니 말이다. 하지만 이런 하락기에는 반대로 손해를 걱정해야 하는 것이 분양이었다. 그래서 저렇게 할인 마트 품목들 마냥, '할인분양'이라는 플래카드까지 걸려있는 것이고 말이다. 하지만 이렇게 할인하는 아파트라 해서 전부 위험한 것은 아니었다. 로또 분양이라 해서 계약했다가 손해를 볼 때도 있는 것처럼 말이다. 그리고 우진에겐, 옥석을 가려낼 수 있는 눈이 있었다.

'제대로 찾아왔네.'

'○○○레이크빌'이라는 아파트의 이름을 확인한 우진은 씨익 웃으며 분양사무소 안으로 들어섰다. 손님이 없어 사무실은 한가하기 그지없었고, 다섯 곳이나 되는 상담 자리 중에는 단 한 명의 상담원만 자리를 지키고 앉아 있었다. 우진은 망설임 없이 그 앞에 앉아, 상담원을 향해 입을 열었다.

"상담 받으러 왔는데요."

우진의 목소리를 들은 여자 상담원은, 살짝 놀란 표정이었다. 오랜만에 방문한 손님을 반가워해야 했지만, 우진의 앳된 얼굴을 보니 그럴 수가 없었던 것이다. 우진의 외모는 아무리 높게 봐 줘야 이십 대 중반. 그렇게 어린 나이에 아파트 분양 상담을 오는 경우는, 상담원 일을 하면서 본 적이 없었으니 말이다.

"음… 아파트 분양… 상담 받으러 오신 것, 맞죠?"

그리고 그런 상담원의 기색을 느낀 우진은 피식 웃으며 대꾸하였다.

"그게 아니면 여기서 무슨 상담을 받겠습니까."

"아, 넵. 잠시만요, 일단 평형 타입부터 보여드리겠습니다."

상담원은 잠시 당황하긴 했지만, 곧 평정심을 찾고 우진에게 설명을 시작하였다. 어쨌든 그는 지금 미분양된 아파트 한 채라도 더 팔아야 하는 입장이었고. 이 악성 재고를 소진해줄 손님이라면, 그의 나이가 몇 살이든 전혀 상관이 없었으니 말이다. 하지만 그녀의 설명이 절반도 채 지나지 않았을 즈음. 그녀는 설명을 멈출 수밖에 없었다. 우진이 그녀의 말을 끊고 입을 열었으니까.

"뭐, 대충 이해했습니다."

"아직 옵션 설명이….."

"팸플릿 다 읽어보고 왔어요."

"그, 그러세요?"

"59A형 두 채, 계약하겠습니다."

"예에…?!"

우진의 말을 듣던 상담원은 당황한 표정을 도무지 감출 수가 없었다. 이 부동산 불경기에 미분양분 계약자를 찾는 것도 쉽지 않았는데. 고작 5분 전에 들어온 청년이, 순식간에 두 채를 계약하겠다는 얘기를 꺼냈으니 말이다. 59A형이란, 일반적으로 얘기하는 25평형 아파트. 머리에 피도 안 마른 학생이 25평 아파트 두 채를 계약하겠다는 말에, 놀라지 않는다면 오히려 이상한 것이리라. 게다가 이어지는 우진의 말은, 더욱 가관이었다.

"계약금 정액제 맞죠? 백만 원?"

"네. 마, 맞습니다. 2차 계약금 약 3,900만 원은 5월까지 납입하셔야 하며….."

"미분양분이니, 전매제한은 따로 없을 거구요."

"그, 그렇죠."

"RR(로열동 로열층) 남아있는 물건 있나요?"

"아마 있을 겁니다. 찾아볼게요."

분명히 이십 대로 보이는 어린 나이임에도 불구하고, 닳고 닳은 투자자 마냥 투자 전문용어를 청산유수처럼 쏟아내는 우진. 그런 그를 보고 있자니, 상담원은 혼란스럽다 못해 기가 막힐 수밖에 없었다.

"아, 분양권은 잔금 전까지 따로 취·등록세도 없죠?"

"맞… 습니다. 잘 아시네요."

하지만 그렇다고 해서….

나이는 몇 살이냐, 정말 살 생각이 맞느냐. 이거 샀다가 마이너스피* 될지도 모른다. 이런 이야기를 손님에게 할 수도 없는 노릇이 아닌가? 해서 뭔가에 홀리기라도 한 듯 우진과 대화하던 상담원은, 순식간에 25평 아파트 두 채를 그의 명의로 계약해주었다. 물론 계약과정에서 확인한 우진의 주민등록증을 보고는, 한 번 더 놀랄 수밖에 없었지만 말이다.

'89년생이면… 스물두 살? 아니 무슨 금수저라도 되는 건가?'

계약금 정액제로 당장 200만 원이면 두 채의 아파트를 계약할 수 있는 게 맞았지만, 당연히 추가비용은 필요하다. 우진이 계약한 아파트의 분양가는 총 4억이었고, 5월까지 그 10%인 약 4천만 원을 납입해야 했으니 말이다. 중도금 대출을 받는다면 나머지 3억 6천만 원은 준공될 때까지 낼 일이 없었지만, 어쨌든 두 채를 계약했다는 건 당장 8천만 원을 가지고 있다는 얘기. 게다가 아무렇지도 않게 그 정도 액수를 쓸 수 있으려면, 금수저가 아니고서는 불가능할 것이었다.

"다 됐나요?"

"일단 절차는… 다 끝났습니다."

"수고하셨습니다. 그럼 가볼게요."

---

* 분양가보다 시세가 떨어지는 상황.

"감사합니다, 손님. 살펴 가세요."

자리에서 일어설 때까지 당황한 표정을 숨기지 못하는 상담원을 보며, 우진은 속으로 웃을 수밖에 없었다.

'내 통장에 이제 오백만 원도 남지 않았다는 사실을 알면 무슨 표정이 될까?'

애초에 우진이 아파트 두 채를 계약한 것은, 2차 계약금 납입일이 되기 전에 프리미엄을 붙여 팔아넘길 생각으로 한 것이었으니 말이다.

'뭐, 5월 전에 팔면 많아야 1, 2천 정도 붙겠지만… 그거면 훌륭하지 뭐.'

계약금 100만 원으로 매입한 미분양 아파트 두 채에 각각 프리미엄 천만 원을 붙여서 팔면, 200만 원의 투자금으로 두 달 만에 2천만 원을 버는 셈. 게다가 할인분양분을 계약한 것이었으니, 4억의 3%인 1,200만 원을 추가로 이득 보는 것이다. 두 채를 계약했으니, 이 또한 2천만 원이 넘는 수익. 복비로 백만 원 정도 빠질 것을 감안해도, 기대수익을 다 합해보면 대략 4천만 원 언저리였다.

'어디 보자. 내일이나 모레쯤 분양가 상한제 폐지가 발표될 테고, 위례신도시 때문에 토지보상금이 이미 쭉쭉 풀리고 있을 테니… 어쩌면 좀 더 먹을 수도 있어.'

이것은 미래를 알고 있는 우진이기에 선택할 수 있는, 그야말로 극단적인 투자 방식. 게다가 전생에 그의 상관이었던 권종우 실장이 자신의 투자 실력을 근거로 툭 하면 떠들어댔던 아파트였으니 기억이 틀렸을 리는 없다고 봐도 무방하였다.

'아, 갑자기 권 실장님 보고 싶네.'

회귀하던 날까지도 함께 일했던 권종우 실장. 그의 익살맞은 얼굴을 잠시 떠올린 우진은 피식 웃으며 동봉된 계약서를 가방에 집어넣었다. 두둑한 자본금을 챙겼다는 사실에 기분이 좋기는 했지만 그뿐이었다. 미래를 알고 있다 해서 주식이나 부동산 투자만으로 자산을 불릴 생각이 아니었으니 말이다. 불경기에 이렇게 확실하고 좋은 투자처가 많지도 않았거니와, 우진의 목적이 단순히 '돈'뿐인 것도 아니었으니까. 다만 그가 하려는 일에는 자본이 필요했고, 마침 단기간에 그 자본을 만들 수 있는 방법이 생각났을 뿐이었다.

"법원으로 가려면… 몇 번을 타야 되더라?"

우진의 다음 목적지는 서초구에 있는 법원 등기소. 자본금은 얼추 해결된 셈이니, 이제 사업자 등록을 할 차례였다. 하고 싶은 사업도 많았고 전부 잘할 자신도 있는 것들이었지만, 지금 시점에 우진이 하려는 사업은 명확히 정해져 있었다. 그의 통장에 남아있는 돈 중 오십만 원 정도는, 법인사업자를 설립하는 데 쓰일 비용이었다.

— * —

우진이 가장 잘할 수 있는 사업은, 어쩌면 건축사무소를 내는 것일지도 모른다. 전생에서 그가 가장 많이 했던 일이 현장의 목공 일이었으며, 설계부터 시공까지 안 해본 게 없을 정도로 빠삭했으니 말이다. 게다가 향후 20년간 한국에서 유행할 인테리어 디자인의 트렌드는, 전부 다 꿰고 있는 우진이었으니. 건축사무소를 내서 적어도 망할 일은 없을 게 분명했다.

'내가 창업을 하게 될 줄이야.'

하지만 지금 우진이 시작하려는 사업은, 건축사무소와 조금 동떨어진 일이었다. 아무리 작게 시작한다 하더라도, 건축사무소를 열기에는 현실적인 벽이 너무 많았으니까.

'시간도 부족하고, 돈은 턱없이 부족하고… 당장 건축사무소 내는 건 미친 짓이지.'

아파트 분양권 투자로 3~4천만 원 이상의 자본금이 확보된다고 한들, 그 돈으로 건축사무소를 내는 것은 불가능한 수준이다. 시공을 배제하고 설계만 하는 사무소를 오픈한다면 어찌어찌 가능할지도 모르겠지만, 우진은 그러고 싶지 않았다. 우진이 하려는 설계는 남의 디자인을 가져다 하는 설계가 아닌, 자신이 직접 디자인한 공간에 대한 설계였으니까.

'디자인 공부를 충분히 하기 전까지… 본격적인 사무소는 오픈하지 않겠어.'

우진은 자신이 한동안 가장 집중해야 할 분야가 학업이라고 판단했다. 그래서 그가 시작하려는 사업은 자신의 학업과 밀접한 연관이 있는 사업이었다.

"흐흐, 이거야말로 일석이조지."

인문계열이나 이공계열의 학부에 진학한 대학생들에게, 학업이란 말 그대로 공부다. 하지만 디자인학부의 학생들에게 학업은 조금 다른 의미였다. 물론 책상머리에 앉아 머리를 싸매고 해야 하는 공부가 없는 것은 아니었지만, 학부의 성적을 결정하는 전공 과목 대부분이 실기 과목이었으니 말이다. 이를테면 신입생들이 디자인의 밤에서 밤새 만들었던, 건축모형 같은 과제물들. 우진은 그런 모형을 전문적으로 제작하는 '작업실'을 오픈할 예정이었던 것이다.

'건설사 몇 군데 뚫어서 모델하우스에 들어갈 모형만 만들어

도… 수입은 짭짤하다 못해 넘쳐날 거야.'

그래서 우진에게 필요한 것은 작업실을 오픈할 공간과 공구들, 그리고 몇 가지 설비들이었다. 작정하고 작업실을 열어 외주를 받기 시작하면, 칼이나 가위 등의 1차원적인 도구들만으로 작업하는 것은 너무 비효율적인 방식이었으니 말이다. 설비들을 활용해서 돈도 벌고 자신의 과제물도 효율적으로 작업하고. 우진이 생각하기에 이 사업은 지금 그의 상황에서 최적이라 할 수 있었다. 그리고 사업의 목적성과 최대한 부합하기 위해서, 그는 작업실의 위치를 학교 인근으로 잡을 생각이었다. 그래서 사업자를 접수하고 법원에서 나온 우진은 다시 지하철을 타고 강북으로 향했다. 학교 인근에 있는 부동산에, 작업실 매물을 보러 가기 위해서 말이다.

"흐, 오늘 아주 서울을 한 바퀴 투어하는구만."

학교 후문 쪽에 있는 적당한 부동산을 찾은 우진은 망설임 없이 그 안으로 들어섰다. 그러자 사장인 듯 보이는 중년의 아주머니가 그를 반갑게 맞아주었다.

"아이고, 학생 잘 왔어요. 마침 후문 가까운 거리에 원룸 한 개가 급하게 나왔거든."

"아, 저 원룸을 찾고 있는 게 아닌데요."

"그… 래요? 그럼 어떤 물건을 찾는 건데?"

"작업공간으로 쓸 만한 사무실을 찾고 있어요. 실평수는 15평 정도면 충분하고… 지층만 아니면 돼요."

"지층? 반지하?"

"네. 환기가 좀 중요해서, 2층 이상이었으면 좋겠어요."

우진의 구체적인 이야기를 들은 부동산 사장은 고개를 주억거렸다.

"디자인과 학생인가 봐요?"

"아, 네. 맞습니다, 사장님."

K대 근처에서 부동산만 십 년이 넘게 운영하다 보니, 작업실을 계약하려는 미대생 손님들도 종종 맞아본 것이다. 하여 우진이 어떤 물건을 원하는지 어렵지 않게 이해한 부동산 사장은 빠르게 매물을 검색하기 시작하였다. 신학기 직전이라 사실 원룸 매물은 많지 않았지만, 우진이 원하는 조건 정도의 물건은 몇 군데 나와 있었다.

"월세는 어느 정도?"

"칠십은 안 넘었으면 좋겠어요."

"음, 예산이 좀 빡빡하기는 한데… 없지는 않을 거예요. 찾아볼게요."

"감사합니다."

그녀는 우진에게 세 곳 정도의 매물을 제시했고, 월세는 다들 비슷한 수준이었다. 하지만 그중에서도 우진은 어렵지 않게 하나를 선택할 수 있었다.

"여기, 이 물건이 좋겠어요."

"그래요?"

"일단 학교도 제일 가깝고… 투룸이라 한 명 정돈 숙식도 가능하겠어요."

"그렇지. 뭐, 주거용은 아니라 좀 불편하긴 하겠지만… 학생 말이 맞아요."

사실 월세만 놓고 보면, 우진이 선택한 물건이 셋 중 가장 비쌌다. 하지만 우진에게 다른 선택지는 없었다. 보증금 200만 원 이하로 우진의 자금 사정 내에서 계약 가능한 물건이, 딱 이것 하나뿐이었으니 말이다.

"감사합니다, 사장님. 주인분이랑 연락되시면 문자 한 통 남겨주세요."

"그래요 학생, 시원시원해서 좋네. 금방 연락 줄게요!"

하여 깔끔하게 가계약금까지 걸어 놓은 우진은 개운한 표정으로 부동산을 나왔다. 한낮에 집에서 나왔음에도 불구하고 계획했던 일들을 전부 처리하고 나자, 어느새 하늘은 어둑어둑해져 있었다.

"이런, 늦겠는데…?"

시계를 확인한 우진은 살짝 곤란한 표정이 되었다. 오늘 그의 마지막 일정인, 친구 '석현'과의 약속 시간까지, 30분도 채 남지 않았으니 말이다. 약속장소까지 걸리는 시간은, 빨라도 40분 정도. 조금 늦는 것은 피할 수 없게 되어버렸다.

"흐유, 어쩔 수 없지 뭐. 밥이라도 맛있는 거 사줘야겠다."

석현은 그의 인생에서 손에 꼽을 정도로 절친한 친구였지만, 오늘 만나면 정말 오랜만에 얼굴을 보는 셈이었다. 석현의 입장에서야 우진을 대략 반년 정도 만에 보는 것일 테지만, 우진은 얘기가 다른 것이다.

'거의 10년 만이지?'

회귀 이전에 석현은 십 년 가깝게 연락이 끊긴 상태였었고 회귀 후에는 오늘에야 처음 만나게 된 것. 오랜만에 만날 친구 석현을 떠올린 우진은 기분 좋은 표정이 되어 지하철로 향했다.

— ＊ —

우진이 석현과 처음 만났던 것은 초등학교 2학년 때였다. 어릴 적부터 그림 그리는 것을 좋아하고 뚝딱뚝딱 만들기를 좋아했던, 그래서 우진과 마찬가지로 디자이너가 꿈이었던 그의 단짝 친구. 석현은 교사이신 부모님의 반대로 예체능을 포기하고 공대에 진학했지만, 그래도 취미는 한결같았다. 전생에서도 서른이 다 될 때까지, 우진을 불러 종종 프라모델을 만들곤 했던 친구였으니 말이다. 우진의 꿈이 건축 디자이너였다면, 석현의 꿈은 자동차 디자이너였다.

'그때 석현이네가 이민을 가지만 않았어도… 계속 친하게 지냈을 텐데 말이지.'

그리고 한때 십 년이 넘게 단짝처럼 지냈던 탓인지 오랜만에 석현을 봤음에도, 우진은 전혀 어색함을 느낄 수 없었다.

"이야, 우진! 너 지난달에 전역했다며. 왜 이제야 연락한 거야, 짜샤!"

"지난달은 무슨. 이제 3주 차라니까."

"그거나, 그거나."

"됐고, 밥이나 먹자 석구. 오늘 형이 거하게 한번 쏜다."

"뭐? 네가 산다고?"

"그래, 지난번 휴가 때 네가 쐈잖아."

"그, 그랬었지."

"그러니까 잔말 말고 따라 들어와. 괜찮은 데 알아뒀으니까."

석구는 우진이 부르는 석현의 별명이었다. 딱히 어떤 뜻이 있는 별명은 아니었다. 언젠가, 어쩌다 보니 그렇게 부르게 된 것뿐이었으니까. 그리고 그런 것과 별개로, 우진은 한 가지 사실을 확실히 알 수 있었다. 오랜만에 어디서 어떻게 만나도 전혀 어색하지 않은 친구가 있다는 것은, 정말 기분 좋은 일이라는 사실 말이었다.

"야, 괜찮은 거지? 너 등록금도 내야 하잖아."

"쓸데없는 소리 말고 먹기나 해, 인마. 형 요즘 잘나가니까."

"미친…! 갓 전역한 빡빡이 주제에 잘나가긴 뭘 잘나간다고."

"너 모르냐?"

"뭐."

"원래 남자 인생에서, 병장 때가 제일 잘나갈 때야."

"이제 병장 아니잖아."

"시끄러."

석현은 우진과 달리, 집이 제법 잘사는 편이었다. 금수저까지는 아니었지만, 전형적인 강남 중산층 집안이었으니 말이다. 서른 즈음 갑자기 석현의 가족 전부가 미국으로 이민 갔던 사실만 보더라도, 충분히 알 수 있는 사실이었다. 그래서 이십 대 초반까지만 해도, 두 사람이 만나면 높은 비율로 석현이 밥을 사는 편이었었다. 사실 그래서도 우진은 오늘만큼은 꼭 석현에게 밥을 사주고 싶었다. 전생에서의 그에게 밥을 얻어먹을 때면, 항상 미안했던 기억이 아직 남아있었으니까.

"크…! 역시 삼겹살은 맛있어."

"여기 찌개도 얼큰하니 맛있더라."

"근데 비계는 왜 잘라서 찌개에 넣는 건데?"

"후, 먹알못아. 이렇게 먹으면 얼마나 맛있는지 모르지?"

"뭐? 먹알못? 그게 뭐야."

"아무튼 그런 게 있어."

저도 모르게 튀어나온, 회귀 전에 쓰던 신조어에 우진은 뒷말을 얼버무렸다.

"그나저나 왜 나만 불렀어. 기왕 볼 거면 영준이랑 호언이도 같이 부르지.”

“아, 걔들도 다음에 한번 같이 보긴 해야지.”

“쩝. 오랜만에 넷이 모였으면, 밥 먹고 2대 2 한 판 조지면 딱인데.”

“오늘은 겜방 안 갈 거야, 석구.”

“엥? 겜방을 안 간다고?”

“어, 안 가.”

“야. 겜 안 하면 뭐해. 당구 한판 조지게?”

“넌 뭘 자꾸 조져, 조지긴.”

“쳇.”

“오늘 할 얘기 많아. 딴 거 할 시간 없다고.”

우진의 생각지도 못했던 이야기에, 삼겹살을 굽던 석현의 손이 순간 멈췄다. 딱히 분위기를 잡거나 한 건 아니지만, 우진이 뭔가 진지한 이야기를 하려는 것을 눈치챘으니 말이다.

“뭔데? 너, 뭐 고민 있냐?”

석현의 물음에, 우진이 웃으며 고개를 저었다.

“아니, 고민은 무슨. 형 요즘 잘나간다니까?”

“뭐냐. 진지한 척하더니 또 장난임?”

석현의 어이없어 하는 표정을 본 우진은 자세를 고쳐 앉았다. 그리고 이제는 정말 진지한 표정으로, 하려던 이야기를 슬쩍 꺼내기 시작했다.

“야, 강석현.”

“왜.”

“형이랑 일 한번 안 해볼래?”

“일? 무슨 일?”

"용돈 벌이나 한번 해보자고."

"갑자기 그게 무슨 말이야?"

석현의 집안이 잘사는 것과 별개로, 그의 주머니 사정이 풍족한 것은 아니었다. 고등학교 교사이신 석현의 부모님은, 두 분 모두 엄한 분이셨고. 때문에 석현이 받는 용돈은, 통학에 필요한 차비 정도뿐이었던 것이다. 그의 부모님은 석현이 아르바이트로 생활해보길 원하셨다.

"내가 괜찮은 사업 아이템 하나 들고 있거든."

"야. 너 뭐, 이상한 짓 하려는 건 아니지?"

꽤나 보수적인 성향을 가진 석현은, '사업'이라는 말에 부정적으로 반응할 수밖에 없었다. 사실 스물둘이라는 나이가 사회경험이 있을 나이도 아니었으니, 사업이라는 단어 자체가 위험한 것으로 인식되었던 것이다.

"이상한 짓은 무슨 이상한 짓. 너, 나 모르냐?"

"음···."

하지만 우진의 다음 이야기가 이어지자, 석현은 생각이 조금씩 바뀌기 시작했다. 일단 석현이 아는 우진이라는 인물도 그 못지않게 보수적인 성격이었으며. 우진의 입에서 청산유수처럼 나오는 이야기들이, 무척이나 흥미로운 내용이었으니 말이었다.

"자금이 필요하거나 특별히 위험한 사업이 아니야, 짜샤."

"그럼?"

"우리 좋아하는 거 있잖아."

"우리가 좋아하는 게 뭔데?"

"이것저것 뚝딱뚝딱 만드는 거."

"···?"

우진의 말이 이어질수록, 석현의 두 눈은 점점 더 반짝이기 시작하였다. 머리가 좋은 석현은 공대에서도 나쁘지 않은 성적을 유지하고 있었지만. 그래도 '자동차 디자이너'라는 어릴 적 꿈의 잔재를 아직 가지고 있었으니 말이다.

"그러니까 모형 작업실을 만든다는 거 아냐?"

"그렇지!"

"그럼 디자인과 애들 과제도 대신 해주는 거야?"

"대신해주는 것까진 아니야. 콘셉트랑 설계는 걔들이 할 거고, 우린 그걸 만들기만 할 거니까."

"아하."

"우리가 뭘 안다고 과제 전부를 대신 해주겠냐."

"그것도 그러네."

게다가 약간의 거짓말이 곁들여진 우진의 계획까지도 제법 그럴싸해 보였으니….

"그리고 나 군대에서 알던 선임이 건축사무소에서 일하시는데, 그쪽에서 일거리도 준다고 이미 약속하셨어."

아무리 보수적인 석현이라 해도, 넘어오지 않고는 배길 수가 없었다.

"정말? 근데 우리가 건축사무소 일을 할 수 있는 게 있어?"

"모형 만든다니까. 지금까지 뭘 들은 거야?"

"응…?"

"건축모형 작업이 꽤나 많은가 봐. 우리 모형 만드는 건 자신 있잖아."

"오오, 그렇지!"

자본금부터 시작해서 설명하기 힘든 부분도 많았지만, 우진은 미리 생각해뒀던 변명들을 활용해 결국 석현을 설득시켰다. 어쨌든 사업 얘기를 하는 것이었으니, 수익구조에 대한 설명도 빼놓을 수 없었다.

"흐음… 네 말대로만 되면 한 달에 일이백 정도는 벌 수 있겠는데, 정말?"

"그래. 둘이 합해서가 아니고 너 혼자서 그만큼은 충분히 가져갈 수 있을 거야."

"학교 끝나고 와서 네댓 시간 정도만 일하면 된다는 거지?"

"그렇다니까?"

"뭐, 일단 나로서는 손해 볼 건 없으니까…."

마른침을 꿀꺽 삼킨 석현이, 나름대로 머리를 굴리기 시작했다. 그리고 잠시 후, 고개를 끄덕이며 다시 입을 열었다.

"좋아. 한번 해보지 뭐. 까짓 거, 못 할 것도 없지."

"크, 역시 석구!"

그렇게 우진은 석현이라는 사업 조력자를 성공적으로 설득해내었고. 두 사람은 오랜만에 만나 PC방을 가는 대신, 밤늦도록 사업 이야기를 나누었다. 그리고 석현과 이야기를 나눌수록, 우진은 또 한 가지를 확신할 수 있었다.

'어떻게든 이놈만큼은, 공대에서 끄집어내야 해.'

석현과 함께 일하려는 그의 계획이, 제법 괜찮은 생각이었다는 사실 말이다.

— * —

일주일 정도의 시간이 정신없이 지나갔다. 2월이 전부 지나고

3월이 되었으며 한겨울 한파와 맞먹을 정도로 차가웠던 꽃샘추위
도 한풀 꺾였다. 그 사이 우진에게도 많은 일이 있었다. 우선 학과
일정부터 따지자면, 입학식과 수강 신청. 작업실 준비로 바쁜 우진
은 입학식 땐 얼굴만 잠깐 비췄고. 수강 신청은 안타깝게도 완전히
말아먹었다.

우진은 수강 신청 페이지가 열리는 그 시간에 코를 골며 자고 있
었으니까.

[한소연(10학번) : 뭐? 오빠… 설마 지금 일어난 거야? 맙소사.]

[한소연(10학번) : 대면식 때 선배들이 괜찮은 과목들 얘기해줬
잖아.]

[나 : 지금 신청하면 안 돼?]

[한소연(10학번) : 당연하지… 선배들이 찍어준 과목은 이미 싹
다 빨간불이라고.]

그나마 다행인 것은, 1학년 첫 학기 전공 수업의 경우 따로 수강
신청이 없다는 정도. 수강 신청 첫 경험인 신입생들에 대한 배려
로, 학번에 따라 강제 수강 등록이 되어버리는 시스템이었으니 말
이다.

[나 : 전공은 자동으로 되어있네 뭐.]

[한소연(10학번) : 하, 답답아. 이번 수강 신청은 교양이 중요한
거라고 교양이!]

[나 : 그래서 넌, 수강 신청 성공했고?]

[한소연(10학번) : ….]

[나 : 뭐야ㅋㅋ 너도 망해놓고 지금 나한테 뭐라고 하는 거야?]

[한소연(10학번) : 그, 그래도 난….]

[나 : 너 교양수업 뭐뭐 듣는데?]

[한소연(10학번)님이 채팅방에서 나가셨습니다.]

[나 : ….]

그리고 수강 신청이 망했다고는 하지만, 우진은 크게 신경 쓰지 않았다. 어차피 중요한 전공과목의 학점을 제외하고는 딱히 중요하게 생각지 않았으니 말이었다.

'뭐, 졸업하고 어디 취직할 생각도 아니니까.'

그리고 학과와 관련된 사소한 일들이 이렇게 흘러갔다면, 우진 개인적으로는 훨씬 더 바쁜 일들이 지나갔다. 작업실 개업을 위한 준비가 착실히 진행된 것이다.

"자, 이쪽으로 들고 들어오시면 됩니다!"

"좋아. 제일 긴 책상을 이쪽으로 배치하고, 그쪽 방은 비워두세요. 따로 들어올 물건 있습니다."

공실로 비어있던 사무실에 각종 집기들을 집어넣자, 제법 그럴싸한 작업실의 모양이 나온다. 아직 모형제작을 위한 값비싼 장비들은 들여오지 못했지만, 그래도 우진은 뿌듯한 표정이 되었다.

'내 첫 사무실인가.'

전생과 이번 생을 통틀어, 우진 자신이 주인인 사무실을 갖는 것은 처음이었으니 말이었다.

'석현이도 같이 있었으면 좋았을 텐데.'

K대가 개강을 했듯, 석현이 다니는 S대도 마찬가지였다. 때문에 전공 수업과 시간이 겹친 석현이, 이삿날에 오지 못한 것. 우진도 오늘 첫 번째 수업이 있는 날이었지만, 아직 두 시간 정도의 여유가 있었다.

'생각보다 이사가 일찍 끝났네. 점심 먹을 시간 정도는 있겠어.'

그리고 동업자인 석현 대신, 우진의 작업실에는 다른 손님들이 찾아왔다. 어느새 우진과 제법 친해진, 그의 몇몇 동기들. 수업에 가기 전에 모여서 점심이나 먹자 하여, 학교 근처에 있는 우진의 작업실 앞에 모이기로 했던 것이다.

"이야…! 오빠. 여기가 오빠 작업실이라고?"

"와, 형! 대박. 자취 안 한다더니, 언제 이런 큰 그림을…."

물론 작업실에 들어오라는 얘긴 안 했지만, 그런 사소한 부분을 신경 써줄 친구들이 아니었다.

"앞에서 기다리라니까."

"여기까지 왔는데 구경은 해야지!"

"누가 들으면 어디 멀리 행차하신 줄 알겠어. 어차피 학교 앞인데."

"그래도!"

혜진과 선빈의 들뜬 목소리를 시작으로, 우진의 작업실은 금방 시끌벅적해졌다.

— * —

우진의 신학기 첫 수업은, 전공 수업 중 하나인 '기초 제도' 수업이었다. 신입생들이 듣게 될 모든 수업 중에서, 가장 악명 높은 수업인 제도 수업. 수업 자체의 난이도가 높은 것은 아니었다. 어떤 거창한 이론을 배우는 것이 아닌, 손으로 도면을 그리는 방법을 배우는 수업이었으니까. 다만 매 수업마다, 어마어마한 양의 과제가 나올 뿐이라고 하였다.

"아무래도 제일 힘든 수업은 기초 제도지."

"절대 과제 밀리지 마라. 한번 밀리기 시작하면 끝이야 끝."

"더 최악은 뭔 줄 알아?"

"한번 재수강 뜨면, 진짜 늦이나 다름없어."

"05학번에 현주 선배라고 있거든? 작년에 4학년이셨는데, 1학기에 기초 제도 재수강하고 계시더라니까?"

"아니, 삼수강이실걸?"

"끔찍하네…."

"사학년쯤 되면 봐주실 만도 한데, 박준민 교수님 진짜 빡세다니까."

그리고 선배들의 이런 엄포를 들어서인지, 수업에 들어서는 신입생들은 잔뜩 긴장한 표정이었다. 한 사람, 우진을 제외한다면 말이다.

'손 제도라… 진짜 추억이네, 추억이야.'

과거, 처음으로 현장 노가다를 벗어나 건축사무소에 취직했던 시절. 처음 수습으로 입사했던 우진이 가장 먼저 했던 것이, 바로 손 도면을 그리는 일이었다. 딱히 손 도면이 필요해서는 아니었다. 현장에서 손으로 그린 도면을 사용하던 것은, 정말 먼 옛날의 일이었으니까. 손으로 도면 한 장 그릴 시간에 캐드로 열 장은 그릴 테니. 현장에선 손 도면을 쓸 이유가 전혀 없는 것이다. 하지만 과거에도 그랬고 지금 이 학교에서도 그렇고. 손 도면을 이렇게 꼭 가르치는 것을 보면, 건축 일을 하는 사람들은 이 손때 묻은 도면에서 자신들의 뿌리를 찾는 듯싶기도 했다.

'확실히 트레이싱지 위에 그린 손 도면이, 나름의 맛이 있긴 하지.'

트레이싱지란, 제도할 때 쓰는 반투명한 뿌연 종이를 말한다. 그리고 제도를 배우는 건축학도들은, 이 트레이싱지 위에 샤프심 자국이 반질반질하게 코팅될 정도로 꾹 눌러서 도면을 그린다. 어쩌면 이 손 제도는, 지금 건축계를 이끌어가는 기성세대들이 버리지 못하고 있는 추억의 잔재일지도 몰랐다.

끼이익-

문을 열고 들어서자, 강의실의 전경이 우진의 눈에 들어왔다. 인문학부 강의실과 달리, 널찍널찍하게 늘어서 있는 실기용 책상들. 그리고 그 위에 가지런히 설치되어 있는 하얀 제도판들. 우진은 구석에 자리 잡고 앉았고, 그 건너편에는 혜진이 마주 앉았다. 이어서 뒤늦게 들어온 소연을 발견한 우진이, 장난기 어린 목소리로 그녀를 불렀다.

"이게 누구야. 철학가 한소연 씨 아닌가."

"시끄러…."

옆에 있던 혜진도 거들었다.

"앗! 현대 철학을 이해하고 싶은 소연 언니잖아?"

"후… 혼자 있고 싶으니까, 둘 다 좀 조용히 해줄래?"

혜진을 한 차례 쏘아본 소연이, 우진을 다시 째려보며 입을 열었다.

"아니, 근데 수강 신청 성공한 혜진이야 그렇다 쳐. 오빠는 대체 날 왜 놀리는 거야?"

소연의 반발에, 우진이 손가락을 까딱하며 다시 입을 열었다.

"글쎄. '현대 철학의 이해'보다야, 차라리 비어있는 2학점이 낫지 않을까."

소연은 분한 표정으로 뭐라 다시 말하려 했지만, 그녀의 말은 이어질 수 없었다.

드르륵-

미닫이문이 열리는 소리와 함께, 강의실에 낯선 중년의 남자 하나가 성큼성큼 들어왔으니 말이었다. 누가 보아도 이번 제도 수업을 맡은 박준민 교수. 시끌벅적하던 강의실은 조용해졌고, 학생들을 한 차례 둘러본 박준민이 씨익 웃으며 입을 열었다.

"반갑습니다, 신입생 여러분. 이번 학기 '기초 제도' 수업을 맡은 박준민입니다."

그의 말이 끝나자, 자연스레 강의실 전체에 박수 소리가 울려 퍼졌다.

—— * ——

박준민은 김기환 교수 라인의 부교수였다. 제법 유명한 건축사무소의 대표였다가, 김기환과 연이 닿아 K대 교수로 들어오게 된 케이스. 현재도 대표직만 내려놨다 뿐이지 실무를 계속해서 하고 있는 그는, 이 제도 수업에 둘도 없는 적임자라 할 수 있었다. 손으로 그리는 도면이 실무에 쓰이지 않기는 하지만, 어쨌든 도면을 그리는 방법 자체는 실무와 밀접한 연관이 있었으니 말이다.

컴퓨터 프로그램인 오토캐드(Auto CAD)로 그리든, 손으로 그리든, 제도이론에 대한 것은 다를 것이 없었으니까. 게다가 박준민 교수의 수업을 들은 학생들의 아웃풋이 좋은 편이었기 때문에, 그는 벌써 십 년이 다 되도록 제도 수업을 맡고 있었다. 처음 시간강사로 들어왔을 때 맡은 기초 제도 수업을, 부교수가 된 지금까지도 맡고 있는 것이다. 준민 또한 그에 딱히 불만은 없었다. 학생들을 신나게 굴릴 수 있는 이 제도 수업은, 어쩐지 그의 적성에 잘 맞았으니 말이다.

'작년에 재수강이 두 놈밖에 나오지 않았단 말이지. 올해는 좀 더 세게 굴려야 하나….'

학생들이 들었더라면 기겁을 했을 만한 생각을 속으로 중얼거린 준민은, 단상에 올라와 학생들에게 첫인사를 건넸다.

"반갑습니다, 신입생 여러분. 이번 학기 '기초 제도' 수업을 맡은 박준민입니다."

지금 수업은, 이번 학기 들어 준민의 두 번째 수업이었다. 신입생들의 전공 수업은 대부분 A, B반으로 나뉘어 있었고, 오전에 A반의 제도 수업이 이미 한 번 있었으니까. 그리고 준민은 이 두 번째 수업에 들어와서, 흥미로운 표정으로 학생들을 살펴보는 중이었다. 그는 이 B반에서, 찾아보고 싶은 학생이 하나 있었다.

'어떤 놈일까? 뭐 하는 놈인지 진짜 궁금한데….'

준민이 찾는 학생은 다른 사람이 아니었다. 바로 지난주 디자인의 밤에서, 장학으로 선정된 작품의 실질적인 디렉터 역할을 한 친구. 장학금을 받은 다섯 명의 이름은 미리 확인하고서 수업에 들어왔지만, 어차피 그중 '진짜'는 하나일 것이라 생각했다. 신입생 중에 그 정도 실력을 가진 학생이 여럿일 리는 없었으니까.

'어쩌면 어디 건축사무소에서 굴러본 놈일 수도 있고, 아니면 진짜 편입생일지도….'

준민이 그 신입생을 찾으려는 이유는 두 가지였다. 첫째로는, 당연히 호기심. 채점장에서 김기환 교수의 요청으로 작품 크리틱*을 했던 부교수가 바로 박준민이었고, 그때 작품을 본 순간부터, 공간계획과 설계를 주도한 디렉터가 누구인지 줄곧 궁금했으니 말이

---

* Critique(평론, 비평하다)에서 유래된 말로, 건축학과 등에서 이뤄지는 과제 평가 시간을 가리키는 말.

다. 그리고 두 번째 이유는 공모전. 서울시에서 주최하는 공공디자인 공모전이, 바로 그 두 번째 이유였다.

'신입생이 기태나 예진이보다 잘하기는 쉽지 않겠지만… 그래도 1학년 한 놈 밀어 넣는 게 모양새는 나쁘지 않을 테니까.'

서울시는 매년 학부생들을 대상으로, 공공디자인 공모전을 주최한다. 줄여서 SPDC(Seoul Public Design Contest)라는 이름을 가진, 제법 큰 규모의 공모전. 상금만 놓고 보면 얼마 되지 않았지만, 이 SPDC의 인지도는 대외적으로 무척 큰 편이었다. 만약 이 공모전에서 대상이라도 수상한다면, 실제 지어질 공공 건축의 디자인으로 어느 정도 반영되기까지 하였으니 말이다. 참여조건이 '현재 서울시 소재의 대학에 재학 중인 학부생'으로 한정되어 있었으니, 공모전의 인지도에 비해 경쟁률도 낮은 편. 학부생 입장에선 매년 한 번씩 오는 최고의 기회 중 하나였다.

'물론 1학년 때 여기 나가는 케이스는 거의 없지만….'

사실 준민에게는 약간의 사심도 있었다. 공모전에서 학생이 특선 이상의 성적을 내면, 지도교수의 실적도 올라가니 말이다. 하지만 결국 좋은 게 좋은 것 아니겠는가.

'김 교수님, 제가 먼저 침 발라 놓겠습니다, 죄송합니다.'

아마 그날 함께 채점을 했던 김기환 교수도, '그 신입생'을 탐내고 있을 게 분명했다. 하지만 이미 정교수가 된 지 오래인 원로교수 김기환보다, 실적에 더 목마른 것은 부교수인 박준민. 해서 준민은, 양심의 가책 같은 배부른 생각은 하지 않기로 했다.

'자, 누구냐. 어서 나와라.'

건축도면을 그 정도까지 뽑아낸 학생이라면, 분명 제도 수업에서도 두각을 드러낼 것이다. 그 정도의 건축 지식을 가진 신입생이라면, 수업에서 자신의 지식을 뽐내고 싶어 할 게 분명했으니까. 그리고 강의가 끝난 후에 녀석을 불러 슬쩍 공모전에 대한 이야기를 꺼낸다면, 덥석 물지 않고는 배길 수 없으리라.

'서우진, 한소연, 류선빈, 오윤정, 임혜진. 분명 애들 중 하나인데….'

사실 당장이라도 누가 주도한 작품인지 학생들에게 물어보고 싶었지만, 모양 빠지게 그럴 수는 없는 노릇이었다. 그래서 준민은 기다렸다. 그리고 목적을 달성하는 데 성공하였다.

"보통 출입문의 최소 너비는 900으로 생각합니다. 그 정도가 휴먼 스케일에 가장 적합한 길이니까요."

"좋아, 학생. 이름이 뭐지?"

"류선빈입니다!"

갓 입학한 신입생으로서는 알기 힘든 도면과 관련된 질문에, 막힘없이 술술 대답하는 멀대 같은 남학생. 그에게 몇 가지 질문을 더 던져 본 준민은, 비로소 확신할 수 있었다.

'그래, 요놈이구나!'

그 확신이 어떤 결과로 돌아올지는, 지켜봐야 알 일이었지만 말이다.

"선빈이."

"예, 교수님."

"강의 끝나고, 잠깐 나 좀 보지."

"넵! 알겠습니다."

사실 선빈의 옆자리에 앉아 꾸벅꾸벅 졸고 있는 우진에게서 뭔가를 발견하는 것은, 결코 쉽지 않은 일이었다고 할 수 있었다.

신장개업

우진은 꾸벅꾸벅 졸았다. 옆에 앉아있던 소연이 옆구리를 찌르지 않았더라면, 코까지 골았을지도 모를 일이었다.

"오빠 너, 그러다가 교수님한테 찍힌다?"

"으으, 고마워. 젠장, 왜 이렇게 졸린 거지…?"

천하장사도 들어 올릴 수 없는 것이 수마가 가득 긴 눈꺼풀이라고 했던가. 우진도 신학기 첫 수업부터 졸고 싶지는 않았지만, 이건 말 그대로 불가항력이었다. 일단 어제 작업실 개업 준비로 밤을 샌 탓에 무척이나 피곤했으며, 둘째로 수업 내용이 너무도 지루했으니 말이다. 박준민 교수가 수업 자체를 지루하게 하는 것은 아니었다. 단지 오늘 그의 입에서 나온 모든 내용들 중, 우진이 모르는 것이 단 하나도 없을 뿐이었다.

'십 년이 넘게 도면을 치면서 살았는데… 기초 제도 지식이 없는 게 더 이상한 거지.'

과제나 시험이야 뭐가 나와도 자신이 있었지만, 지도교수의 눈에 태도 불량으로 찍힌다면 좋은 성적을 받기는 쉽지 않을 것이다. 전공 수업만큼은 올 A+를 받자는 마인드로 등교했지만, 어쩔 수 없는 건 어쩔 수 없는 거다. 우진은 그렇게 자위하며, 고개를 절레절레 저었다.

'얼마나 졸았는지는 모르겠지만, 남은 시간이라도 깨어 있어야….'

잠을 깨려고 고개를 휘휘 돌리는 우진을 향해, 선빈이 어이없다는 표정으로 핀잔을 줬다.

"이제 와서 뭘 깨려고 해. 수업 끝났어, 형."

"벌써?"

건너편에 앉아있던 혜진도 한마디 거들었다.

"벌써는 무슨. 거의 세 시간 지났구만."

"…."

할 말이 없어진 우진은 멋쩍은 표정이 되어 뒷머리를 긁적였다. 동기들의 말처럼 박준민 교수는 이미 단상을 정리하고 강의실을 나서는 중이었고, 시계는 어느새 4시를 가리키고 있었으니 말이다.

'어휴, 다음 수업부터라도 정신 좀 차려봐야지.'

그리고 우진이 그렇게 잠깐의 반성 시간을 가진 사이, 먼저 짐을 챙긴 선빈이 벌떡 일어나며 말했다.

"그럼 난 먼저 나가 볼게. 다들 내일 보자고."

"그래. 내일 봐 선빈아."

"빠이."

신이 나서 가방을 챙겨나가는 선빈을 보며, 우진은 의아한 표정이 되었다. 평소 말수도 적고 소심한 편인 선빈이, 저렇게 텐션이 높아진 건 처음 봤으니 말이다.

"쟤, 왜 저렇게 기분이 좋아 보이지?"

우진의 물음에, 혜진이 고개를 절레절레 저으며 대답했다.

"오늘 수업 때 칭찬 좀 받았거든."

"칭찬?"

"게다가 지금 준민 교수님께서 불러서 나간 거야."

"왜?"

"그야 모르지. 하지만 분위기상, 뭔가 좋은 일이지 싶어."

소연은 말없이 어깨를 으쓱해 보였고, 우진도 별다른 생각은 없었다. 선빈에게 신경 쓰기에는, 오늘도 바쁜 일정이 산더미였으니 말이다.

"오빠, 오늘 뒤에 수업 또 있나?"

혜진의 말에, 소연이 삐죽거리며 대신 대답했다.

"이 오빠 교양수업 없는 거 몰라?"

"아, 맞다 그랬지."

오늘은 기초 제도 말고 전공 수업이 없는 날이었기에, 우진의 시간표가 비어있다는 사실을 알 수 있었던 것.

"정정 기간 안에 넣을 거야. 걱정하지 마."

"웃기시네. 자리가 쉽게 날 것 같아?"

"정 안 되면, 네 수업 같이 듣지 뭐. 그건 다음 주에도 비어있지 않을까?"

"…."

결국 본전도 못 찾은 소연은 울상이 되었고, 티격태격하는 동안 자리 정리를 마친 세 사람도 천천히 강의실을 벗어났다.

"그럼 내일 봅시다, 언니 오빠."

"그래. 수업 잘 듣고."

"혹시 수업 마음에 안 들면, 나한테 넘겨도 좋아."

"그럴 일은 없어. 걱정 마셔."

선배들이 추천해준 최고의 교양수업 중 하나였던, '인문학 독서' 수업. 책 읽는 것 말고는 할 게 없다는 그 꿈 같은 수업을 들으러 가는 혜진의 표정은 박 교수를 따라나서던 선빈의 그것과 다를 게 없었다.

"야, 철학가. 오늘은 수업 없나 보네?"

"그래, 오늘 수업 끝이다."

이제는 아예 자포자기한 표정이 되어, 한숨을 푹 쉬는 소연. 우진을 힐끔 쳐다본 그녀가 다시 입을 열었다.

"오빠는 이제 수업 끝났으면… 집으로 가?"

"아니, 집은 아니고."

"그럼?"

"약속 있어서, 종로 쪽으로 나가봐야 해."

"아, 그렇구나."

시끌벅적한 혜진이 사라져서인지, 둘 사이에는 잠깐 정적이 흘렀다. 이어서 교정을 따라 걷던 우진이, 문득 소연에게 물어보았다.

"소연이 너 바로 집으로 가면, 같이 버스 타면 되겠다. 같은 방향이네."

하지만 소연은 고개를 절레절레 가로저었다.

"아냐, 나 카페 잠깐 앉아 있다 가려고. 저녁 약속 있어."

"저녁 약속?"

"응. 2학년 선배들이 저녁 먹자고 했거든."

"아, 그 대면식 때 봤던 윤택 선배?"

"뭐, 윤택 선배도 있고, 희영 선배도 있고…."

"오, 사람 많이 오나 보네."

"그렇지 뭐."

"재밌게 놀고 와. 우리 내일 오전 수업이지?"

"응, 맞아."

대화를 나누던 우진의 눈에, 정류장으로 다가오는 버스 한 대가 들어왔다. 이어서 버스 번호를 확인한 우진이, 소연을 향해 빠르게 인사하며 튀어 나갔다.

"야, 버스 와서 먼저 가본다! 내일 봐!"

우진은 소연이 대답할 새도 없이, 후다닥 뛰어 버스를 향해 달려 갔다. 오늘 저녁 약속은, 우진에게 제법 중요한 자리였다.

—— * ——

"건배!"

"다들 고생하셨습니다!"

"크으, 결국 공기도 맞췄고, 준공도 떨어졌고⋯ 오늘 같은 날은 좀 마셔도 돼!"

종각역 인근에서 제법 큰 규모를 자랑하는 고깃집인 〈마니돈〉. 이곳은 평소에도 저녁 시간이면 제법 손님이 붐비는 음식점이었지만, 오늘은 조금 더 이른 시간부터 많은 사람들로 가득 차 있었다. 회사 차원에서 크게 회식이 잡힌 '천웅건설' 사원들이, 초저녁부터 〈마니돈〉을 통째로 빌렸으니 말이다. 그리고 잔뜩 기분 좋은 천웅건설의 직원들 사이에서도, 오늘 가장 기분이 좋은 것은 박경완이었다. 사실상 그의 활약으로 회사 차원에서 제법 큰 손실이 날 뻔한 것을 막아내었고. 덕분에 오늘 아침, 기분 좋은 임원 호출도 받았으니 말이다.

"고생 많았었네, 박 부장."

"아닙니다, 전무님. 저야 해야 할 일을 한 거죠."

"이사님도 그렇고 사장님도 그렇고… 자네 고생한 거 다들 알고 계신다네."

"하하, 감사합니다."

"머지않아 아마 좋은 소식 있을 거야. 김 전무님 이번에 승진하시면, 자리가 하나 빌 예정이거든."

"…!"

직장인에게 사내에서 일어날 수 있는 가장 좋은 일이란 당연히 승진이다. 물론 아직 확실한 것은 아니었지만, 이사진에서 이야기가 나왔다면 충분히 기대해볼 만하다고 할 수 있었다. 게다가 그의 직급은 이미 부장. 부장급의 승진은 곧 임원 타이틀을 다는 것이었고, 이것은 일반적인 승진과는 차원이 다를 정도로 어려운 일이었다. 박경완이 아니라 누가 그의 입장이었다 하더라도, 기쁘지 않을 수 없는 일인 것이다.

'전화위복이라는 게… 이런 거겠지?'

처음 일이 터졌을 때 옷 벗을 각오까지 했던 박경완은, 기분 좋은 얼굴로 술잔을 기울였다. 천당과 지옥을 오간 탓인지, 성공으로 인한 보상이 더욱 달콤하게 느껴졌다.

"크, 네 시 반에 퇴근해서 회식이라니. 이런 회식이면 언제든 환영이라니까?"

"아니 임 대리, 자네 점심을 그렇게 많이 먹어놓고 지금 또 고기가 넘어가?"

"고기 앞에서 무슨 그리 섭하신 말씀을 하십니까, 과장님."

"부장님도 한 잔 더 받으시죠!"

"하하하!"

이제 고작 다섯 시였지만, 이미 달아오를 대로 달아오른 천웅건설의 회식 자리. 하지만 박경완은 맥주 몇 잔 말고는, 고기나 술에 더 손을 대지 않고 있었다. 곧 이 근방에서, '어린 친구'와 저녁 약속이 있었으니 말이다. 회식이 잡힌 마당에 약속이야 미룰 수도 있었지만, 그렇게 하지 않았다. 아니, 그러고 싶지 않았다. 어찌 보면 그 어린 친구가, 오늘 그에게 돌아온 보상의 일등공신일지도 몰랐으니까.

'회식이야 2, 3차에 다시 합류하면 되겠지… 전무님들도 그때 오신댔으니….'

하여 시간을 확인한 박경완은 슬쩍 자리에서 일어났다. 그리고 아무도 모르는 사이, 〈마니돈〉을 빠져나와 종각역으로 향했다.

— * —

사실 우진의 도움이 없었더라도, 박경완은 이번 공사 일정을 어떻게든 준공까지 맞춰 내었을 것이다. 우진이 회귀하기 전에도, 수서역의 오피스는 정확한 일정에 완공됐었으니 말이다. 물론 뛰어난 활약을 보이기는 했지만, 우진의 역할은 결국 현장기술자 이상이 아니었고, 일정을 짜 맞춘 것은 전적으로 박경완의 실력이 맞았다. 하지만 나비효과라는 말도 있듯, 결과적으로 우진이 준 영향은 제법 큰 것이었다.

만약 우진이 없었다면 어떻게든 중간 단계에서 내부 일정이 꼬였을 것은 사실이었으며 그 과정에서 박경완은 상부와의 마찰을 피할 수 없었을 테니까. 결과적으로 우진이라는 작은 변수는 박경완의 임원 승진을 일 년 정도 앞당기게 되었다. 물론 종각역 초밥집에서 한창 이야기 중인 두 사람은 벌어지지 않을 과거의 일을 알리 없었지만 말이다.

"그래, 학교생활은 재밌고?"

"이제 일주일 했습니다. 재밌고 말고가 뭐 있겠습니까, 하하."

"애늙은이 같은 소리 하기는….."

경완이 우진과 만난 곳은, 마니돈에서 멀지 않은 곳에 위치한 고급 일식집이었다.

성격상 크게 티를 내지는 않았지만 경완은 우진에게 고마워하고 있었다. 해서 이렇게 음식이라도 맛있는 것을 대접한 것이고 말이다.

"지난번에 거절하기에, 여름방학까지는 연락 없을 줄 알았더니."

"제가 곧 연락드리겠다고 하지 않았습니까."

"예의상 하는 말인 줄 알았지."

사실 수서현장의 일이 끝난 뒤, 먼저 연락을 한 것은 우진이 아닌 경완이었다. 다음 일거리가 생각보다 빨리 생기는 바람에, 우진의 의사를 한번 물어본 것이다. 물론 갓 입학한 우진이 올 확률은 낮다는 것을 알고 있었지만, 혹시나 하는 마음에 말이다. 그리고 그때 우진이 현장 일을 거절하면서 경완에게 했던 말이, 곧 다시 연락드리겠다는 말이었다.

"준공 축하한다고 보자 했을 것 같지는 않고."

"엇, 준공 떴습니까? 축하드립니다."

"공치사는 됐고. 뭐 때문에 보자 한 거야?"

"방금 초밥 나왔는데, 왜 이렇게 급하십니까."

"궁금하잖아."

능글맞게 웃으며 초밥을 한 점 집어 드는 우진을 보며, 경완은 묘한 표정이 되었다. 분명 생긴 건 머리에 피도 안 마른 이십 대 초반인데, 매일 현장에서 같이 구르는 부하직원들만큼이나 대화가 편했으니 말이다.

'어디서 이런 놈이 튀어나와서….'

물론 우진이야 전생에서 수없이 함께 일했던 상대이기에 편하게 대화하는 것이었지만, 박경완이 그런 사실을 알 수는 없는 노릇 아닌가.

"일거리 받으러 왔습니다, 부장님."

입에 넣은 초밥을 우물우물 삼킨 우진의 말에, 경완은 의아한 표정이 되었다.

"지난번에 안 한다며?"

"그 일 아닙니다."

"…?"

알 수 없는 우진의 말에 더욱 어리둥절한 표정이 된 경완. 하지만 다음 순간, 경완은 지금까지보다 훨씬 크게 놀랄 수밖에 없었다. 우진의 입에서, 생각지도 못했던 말이 튀어나왔으니 말이다.

"이번에 천웅건설에서, 아현동에 모하(모델하우스) 하나 오픈하시죠?"

"음…? 그걸 어떻게…."

"아현 3-2구역, 수주(受注)전. 천웅이 이겼을 거 아닙니까."

"…!"

우진의 말을 들은 경완은, 너무 당황한 나머지 순간 말을 잃어버렸다.

'내가 이놈에게… 말했던 적이 있나?'

지난번에 우진에게 제안했던 현장 일자리가 바로 아현동 신축아파트 재개발 현장 일이었는데, 그때 분명 어디 현장이라는 얘기는 한 적이 없었으니 말이다. 게다가 KC건설과의 수주전 결과는 아직 대외적으로 발표된 것이 없었는데, 이미 알고 있다는 듯 얘기하니. 경완으로서는 당황할 수밖에 없는 상황이었다.

"대체 어떻게 알았어?"

"KC건설 이번에 동작구 쪽에 하나 따지 않았습니까."

"그, 그랬지."

"그쪽에 집중하다 보니, 상대적으로 아현동 쪽은 밀릴 거라 생각했죠."

"…."

우진의 청산유수 같은 대답에, 경완은 다시 말을 잃어버렸다. 분명 우진이 이야기하는 정도의 추론이야 업계 사람이라면 누구든 할 수 있는 수준의 것이었지만. 눈앞의 이 녀석은 이제 갓 대학에 입학한 신입생 아닌가?

"너, 솔직히 말해."

"뭘요?"

"나이 속였지?"

"…제가 그렇게 삭았습니까."

웃으며 차를 한 모금 홀짝인 우진은 천천히 찻잔을 내려놓으며 다시 운을 떼었다.

"어쨌든 그래서 말인데요, 부장님."

이제 슬슬, 본론을 꺼낼 시간이었다.

건설사의 수주전이란, 쉽게 말해 일을 따기 위한 경쟁을 말한다. 수서 현장의 오피스 정도 되는 규모의 일이야 수주전까지 가는 경우가 많지 않았지만. 아파트단지 전체를 건설하는 재개발, 재건축 현장은 거의 모든 경우에 수주전이 붙는다고 봐도 무방하였다. 천 세대 이상의 큰 단지의 경우 사업장 규모가 조 단위로 형성되다 보니, 건설사 입장에서는 이만한 돈줄이 없는 것이다.

그렇다면 경쟁은 어떤 방식으로, 누구의 마음에 들기 위해 하느냐. 그것은 의외로 간단한 문제였다. 그 집이 지어질 땅의 주인. 즉, 개발되기 전부터 거주하고 있던 원주민들. 어떤 건설사가 그들의 마음에 드느냐에 따라, 수주전의 승자가 결정되는 것이었으니까. 그리고 우진과 경완의 대화에서 알 수 있듯, 아현동 일대의 아현 3-2구역 수주전에서는 천웅건설이 KC건설을 상대로 승리하였다. KC건설이 천웅보다 업계 순위가 몇 계단은 더 높은 것을 생각하면, 무척이나 고무적이랄 수 있는 성과. 이 현장에서 우진이 따오려는 일은, 다름 아닌 건축모형 외주였다.

'아현 3-2가 천오백 세대가 넘는 단지니까… 차 떼고 포 떼도 최소 천만 원 이상은 무조건 남길 수 있어.'

사실 아파트 재개발 현장에서 움직이는 돈의 규모를 생각하면, 모델하우스에 들어가는 건축모형 외주는 그렇게 큰 건이 아니었다. 실무자 선에서 얼마든지 외주계약을 체결할 수 있다는 말이다. 그래서 우진은 박경완을 찾았다. 부장급 정도 되는 박경완이라면, 충분히 그 정도 권한이 있을 것이라 판단했으니까.

"그러니까… 모델하우스에 들어갈 건축모형 일을 가져가고 싶다는 거지?"

"그렇습니다, 부장님."

"거 참. 이런 전개는 생각도 못 했는데…."

오늘 박경완은 여러모로 놀라는 중이었다. 현장에서 우진이 일하는 것을 보고 이미 놀랄 것은 다 놀랐다고 생각했는데. 까도 까도 끝이 없는 양파마냥, 우진이 계속해서 그를 당황시키고 있었으니 말이다.

'확실히 다음 주나 그다음 주 안에는 내부에서도 모형업체 선정 이야기가 나왔겠지. 타이밍도 기가 막히고….'

수주전에 승리한 건설사는, 그때부터 모델하우스 오픈 준비를 한다. 수주전으로 원주민들의 마음을 사로잡았다면, 이제 성공적인 아파트 분양을 위한 상품 포장을 시작해야 했으니 말이다. 우진이 문정동의 모델하우스에서 분양권 계약을 했듯, 아파트를 분양받고자 하는 수분양자들은 모델하우스부터 먼저 찾을 수밖에 없다. 보통은 모델하우스에 꾸며진 집과 외관모형을 보고, 주택청약을 넣을지 말지 결정하는 것이다. 그런 의미에서 모델하우스에 세워질 건축모형은, 제법 중요한 요소였다. 계약 규모가 얼마 되지 않음에도 불구하고, 박경완이 쉽게 결정을 내릴 수 없는 이유다.

"잘할 자신 있나? 아니, 자신 있으니까 이렇게 얘기를 꺼냈겠지."

"물론입니다."

짧은 기간이지만 우진과 일한 일주일 동안, 경완은 그를 제법 신뢰하게 되었다. 하지만 그것은 어디까지나 현장 목공일에 관한 것일 뿐, 모형은 또 다른 얘기였다.

"이건 인력계약이랑 또 다른 문제야. 알지?"

"목수 하나 계약하는 것보다 훨씬 중요한 일이라는 것 정도는 알죠."

"포트폴리오는? 아니, 그 전에… 사업자는 있나?"

젓가락을 내려놓은 경완의 표정은 사뭇 진지해졌다. 일 이야기가 시작된 이상 자리의 무게가 달라지는 것은 당연지사. 우진에 대한 이미지가 좋다고 해서 가산점을 줄 생각은 아니었지만, 대신 색안경은 끼지 않고 다른 외주업체와 동일 선상에서 판단할 생각이었다. 사실 그 정도만 돼도, 갓 대학생에 불과한 우진에게는 충분히 좋은 조건이라 할 수 있었다.

"포트폴리오는 아직 없고… 사업자는 당연히 있습니다."

"포폴도 당연히 있어야 하는 것 아냐?"

"쩝, 그런가요?"

웃으며 얘기하는 우진을 향해, 경완이 어이없는 표정으로 대답했다.

"자네는 역시 뻔뻔하군."

포트폴리오로 보여줄 작업물도 없는 상태에서 대기업의 일을 따러 온 것이, 사실 정상적인 상황은 아니었으니 말이다. 하지만 당연히 우진은 무작정 떼를 쓰러 찾아온 것이 아니었다. 그런다고 박경완이 들어줄 위인도 아니었으니까. 박경완은 공과 사가 제법 칼같은 인물이었다. 잠시 경완의 눈치를 본 우진이, 다시 입을 열기 시작했다.

"보자… 3-2구역이 지금 관리처분은 났죠?"

"관처야 지난달에 났지. 그건 왜?"

"그럼 분양 일정이 대충 여름쯤 잡힐 테고…"

"…?"

"모하 오픈은 6월이나 7월이겠네요."

"크게 변수가 없다면?"

뜬금없이 재개발 일정에 대해 이야기하는 우진을 보며, 박경완은 살짝 눈을 빛냈다. 스물두 살짜리 꼬마가 재개발 과정을 줄줄이 꿰고 있는 것도 정상적인 경우는 아니었지만, 그보다 우진이 또 어떤 이야기로 자신을 혹하게 만들지가 궁금해졌으니 말이다. 그리고 우진은 박경완에게 제법 합리적인 제안을 꺼내 들었다.

"일주일만 시간을 주시죠."

"그게 무슨 말이지?"

"모형업체 선정 전까지, 일주일만 시간을 벌어달라는 말입니다."

박경완은 별생각 없이 고개를 끄덕였다. 사실 우진이 말하지 않아도, 일주일 안에 업체선정이 끝날 일은 없었으니까.

"그러면?"

"도면 하나 던져주시고 일주일 주시면, 제가 샘플 모델 하나 만들어서 가져오겠습니다."

"샘플… 모델?"

"단지 안에서 한 동 정도 샘플로 만들어서, 포폴로 가져오겠다는 이야깁니다."

"흠…?"

사실 처음부터 포트폴리오가 있는 업체는 없다. 포트폴리오만을 위한 작업을 따로 한 게 아니라면, 신생업체에게 과거 실적이 있을 리 없는 것이다. 경력 있는 신입사원이 존재할 수 없는 것처럼 말이다. 그래서 우진의 제안은 합리적이었다.

"샘플이 마음에 들지 않으신다면, 군말 없이 돌아가겠습니다."

"샘플 작업비용은?"

"당연히 안 받죠."

"오호."

패기 넘치는 우진의 제안에, 박경완의 마음이 살짝 기울었다. 자신감을 보여주는 우진의 모습에서, 처음 그를 만났던 날의 모습이 겹쳐 보였으니 말이다.

"재밌는 제안이군."

"그럼, 받아주시는 겁니까?"

박경완이 웃으며 대답했다.

"내 입장에서 손해 볼 일 없는 제안이니까."

"역시 부장님, 옳으신 말씀입니다."

경완의 대답을 받아낸 우진은 무릎 위에 올려뒀던 왼쪽 주먹을 불끈 쥐었다. 하지만 경완의 말은 거기서 끝이 아니었다.

"그래도 착각은 않는 게 좋아."

"무슨 착각 말씀이십니까?"

"난 정말, 최대한 객관적으로 판단할 생각이니 말일세."

"…?"

"자네가 가져온 샘플을, 인정사정 보지 않고 까버릴 준비가 되어 있다는 말이야."

힘주어 말하는 경완을 보며, 우진은 고개를 끄덕였다. 그가 이렇게까지 강하게 말하는 이유가 느껴졌으니까.

'내가 정말 제대로 된 샘플을 가져오길 바라는 거겠지.'

그러나 우진이 위축될 일은 없었다. 어차피 실력을 보여줄 기회만 있으면, 모형 외주 정도는 충분히 따낼 자신이 있었으니 말이다.

"물론입니다. 그럼 다음 주에 다시 뵙도록 하죠."

"대충, 다음 주 수요일까지 시간을 주면 되겠나?"

"그 정도면 충분합니다."

"좋아. 수요일 오후 다섯 시쯤, 본사 2층 카페에서 보도록 하지."

말을 마친 경완은, 다시 젓가락을 들기 시작하였다. 일에 대한 이야기는 여기까지. 이 이상의 대화는, 우진이 가져온 샘플을 본 다음에 하는 게 여러모로 생산적일 것이었다. 그리고 소기의 목적을 달성한 우진 또한, 아쉬울 것 없는 표정으로 다시 초밥을 입에 넣었다.

"그런데 여기, 진짜 맛있네요."

"그렇지?"

"다음 주에도 이거 사주시면 안 됩니까?"

"가져온 샘플 상태 봐서."

"아니, 공과 사는 구분하셔야죠, 부장님."

"왜, 갑자기 자신이 없어졌어?"

"아뇨. 샘플 퀄리티에 따라 밥집이 결정된다면, 그날은 한우를 먹어야 할 테니까요."

"입만 살아가지고…."

그 이후로도 우진과 경완은, 제법 즐겁게 이야기를 나눴다. 그리고 경완과 헤어져 집으로 돌아가는 길에, 우진은 전화를 걸었다.

"야, 석구. 수업은 끝났냐?"

그의 동업자이자 개업 첫 프로젝트의 핵심인, 불알친구 석현에게 말이다.

—— * ——

우진의 기억 속에 있는 그의 어린 시절은 항상 가난했다. 물론 밥을 굶어야 하거나 잘 곳이 없을 정도로 가난한 것은 아니었지만, 가난이란 것은 원래 상대적인 것이라고 하지 않던가. 우진은 또래 친구들이 가지고 노는 장난감을 어머니께 사달라고 말조차 꺼내 본 적이 없었으며, 마트에서 과자 하나 사는 것도 눈치 보이는 어린 시절을 보냈었다. 하지만 그것은 어디까지나 우진의 기억에 한정된 것일 뿐. 사실 그의 기억이 남아있지 않은 더 어렸던 시절, 우진의 집은 제법 부유했었다. 우진의 아버지 서찬영이, 있는 돈 없는 돈 끌어모아 홀라당 날려 먹기 전까지만 해도 말이다.

"사장님, 얼마 전에 정부에서 하남 미사 대규모 개발계획 발표한 것 아시죠?"

"이거 거의 눈먼 땅입니다. 삽 뜨면 시세 몇 배로 튀겨지는 거… 진짜 일도 아니에요."

서찬영은 한없이 착하고 좋은 사람이었지만, 어리석고 순박한 사람이기도 했다. 그는 친한 친구를 통해 소개받은 기획부동산의 말을 곧이곧대로 믿어버렸고, 순식간에 빚더미에 앉게 되었다. 그린벨트로 단단히 묶여있는 임야를, 대출까지 받아가며 시세 열 배 이상의 고가로 매입한 것이다. 어쩌면 서찬영이 사십 대 초반의 젊은 나이에 병환으로 요절하게 된 것도, 빚으로 인한 스트레스 때문이었을지도 몰랐다.

"여보… 미안… 해."

"미안하면 정신 좀 차려 봐요. 이렇게 포기할 순 없는 거잖아."

"후우… 이젠 틀… 렸어…."

"흑, 흐흑…!"

그나마 다행인 것은, 서찬영이 책임감 없는 인물은 아니었다는 점이었다. 그는 생전에 자신의 실수로 인해 진 빚을 최대한 갚으려

노력하였고, 5억이 넘던 빚 중 절반 가까이를 털어내었으니 말이다. 다만 그럼에도 불구하고 결국 2억이 넘는 빚이 이주희와 우진에게 대물림되었으며, 1990년대에 2억이라는 액수는, 남겨진 모자에게 숨이 막힐 정도의 거액이었다.

월급쟁이 평균 수령액이 한 달에 백만 원이 안 되던 시절. 수제비 칼국수 한 그릇에 2천 원이 겨우 넘던 시절이었으니까. 이주희가 운영하는 수제비 칼국수 집이 십 년이 넘도록 장사가 잘됨에도 불구하고, 우진이 대학 갈 때까지 가난을 벗어나지 못했던 이유가 여기 있었다.

'그래도 이제 얼마 남지 않았어. 조금만 더 갚으면… 이제 이 지긋지긋한 빚도 끝이야.'

오늘도 아침 일찍 수제비 칼국수 집 문을 열고 장사를 시작한 주희는, 언제나 그랬듯 마음을 다잡고 장사를 시작하였다. 그래도 요즘 그녀는, 전역한 아들 덕에 기분이 좋았다. 정확히는 힘들게 키워낸 외동아들을, 번듯한 대학까지 보냈다는 뿌듯함이 그녀에게 힘이 된 것이다.

"아유, 사장님. 이번에 우진이 K대 입학했다면서요?"

"이야, 아드님 잘 키우셔서 뿌듯하시겠어요."

"우리 딸내미도 내년에 수능인데… 우진이처럼 대학 좀 철썩하고 붙어줬으면 좋겠네요."

학령기 자녀를 둔, 입시에 관심 많은 단골손님들의 칭찬을 들을 때면, 어깨가 으쓱해지면서 피로가 풀리는 것은 덤이었다.

'그래, 조금만 더 힘내자. 우진이 학자금 대출까지는, 내가 어떻게든 갚아줘야지.'

기계적으로 수제비를 뜯던 주희의 얼굴에, 옅은 미소가 번졌다.

그녀는 요즘, 행복했다.

— * —

모형에는 여러 종류가 있다. 유명 작가의 입체 미술부터 시작해서, 흙으로 빚어내는 석고상. 심지어는 석현이 좋아하는 프라모델까지. 하지만 모형이라는 같은 카테고리 안에 있음에도 불구하고, 모든 작품의 목적은 제각각이다. 제작자의 의도와 작품의 용도에 따라, 모형제작의 목적은 천차만별로 달라질 수밖에 없었으니 말이다. 그리고 우진이 작업하기로 한 이 건축모형의 경우, '구현(具現)'이라는 단어 안에서 그 목적을 찾을 수 있었다. 아직 지어지지 않은 아파트를 미리 시각화하여, 소비자들의 앞에 한눈에 보여주는 것. 제작자의 어떤 상상력이나 창의력보다는, 꼼꼼함과 세심함이 중요한 작업인 것이다.

"그러니까, 이 설계도면을 참고해서, 아파트 한 동을 만들어야 한다는 말이지?"

"그렇지."

"내가 이런 모형을 작업하게 될 줄은 몰랐네."

"적성에 아주 잘 맞을 걸?"

"그걸 네가 어떻게 알아?"

"너 변태잖아."

"…?!"

"프라모델 파듯이 디테일 한번 파 보자고. 너 그런 거 좋아하잖아."

"젠장."

우진의 이야기에 반박할 말을 찾지 못한 석현은, 헛웃음을 지으며 고개를 절레절레 저었다. 프라모델 작업을 할 때도 설계도에 없는 부분까지 면을 쪼개다 디테일을 만들던 석현이었으니. 변태라는 우진의 말이 딱히 틀린 말도 아닌 것이다.

"작업량이 적진 않겠는데?"

"다음 주 화요일까지만 하면 돼."

"아 그래? 그 정도 기간이면 충분하지."

날고 기는 학과 동기들을 제쳐두고, 우진이 굳이 공대생인 석현을 끌어들인 이유도 여기에 있었다. 대부분의 작업이 재현과 구현에 목적이 있는 모형작업 일이라면, 어지간한 디자이너보다도 석현이 나을 수 있었으니 말이다. 석현은 모형 덕후들이 모여 있는 프라모델 커뮤니티에서도, 네임드라는 수식어를 달고 다닐 만큼 뛰어난 실력자였다.

"어때, 내 말이 맞지?"

우진은 인터넷을 검색해 잘 만들어진 건축모형들을 보여주면서, 석현을 향해 넌지시 입을 열었다.

"뭐가?"

"우리가 잘할 수 있는 일이잖아."

"그런 것… 같네."

"창틀 하나하나까지 정확하게 한번 따 보자고. 사진 찍어놓으면 진짜 아파트처럼 보일 정도로 말이야."

우진의 설명을 듣던 석현의 눈은, 어느새 의욕으로 가득 차 있었다. 용돈 벌이라는 처음의 목적성보다도, 모형작업에 대한 장인정신이 더 크게 불타오른 것이다. 하지만 그렇다고 해서, 우진이 석현에게만 의존할 것은 아니었다. 꼼꼼함이나 디테일 측면에서는 석현이 좀 더 나을지 몰라도, 노하우나 작업 숙련도는 우진이 훨씬 나을 수밖에 없었으니까.

"일단 오늘은 늦었으니 실질적인 작업은 내일부터 시작하고…."

"그럼 지금은 뭐 하게?"

"일정을 한번 짜보자."

"일정?"

우진의 이야기를 듣던 석현은, 살짝 의아한 표정이 되었다. 둘이서 하는 모형작업에, 어떤 일정이 따로 필요하다는 것인지 이해가 잘되지 않았으니 말이다. 하지만 우진의 설명이 시작되자, 일정이 왜 필요한지 금세 이해할 수 있었다.

"건축모형작업을 효율적으로 하려면, 모듈을 최대한 활용해야 해. 특히 이런 아파트 모형이라면 더더욱 그렇지."

"모듈이라면…."

"같은 구조의 형태가 계속적으로 반복된다는 이야기야."

아파트 같은 공동주택 건축물의 경우, 첫 층의 구조가 그대로 탑 층까지 이어진다. 쉽게 말해 한 층을 잘 만들어서 모듈화하면, 그 것을 쌓아 올리는 것으로 모형을 완성할 수 있다는 이야기다.

"일단 첫 번째 일정은, 도면 작업이야."

"도면은 받아왔잖아?"

"그 도면 말고, 우리가 모형제작에 실제로 사용할 도면이 필요해."

"응…?"

"프라모델 식으로 설명하면, 모듈 하나를 완성하기 위해 필요한 파츠를 부품처럼 하나하나 도면으로 만들어야 한다는 거지."

우진이 받아온 아현 3-2구역 신축아파트는, 한 층당 네 세대가 들어가는 구조를 가지고 있다. 동남향으로 설계되어있는 A타입의 세대 둘과, 남서향으로 설계되어있는 B타입의 세대 둘. 두 가지 모듈을 각각 두 개씩 넣어 한 층이 완성되면, 그 층을 수직으로 쌓아 아파트를 완성할 수 있는 것이다. 우진은 도면작업을 하면서, 모듈 하나에 들어갈 부품들을 체계적으로 정리할 생각이었다. 그리고 머리가 좋은 편인 석현은, 우진의 이야기를 금방 이해하였다.

"도면을 그린 다음에는, 한동안 칼질만 해야겠네."

"칼질?"

"필요한 파츠 견적 다 뽑히면, 모형지 가져다가 싹 다 자르고 시작할 생각 아니었어?"

"하하."

하지만 우진의 계획을 이해한 것과 별개로, 석현은 건축모형제작 프로세스에 대한 지식이 부족하였다. 우진은 수백 개가 넘는 건축모형 파츠들을, 일일이 손으로 자를 생각이 아니었으니 말이다.

"그거 다 칼질로 해결하려다간, 일주일 동안 우리 죽어 나가, 석구."

"그럼?"

"캐드로 도면 쳐서, 모형지 들고 을지로 갈 거야. 커팅비 몇만 원 정도면, 레이저 커팅기가 아주 예쁘게 잘라줄 예정이거든."

"오…?! 그런 게 있어?"

레이저 커팅기는, 말 그대로 레이저를 사용해 종이나 아크릴, 얇은 나무판 등을 자를 수 있는 장비이다. 캐드로 그린 도면을 컴퓨터에 입력하면, 그 도면에 그려진 대로 기계가 알아서 움직이며 레이저를 쏴주는 아주 편리한 장비인 것이다. 우진이 작업실에 설치하려는 설비 중에 일 순위인 장비였지만, 아쉽게도 당장 사는 것은 불가능하였다. 우진이 사려는 모델의 레이저 커팅기는, 천만 원이 훌쩍 넘는 가격대를 가지고 있었으니 말이다.

'분양권 팔 때까지는, 일단 을지로 가서 잘라 와야지 뭐.'

레이저 커팅기를 떠올리며 입맛을 살짝 다신 우진은 머릿속에 그려진 일정을 설명하기 시작하였다.

"그러니까 오늘내일 중으로 도면 싹 다 뽑고, 수요일쯤 을지로 가서 레이저 커팅해오면… 토요일까지 파츠 붙이는 작업 끝내고, 일요일부터 도색하면 될 것 같네."

수첩에 슥슥 메모하며 일정을 정리하는 우진. 그를 응시하던 석현은, 새삼 놀란 표정이 되어 감탄하였다.

"야, 넌 대체 이런 걸 어떻게 다 알고 있는 거야?"

"내가 설마 계획도 없이 사업한다고 일 벌였겠냐."

"크…!"

"이미 사전 조사 싹 다 해서, 각 나오니까 시작한 거지."

고개를 주억거리는 석현은 우진의 말을 곧이곧대로 다 믿었지만, 사실 이런 지식들은 사전 조사 같은 것으로 얻을 수 있는 게 아니었다. 실제로 많은 시행착오와 함께 모든 과정을 경험해봐야, 이렇게 술술 계획을 세울 수 있는 것이었으니 말이다.

"자, 그럼 이제 파츠 어떤 식으로 분리할지. 그것만 정하고 집에 가자고."

"오케이 브로."

작업실 컴퓨터 앞에 나란히 앉은 두 사람은, 어떻게 하면 효율적인 작업을 할 수 있을지 치밀하게 계획을 세우기 시작하였다. 하지만 처음 생각했던 것과 달리 작업에 불이 제대로 붙은 두 사람은, 내일까지 계획으로 세워뒀던 도면작업을 앉은 자리에서 전부 다

해버리고 말았다. 새벽 두 시가 넘을 때까지 일어나지 않은 것이다.

"됐어. 이 정도면 충분해."

"동의."

"당장 이거 도면 들고 을지로 가고 싶다."

"진정해 석구. 지금 새벽 한 시라고."

"후… 내일 몇 시에 을지로 간댔지?"

성질 급한 석현을 보며, 우진은 실소를 지었다.

"원래 계획은 내일모레였어."

"원래 계획이 중요하냐. 작업 끝났으면 내일 가야지."

"그러지 뭐."

"몇 시?"

"세 시."

"오키. 나도 수업 끝나자마자 잽싸게 튀어올게. 역에서 만나."

"오케이. 그러자고."

뿌듯한 표정이 된 둘은 서둘러 짐을 챙겨 작업실을 나섰다. 해서 우진이 집에 도착한 시간은, 새벽 3시가 훌쩍 넘은 시각.

"빨리빨리 좀 안 다니나 니."

"과제가 많아서요…."

"퍼뜩 자라."

"옙, 주무세요!"

어머니의 가벼운 잔소리가 방에서 들려왔지만, 우진은 어느 때보다도 기분 좋게 잠들 수 있었다. 평소보다 길었지만, 그만큼 즐거웠던 하루였으니 말이다.

———— ✳ ————

우진의 시간표는 심플하다. 기본적으로 1학년들에게 주어지는 다섯 개의 전공과목을 제외하면, 아예 시간표가 텅텅 비어있었으니 말이다. 3학점인 기초 제도, 공간 조형, 디지털 공간 그래픽, 비주얼 그래픽. 2학점인 공간 디자인학 개론. 현재 우진이 채워둔 학점은 이렇게 14학점뿐이었으며, 그래서 수강 변경 기간인 이번 주 내로 4학점 정도를 더 채워야 하기는 했다. 1학년 때 학점을 텅텅 비워놓으면 고학년 돼서 고생한다는 사실 정도는, 우진도 충분히 인지하고 있었으니까.

"하, 답 없네."

등교하자마자 과실에서 선빈의 노트북을 빌린 우진은 수강 신청 페이지를 확인하며 저도 모르게 한숨을 푹 쉬었다. 지금 신청 가능한 교양과목은, 소연이 듣는 '현대 철학의 이해' 같은 강의들뿐이었으니 말이다. 옆에서 우진이 하는 양을 지켜보던 선빈이, 안쓰러운 표정으로 입을 열었다.

"형, 혹시 영어 잘해요?"

"영어…? 그건 왜."

선빈이 모니터 한켠을 툭툭 가리켰다.

"이 수업 어때요. '글로벌 문화 이해하기'."

강의 제목을 확인한 우진은 한숨부터 다시 튀어나왔다. 일단 '이해'라는 단어가 들어가는 교양과목들은, 평이 좋은 것을 본 적이 없었으니 말이다.

"아니 뭔 놈의 강의 제목들에 '이해'는 빠지지가 않네."

"크크, 그러게요."

"이건 뭐 하는 수업인데?"

"선배한테 들었는데, 외국인 사귀는 수업이래요."

"외국… 인?"

"교수님부터가 외국인이셔서, 외국인 유학생들이 엄청 많이 듣고… 수업도 거의 영어로만 진행한다고…."

선빈의 이야기를 들은 우진은 어이없는 표정으로 되물었다. 그 설명을 듣는 순간, 이 수업이 왜 아직까지 파란불인지 바로 알 수 있었으니 말이다.

"야, 그런 수업을 왜 나한테 추천하는데?"

"영어만 잘하면 꿀이라고 해서요."

"음…?"

"딱히 시험도 없고, 외국인 친구 사귀면서 놀다 오면 된다고…."

선빈의 설명이 조금 더 이어지자, 우진은 약간 솔깃한 마음이 들었다. 결정적으로 가장 크게 우진의 마음을 움직인 것은, 이 수업의 평가방식이 Pass or Non pass 방식이라는 점. 이런 수업은 출석만 잘해도 어지간하면 패스를 받을 수 있을 것이었고, 그런 측면에서는 확실히 나쁘지 않은 것이다. 하지만 우진의 마음이 선뜻 움직이지 않는 것은, 그의 안타까운 영어 실력 때문이었다.

'으… 나 영어 알레르기 있는데….'

우진이 K대에 떨어졌다면 그 이유는 무조건 외국어 영역이었을 정도로, 영어는 우진의 가장 큰 약점이었던 것. 우진의 입장에서 이 '글로벌 문화 이해하기' 과목은, 소연의 '현대철학의 이해'와 우열을 가리기 힘든 수준이라고 할 수 있었다.

"하, 어렵군. 어려워."

하지만 우진이 그렇게 심각하게 고민하고 있던 그때. 그의 결정을 도와줄, 생각지도 못했던 목소리가 우진의 귓전으로 들려왔다.

"헤이, 브로스. 여기가 우리 과실 맞지?"

그는 우진의 10학번 동기들 중, 유일한 외국인인 '제이든'이었
다.

제이든 테일러 Jayden Taylor

같은 학번 동기임에도 불구하고, 우진은 제이든을 방금 처음 봤다. 그는 오티에 오지 않았으며, 전공 수업은 우진과 다른 A반이었으니 말이다. 다만 오늘 전공 수업의 경우 A, B반 구분 없이 모든 신입생이 함께 듣도록 되어있는 '비주얼 그래픽' 수업이었기에 같은 시간대에 과실에서 만나게 된 것이라고 할 수 있었다. 하지만 우진이 제이든과 초면인 것과 별개로, 선빈은 그와 안면이 있었다. 우진이 얼굴만 비추고 사라졌던 입학식 날. 제이든과 가장 많은 대화를 나눴던 사람이 바로 선빈이었으니까.

"여기가 1학년 과실 맞아, 제이든."

"오우, 잘 찾아왔군."

제이든은 영국 사람이었지만, 한국말을 수준급으로 잘했다. 그는 아버지가 영국인, 어머니가 한국인인, 혼혈이었으니 말이다. 게다가 한국인과 영국인의 피가 아주 아름답게 섞인 덕에, 그는 무척이나 잘생긴 외모를 가지고 있었다. 키도 선빈만큼이나 길쭉하게 커서, 멀리서 보면 모델처럼 보일 정도였으니까.

제이든을 처음 본 우진이, 조금 어색한 표정으로 인사를 건네었다.

"난 서우진이야. 네가 제이든이구나?"

"오, 우진! 선빈에게 들었어."

"으음… 뭘를?"

"네가 마들링(Modeling) 마스터라면서?"

"뭐? 뭔, 마스터?"

우진은 어이없는 표정으로 선빈을 쳐다봤고, 그는 뒷머리를 긁적이며 어깨를 으쓱하였다. 사실 선빈이 제이든에게 얘기했던 것은, 우진이 건축모형을 정말 잘 만든다는 정도였는데, 제이든이 조금 과장되게 표현했던 것뿐이었으니 말이다. 당황하는 우진을 향해 씨익 웃어 보인 제이든이, 슬쩍 한 손을 내밀었다.

"어쨌든. Nice to meet you, bro."

"나이스 투 미츄 투."

우진은 제이든이 내민 손을 맞잡고 기분 좋게 웃었다. 우진이 싫어하는 것은 영어였지 영국 사람이 아니었다. 그리고 쾌활하고 잘생긴 제이든의 첫인상은 호감형에 가까웠다. 제이든은 예상보다 더 수다쟁이였지만, 제법 재밌는 친구였던 것이다.

"그럼 우진은 나보다 두 살 많으니까 흉인가?"

"흉 아니고 형."

"오케이. 흉."

"…."

그리고 결정적으로, 우진은 제이든을 좋아할 수밖에 없게 되었다. 우진의 교양수업에 대한 그의 뜻밖의 관심으로 인해, 막막하기만 했던 수강 신청의 길에 구원의 빛이 들어오기 시작했으니 말이다.

"우진 형, 너 글로벌 문화 이해하기 들을 거야?"

"형을 하든 너를 하든 하나만 하자, 제이든."

"그게 중요한 게 아냐, 우진."

"그럼?"

"그 교양수업을, 내가 신청했다는 게 중요한 거지."

"오…? 진짜?"

제이든의 이야기에, 우진은 솔깃할 수밖에 없었다. 한국말 잘하는 영국인과 함께라면, 원어 수업을 한다고 한들 해볼 만할 테니 말이다.

'게다가 패스 or 논 패스 수업이야. 이거 진짜 꿀일 수도 있겠는데?'

사실상 언어의 장벽만 아니라면, 혜진이 수강 신청에 성공한 '인문학 독서'와 비교해도, 나쁠 게 없는 수업인 '글로벌 문화 이해하기'. 이렇게 훌륭한 통역사가 함께한다면, 거절할 이유가 없는 수업인 것이다.

"좋아. 바로 간다!"

제이든과 대화하는 동안에도 마우스를 만지작거리고 있던 우진은 재빨리 수강 신청 페이지를 열어 새로운 교양과목을 시간표에 담았고.

띠링-!

"'글로벌 문화 이해하기' 강의를 수강 신청하셨습니다."

기가 막히게도 우진이 수강 신청에 성공한 순간, '글로벌 문화 이해하기' 수업은 빨간 불로 변하였다. 그리고 그것을 옆에서 지켜보던 선빈이, 조금은 부러운 표정으로 입을 열었다.

"히야, 이 형. 완전히 계 탔네?"

"후후, 인생은 타이밍이지."

선빈 또한 혜진처럼 수강 신청에 성공한 상황이었지만, 제이든도 이 수업을 듣는 줄 알았다면 한 과목 정도는 바꾸고 싶은 마음이었으니까.

"이제 나머지 2학점은 어쩔 거야?"

"그거야… 또 차근차근 찾아봐야지 뭐."

우진은 고개를 들어 잠깐 시계를 보았다. 이제 전공 수업이 시작되기 전까지 남은 시간은 대략 이십 분 정도.

'한 과목 세이브 했으니, 커피라도 한 잔 마시고 올까?'

어제도 늦게 잔 탓에 정신이 살짝 몽롱한 상태였고, 오늘 수업에서는 졸고 싶지 않다는 생각에 우진은 카페인을 찾게 되었다. 게다가 두 녀석 덕에 괜찮은 교양 하나를 건지기도 했으니….

"선빈, 제이든. 수업 시작 전에 본관 가서 커피나 마시고 올래? 형이 한 잔 사줄게."

커피 한 잔씩 정도는 동생들에게 사줄 용의가 있는 우진이었다.

"좋지."

"Treat me? 나이스."

그렇게 우진은 두 멀대를 데리고, 본관 1층에 있는 카페로 향했다.

— * —

비주얼 그래픽은 기초 제도와 마찬가지로 공간디자인과 신입생들의 필수 전공 수업 중 하나였다. 디자인학도라면 어떤 분야가 됐든 필수적으로 사용할 줄 알아야 하는 툴인 포토샵과 일러스트레이터. 자신의 아이디어를 시각화하기 위해 필요한 가장 기본적인 디자인 툴을 배우는 수업이, 바로 이 비주얼 그래픽이었던 것이다.

하지만 다른 전공 수업과 비교하면 과목의 무게가 가벼운 것은 사실이었고, 특별히 뛰어난 경력이 있어야 가르칠 수 있는 과목도 아니었기에, 이 비주얼 그래픽 과목을 맡은 교수는 올해 처음 공간디자인과에서 강의하게 된 삼십 대 초반의 시간강사 이아랑이었다. 하지만 다른 전공 수업에 비해 가볍다 해서, 아무 시간강사나 전공 수업을 가르칠 수 있는 것은 아니었다. 이아랑은 시간강사이기 이전에 K대 공간디자인과 출신의 선배였고, 곧 조교수 타이틀 정도는 달게 될, 유망한 인재였다.

"햐, 학교 오랜만이네."

차 문을 닫고 내린 이아랑은 오랜만에 밟은 교정을 둘러보며 잠시 추억에 잠겼다. 그녀가 이곳에서 졸업장을 받은 지도 벌써 9년. 꽤 오랜 세월이 흘렀건만, 학교는 변한 것이 없었다.

'오늘부터 내가… 새내기 후배님들을 가르치게 된단 말이지?'

이아랑은 97학번이었고, 올해 신입생들의 학번은 10학번이다. 학번으로 13년이나 차이나지만, 그래도 아직 교수님이라는 호칭보다 선배님이라는 호칭이 더 익숙한 이아랑이었다.

또각또각-

설레는 기분으로 디자인학부 건물에 들어선 이아랑은, 강의실로 향하는 도중 아는 얼굴도 마주칠 수 있었다.

"이야, 이게 대체 누구야. 김윤호 아냐?"

"오늘 수업하러 오신 거죠, 선배?"

"당연하지. 그게 아니면 이 화석을 누가 반겨준다고 여기까지 왔겠어."

"하아… 선배. 저도 이제 화석이에요. 그런 슬픈 얘기 하지 마요."

현재 학과사무실의 조교로 일하고 있는 김윤호는 03학번이었고, 그가 신입생일 때 같은 자리에서 일하던 사람이 바로 눈앞에 있는 이아랑이었다. 해서 제법 반갑게 아랑과 인사를 나눈 윤호는, 그녀에게 강의실을 안내해 주었다.

"저쪽 복도 끝으로 가시면 돼요, 선배. 제일 넓은 컴실이요."

"오케이, 고마워 윤호. 있다가 저녁이나 같이 먹자."

"네, 선배. 있다 뵐게요!"

오랜만에 만난 후배와 기분 좋게 인사까지 나눈 이아랑은, 살짝 올라왔던 긴장을 털어내고 강의실을 향해 다시 걸음을 옮겼다.

드르륵-

그리고 잠시 후, 그녀의 첫 수업이 시작되었다.

— * —

카페에서 커피까지 한 잔 사 온 우진의 수업 태도는 기초 제도 때와 완전히 달랐다. 기초 제도 수업 때 너무 졸아서 죄책감이 조금 든 탓도 있었지만, 당연히 그 때문만은 아니었다. 사실 거의 다 아는 내용을 배우는 기초 제도와 달리 비주얼 그래픽 수업은, 우진이 예전부터 잘 다루고 싶어 했던 툴들을 가르치는 수업이었으니 말이다.

'포샵이랑 일러는, 배울 수 있을 때 잘 배워놔야 해.'

삼차원 공간에 건축물을 세워야 하는 건축 디자이너라 해서, 2D 디자인 툴이 필요 없을 것이라고 생각하면 그것은 오산이었다. 아무리 유명 디자이너라도 설계를 픽스하기 전에 클라이언트의 컨펌(Confirm)을 받아야 했고, 그때 클라이언트를 설득하기 위해서는, '아름다운' 제안서를 보여줘야 했으니 말이다. 자신이 디자인한 건물의 평면부터 시작해서, 입면, 측면. 마지막으로 외관 디자인까지.

그것들을 실제로 짓기 전에 고객에게 그림으로 보여줘야 하는 게 당연한 것이었고, 그 제안서의 디자인이 좋을수록 내용물도 더 좋아 보이는 것 또한 인지상정이었으니까. 게다가 3D 프로그램으로 모델링한 건물의 투시도 또한, 포토샵 리터칭의 마법을 거치고 나면 훨씬 그럴싸한 컷으로 바뀐다. 인물사진을 보정하여 완전히 다른 사람을 만들어버리는 것과 비슷한 맥락. 때문에 포토샵이든 일러스트레이터든, 여러모로 우진이 탐을 낼만한 디자인 툴이 아닐 수 없었다.

'포트폴리오 만들 때도 포샵, 일러는 필수지.'

그래서 우진은 수업을 정말 열심히 들었다. 옆에서 듣던 소연과 혜진이, 놀랄 정도로 말이다.

"뭐야, 어제랑 같은 사람 맞아?"

"헐, 예쁜 교수님 들어오시니까 집중하는 거 봐."

"오빠 연상 좋아하는구나?"

"아니라고…."

이아랑 교수의 외모가 꽤나 예쁘장했기 때문에 작은 오해들이 있었지만, 그런 오해들을 일일이 풀어주기도 애매한 상황이었다.

'기초 제도는 이미 다 아는 거고, 이건 잘 몰라서 배워야 해'라고, 사실대로 말할 수는 없는 노릇 아닌가?

"나 놀릴 시간에 선 따기나 한 번씩 더 해라 이것들아."

"우와, 모범생인줄."

"맞잖아."

"입에 침이라도 바르고 거짓말을 해라, 오빠."

어쨌든 우진이 그렇게 방해꾼 둘 사이에서도 열심히 수업을 듣는 동안, 세 시간이라는 실기 시간은 금세 지나갔다.

"자, 그럼 다음 주에 봐요, 후배님들. 과제는 수업 전날까지 과대가 취합해서 메일로 보내놓도록."

"네, 교수님."

그리고 비주얼 그래픽 수업이 끝나자마자, 우진은 또다시 바쁘게 걸음을 옮기기 시작했다. 우진의 목적지는 을지로. 오늘도 역시 바쁜 하루였다.

— * —

을지로행 버스에 탄 우진은 문득 제이든이 떠올랐다. 오늘 처음 사귀게 된 친구였지만, 지금껏 학교에서 알게 된 동기들 중 가장 임펙트 넘치는 캐릭터를 가진 제이든.

'그 녀석은 어쩌다가 우리 학교에 입학했을까? 영국에는 더 이름 있는 건축학교가 많은데 말이지.'

그리고 제이든과 함께 있을 때는 티를 내지 않았지만, 우진은 그를 보며 뭔가 위화감을 느끼는 중이었다. 분명 흔치 않은 이력을 가진 제이든이, 어쩐지 낯설지 않게 느껴졌으니 말이다.

'영국인 아버지와 한국인 어머니 사이에 태어난 혼혈이라… 그리고 제이든. 대체 왜 이 이름이 익숙하지?'

그렇다고 전생의 인연일 리는 없었다. 영어를 싫어했던 우진은 전생에 외국인 친구를 가져본 역사가 없었으니까.

'그냥 기분 탓인가? 녀석이 너무 친근하게 굴어서?'

우진은 버스 창가에 앉아 도심 풍경을 보며, 멍하게 이런저런 생각을 머릿속으로 떠올렸다. 그런데, 그렇게 사고의 흐름이 다른 방향으로 흘러가기 직전. 갑자기 하나의 기억이 떠오른 우진은 반사적으로 자리에서 벌떡 일어날 뻔하였다.

'자, 잠깐…! 건축 디자이너 테일러. 생각해보니 그 테일러의 이름이 제이든이었잖아?'

잊고 있던 하나의 기억이 떠오름과 동시에, 제이든으로부터 느껴졌던 정체불명의 위화감들이 하나씩 이해되기 시작한 것이다.

'제이든 테일러. 내가 대체 왜 그 생각을 못 했지?'

우진이 회귀하기 전. 30대 중반에 건축 디자이너로 데뷔하여, 천재 건축가로 유럽에서 유명세를 탔었던 인물인 제이든 테일러. 그는 유럽의 건축가임에도 불구하고 한국에서 크게 유명세를 탔었는데, 그 이유가 바로 한국계 혼혈이기 때문이었다. 게다가 그를 스타 건축가로 만들어줬던 작품이 서울 한남동에 지어졌던 건축물이었으니. 그가 한국에서 유명해졌던 것은, 어쩌면 너무 당연한 것이라고 할 수 있었다. 그리고 기억이 여기까지 떠오르자, 우진은 잡지에서 봤던 그의 얼굴까지도 어렴풋이 기억나는 것 같았다.

'그래, 확실해. 아까 봤던 그 웃긴 멀대 녀석이, 확실히 제이든 테일러가 맞아.'

생각지도 못했던 사실을 알게 된 우진은 묘한 표정이 되었다. 그가 전생에서 동경했던 건축가 중 한 명과 같은 학과, 같은 학번의 동기가 되었다니. 어쩐지 실감이 나지 않는 것이다. 하지만 우진에게는 아직 한 가지 의문점이 남아있었다. 우진이 제이든이라는 이름을 들었음에도 불구하고, 제이든 테일러라는 생각을 방금까지 쉽게 떠올리지 못했던 이유.

'음, 그런데 테일러는 분명 AA스쿨 출신이라고 했었는데… 대체 왜 여기에 있는 거지?'

전생에서 디자이너 제이든 테일러의 출신학교는, 분명 영국의 명문인 AA스쿨로 알려져 있었는데, 어떻게 K대의 10학번 신입생으로 입학하게 되었냐는 점이었다.

'나 때문에 미래가 바뀌었나? 그건 말도 안 되는데….'

아무리 나비효과가 태평양에 폭풍을 불러일으킬 수 있다 해도, 우진의 회귀가 테일러의 학교까지 바꾼다는 것은 말이 되지 않았다. 지금이 회귀 시점으로부터 수년 이상 지난 것도 아니었으니 말이다. 하지만 우진은 더 이상 쓸데없는 고민은 하지 않기로 했다. 지금 우진에게 중요한 것은 미래의 스타 건축가가 같은 학번 동기가 되었으며, 어쩌다 보니 그와 친해질 수 있는 기회도 생겼다는 사실이었으니까.

'이거, 너무 재밌게 굴러가는데? 어째 학교생활이 점점 더 재밌어지는 것 같단 말이지.'

제이든의 익살맞은 얼굴이 떠오른 우진은 저도 모르게 슬쩍 입꼬리를 말아 올렸다. 우진의 머릿속에는 어느새, 재밌는 그림이 그려지고 있었다.

— * —

일반적으로 사람들이 잘 알지 못하지만, 대한민국의 수많은 기술자들이 모여 있는 복마전 같은 곳이 바로 을지로다. 을지로의 기술자들이 머리를 맞대고 힘을 합치면, 인공위성을 쏘아 올릴 수 있을지도 모른다는 농담이 있을 정도였으니 말이다. 어쨌든 업계에서 오래 굴러다닌 우진은 을지로를 잘 알고 있었고, 그래서 어렵지 않게 이곳을 떠올릴 수 있었다.

"을지로 업자들 중에는, 황씨 아저씨가 제일이지."

을지로 황씨 아저씨는, 특정인을 지칭하는 것이 아니라 업체를 가리키는 상호명이었다. 레이저커팅부터 시작해서 CNC, 목공, 판금 등. 십수 년이 넘게 을지로에 자리를 잡고, 각종 자재를 가공하는 일을 하는 제법 큰 업체였다. 이곳과 전생에 개인적인 인연이 있는 것은 아니었지만, 일은 많이 맡겨본 적 있었고 해서 우진은 망설임 없이 이곳으로 걸음 한 것이다. 다만 한 가지, 이곳에 일을 맡기기 위해서는, 해결해야 할 문제가 하나 있었다.

"석구, 옆에 가만히 있어야 돼."

"내가 진짜 무슨 애완견이냐. 가만히 있으라는 얘길 하게."

"내가 무슨 말을 하든 당황하지 말고 표정 관리하란 얘기야."

"음…? 대체 무슨 짓을 하려고."

"암튼 알겠지? 이너피쓰."

"뭐… 일단 알겠어."

레이저커팅을 위한 도면과 모형지를 사온 석현을 이끌고, 우진은 을지로 골목길로 자연스레 들어섰다. 구불구불 이어진 골목길을, 마치 제 앞마당처럼 걸어가는 우진. 그렇게 십오 분 정도를 걸었을까? 우진은 목적지에 도달할 수 있었다.

'제대로 찾아왔네.'

좁다란 골목 끝에 있다고는 믿을 수 없을 정도로, 꽤나 넓은 부지에 지어진 대규모의 컨테이너 공장. 이곳에 수십 번도 넘게 와본 우진은 능숙하게 어딘가를 찾아 움직였다.

"야, 그런데 여기서 레이저커팅 할 수 있는 거 맞아?"

"그렇다니까."

"근데 무슨 상호명이 달려 있지도 않고, 손님이 왔는데 응대하는 사람도 안 보여?"

"원래 그런 곳이야."

"…?"

의문스러운 표정을 한 석현을 무시한 채, 우진은 작은 컨테이너 사무실 안으로 들어섰다. 그리고 아주 자연스런 표정으로, 누군가를 찾기 시작했다.

"김진영 실장님, 안 계십니까?"

"엇, 누구시죠?"

"WJ 스튜디오에서 나왔습니다."

"잠… 시만 기다리세요."

WJ 스튜디오는, 우진이 만든 법인사업자의 상호명이다. 때문에 당연히 그 상호에 대해, 이곳 직원들이 알 리는 없었다. 해서 고개를 갸웃한 여직원은 우진이 이야기한 김진영 실장을 찾으러 사무실 안으로 들어갔다.

"너, 여기 원래 아는 곳이야?"

"아니까 왔지. 조용히 좀 해봐."

이곳 〈을지로 황씨 아저씨〉는, 사실 개인을 상대로 일을 하지 않는다. 대형 업체들의 대규모 외주를 베이스로 일을 받기 때문에, 개인이나 학생들이 가져오는 일은 원래 받지 않는 것이다. 만약 우진이 아무 준비 없이 와서 도면을 내밀었다면, 그대로 축객령을 받았을 터. 이곳에 일을 맡기기 위해 해결해야 할 한 가지 문제란, 바로 이것을 말함이었다. 하지만 우진에게는 일을 맡길 수 있는 방법이 있었다. 뭐, 약간의 거짓말 정도는 해야겠지만 말이다.

'일단 김진영 실장은 있는 것 같으니… 좀 얘기하기 편하겠어.'

우진과 석현이 잠깐 기다리는 사이, 사무실 안쪽에서 삼십 대로 보이는 남자 하나가 걸어 나왔다. 그는 살짝 의아한 표정으로, 우진을 향해 명함을 건네었다.

"김진영 팀장입니다. 절 찾으셨다고…."

"아, 반갑습니다. WJ 스튜디오에서 나온 서우진이라고 합니다."

김진영의 말을 들은 서우진은 잠깐 당황하여 말실수를 할 뻔했다. 그가 알던 김진영은 처음부터 실장이었기에 당연히 '김진영 실장'을 찾은 것이었는데. 시대적 차이가 꽤나 나다 보니, 김진영의 직책이 우진이 알던 것과 달랐던 것이다. 그래도 다행인 건, 저쪽에서 딱히 문제 삼지 않았다는 점. 우진은 자신이 당황한 것을 들키기 전에, 재빨리 다음 얘기를 꺼내었다.

"이번에 저희 업체에서, 천웅건설 쪽 외주를 좀 맡게 되었습니다."

"아하. 그러시군요. 그런데 제 이름은 어떻게…."

우진의 나이가 어려서인지, 김진영은 아직 의심의 눈초리를 거두지 못했다. 하지만 전혀 위축되지 않은 우진은 미리 준비해뒀던 말을 술술 잇기 시작하였다. 본인이 대표이면서, 따로 대표가 있는 양 가상의 인물까지 만들어 가며 말이다.

"저는 대표님께 심부름을 온 거라, 그냥 전해 받았을 뿐인데… 아마 천웅건설 쪽에서 알려주신 것 같더라고요."

"아하, 그렇군요."

우진의 변명은 제법 적절했다. 천웅건설은 이곳 〈을지로 황씨 아저씨〉와 꽤 오래 거래해온 우량 고객이었고, 김진영 실장 또한 천웅건설과 여러 번 일한 적이 있었으니 말이다. 해서 김진영의 목소리에선 의심이 어느 정도 걷혀 나갔고, 그에 우진은 곧바로 일에 대한 이야기를 시작하였다. 이제부터가 정말 중요했다.

"이번에 아마 아현동 3-2구역 모하부터 작업 들어갈 것 같은데, 샘플 작업 맡겨보러 왔습니다."

"샘플이요?"

"대표님께서 아무래도 처음 이런 외주를 맡기시다 보니, 샘플 작업 먼저 해보고 싶어 하시더라고요."

김진영의 눈에 다시 의심이 떠올랐다. 샘플 작업을 하는 경우가 없는 것은 아니지만, 〈을지로 황씨 아저씨〉는 업계에서 워낙 유명했고, 때문에 보통 샘플 작업을 생략하고 대량 발주를 한 번에 넣는 경우가 많았으니 말이다. 다만 우진으로서는 처음부터 대량 발주를 넣을 수 있는 일감과 돈이 없었기 때문에, 이렇게 샘플 이야기를 꺼내야만 했으니. 김진영의 입장에서는 충분히 이상하게 생각할 만한 것이다. 하지만 우진의 이야기는, 당연히 여기서 끝이 아니었다. 이에 대한 변명도 이미 생각해 뒀으니까.

"저희 업체가 원래 인테리어 쪽에 가깝습니다. 모형 외주는 사실 이번이 처음이고요. 해서 이렇게 레이저커팅 외주를 넣는 것도…."

우진의 변명에는 두 가지 어필이 동시에 담겨 있었다. 첫째, 이렇게 샘플 작업을 먼저 요청하는 것은, 〈을지로 황씨 아저씨〉의 품질을 믿지 못해서가 아니라 레이저커팅 외주가 처음이어서다.

둘째, 외주가 처음인 이유는 신생업체이기 때문이 아니라 다른 업종에서 넘어와서 그렇다. 그리고 이런 우진의 어필이 잘 전달된 것인지, 이야기를 듣던 김진영이 손을 휘휘 저으며 그의 말을 끊었다. 결국 우진의 말이 충분히 그럴싸했으니까.

"아, 그러셨군요. 뭐, 좋습니다. 샘플 작업이 어려운 것도 아니고요."

김진영의 고개가 끄덕여지자, 우진은 속으로 쾌재를 불렀다. 황씨 아저씨 말고 다른 업체도 많았지만, 이곳의 품질이 가장 좋고 대량 작업만 고수하다 보니 단가도 가장 쌌던 것이다. 그리고 우진은 마지막으로, 김진영의 신뢰를 얻기 위해 한마디를 더 덧붙였다.

"감사합니다, 팀장님. 샘플 양이 그리 많지는 않지만… 대금은 지불하겠습니다."

본래 샘플 작업은 돈을 받지 않는다. 사실 샘플 작업이라는 게, 거래처에 대량의 발주를 넣기 전 품질 테스트를 해보는 것이었으니 말이다. 하지만 대금을 지불한다는 이야기를 함으로써, 업체에 대한 존중을 보여줬다.

'일이십 정도로 업체의 신뢰를 살 수 있다면, 나쁘지 않은 딜이지.'

너희 실력을 테스트하고자 샘플 작업을 하는 게 아니라는, 확실한 어필을 한 것이다.

"하하, 그러실 필요 없는데…."

"아닙니다, 팀장님. 커팅비 계산해서 영수증 끊어주시면 가는 길에 입금해드리겠습니다."

굳이 대금을 지불하겠다는 우진의 마지막 말에, 완전히 의심을 내려놓은 김진영.

"뭐, 알겠습니다. 도면 파일은 어디 있습니까?"

하여 기분 좋은 웃음을 지은 우진은 도면을 담아온 USB와 커팅 재료를 김진영에게 건네었다.

"여기 있습니다. 파일 열어보시면, 어떻게 작업해야 할지 보이실 겁니다."

194

우진에게 물건을 받아 든 김진영은, 곧바로 작업장 안으로 들어갔다. 그리고 우진과 석현이 잠시 사무실에 앉아 커피를 마시는 동안, 진영은 고작 40분 만에 모든 작업을 마치고 다시 나왔다.

"이야, 엄청 빠른데요?"

진심으로 놀란 듯한 우진의 이야기에, 진영이 기분 좋은 표정으로 대답하였다.

"워낙 작업하기 편하게 깔끔한 파일을 주셔서… 하핫, 처음 일 트는 업체 아닌 줄 알았습니다."

"그렇다니, 다행입니다. 앞으로도 잘 부탁드립니다."

"샘플이 대표님 마음에 드셔야 되는 것 아닙니까."

"그야 당연히 마음에 드시겠지요. 을지로에서 제일 유명한 곳인 걸요."

만면에 자본주의의 미소를 띤 우진은 기분 좋게 대금까지 지불한 뒤 〈을지로 황씨 아저씨〉를 나왔다. 물론 오늘 튼 거래처를 잘 유지하려면 이번 아현동 모델하우스 일을 무조건 따내야 했다. 하지만 이렇게 커팅까지 깔끔하게 마무리된 이상, 이제 걱정할 것은 없다고 할 수 있었다.

"됐다. 이제 조립만 깔끔하게 잘해서, 도색하면 끝이네."

그리고 그런 그를 지켜보던 석현은, 뭐에 홀리기라도 한 듯한 표정이 되어 우진을 향해 입을 열었다.

"야, 너 대체 군대 가서 무슨 일이 있었던 거냐?"

"뭐가."

"이거 진짜 능구렁이가 따로 없네."

"흐흐. 형이야, 인마."

"근데 그렇게… 막 거짓말해도 되는 거냐?"

"거짓말이 아니게 만들면 되지."

일이 잘 풀린 덕에 한껏 기분이 좋아진 우진은 그 길로 석현과 함께 자신의 작업실에 돌아왔다. 그리고 그날 밤.

"됐다…!"

"워후."

두 사람은 처음 세웠던 계획보다 이틀이나 빠르게, 화이트 모델링(White Modeling) 단계까지 작업을 완성할 수 있었다.

— * —

우진의 시간표 중, 가장 빡빡한 일정이 짜여있는 날이 바로 수요일이었다. 그가 동경하는 인물인 조운찬 교수의 '디지털 공간 그래픽' 과목과 함께, 어제 극적으로 수강 신청에 성공한 '글로벌 문화 이해하기' 수업이 수요일에 같이 있었으니 말이다. 사실 고작 두 과목을 빡빡하다 하는 것이 다른 대학생들에 대한 모욕일 수도 있었지만, 어쨌든 그것은 사실이었다. 우진에게 수업이 두 과목 이상 있는 날은, 수요일 하루뿐이었으니까. 하지만 아이러니하게도 그 수요일이, 오늘은 엄청 스무스하게 지나갔다.

"다들 조용!"

"뭔데?"

"인하 쟤, 왜 갑자기 무게 잡아?"

"무슨 일 있나?"

디지털 공간 그래픽 수업이 시작되기 직전, 과실에 나타난 과대 김인하가, 의기양양한 표정으로 희소식을 전했으니 말이다.

"조운찬 교수님, 내일까지 해외 세미나 가셨대."

"…!"

"우왓!"

"이번 주 휴강이다! 다들 자유를 만끽하도록!"

"우와아!!"

'휴강'이라는 개념을 처음 접해본 새내기들은, 신이 나서 과실에서 방방 뛰었다. 그리고 그것은 우진도 마찬가지였다. 개인적으로 가장 기대하던 수업인 조운찬 교수의 수업이 휴강 된 게 아쉽긴 했지만, 그래도 지금 그의 머릿속엔 모형작업으로 가득 차 있었으니 말이다.

'첫 수업부터 휴강이라니… 좋아해도 되는 거겠지?'

하지만 이 순수한 신입생들이 잘 모르는 사실이 있었으니, 원래 수강 변경 기간의 출석은 따로 체크하지 않는다는 것이었다. 즉, 개강 첫 주의 수업은 전부 빠져도 딱히 학점에 영향이 없다는 것. 그것을 알았더라면, 과실에 이렇게 많은 학생들이 모여 있지도 않았을 것이었다.

'그럼 이제 남은 건 글로벌 문화 이해하기인가…'

시간표를 확인한 우진은 잠시 고뇌에 빠졌다. 전공 수업이 펑크 남으로 인해, 다음 수업까지 무려 네 시간이라는 긴 공강이 생긴 것. 그리고 우진과 같은 상황에 처한 영국산 악마 한 놈이, 그를 꼬드기기 시작했다.

"헤이, 우진 형. 오늘 클래스, run 할까?"

"음… 째자고?"

"째자고? 그게 뭐지?"

"그러니까, 빠지자고?"

"나이스. That's right."

본래 수업을 빠지게 되는 가장 큰 유혹 중 하나가, 뜻밖에 생긴 전 수업의 휴강이다. 이렇게 몇 시간 후에 수업 한 개가 남아있으면, 그걸 하나 빠지는 순간 시간을 번다는 생각이 강하게 들기 시작하면서 본능적으로 자기합리화가 시작되는 것이다. 게다가 이렇게 악마 한 놈이 옆에서 유혹하기 시작한다면… 우진도 별수 없었다.

"좋아, 제이든. 어쩔 수 없겠어. 수업은 다음 주부터 같이 듣자고. 이건… 그러니까 불가항력이야."

"풀가… 항력?"

"음… Uncontrollable이라고."

짧은 영어로 어떻게든 아는 단어를 끄집어내어, 불가항력이라는 말을 설명한 우진. 하지만 제이든의 반응은, 예상보다 더 격렬했다.

"오우, Bloody Hell! 역시 말이 통하는 홍이야."

"피? 지옥? 뭔 소리야."

"행복하단 뜻이야."

"…."

정말 미래의 스타 디자이너라고는 상상하기 힘든 제이든을 보며, 우진은 고개를 절레절레 저었다. 그리고 일단 자체휴강을 마음속으로 정하고 나자, 우진의 걸음은 어느새 강의실을 나서고 있었다.

'기왕 이렇게 된 거, 도색작업이나 하러 가야지.'

이미 머릿속은 온통, 어제 만들어놓은 건축모형으로 가 있는 우진이었다.

———— ＊ ————

　수요일, 목요일. 그렇게 주말까지. 우진의 대학 생활 첫 주는, 그렇게 순식간에 지나갔다. 목요일은 공간 조형 수업 하나밖에 없었고 금요일은 공강이어서인지, 거의 모형작업만 하다가 첫 주가 훌쩍 지나간 것이다. 동기들은 저녁마다 한 잔씩 하며 친분을 다지고, 과팅, 미팅도 잡아가며 대학 생활을 즐기고 있었지만 우진에게 그런 것은 딱히 부럽지 않았다. 아니, 정확히는 여유가 없었을지도 모른다. 이십 대를 두 번째 보내는 우진에겐, 이 젊음의 시간 하루하루가 너무도 소중했으니 말이다.

　'지름길을 아는데 가지 않는 건… 회귀자로서 직무유기나 마찬가지야.'

　가진 것 하나 없는 이 맨바닥 위에서 어떻게든 빠르게 기반을 만들자면, 미래를 아는 그라 할지라도 치열하게 살아야만 했다. 그리고 지금까지는, 그가 계획한 대로 착실히 진행되고 있었다.

　'인생이 생각대로 흘러간다는 게, 이렇게 기분 좋은 일인 줄은 몰랐지.'

　하지만 모든 것을 계획대로 잘 컨트롤하고 있는 우진에게도, 해결되지 않고 있는 미제(未濟)가 하나 있었다. 그것은 아이러니하게도, 회귀하면서 생긴 기이한 능력. 회귀로 인해 모든 일들이 잘 풀리고 있었지만, 정작 회귀와 함께 얻은 능력은 아직 우진이 컨트롤 가능한 영역의 밖에 있었던 것이다. 우진은 디자인의 밤에서 그 능력을 사용한 뒤로, 아직 단 한 번도 황금빛 실루엣을 본 적이 없었다. 일부러 건축도면을 찾아보고, 백지 위에 그것을 끼적여 봐도. 그 황금빛 실루엣은, 우진의 눈앞에 나타나질 않았던 것이다.

제이든 테일러 Jayden Taylor　**199**

'대체 어떻게 하면 그 능력을 다시 사용할 수 있는 걸까?'

물론 우진은 그 신기한 능력 없이도, 하고자 하는 일들을 착실히 해내고 있다. 하지만 우진은 본능적으로 느끼고 있었다. 만약 그 능력을 마음대로 컨트롤할 수 있게 된다면, 그의 궁극적인 목표인 '세계적인 건축가'에 훨씬 빠르고 가깝게 다가갈 수 있을 것임을 말이다. 그러나 집착은 하지 않기로 마음먹었다. 이미 회귀만으로도 많은 것들을 얻었으며, 그 이능력(異能力)에 집착하는 순간 그 안에 매몰될 수도 있다고 생각하였으니까.

'열심히 살다 보면, 다시 기회가 오겠지.'

하여 의식적으로 그에 대한 생각을 털어낸 우진은 석현과 함께 미친 듯이 모형작업에 몰두하였다. 두 사람이 모형에 몰두한 것은, 단순히 일을 따내기 위한 수준을 넘어섰다. 이 자체로 하나의 작품을 만들 것처럼, 할 수 있는 모든 열정을 모형에 쏟아부은 것이다. 재밌는 것은, 석현의 열정이 우진 못지않았다는 점이었다.

"이제 슬슬 완성이 보이는데?"

우진의 이야기에, 석현이 고개를 저으며 말했다.

"우진아."

"엉?"

"원래 모형작업에는, 완성이라는 개념이 없는 거야."

"그건 또 무슨 소리야?"

"너, 실제로 지어질 아파트의 모든 디테일을 모형에 집어넣을 수 있겠어?"

"스케일이 다른데 어떻게 그렇게 해, 미친놈아."

"그래서 끝이 없는 거야."

"...?"

"데드라인이 올 때까지, 쪼갤 수 있는 건 계속 쪼개야지."

가령 '창틀'을 모형으로 만든다고 했을 때, 보통의 사람들은 네모난 프레임만 생각할 것이다. 하지만 모형을 조금이라도 만들어 본 사람이라면, 그 창틀 안에 창문이 끼워질 홈까지도 고려하여 작업을 진행한다. 그리고 석현처럼 변태적인 디테일 덕후라면, 창문이 열리고 닫히는 매커니즘과 창틀이 붙을 위치의 구조까지도 치밀하게 고려하여 모형을 설계한다. 그 모든 세심함이 모여 시너지를 내기 시작하면, 모형의 퀄리티가 차원이 다르게 올라가니 말이다.

"세상에 완벽히 뾰족한 모서리는 없다, 우진아."

"뭐?"

"꺾이는 모서리 안에도, 세밀하게 면 분할이 이뤄진다는 거야."

"…."

"모서리에 퍼티 살짝 발라서, 사포로 한 번씩만 문지르자."

퍼티(Putty)는 공사판에서 '빠데'라고 부르는 화학 재료다. 마치 밀가루 반죽 같은 질감과 색상을 가진 이 재료는, 보통 현장에서 유리창 틀을 붙이거나 철관을 잇는 데 쓴다. 석고벽을 도색하기 전, 패여 있는 홈을 메우는 데 쓰기도 하고 말이다. 하지만 현장뿐 아니라 모형 제작에도 무척 유용하게 쓰는 게 이 퍼티인데. 이것을 발라놓고 굳힌 다음에 사포질을 미친 듯이 하면, 마치 금속처럼 반짝반짝 광이 나게 된다. 지금 석현이 하자는 작업이 바로 이것. 그리고 퍼티 사포질이 얼마나 지옥 같은 노가다인지 알고 있는 우진은 저도 모르게 반문할 수밖에 없었다.

"그걸 다… 하자고…?"

"해놓고 보면 진짜 실사 느낌 나오기 시작할 거야."

"후… 그래, 하자. 기왕 이렇게 된 거, 이번에 제대로 한번 보여주지 뭐."

우진은 한숨을 쉬면서도 결국 고개를 끄덕였다. 애초에 석현을 영입한 이유가, 이런 변태적인 퀄리티를 위해서였으니 말이다. 덕분에 작업 일정이 많이 당겨졌음에도 불구하고 주말 내내 두 사람은 작업을 쉴 수 없었고. 그렇게 우진의 작업실 불은 꺼질 줄을 몰랐다.

"이제는 진짜 마무리해도 되겠지?"

"좋아, 이 정도면 훌륭해."

완성된 건축모형 앞에서, 우진과 석현은 뿌듯한 모형으로 서로를 바라보았다. 광각렌즈로 촬영하여 뒤에 그럴싸한 배경이라도 합성하면. 얼핏 사진이라고 믿을 수도 있을 정도의, 소위 말하는 미친 퀄리티가 나온 것이다. 이미 일을 따지 못할지도 모른다는 생각은, 머릿속에서 지워진 지 오래였다. 전생에서 수많은 모형작업을 했던 우진조차도, 이보다 나은 건축모형을 납품했던 기억이 없었으니까.

'후, 하얗게 태웠다….'

이렇게 되자 오히려 걱정은, 다른 부분에서 생겼다. 샘플 모형을 본 박경완의 눈이 높아져서, 모형 전체의 퀄리티를 이 정도 수준으로 요구할지도 모른다는 생각이 든 것이다.

'젠장….'

물론 퀄리티는 최대한 유지하여 모든 작업을 진행할 생각이다. 하지만 모형의 퀄리티만큼, 최대한의 대가를 받아내야겠다고 생각하는 우진이었다.

'박 부장님 앞에서 입을 또 열심히 털어봐야겠군.'

마감 작업까지 완벽히 끝낸 두 사람은, 마지막으로 모형 안에 준비해둔 LED조명을 심었다. 창마다 하얗게 불이 들어오도록, 꼼꼼하게 전선 작업까지 끝낸 것이다.

딸깍-

어두운 방 안에서 조명 스위치를 켜자, 정말 어둠 속에 서 있는 야경 속의 건축물 같은 느낌을 만들어내는 두 사람의 모형. 우진은 모형을 투명한 아크릴 박스 안에 동봉한 뒤, 조심스레 박스로 포장하였다. 그리고 번아웃이라도 온 것인지, 멍한 표정으로 뒤에 서 있던 석현을 향해 씨익 웃으며 입을 열었다.

"내가 고깃집에서 너 꼬실 때, 한 달에 백 정도는 벌 수 있다고 했었나?"

석현이 발끈하며 대답했다.

"줄이지 마, 인마. 백오십이야."

우진은 웃었다. 백오십? 일주일간 갈아 넣은 두 사람의 열정을 돈으로 환산한다면, 이미 그 액수는 한참 넘었다고 생각했기 때문이다. 이어서 우진은 자신 있는 표정으로 입을 열었다.

"딱… 그 세 배 가져갈 수 있게 해줄게, 석구."

"…!"

"열심히 만들었으니, 일한 만큼 돈은 확실히 받아내야지."

우진은 자신 있었다. 이제 다시 협상의 시간이었다.

— * —

여느 때처럼 현장업무를 마친 박경완은, 여유롭게 차를 운전하여 본사로 복귀하고 있었다. 핸들을 잡은 채 통화하는 그의 표정은, 무척이나 밝아 보였다.

"아, 그렇습니까, 반장님. 그럼 이제 철거는 어느 정도 끝나 가는 거죠?"

"이번 주에 분양승인은 떨어질 거라고 들었습니다."

"예. 고분양가라는 말이 있기는 한데, 일단 HUG에서 승인은 내줬으니까요."

"암요, 이달 안으론 삽 떠야죠."

박경완의 기분이 좋은 데에는, 여러 가지 이유가 있었다. 일단 이번에 따낸 아현 3-2구역의 철거 진행이 순조롭게 마무리되고 있었으며. 수서 현장 시공 때와 달리, 건축주와의 소통도 무척이나 원활했으니 말이다. 하지만 결정적으로 경완의 기분이 조금 들떠 있는 이유는, 오늘이 화요일이라는 사실 때문이었다. 오늘은 지난 일주일과 달리, 그의 하루에 흥미로운 일정이 하나 포함되어있는 날이었으니 말이다.

'후후, 꼬마 녀석이 괜찮은 물건을 가져오려나?'

최근 그의 무료했던 일상을 즐겁게 만들어주는 것은, 어디서 튀어나온 건지 모를 우진이라는 꼬마였다. 항상 내일이 예상 가능한 쳇바퀴 같은 삶을 사는 직장인들에게, 의외성이란 참으로 즐겁고 소중한 것이었으니 말이다. 경완은 이미 우진에 대한 예측이나 판단을 포기한 상태였다. 그는 우진이 평범한 모형을 가져올 수도 있고, 진짜 제대로 된 퀄리티의 모형을 가져올 수도 있다고 생각했다. 오늘 그가 어떤 결과물을 가져와도, 놀라지 않을 자신이 있었던 것이다.

'그래, 뭐. 스물둘에 목공을 그렇게 잘 치는 놈인데. 모형 좀 잘 만든다고 이상할 건 없지.'

끼이익-

회사 주차장에 능숙하게 차를 주차한 경완은, 콧노래까지 흥얼거리며 엘리베이터에 올라탔다. 주머니에서 꺼내 본 휴대폰에는, 꼬마 녀석의 문자도 한 통 와 있었다.

[애늙은이 : 부장님, 저 도착했습니다. 커피 시켜놓을게요.]

우진의 문자를 본 경완은, 다시 한번 피식 웃었다. 다시 생각해도 '애늙은이'라는 단어에, 이 정도로 어울리는 캐릭터는 찾기 힘들 것 같았다.

"자, 그럼 요놈이 어떤 물건을 가져왔는지… 한번 구경이나 해볼까?"

땅-!

2층에 도착한 엘리베이터의 문이 열리자, 로비와 이어진 널찍한 커피숍이 경완의 시야에 들어왔다. 우진과 만나기로 한 약속장소인, 회사 건물에서 가장 큰 카페. 성큼성큼 걸음을 옮긴 경완은, 어렵지 않게 우진을 찾을 수 있었다.

—— * ——

포맥스를 깔끔하게 이어 붙여 만든 하얀 케이스를 들어 올리자, 그 안에 꼭 맞게 담겨 있던 투명한 아크릴 상자가 모습을 드러냈다. 지문 하나 묻지 않은 완벽히 투명한 아크릴 안에, 우뚝 솟아있는 아파트 한 채. 10cm 정도 높이의 바닥판 위에는 단풍색 조경이 오밀조밀하게 배치되어 있었으며. 그 조경 안으로 펼쳐진 황톳빛 도보를 따라 시선을 움직이자, 필로티로 설계된 아파트 1층의 구조가 자연스레 눈에 들어온다. 짙은 회갈색 대리석으로 마감된, 고급스런 필로티와 현관의 모습. 그리고 그 위로 솟아오른 하얗고 깔끔한 아파트의 외벽.

총 25층으로 설계된 아파트의 외관은 디자인된 모습 그대로 재현되었으며, 관계자가 아니라면 알아차릴 수 없을 정도로 사소한 구조물들마저 제 위치에 정확히 들어앉아 있었다. 조금 과장을 섞어 표현한다면. 극사실주의(Hyper Realism) 작품으로 미술관에 전시해도 좋을 정도의 미친 퀄리티를 자랑하는 건축모형. 그것을 두 눈으로 확인한 박경완은, 그 자리에서 얼어붙어 아무 말도 할 수가 없었다. 오늘만큼은 이 미친 꼬마가 무슨 짓을 해도 놀라지 않으리라 생각했건만. 이건 그가 상상했던 건축모형의 퀄리티를 아득하게 초월한 수준이었으니까.

'이 미친놈은… 모델하우스에 무슨 작품 모형이라도 세울 생각인 건가?'

사실 건설사들은, 이제까지 모델하우스에 세울 건축모형에 생각보다 공을 들이지 않았다. 아파트를 분양받기 위해 보러온 사람들의 관심사는 보통 실제 스케일로 시공된 모델하우스 내부의 모습이었지, 모형으로 만들어진 외관의 중요도는 비교적 떨어지는 편이었으니 말이다. 그래서 경완이 기대했던 모형의 퀄리티도 모델하우스의 격을 떨어뜨리지 않을 정도의, 적당히 프로페셔널한 건축모형 정도.

하지만 우진의 모형을 본 순간, 그의 생각은 완전히 달라졌다. 만약 이 정도 퀄리티로 단지 전체를 뽑아낼 수 있다면. 분양 홍보 전단지부터 시작해서 모델하우스의 로비에까지, 훨씬 더 적극적으로 건축모형을 활용할 수 있을 테니 말이다. 수많은 건축모형을 봐

왔던 자신이 이렇게 멍한 표정으로 모형을 구경하고 있을 정도였
으니 모델하우스에 찾아온 일반 고객들의 눈에는, 얼마나 더 매력
적으로 다가올까?

'인정하긴 싫지만… 무조건 이놈에게 일을 줘야 해.'

가까스로 충격에서 벗어난 경완이, 우진을 향해 시선을 돌렸다.
그리고 우진과 눈이 마주친 경완은, 한 가지 사실을 깨달을 수 있
었다. 무방비 상태로 건축모형과 마주한 순간, 이 애늙은이와의 협
상은 이미 졌다는 것을 말이다.

"젠장."

경완의 입에서 흘러나온 탄식에, 우진이 웃으며 입을 열었다.

"왜 그러세요, 부장님."

우진은 이미 알고 있었다. 경완의 입에서 씹어뱉듯 튀어나온 저
탄식이, 뭘 의미하는지를 말이다.

"얼마가 필요한데?"

"네?"

"얼마면 나머지도 이렇게 뽑아올 수 있냐고, 이 미친 꼬마 놈아."

허공에서 눈이 마주친 두 사람은, 동시에 웃음을 터뜨렸다. 복잡
미묘한 감정이 담긴 경완의 웃음과 성취감으로 인한 우진의 웃음.
하지만 확실한 것은, 그 둘 모두가 기분 좋은 웃음이라는 사실이었
다.

— * —

"내일 임원 회의가 있어."

"이걸 내게 주면, 내가 최대한 예산은 당겨와 보도록 하지."

"이틀만 시간을 줘. 그 정도면 충분하니까."

우진의 모형을 확인한 박경완은, 헤어지는 순간까지 기분 좋은 표정으로 파안대소했다. 기상천외한 모형을 가져온 우진 덕에, 생각지도 못했던 카드가 하나 생긴 셈이었으니까.

'확실히 박경완을 선택한 건, 괜찮은 한 수였다니까.'

사실 박경완의 입장에서는, 자신의 위치를 이용해 우진을 더 이용해 먹을 수도 있었다. 실력과 별개로 우진의 사회적 위치는 한낱 대학생일 뿐이었고, 경완은 그에게 일거리를 주는 입장이었으니 말이다. 하지만 경완은 그러지 않았다. 황금알을 낳는 거위의 배를 함부로 가르는, 바보 같은 선택을 하지 않은 것이다. 물론 우진은 경완의 태도와 별개로 어떻게든 길을 만들었겠지만, 그래도 그의 호의 덕분에 일이 더 잘 풀리고 있는 것은 사실이었다. 그리고 우진은 받은 대로 돌려줄 줄 아는 사람이었다.

"부장님이 최대한 예산을 당겨보겠다고 했으니⋯ 일반 모형 외주의 1.5배 정도까진 단가를 맞춰볼 수 있으려나?"

우진이 계산하기로 이 정도 규모의 모형 외주라면, 시세를 감안했을 때 대략 1,200~1,300만 원 선에서 계약되는 것이 보통이었다. 하지만 경완은 이 모형의 가치를 알아봤고, 최대한 많은 예산을 당겨오겠다고 약속하였다. 그래서 우진이 내심 예상하는 액수는 1천 700에서 2천만 원 선정도. 물론 이 정도 퀄리티의 모형은 일반모형의 세 배가 넘는 가치라고 생각하지만, 대기업 예산이 그렇게 쉽게 재가(裁可)날 리는 없었으니까.

'제작원가는 대략 150만 원 안에 맞출 수 있을 것 같고, 그럼 못해도 1천 5백 이상은 남겠지. 석현에게 외주 비용으로 450 정도 끊어줘도, 무리는 없겠어.'

당장 통장의 돈이 바닥나기는 했지만, 재료 매입비용은 걱정할 필요 없었다. 계약금으로 10~20% 정도는 미리 받을 수 있을 테니, 그것으로 재료를 충당하면 되는 것이다.

'1천 5백 정도에 이 정도 퀄리티를 뽑아주는 게 수지 안 맞는 장사긴 하지만… 그래도 더 길게 봐야 하니까.'

당연히 우진은 이번 외주만으로 만족할 생각이 아니었다. 깔끔하게 이번 일을 마무리 짓고 나면 천웅건설 쪽 일을 싹 다 끌어올 생각이었으며. 우진의 모형이 들어간 모델하우스가 열리면 이슈 메이킹을 해서, 더 많은 대형 건설사들의 외주를 모조리 긁어모을 생각이었던 것이다. 물론 닥치는 대로 모든 일을 받아서 할 생각은 없었다. 우진이 생각하는 계획은 바로, 건축모형의 프리미엄화.

그는 일반모형을 만드는 데 필요한 노력의 두세 배 이상으로 최고의 모형 퀄리티를 유지하는 대신. 최소 다섯 배 이상의 단가를 형성시키기 위한, 큰 그림을 그리고 있는 것이었다. 어차피 조 단위가 움직이는 아파트 건설 사업장에서. 확실한 마케팅 효과만 보장된다면, 몇천 정도는 우스운 단위의 금액이었으니까. 그런데 이 완벽해 보이는 계획에서, 우진이 한 가지 놓친 부분이 있었다.

"엇, 부장님. 이틀 정도 필요하시다더니, 빨리 연락 주셨네요?"

오랜만에 야근 없이 숙면을 취하고 등교 중이던 우진의 휴대폰으로, 오전부터 박경완의 전화가 걸려온 것이다.

"결정 났다."

"벌써요?"

"내가 미리 작업을 좀 쳤지."

"네?"

"이번 외주 단가, 3천 500 쳐주마. 이 정도면 만족하겠지?"

"…!"

경완이 부른 액수에 너무 놀란 우진은 순간 말을 잊을 수밖에 없었다.

'3천… 5백? 진짜로?'

물론 궁극적인 우진의 목표는, 이 정도 규모의 외주 한 번에 오천 정도를 받는 것이다. 하지만 현재 시장에서 형성된 시세라는 게 분명히 있었고, 꽉 막힌 대기업에서는 그 틀을 깨뜨리기 쉽지 않을 거라 생각했는데. 박경완이 무슨 마법을 부린 것인지, 거의 세 배 가까이 단가를 튀겨 온 것이다.

"물론… 입니다. 그 정도면 충분하지요."

우진의 목소리가 재밌었는지, 수화기 너머로 호탕한 경완의 웃음소리가 들려왔다.

"프하핫, 네놈도 놀라긴 놀라는 모양이구나."

"솔직히 이렇게까지 당겨주실 줄은 몰랐습니다."

"난 한 4천까지 당겨보려 했어. 아직 검증이 덜 돼서 이 정도가 한계였던 거지."

"대체 어떻게 하신 겁니까?"

우진의 목소리를 들은 경완이, 마치 무용담을 늘어놓듯 자신의 수완을 이야기하였다. 그리고 그것을 듣던 우진은 진심으로 놀랄 수밖에 없었다.

'박경완이… 이 정도 능력 있는 아재였나?'

하루 반나절이라는 짧은 시간에 경완이 한 것은, 재무팀과 마케팅팀을 먼저 설득하는 것이었다. 건축모형의 예산을 단지 모델하우스 건설예산에서 세팅한 것이 아니라, 마케팅 부서의 입김까지 끌어들인 것이다.

"너, 마케팅에 매일 얼마나 많은 눈먼 돈이 증발하는지 아냐?"

"제가 어떻게 압니까."

"뭐, 구체적인 액수를 말해줄 순 없지만… 대기업 마케팅이야말로 밑 빠진 독에 물 붓는 느낌이거든."

작게는 전단지부터 시작해서, 옥외 광고판, 대형 플랫폼 메인 배너까지. 매년 대규모 비용을 태우는 천웅건설 마케팅 부서에게 몇 천 정도는 그리 크지 않은 액수였고. 경완이 해낸 건 그들을 혹하게 만든 것이었다. 모형에 투자하는 1~2천 정도로, 모든 마케팅 효과를 대폭 강화시킬 수 있을 것이라는 생각이 들게 한 것이다.

경완의 제안에 혹한 마케팅팀이 재무팀을 들들 볶았고, 결국 오늘 있었던 오전 회의에서 모든 임원진이 우진의 모형을 함께 보게 되었다. 그 결과 뽑혀 나온 예산이, 경완이 말한 3천 5백만 원이었던 것. 물론 우진의 모형이 누구든 혹할 만큼 높은 퀄리티로 뽑혔으니 가능한 시나리오였지만, 그래도 경완의 능력이 대단한 것은 인정해야 하는 사실이었다.

"너, 이번 아현 3-2구역에서, 천웅건설 프리미엄 브랜드가 론칭되는 건 혹시 들었냐?"

우진은 알고 있었지만, 모른 척 대답하였다.

"글쎄요. 아파트 벽에 새겨진 Clio? 이게 신규 브랜드였나 봐요?"

원래 천웅건설에서 짓는 아파트의 브랜드는 단순히 CW였다. 천웅의 약자를 따서, 그대로 아파트 브랜드로 쓰고 있었던 것이다. 하지만 갈수록 치열해지는 건설사 간의 경쟁에서 살아남기 위해, 천웅건설은 큰 모험을 감행했다. 클리오(Clio)라는 프리미엄 브랜드를 새로 론칭하면서, 기존에 고수하던 아파트 외관 디자인까지 싹 다 바꾼 것이다. 그리고 우진이 기억하는 전생에서, 천웅건설의 이 전략은 완벽히 먹혀 들어갔다. 업계 10위에 간신히 턱걸이 중이던 천웅건설이, 클리오라는 브랜드를 론칭하면서 몇 년 안에 5위권으로 뛰어올랐으니 말이다. 사실 우진은 이 아현 3-2구역에 지어질 아파트의 풀 네임까지도 이미 알고 있었다.

'마포 클리오 프레스티지(Mapo Clio Prestige). 말 그대로 대박 났던 아파트지.'

신축 아파트들이 들어오기 전 아현동은, 업계 사람들 사이에서 '아현 헬'이라는 별명까지 가지고 있던 동네였다. '아현 뉴타운'이라는 이름으로 개발 예정에 있기는 했지만, 울퉁불퉁한 언덕에다 쓰러져가는 빌라와 판잣집으로 가득했던 동네의 이미지가 좋을 리 없었던 것이다. 하지만 뉴타운이 다 완성된 뒤, 그러니까 약 7~8년 뒤의 아현동은, 완전히 다른 동네가 되었다. 분양가 5~6억대였던 아파트들은 죄다 10억 이상으로 가격이 뛰어 올랐으며. 강북의 신흥 부촌으로 우뚝 자리 잡았으니 말이다.

'사실 아현동이 입지는 좋았지. 직주근접으로는 이만한 동네도 없었으니까.'

마포대교만 건너면 바로 여의도 증권가로 이어지며, 동쪽으로는 서울역, 종로, 광화문과 인접한다. 이런 위치에 깔끔하게 정돈된 뉴타운이 완성되니, 고소득 대기업 직장인들의 수요가 몰려든 것은 어쩌면 당연한 수순이었던 것이다. 그리고 이번에 천웅에서 지을 마포 클리오 프레스티지 아파트는. 그 아현 뉴타운의 가치를 견인한, 소위 말하는 대장 아파트였다. 그게 우진이 이 아파트를 선택했던 가장 큰 이유이기도 했고 말이다. 크게 흥행할 아파트의 마케팅에 자신의 지분이 들어간 게 알려진다면, 장기적으로 그의 가치도 함께 치솟을 게 당연했으니까.

'그나저나 이 아재는 갑자기 브랜드 얘기를 왜 꺼내는 거지?'

잠시 뜸을 들였던 박경완의 목소리가, 휴대폰 너머로 다시 이어졌다.

"이번에 신규 브랜드 론칭하면서, 마케팅팀에서 아예 작정하고 홍보관을 오픈할 생각인가 봐."

"분양 홍보관이요?"

"아니, 모하 말고 인마."

"…?"

"아예 신규 브랜드 자체를 홍보하기 위한 홍보관을, 따로 꾸미려고 하는 거야."

박경완의 이야기를 듣던 우진은 살짝 놀랐다.

'뭐지? 전생에서도 있었던 일인가?'

사실 그가 전생의 모든 것을 기억하고 있는 것은 아니었지만, 그래도 클리오 브랜드의 홍보관이 따로 오픈됐다는 사실은 몰랐던 것이었으니 말이다. 우진이 놀라든 말든, 경완의 말은 계속되었다.

"아다리가 잘 맞았어. 이번에 클리오 브랜드 홍보관 오픈하면서 네 모형을 가져다 쓰면… 그럼 좀 제대로 뽑히겠더라고."

우진의 표정에, 흥미로움이 떠올랐다. 생각지 못했던 이벤트가, 한 가지 더 생긴 셈이었으니 말이다.

'이래서 3천 5백이 가능했구나.'

그리고 경완의 이야기를 순식간에 머릿속으로 정리한 우진은 이 이벤트를 어떻게 최대한 이용할지 빠르게 머리를 회전시키기 시작하였다.

'홍보관 오픈 날짜가 언제지? WJ 스튜디오를 알릴 수 있는 최고의 기횐데.'

하지만 우진의 생각은 더 길게 이어질 수 없었다. 경환의 목소리가, 다시 귓전으로 흘러 들어왔으니 말이다.

"그래서 말인데, 우진아."

"예?"

"이거, 일정 좀 당겨야겠다."

"일정을… 당겨요?"

아파트 한 동을 작업하는데, 밤샘 작업을 포함해 꼬박 일주일이 넘는 시간이 걸렸다. 한데 이 〈마포 클리오 프레스티지〉 아파트단지를 완성하기 위해서는, 총 열여섯 동을 추가로 만들어야 한다. 물론 모듈 작업인 것을 감안하면 단순 곱셈으로 시간이 늘진 않겠지만, 그래도 꼬박 세 달 정도는 일정을 잡아야 하는 것. 원래의 일정대로라면 방학 직전까지 시간이 있어서 여유로웠지만, 경환의 말하는 폼을 보니 불길함이 엄습해왔다. 그리고 불길한 예감은, 틀리는 법이 없었다.

"4월 초까지 끝내보자, 꼬마."

"네…? 대체 그게 무슨 미친 일정이에요!"

놀라서 지하철인 것도 잊고 큰 소리를 낸 우진을 향해, 경환의 차분한 목소리가 다시 이어졌다.

"그래서 3천 5백까지 어떻게든 만들어온 거야. 세상에 공짜는 없다, 짜샤."

경환의 목소리를 들은 우진은 저도 모르게 헛웃음을 지었다.

'어쩐지, 필요 이상으로 잘해준다 싶었지.'

하지만 그렇다고 해서 불만스러운 것은 아니었다. 이 정도의 기브 앤 테이크는 있어야, 우진도 마음이 편했으니 말이다. 경환의 말대로 세상에 공짜는 없었고, 남에게 빚지고 사는 건 우진의 성격과 맞지 않았으니까.

"좋습니다, 부장님. 어떻게든 한 번 만들어보죠."

"흐흐, 그렇게 나올 줄 알았지."

"학교 가서 메일 보내놓겠습니다. 그 주소로 도면이랑 디자인 시안 싹 보내 주세요."

"알겠다. 수고해, 애늙은이."

경완과의 전화를 끊은 우진은 머릿속이 복잡해졌다. 계획이 조금 많이 수정되게 생겼지만, 나쁜 방향은 확실히 아닌 것 같았다.

신입사원

우진의 수요일 수업은, 조운찬 교수의 디지털 공간 그래픽과 글로벌 문화 이해하기였다. 지난주 조운찬 교수의 휴강 선언과 제이든의 꼬드김으로, 하루 깔끔하게 놀았던 시간표. 하지만 당연히도 오늘은 그런 일이 일어나지 않았다. 조운찬 교수는 정시에 강의실에 들어왔고, 수업은 시작되었으니까.

"지난주에 휴강해서 아쉬웠죠?"

"네!!"

"이제 중간고사 때까지, 휴강은 없습니다. 안심하세요."

"…."

학생들은 뭔가 잘못되었다는 표정이었지만, 조운찬 교수는 웃으며 수업을 시작하였다. 그리고 우진은 그 어느 때보다 집중하여 수업을 듣기 시작하였다.

'다른 수업도 중요하지만, 조운찬 교수 수업만큼은… 무조건 제대로 들어야 해.'

우진의 전생에서 조운찬은, 젊은 나이에 플리츠커 상을 받은 대한민국 최고의 건축 디자이너였다. 그가 본격적으로 이름을 알리기 시작한 것은, 지금으로부터 4년 뒤인 2014년 이후. 지금도 건설 중이며 훗날 동대문의 랜드마크로 자리 잡을 동대문 디자인 플라자(DDP)가 2014년 3월에 완공되는데, 이 건축물의 설계 과정에 조운찬이 참여했다는 사실이 알려지면서 유명세를 타기 시작했던 것이다.

물론 이 DDP를 디자인한 건축가는, '자하 하디드'라는 세계적으로 유명한 여성 건축가이다. 때문에 이때 조운찬은, 디자인으로서 유명해진 것이 아니었다. 애초에 DDP에는, 조운찬의 디자인이 조금도 들어가 있지 않았으니까. 다만 DDP를 시공하는 도중에 생겼던 제법 유명한 이슈의 중심에, 조운찬이 서 있었을 뿐이었다.

'DDP는 처음에, 시공이 불가능한 디자인이 아니냐는 이야기까지 나왔던 건축물이었지.'

지금은 아직 건설 시작단계였지만, 우진이 회귀하던 때에 '동대문 디자인 플라자'라고 하면 업계에서 가장 먼저 떠올리는 수식어는 바로 '세계 최대의 3차원 비정형 건축물'이었다. 내, 외부 어딜 봐도 직선이 하나도 존재하지 않는, 마치 우주선같이 생긴 건축물. 4만 5천여 장에 달하는 각기 다른 형태의 유기적인 외장패널을 이어 붙이기 위해, 3차원 입체설계 방식을 한국 최초로 도입했던 건축물.

당시 서울시는 자하 하디드라는 천재적인 건축가의 작품을 건축물로 구현해내기 위해, BIM(Building Information Modeling)이라는 건축기법을 도입하였었다. 정확히는 서울 디자인 재단과 SH물산이라는 업계 1위의 건설업체가 협업하여, 결국 이 기하학적 구조의 건축물을 성공적으로 준공해낸 것이다. 그리고 그 과정에서 유명해진 것이 바로 조운찬이었다. 그가 해외에서 연구하고 학위를

땄던 분야가 바로 BIM 공법과 관련된 것이었었고. 3D설계기법을 사용해 시공에 결정적인 기여를 했던 것이 바로 조운찬 이었으니 말이다. 해서 우진이 조운찬 교수에게 배우고 싶은 것도, 이와 같은 맥락이었다.

'조운찬 교수의 눈에 들어서, 그가 공부한 3D 설계기법을 전부 배워내야 해. 시간이 지날수록 비정형 건축물에 대한 세계적 관심이 더 늘어날 테니 말이지.'

물론 1학년 수업에서 조운찬이 가르치는 것이, 그렇게 거창한 것은 아니었다. '디지털 공간 그래픽'이라는 이름을 가진 이 수업은, 사실 가벼운 3D 모델링을 배우는 수업이었으니 말이다. 하지만 우진이 수서 현장에서 사용했던 스케치업이 3D계의 그림판 같은 프로그램이라면, 조운찬이 가르치는 프로그램은 조금 더 고차원적인 모델링 프로그램인 3Ds Max. 심지어 이 맥스는 우진이 전생에 관심이 많았음에도 불구하고 제대로 배우지 못했던 프로그램이었기에 디지털 공간 그래픽 수업은, 여러모로 우진이 열심히 들을 수밖에 없는 수업이었다.

"자, 좌 클릭하면 화면 중앙에 피벗(Pivot)이 생겼죠? 이걸 기준으로 드래그해서…."

스케치업과 조작방식이 달라 처음에는 조금 헷갈렸지만, 그래도 우진은 다른 신입생들보단 훨씬 빠르게 프로그램을 배워 나갔다. 다들 우진 못지않게 열심히 하기는 했지만, 이미 스케치업이라는 3D프로그램을 어느 정도 통달한 경력이 있는 우진이 당연히 빠를 수밖에 없었던 것이다. 결국 가상공간에 삼차원 모형을 그려내는 작업인 '3D모델링'의 본질은, 하나로 통하는 것이었으니 말이다.

"오늘 수업은 이 정도에서 마무리하겠습니다. 첫 수업이니 과제는 내주지 않겠지만… 그래도 오늘 배운 것들, 한 번씩은 다 다시 해보셔야 합니다. 아시겠죠?"

나긋나긋한 조운찬의 목소리를 기점으로 수업이 끝나자, 여기저기서 힘없는 탄식이 새어 나왔다.

"하…."

"이거 왜 이렇게 어렵냐."

"으아아, 하나도 모르겠어!"

그리고 그런 동기들의 한숨을 누구보다 잘 이해하는 우진은 피식 웃으며 고개를 주억거렸다.

'모델링에 대한 개념도 없는 상태에서 3D맥스라니… 어려울 만도 하지.'

하지만 한숨을 내쉬는 학생들 사이에서 단 한 명. 수업이 끝났음에도 불구하고 아직까지 컴퓨터 앞에서 나올 생각을 않는 인물이 우진의 시야에 들어왔다. 그는 다름 아닌 제이든. 어울리지 않게 인상까지 꽉 쓴 채로, 열심히 마우스를 딸깍거리는 그를 보며, 우진은 놀려주고 싶은 마음이 물씬 솟아올랐다.

"야, 제이든. 수업 끝났잖아. 그만 일어나."

"오우, shit. 잠깐만, 브로. 이거 지금, 이해하고 가야 돼."

"우리 교양수업 몇 시지? 삼십 분 남은 건가?"

"방해하지 마, 우진. 나 지금 진지해."

붉어진 얼굴로 구시렁거리는 제이든을 보며, 우진이 슬쩍 한마디를 던졌다. 제이든을 낚기 위한, 미끼를 슬쩍 투척한 것이다.

"그거, 자꾸 선만 그려지고 면이 안 올라와서 그러는 거지?"

"What? 그걸 어떻게…."

"형이 알려줄 테니까, 컴퓨터 끄고 따라와. 커피나 한잔하면서 얘기하자고."

우진의 말에 반색한 제이든은, 그대로 컴퓨터를 끄고 자리에서 일어났다.

"우진 형, 이거 잘해?"

조금은 의심스런 표정이었지만, 그래도 호의적인 목소리로 묻는 제이든. 그런 그를 향해, 우진이 씨익 웃으며 얘기했다.

"적어도 오늘 했던 건 다 이해했어. 그러니까 따라오기나 해."

"Bloody Hell⋯."

또다시 행복해진 제이든을 강의실에서 끌고 나온 우진은 지난주와 마찬가지로 멀대 하나를 더 대동하여 카페로 향했다. 오늘 수업이 끝나 집에 가려던 선빈까지, 함께 카페로 끌고 온 것이다. 선빈은 약간의 앙탈을 부렸지만⋯.

"너도 와, 선빈."

"나 바쁜데⋯."

이 순수한 멀대를 꼬시는 것은, 그리 어려운 일이 아니었다.

"잔말 말고 따라와. 핫초코 큰 사이즈로 하나 사줄 테니까."

"콜."

카페에 도착한 세 사람은, 구석의 제법 편한 자리에 둘러앉았다. 이어서 핫초코를 쪽쪽 빨고 있는 두 멀대를 보며, 우진은 이야기를 꺼내기 시작하였다.

"야, 선빈, 제이든."

"웅?"

"뭐야, 왜 무게 잡고 그래 형."

당연한 얘기겠지만, 우진이 둘을 여기까지 데려온 데에는 그럴 만한 이유가 있었다.

"너희, 돈 좀 벌어볼 생각 없냐?"

"Money?"

"아르바이트?"

사실 이유란 간단했다. 모형작업에 도움이 될, 적절한 일손이 필요한 것이었으니까. 뜻밖의 변수로 인해, 일정이 반 토막 나버린 WJ 스튜디오의 외주. 그 일정 안에 작업을 완성해내기 위해, 우진은 일개미를 포섭할 생각이었던 것이다. 이 둘을 선택한 이유는 간단했다. 선빈이야 디자인의 밤 때 괜찮은 실력을 확인해서였고. 제이든은 미래의 스타 디자이너였으니, 모형작업 실력이 궁금해서였다. 인물 자체가 재밌기도 하고 말이다. 우진의 말이 다시 이어졌다.

"형 작업실 있는 거 알지?"

"알지."

"작업실?"

우진은 자신의 작업실에 대해 모르는 제이든을 위해 간단히 설명한 뒤, 다시 말을 이었다.

"이번에 형이 건축모형 알바를 시작했는데…."

굳이 세세한 설명까지 늘어놓지는 않았다. 일단 한번 일을 해보고, 길게 갈 만한 인재라고 생각될 때 하나씩 풀어도 늦지 않았으니 말이다. 그런데 문제가 생겼다. 일단 첫 번째 일개미 후보였던 선빈부터가, 곧바로 우진의 제안을 거절했으니 말이다.

"그러니까 일손이 부족하니 같이 모형 알바를 하면… 알바비를 좀 챙겨주겠다는 말이지?"

"맞아, 그거지."

"난 안 할래."

"왜?"

"요즘 준비하는 게 좀 있거든."

"준비?"

"여튼, 좀 바빠. 사실 솔깃하기는 한데⋯ 아무래도 할 시간이 없을 것 같아서."

솔직히 선빈만큼은 거절하지 않을 줄 알았던 우진은 살짝 당황하였다. 하지만 그의 표정이 제법 진지했기에, 딱히 더 얘기를 꺼내기도 애매했다.

"그럼 제이든은?"

제이든의 의사를 묻는 우진의 표정은 살짝 긴장되었다. 물론 이 둘 말고도 써먹을 동기가 없는 것은 아니었지만, 그래도 아쉬운 것은 사실이었으니 말이다. 그런데 제이든조차도, 그렇게 끌려 하는 모습이 아니었다.

"나, 아르바이트 필요 없어."

"응?"

"아빠가 용돈 많이 줘."

"⋯."

우진은 황당한 표정이 되었다. 아빠가 용돈을 많이 준다니! 하지만 기가 막힘과 동시에, 순간적으로 생각난 사실이 하나 있었다.

'생각해보니, 제이든 테일러는 부자였지.'

그의 부모가 정확히 뭐 하는 사람인지까지는 기억나지 않았다. 하지만 전생에서 제이든에게 유명세를 안겨줬던 한남동 건축물의 건축주가 그의 어머니였다는 사실이, 문득 우진의 머릿속에 떠오른 것이다.

'그 건물 시세가 최소 200억은 넘었을 테니까.'

그게 최소 십몇 년 뒤의 일이기는 하지만, 지금 없던 돈이 그때 200억이나 생기지는 않을 터였다. 우진이 회귀한 것처럼, 정말 특별한 일이 생기거나 하지 않는다면 말이다. 하지만 다행히 제이든은, 돈 말고 필요한 게 따로 있었다.

"돈은 안 줘도 돼, 우진."

"응?"

"나랑 같이 맥스 해주면, 네 작업 도와줄게."

"오호?"

유창하면서도 뭔가 의미전달이 어눌했지만, 우진은 제이든이 하려는 말을 정확히 이해할 수 있었다.

'3D맥스 공부를 도와달라는 말이겠지.'

그리고 그 제안은, 우진에게도 나쁜 것이 아니었다. 어차피 우진 또한, 맥스 공부를 열심히 할 생각이었으니 말이다. 하여 우진은 망설임 없이, 제이든을 향해 고개를 끄덕였다.

"좋아, 제이든. 그러자고."

우진이 주먹을 내밀자, 제이든이 씨익 웃으며 자신의 주먹을 가볍게 맞부딪쳤다.

"Deal."

그리고 그것으로, WJ 스튜디오의 첫 번째 일개미가 선출되었다.

'좋았어.'

물론 제이든이 돈을 안 줘도 된다고 했다 해서, 공짜로 부려먹을 생각은 아니었지만 말이다.

"뭐, 선빈이는 좀 아쉽긴 하지만, 바쁘다니까 어쩔 수 없지."

"미안해, 형."

"아냐, 바쁘면 먼저 가 봐. 나는 제이든이랑 곧 교양 들으러 가야 하니까."

"알겠어, 그럼 먼저 가볼게."

자리에서 일어난 선빈은 정말 바쁜 것인지, 서둘러 걸음을 옮겨 어디론가 향했다. 그리고 제이든과 둘이 남겨진 우진은 일개미의 신뢰를 얻기 위해 떡밥을 좀 더 뿌리기 시작하였다.

"제이든, 너 노트북 있지?"

"응."

"맥스 혹시 깔려있어?"

"Sure."

제이든이 노트북을 켜자 그 앞에 앉은 우진은 능숙하게 마우스를 움직여 맥스를 세팅하였다. 이어서 교양수업까지 남은 30분 동안, 제이든과 나란히 앉은 우진은 오늘 수업내용을 하나씩 재현해 주었다. 자신도 수업 내용을 한 번 복기하는 차원에서 말이다.

"이렇게 한 번에 삼차원 도형을 만들어주는 툴도 있지만, 평면을 Extrude 하는 방법도 있어."

"도형의 세그먼트를 직접 움직여서, 모양을 변형시킬 수도 있지."

그리고 그것을 옆에서 보던 제이든이 행복해졌음은, 당연한 수순이라 할 수 있었다.

"와우, Bloody Hell!"

피와 지옥을 좋아하는 이 특이한 영국 친구와 우진은 그렇게 조금씩 더 친해지기 시작하였다.

━ * ━

　글로벌 문화 이해하기 수업은, 우진이 기대했던 것 이상으로 꿀 같은 수업이었다. 뒷자리에 앉아 헬보이(우진은 제이든을 이렇게 부르기로 했다)와 잡담 좀 나누다 보니, 금세 수업시간이 지나가버린 것이다. 수업을 제대로 듣지 못한 데에 대한 부담도 딱히 없었다. 어차피 시험도 없으며, 출석 체크 말고는 평가수단이 없는 수업이었으니까. 심지어 지난번의 결석은 수강 변경 기간임을 감안하여 체크하지도 않는다고 하였으니. 이제부터 출석 도장만 잘 찍으면 2학점을 날로 먹는 셈이었다.

　"이 은혜는 꼭 갚을게, 헬보이."

　"What?"

　"아니야, 암튼 고맙다고."

　아이러니하게도 함께 수업을 듣는 동안, 우진은 제이든과 가장 많은 이야기들을 나누었다. 수업이었다기보다는, 거의 잡담시간이었던 것. 어쨌든 그 덕에 우진은 제이든이 어떤 녀석인지 조금 더 자세히 알 수 있게 되었다.

　"우진, 저녁에 클럽 어때."

　"우리 바쁘다니까?"

　"Oh, shit. 그걸 오늘부터 바로 해야 한다는 거였어?"

　"뎃츠 롸잇."

　"제발 이상한 발음으로 영어 하지 마, 우진."

　"웃기는 놈이네. 네가 한국말 하는 거랑 비슷한 거잖아."

　"젠장, 내 한국말 발음이 그렇게 shit이었어? 앞으로 영어로만 말할까?"

"음… 사실 그 정돈 아니야."

제이든은 엄청나게 놀기 좋아하는 녀석이었다.

대체 이런 놈이 어떻게 그런 스타 디자이너가 됐나 싶을 정도로 말이다. 이 헬보이가 가장 좋아하는 것은, 자신의 집에 친구들을 불러서 벌이는 파티였다.

"엄마, 아빠는 지금 영국에 계시거든. 우리 집은 넓고, 텅텅 비어 있다고."

재밌는 것은, 어처구니없게도 녀석이 술을 싫어한다는 점.

"술 없이 파티를 한다고?"

"난 맛있는 것만 먹어, 브로."

"음?"

"술은 쓰고 맛없거든."

정확히 어떤 파티일지는 상상도 되지 않았지만, 적어도 제이든 만큼은 그 파티에서 신나게 노는 것 같았다. 자신의 파티를 설명하는 그의 눈은, 엄청나게 초롱초롱했으니 말이다.

"내년엔 진짜 좋은 집으로 이사하거든? 그땐 너도 초대해줄게, 우진."

"다음 달도 아니고, 내년?"

"뭐, 그전에도 원한다면 초대해줄 수 있어."

"사양할게."

우진은 고개를 저었다. 아직도 감은 잘 오지 않았지만, 피자 치킨, 혹은 초콜릿이 메인일 것만 같은 파티에는 딱히 초대받고 싶은 생각이 없었으니 말이다. 해서 우진은 제이든의 파티에 초대받는 대신, 그를 자신의 작업실로 초대하였다.

"자, 오늘은 워밍업이야. 딱 세 시간만 하고 가자."

226

"Warming-up? 내가 아는 그 워밍업이랑 같은 말을 하는 것 맞지?"

"자꾸 토 달면, 다음 주부터 모델링 같이 안 한다?"

"홀리 쉿. 알겠어. 일단 물 한 잔만 마시고. 시작해볼게."

작업을 시작하기 직전까지도, 끊임없이 입을 놀리며 구시렁거리는 제이든. 하지만 막상 작업이 시작되자, 제이든은 무척이나 진지했다. 모형작업에 어느 정도 흥미가 생긴 모양이었다.

"오우, 이렇게 끼워 맞출 걸 미리 예상하고 잘라둔 거야?"

"당연하지, 모형 제작도 설계가 제일 중요하거든."

"유 나이스."

시간이 지나 수업을 마친 석현도 작업실에 나타났고, 그에게도 제이든을 소개해 줬다.

"석구, 여기 우리 신입사원이야."

"신입… 사원?"

"인사해, 헬보이. 아니, 제이든."

"누구야?"

"나랑 같이 일하는 동업자야."

석현은 신기한 눈으로 제이든을 훑어보았고, 제이든은 별생각 없이 석현에게 인사하였다. 그리고 그렇게, 새로운 작업자가 추가된 WJ 스튜디오의 작업실에는, 점점 더 활기가 돌기 시작하였다.

— * —

시간은 빠르게 지나갔다. 한 사람이 더 추가된 WJ 스튜디오는 마감 기일을 맞추기 위해 항상 불이 켜져 있었으며 신입사원 '헬보이'도, 생각보다 빠르게 작업실에 적응하였다. 웃긴 것은, 석구와 헬보이가 예상보다 죽이 더 잘 맞는다는 점이었다.

"석현, 악덕 업주에게 당장 치킨을 시키라고 요구하자."

"좋아, 제이든. 만약 시켜주지 않는다면, 노동청에 전화하겠다고 협박해야겠어."

"얼씨구."

처음 작업에 합류한 제이든에게서, 가장 많이 느껴지는 감정은 작업에 대한 호기심이었다. 여튼 그 또한 디자인학도였고, 미래의 스타 디자이너였으니. 건축모형 작업에 자연히 흥미가 생긴 것이다. 하지만 시간이 지날수록 제이든의 그 호기심은, 점점 더 '재미'로 바뀌고 있었다. 우진과 석현에게서 배우는 각종 모형제작 노하우들이, 그를 완벽히 홀려버린 것이다.

"금속 프레임은, 거울 시트를 사용해서 포인트를 주는 게 좋아."

"거울 시트? 그게 뭐지?"

"거울처럼 빛을 완전히 반사시키는 마감 시트인데, 그걸 얇게 잘라서 프레임에 붙이면 금속 느낌이 제대로 살거든."

"오호."

그림을 그리는 데 기교와 노하우가 있듯, 모형을 만드는 것도 마찬가지다. 우진이 가진 노하우가 대부분 모형을 체계적으로 만드는 데 필요한 기술들이라면, 석현이 가진 노하우는 도색이나 마감처리 등, 모형의 퀄리티를 높이는 데 좋은 기교와 기술들. 제이든의 손재주는 뛰어난 편이었고, 해서 두 사람의 노하우를 빠르게 흡수하였다.

"창문 같은 부분 끼워 넣을 땐, 무조건 핀셋으로. 지문 묻으면 퀄리티 떨어진다고."

"스프레이로 초벌 한 번 한 다음에 붓으로 마감 도색할 예정이니까, 일단 조립 끝난 모형들은 저쪽 방에 모아두자."

"제이든, 세필 하나 가져와서, 짙은 회색으로 이쪽 얇게 칠해줘."

"세필이 뭐야, 석현?"

"얇은 붓을 말하는 거야."

"오케이."

그리고 세 사람의 작업이 점점 더 시너지가 나기 시작하자, 그것은 우진이 기대했던 것 이상의 속도를 만들어 냈다.

'이러면 굳이 한 명 더 안 찾아도 되겠는데?'

만약 속도가 지지부진하고 마감에 맞추기 힘들 것 같았으면, 우진은 소연이나 혜진이라도 작업에 부르려 했었다. 동기들 중에 그나마 가장 친한 두 사람이 그녀들이었으니 말이다. 하지만 석현과 우진의 숙련도도 갈수록 올라가서인지, 작업 속도는 첫 일주일보다 거의 두 배 가까이 빨라졌고. 그 결과 3월이 끝나갈 즈음, 작업의 공정률은 거의 7할 이상 넘어가고 있었다.

"4월 둘째 주 안으로는 어떻게든 끝내 보자, 우진. 4월 하반기부터는, 중간고사 공부도 좀 해야겠어."

"중간고사는 무슨… 공대 생활 접고 우리 학교로 편입 어떰?"

"엄빠한테 맞아 죽을 일 있냐."

하지만 그렇다고 해서, 우진이 모형작업에만 모든 신경을 쏟고 있던 것은 아니었다. 학교에서 배우는 수업들 중, 필요하다 생각되는 강의들은 열심히 배우며 따라가는 중이었으니까. 덕분에 포토샵이나 일러스트, 3D맥스 등의 디자인 툴 실력도 많이 늘어났고 말이다.

'이번 모형작업이 끝나면, 디자인 툴 공부에 좀 더 공을 들여봐

야겠어. 1학기가 지나고 나면, 슬슬 공모전도 알아보고 해야지.'

공모전은 디자이너가 이름을 알리는 데, 아주 좋은 수단 중 하나다. 특히 건축 디자인 일을 따내는 것이 거의 불가능한 학부생들에겐, 자신의 네임밸류를 쌓기 위한 거의 유일한 수단이라고 할 수 있었다. 해서 우진은 슬슬, 공모전과 관련된 정보들도 수집하기 시작했다. 굵직굵직한 국내 공모전들은 전생에 참여해본 적도 있었고 아는 것도 많았지만.

공모전들의 구체적인 타임라인까지 전부 다 기억할 수는 없었으니 말이다.

딸깍- 딸깍-

저녁 11시가 넘어 석현과 제이든이 귀가한 뒤. 혼자 남은 우진은 각종 공모전 사이트를 탐색하였다. 그리고 그러던 중, '서울시 공공디자인 공모전 SPDC(Seoul Public Design Contest)'라는 한 줄의 글귀가 우진의 눈을 자극하였다.

— * —

선빈은 요즘, 말 그대로 무척 바쁜 나날을 보내고 있었다. 동기들은 바쁜 척한다며 핀잔을 주곤 했지만, 그런 부분은 어쩔 수 없었다. 선빈이 느끼기에 지금 이 기회는, 1학년인 그에게 오기 힘든 기회가 분명하였으니까.

"선배님들까지 이기긴 힘들겠지만… 어떻게든 특선 이상은 따내고 말겠어."

물론 공모전에 참여하는 것 자체를, 기회라고 할 수는 없었다. SPDC 공모전의 참여자격은, 현재 서울시 소재 디자인학부에 재학 중인 모든 대학생이었으니 말이다. 다만 선빈은 지도교수인 '박준민'에게 선택되었고, 덕분에 일반적인 도전자들과 출발선이 조금 다르게 되었다. 작품 평가에 어떤 이권이 개입한다는 얘긴 아니다. SPDC의 심사위원들은, 공모전 출품 마감일이 지난 뒤 서울시 디자인재단 내부에서 따로 결정되니까. 그렇기에 출발선이 다르다는 이야기는, '정보의 차이' 정도로 설명할 수 있었다.

"디자인된 건물의 미관도 중요하지만, 이 공모전은 실제로 지을 건축물에 대한 디자인 공모다, 선빈아."

"아름다운 미관을 가졌으면서도 현실성 있고, 실용성이 뛰어나며… 공공성까지도 확실히 고려돼야 입상할 수 있다는 얘기야."

"건축법에 대한 부분은 내가 주기적으로 컨펌해줄게. 그러니까 자료조사부터 시작해서, 확실하게 준비하도록 해."

실제 건축사무소의 대표로 일했던 박준민의 도움은, 신입생인 선빈에게 엄청난 것이었다. 그가 공부하는 데 한계가 있는 수많은 실무적인 부분들을, 현직 교수가 직접 케어해주는 것이니 말이다. 그것도 보통 대학의 교수도 아닌 K대 디자인학부 교수의 전폭적인 지원을, 신입생 중 몇 명이나 받아볼 수 있겠는가?

'절대 실망시켜드릴 수 없지. 내 실력을 제대로 보여드려야 해.'

교수님의 말에 따르면 그의 목표 중 하나인 AA스쿨로의 유학에도, 분명 큰 도움을 줄 수 있을 공모전이라 하였다.

"AA스쿨에서는 어지간한 공모전 입상성적을 점수로 반영해주지 않지. 하지만 SPDC라면, 확실히 그들도 매력을 느낄 거야."

하여 선빈은 요즘, 거의 모든 시간을 이 공모전 준비에 쏟고 있었다. 6월로 예정되어 있는 공모전은 아직 주제조차 발표되어 있지 않은 상태였지만. 지난 입상작들을 분석하고 설계에 대한 지식을 쌓으며, 내실을 최대한 다지고 있는 것이다. 심지어 실무공부를 위해, 중견 건설 회사를 운영하는 아버지의 사무실에도 종종 찾아갈 정도로 열정을 불태웠다. 그리고 그 결과, 선빈은 점점 더 자신감이 생기고 있었다.

'좋아. 이렇게 조금만 더 준비하면….'

특선을 넘어 우수상, 우수상을 넘어 최우수상까지. 잘하면 대상을 받아 자신이 디자인한 건물이 서울에 세워질지도 모른다는 부푼 꿈이, 선빈의 가슴에 가득 들어찬 것이다. 하지만 지금 이 순간에도 선빈이 알 수 없는 사실이 하나 있었다. 그것은 바로….

"음, 생각해보니 SPDC가 있었네. 이거 2010년 수상작이 어떤 거였지?"

과거 수상작뿐 아니라 올해 수상될 작품이 어떤 작품인지까지도 알고 있는 규격 외의 존재 하나가, 같은 공모전에 관심 갖기 시작했다는 사실을 말이었다.

도약

4월이 되었다. 정신없던 1학년 첫 학기가 무사히 끝나고, 본격적으로 따뜻한 봄바람이 불어오는 계절이 된 것이다. 그동안 우진에게는 많은 일이 있었다. 바쁜 와중에도 제법 많은 동기들과 친분을 쌓았으며, 학교 수업들도 최대한 착실히 수강하였다. 특히나 우진이 가장 큰 두각을 나타낸 과목은, '기초제도'와 '디지털 공간 그래픽'. 이것은 사실 당연한 수순이었다.

우선 기초제도의 경우 어쩌면 박준민 교수보다 도면을 많이 그려봤을지도 모르는 우진이었으니, 못하려야 못할 수가 없었다. 그리고 3D맥스를 활용한 3차원 모델링을 배우는, '디지털 공간 그래픽' 과목의 경우에도 모델링 프로그램 중 하나인 스케치업을 전문가 수준으로 공부했던 경험이 있었으니, 프로그램이 다를지언정 신입생들 중에서는 제일 잘할 수밖에 없었다. 게다가 이번에 수업을 들으면서 우진이 느낀 것은, 자신이 생각했던 것보다 3D 모델링에 소질이 있었다는 점이었다.

'독학할 때는 그렇게 힘들더니… 가르쳐주는 사람이 있으니까 이렇게 재밌을 줄이야.'

물론 모든 과목이 전부 이 수준으로 잘 풀리는 것은 아니었다. 포토샵과 일러스트를 다루는 '비주얼 그래픽' 과목은, 다른 신입생들과 다를 바 없이 끙끙거리며 배우고 있었으며. 전공 메인 과목 중 하나인 '공간조형' 수업과 '공간 디자인학 개론' 수업은, 열심히 해보려 해도 수업만 시작하면 졸음이 몰려왔으니 말이다. 실제로 쓰일법한 디자인과 조금 동떨어져 있는 이론 수업 내용들은, 우진에게 쥐약이나 다름없었다. 그나마 위안이라면. 미래의 스타 디자이너라는 제이든도, 자신과 다를 것 없이 꾸벅꾸벅 졸고 있다는 부분이었다. 하지만 우진은 만족했다.

'그래도 뭐, 이 정도면 훌륭해.'

적어도 회귀 후 가장 먼저 선택한 '대학'이라는 선택지가 옳았다는 사실을, 다시 한번 확실하게 확인하고 있었으니 말이다. 인맥이나 대학 간판과 같은 부수적인 이득을 제외하고 '배움'이라는 카테고리 안에서만 놓고 보더라도. K대 디자인학부는, 충분히 우진의 기대 이상이었다. 그래서 우진은 항상 최선을 다하고 있었다. 그것은 오늘도 기초제도 수업을 마친 후 칠판에 걸린 우수도면이 우진의 것이라는 점만 봐도, 어렵지 않게 알 수 있는 사실이었다. 우진의 옆자리에서 함께 수업을 들은 소연은, 우진과 자신의 도면을 비교하며 혀를 내두르는 중이었다.

"와, 오빠는 어디서 손 도면만 치다가 온 거 아니지?"

"현장 알바 좀 했었다니까."

혜진이 끼어들며 말했다.

"분명히 그 알바, 손으로 도면 베끼는 알바였을 거야."

우진은 적당히 동조해줬다.

"뭐, 비슷해."

"우우… 반칙이야, 이건."

소연의 말에, 혜진이 고개를 주억거렸다.

"언니 말이 맞아, 반칙쟁이."

"…."

갑자기 끼어든 혜진을 슬쩍 보며, 우진은 실소를 흘렸다. 요즘 혜진은, 전반적으로 텐션이 넘치는 상태였다. 원래도 발랄하기 그지없는 캐릭터였지만, 최근 들어 기분이 더욱더 좋아져 있었던 것이다. 거기에는 당연히 이유가 있었고, 그것은 바로 혜진의 솔로 탈출이었다.

'그렇게, 번갯불에 콩 볶아먹듯 바로 사귀어버릴 줄은 몰랐지.'

소개팅 노래를 부르던 혜진이 결국 성관과 사귀게 되었으니 말이다. 정작 우진은 성관이 전역한 뒤로 아직 바빠서 만난 적이 없었는데, 소개를 먼저 받은 두 사람은, 이미 사귀기 시작한 것이다. 조금 어이없는 상황이기도 했지만, 우진은 좋게 생각하기로 하였다.

'흐음, 둘 다 괜찮은 친구들이니까. 좋은 게 좋은 거지 뭐.'

딱히 부럽지는 않았다. 지금은 연애보다, 일이 더 재밌는 시기였으니까.

'모형작업 마감 맞춘다고 잠도 제대로 못 잤는데… 만약 연애라도 미리 시작했으면 며칠 만나지도 못하고 차였을 거야.'

실없는 생각을 한 우진은 실기 탁자 위에 놓여있던 제도판을 접으며 소연을 향해 말했다.

"우린 본관에 군것질이나 하러 가자, 소연아. 쟨 분명히 또 연애한다고 사라질 거야."

우진의 말에 고개를 주억거린 소연이, 혜진을 살짝 흘겨보며 말했다.

"맞아, 커플은 어서 신성한 강의실 밖으로 꺼져랏."

비난의 타깃이 순식간에 우진에서 혜진으로 넘어갔지만, 혜진은 전혀 당황한 표정이 아니었다. 오히려 꺼지라는 말에도, 헤실헤실 웃으며 대답하는 혜진이었다.

"배 아프면 둘도 연애하든가."

"우리?"

뭔가 혜진의 말을 살짝 잘못 이해한 소연이 당황한 표정이 되었고. 그 표정을 못 본 우진은 심드렁하게 대꾸하였다.

"야, 됐고. 성관이 형이나 학교 한번 오라고 해. 밥이라도 맛있는 거 얻어먹으려니까."

"우리 오빠, 전역하자마자 뒤늦게 복학해서 바쁘거든?"

"헐, 우리 오빠래. 소름…."

"큼, 큼."

혼자 상황을 잘못 이해했음을 깨달은 소연은, 뒤늦게 헛기침을 하며 자리에서 일어섰다. 민망할 때는 화제를 돌리는 게 최선이었다.

"배고파. 컵밥이나 먹으러 가자, 오빠."

"그러지 뭐."

세 사람은 동시에 일어서, 강의실을 나섰다.

—— * ——

디자인학부 건물을 나서 교정을 따라 걷기 시작하자, 따뜻한 봄바람이 살랑살랑 불어왔다. 그리고 이맘때쯤의 새내기들에게 빠질 수 없는 주제인 미팅. 그것은 소연과 혜진에게도 다르지 않은 모양이었다.

"그나저나, 혜진아."

"왜, 언니."

"우리 다음 주에 미팅 잡혀있던 거, 무슨 요일이었지?"

소연의 말에, 잠시 기억을 더듬은 혜진이 다시 입을 열었다.

"음, 아마 화요일? 잘 기억 안 나네. 어차피 난 못 나가게 되어서. 헤헤."

끝까지 염장을 지르는 혜진의 대사에, 소연이 고개를 절레절레 저으며 대답하였다.

"나도 곧 생길 거니까, 두고 봐."

"미팅 나가서 만들어 오시게?"

"몰… 라. 가능하다면?"

소연의 말을 듣던 우진과 혜진이, 동시에 혀를 차며 고개를 저었다. 사실은 커플이 부럽다는 듯 말하는 소연의 이야기들이, 배부른 소리라는 것을 잘 알고 있었으니 말이다. 인기로만 따지자면. 여기 세 사람 중, 가장 우월한 것이 바로 소연이었으니까.

"언니는, 눈만 좀 낮춰 봐. 본인이 다 차 놓고 왜 맨날 커플 타령이셔?"

"내, 내가 언제!"

"지난주에 슬비랑 인영이한테 다 들었어. 미팅에서 둘이나 언니 번호 달라고 해서 가져갔다던데."

"…"

처음 우진이 오티에서 소연을 만났을 때 느꼈듯, 그녀는 디자인 학부 전체에서도 비교 대상을 찾기 힘들 정도로 예뻤다. 그리고 우진의 눈은 제법 보편타당한 기준을 가지고 있었기에 소연이 인기가 많은 것은, 학기 초부터 공공연한 사실일 수밖에 없었다.

"이상형이 뭔데? 내가 찾아준다니까. 언니 사진만 오픈해주면, 내가 연예인 빼고는 다 물어올 수 있어. 아, 잘하면 연예인도 가능할지도…."

우진은 흥미로운 표정으로, 혜진과 소연의 대화를 듣고 있었다. 사실 그도 소연의 이상형이 뭔지, 조금은 궁금했으니 말이다. 뒷머리를 긁적인 소연이, 기어들어 가는 목소리로 입을 열었다.

"음, 나… 눈 높지 않아. 재밌고, 좀 친절하고, 키도 좀 큰…?"

그 대답을 들은 혜진이 어이없는 표정이 된 것은, 당연한 수순이었고 말이다.

"뭐? 하… 차라리 아이돌같이 잘생긴 애를 데려다 달라고 해. 그게 더 쉽겠다."

우진도 소심한 목소리로 거들었다.

"재밌고 친절하고 키 큰 남자면, 나도 가능한 거 아냐? 아니, 난데?"

소연 대신, 혜진이 딱 잘라 말했다.

"그건 아니고."

"…."

우진과 몇 마디 더 투닥거리던 혜진은, 곧 두 사람을 남겨두고 후다닥 사라졌다. 남자친구 성관의 수업이 끝나기 전에 미리 가 있어야 한다며, 뒤도 돌아보지 않고 사라진 것이다. 물론 우진과 소연도 그리 오래 함께하진 않았다. 스낵바에서 일이십 분 정도 더 잡담을 나눈 뒤, 두 사람 또한 각자의 일정이 있었으니 말이다. 우진은 작업실로 나가는 길에, 문과대학 건물 앞으로 그녀를 데려다주었다.

"철학가 한소연, 파이팅."

"죽는다?"

"오늘은 철학적으로다가 한번, 연애심리에 대해서 좀 고찰해보 도록 해."

"무슨 연애심리."

"왜 마음에 드는 남자가 없을까. 혹시 날 좋아한다는 남자는 괜 히 싫어지고 그런… 어떤 불치병에 걸린 것은 아닐까. 이런 고찰 말이야."

"시끄러. 그런 거 아니라니까."

마지막까지 소연을 놀린 우진은 실실 웃으며 학교 후문을 향해 걸어 나갔다. 당황해서 양쪽 볼이 빨개지는 소연의 표정을 보는 것 은, 생각보다 재밌는 일이었다.

"흐으, 그나저나 이제 오늘이… 드디어 결전의 날인 건가?"

우진은 손목을 들어 시간을 한 번 확인하였다. 지금 시각은 대략 3시 55분. 박경완 부장과의 약속시간이 한 시간 정도 남았으니, 이 제 슬슬 움직여야 할 때가 되었다.

— * —

천웅건설의 영업부장 오주형은, 최근 무척이나 피곤한 상태였 다. 해외 출장 일정 때문에 지난 한 달 동안 무려 다섯 개 국가를 돌 아다녔으며. 오늘은 공항에서 내리자마자, 브랜드 론칭 회의 때문 에 곧바로 회사에 달려와야 했으니 말이다. 물론 그가 집에 가서 쉬겠다고 한다면, 말릴 사람은 아무도 없었다. 천웅건설이 출장 복귀 날까지 출근을 강제하는 몰인정한 회사는 아니었고. 회의가 아니라면 오늘 딱히 다른 일정이 잡혀있는 것도 없었으니 말이다. 하지만 주형은 회사에 나와야 했다. 그 누구도 아닌, 본인의 실적을 조금이라도 올리기 위해서 말이다.

'프리미엄 브랜드 론칭 회의에 빠지면… 낙동강 오리 알 신세가 될 수도 있으니까.'

회의에 빠진다고 해서 임원들에게 찍히거나 하는 것은 아니다. 다만 이 회의에서 수많은 이야기들이 오고 갈 것이 분명했고 그 자리에 자신이 없다면, 영업부가 가장 불리한 방향으로 회의가 진행될 확률이 높았다. 브랜드 론칭 결과가 좋다면 모든 공(功)은 영업부를 제외한 나머지 부서에서 나눠갈 것이었고. 반대로 결과가 좋지 못하다면, 회의에 참석하지 못했던 자신의 부서가 모든 과(過)를 뒤집어쓰게 될 테니 말이다.

'흐우, 회의만 딱 깔끔하게 마무리하고, 퇴근해서 푹 쉬자. 어차피 출장 보고는 다음 주고… 내일은 연차니까.'

띵-!

엘리베이터에서 내린 오주형은, 잰걸음으로 회의실을 향해 움직였다. 회의시간까지는 아직 5분 정도가 남아 있었지만, 조금 미리 도착해서 물도 한 잔 마시고 머릿속을 정리해야 했으니 말이다. 하지만 회의실에 도착한 주형은, 자신의 자리에 앉을 생각조차 하지 못한 채 기이한 광경에 정신을 뺏길 수밖에 없었다.

'음? 다들 저기서 뭐하는 거지?'

회의 시작이 얼마 남지 않았음에도 불구하고 다들 약속이라도 한 듯 단상 앞에 모여, 웅성이며 뭔가를 구경하고 있었으니 말이다. 게다가 사람들이 하도 빼곡하게 모여 있었기에, 대체 뭘 구경

중인지도 한눈에 알 수 없는 상황.

'출장 다녀온 사이에 무슨 일이라도 있었나?'

상황이 궁금해진 주형은, 회의실 안쪽을 향해 성큼성큼 걸음을 옮겼다. 하지만 그가 향한 곳은 단상이 아니었다. 주형이 걸음을 옮긴 곳은, 홀로 자리를 지키고 앉아있는 박경완의 앞이었으니까.

발아 發芽

"어이, 박 부장!"

"오, 이게 누구야. 오주형이!"

관리부장인 박경완과 영업부장인 오주형은, 한 기수 차이인 선후배 관계였다. 박경완이 주형보다 일 년 먼저 입사한 선배였던 것이다. 하지만 그것과 별개로 나이는 동년배였기에, 둘은 오랫동안 친구로 지내는 사이였다.

"우리 박경완 부장님, 못 본 새에 신수가 훤해지셨구먼, 그래."

"너도 외국물 좀 먹어서 그런지 얼굴이 폈는데?"

"피기는 무슨. 죽겠다, 죽겠어. 하하."

주형과 경완은 반갑게 인사를 나누었다. 서로 일정이 바빠 거의 두세 달 만에 얼굴을 마주하는 것이었으니. 장소가 회의실이기는 해도, 반가움만큼은 진짜였던 것이다. 하지만 궁금증을 오래 참을 순 없었던 것인지, 주형은 곧 회의실 앞을 힐끔거리며 경완을 향해 입을 열었다.

"그런데 경완아."

"엉?"

"저기, 쟤들. 대체 모여서 뭐 하고 있는 거냐?"

회의 시작까지 5분밖에 남지 않았음에도 불구하고, 아직까지 모여서 웅성이고 있는 사원들. 주형의 반응이 재밌었는지, 경완이 웃으며 반문하였다.

"아, 저거?"

사실 다른 사원들과 달리 경완이 홀로 자리를 지키고 앉아있었던 이유는 간단했다. 이 회의장 안으로 '저 물건'을 들고 들어온 것이 경완이었기에, 그는 이미 질리도록 구경한 상태였으니 말이다. 그래서 경완은 이 상황이 재밌었다. 문제의 '물건'을 자신이 직접 만든 것은 아니었지만, 자신이 가져온 작품으로 인해 모두가 놀라는 표정을 구경하는 것은 재미가 쏠쏠했던 것이다. 잠시 뜸을 들인 경완의 말이 다시 이어졌다.

"오늘 회의에서 요리하게 될, 메인 디시라고 해야 하나…?"

"그게 무슨 소리야."

"설명하기 힘들어. 그냥 보면 알아."

주형은 사람들 사이를 비집고 들어가 대체 뭘 구경하는 것인지 확인해 보고 싶었지만, 일단 자리에 앉아 음료수부터 뜯었다.

팅-!

다른 것 보다 우선 목이 너무 말랐으며, 젊은 과장급들 사이를 비집고 들어가는 것도 체면상 내키지 않았던 것이다.

'뭐, 회의가 시작되면 알 수 있겠지.'

다만 옆자리에 앉아 실실 웃고 있는 박경완이, 무슨 생각을 하고 있는지는, 갈수록 더 궁금해질 수밖에 없었다.

'뭐가 어떻게 돌아가는 거야?'

하지만 다행히도. 주형의 궁금증이 풀리는 데에는, 그렇게 오랜 시간이 걸리지 않았다.

"이제 회의 시작합니다. 자리를 지켜 주세요."

회의 시작을 알리는 사회자의 목소리가 울려 퍼지자 직원들은 각자의 자리로 돌아갔으며. 단상 위에 올려있던 그 '문제의 물건'이, 곧 주형의 시야에 모습을 드러냈으니 말이다. 그런데 그것을 본 주형은, 처음엔 고개를 갸웃할 수밖에 없었다.

'뭐야, 건축모형이잖아?'

뭔가 특이하거나 대단한 것을 상상했던 그의 기준에, 건축모형이라는 것은 너무 평범했으니까. 하지만 실망도 잠시뿐, 곧 주형의 두 눈에는 이채가 어렸다. 멀리서 봐도 충분히 느껴질 정도로, 건축모형의 퀄리티가 평소보다 훨씬 더 높은 수준이었던 것이다. 게다가 곧, 단상 위로 올라선 직원 둘이 바퀴가 달린 모형 다이를 밀어 회의장 가운데로 움직여 왔고. 그것이 가까워질수록 주형은 점점 더 놀랄 수밖에 없었다.

'이게 뭐야? 대체 아파트 모형에 무슨 짓을 한 건데?'

대략 1~2미터 정도 거리까지 모형이 가까워지자 하나하나 살아나기 시작하는, 믿을 수 없을 정도로 정교한 건축모형의 디테일. 그러나 주형의 그 놀람은, 거기서 시작됐을 뿐이었다.

딸깍-

작은 스위칭 소리와 함께 회의실의 전등이 절반쯤 소등되었고. 그와 동시에 모형의 안쪽에서, 은은한 빛이 퍼져 나오기 시작하였다. 총 열일곱 동으로 구성된 아파트 단지의 창에서 일제히 불빛이 새어 나오자, 그것은 흡사 도심의 야경을 찍어놓은 느낌이 들 정도로 아름다운 광경을 연출했다.

"와아…."

누군가 저도 모르게 탄성을 터뜨렸고, 아무도 그것을 제지하지 않았다. 입을 다물고 있었다 뿐이지, 이 자리에 있던 모두가 같은 생각이었으니 말이다. 그리고 잠시 후.

지이잉-

희미한 점멸소리가 울려 퍼지는가 싶더니, 가장 고지대에 우뚝 솟은 아파트 두 채의 측면에 새로운 불빛이 점등되었다. 주형의 시선은 자연스레 그곳을 향했고, 그는 작은 목소리로, 모형 측면에 새하얀 빛으로 새겨진 멋들어진 타이포 문구를 읽어 내려갔다.

"마포, 클리오 프레스티지(Mapo Clio Prestige)….."

임원진이 입장하기 전이었지만, 회의실은 쥐 죽은 듯 조용하였다. 다들 이 '작품'이라는 수식어가 아깝지 않은 모형 앞에서, 저마다 생각에 잠긴 탓이었다. 사실 새로운 프리미엄 브랜드를 론칭한다는 이야기에, 부정적인 생각을 가지고 회의실에 들어온 사원들도 제법 많았다. 하지만 지금 이 순간만큼은, 그 누구도 그런 생각을 않고 있었다. 정말 눈앞의 이 모형과 같은 퀄리티와 디자인으로 아현 뉴타운에 천웅건설의 깃발을 꽂을 수만 있다면. 도무지 실패할 것이라는 생각이 들질 않았으니 말이다.

'좋아, 됐어.'

좌중을 둘러본 경완이, 주먹을 불끈 쥐며 속으로 쾌재를 불렀다. 우진을 들들 볶아 오늘 이 회의실에 모형을 들여온 자신의 한 수가, 제대로 먹혀들었음을 직감한 것이다.

'전무님께 할 수 있는 말이 하나 늘었군.'

모형에 머물던 경완의 시선이 살짝 아래로 내려갔다. 모형을 받치고 있는, 하얀색 아크릴로 제작된 깔끔한 다이. 그 구석에 새겨진 'WJ studio'라는 문구가, 경완의 두 눈에 각인되듯 스며들어갔다.

우진이 알 수는 없는 부분이었지만, 그의 전생에 론칭됐던 천웅건설의 프리미엄 브랜드 'Clio'는 사실 우여곡절이 무척이나 많았던 브랜드였다. 천웅건설의 보수적인 사내 분위기상 신규 브랜드의 론칭 자체가 크나 큰 모험이었고 때문에 내부적으로 반대 의견이 제법 강경했던 것이다. 그것은 어느 정도 당연한 반대이기도 했다. CW라는 천웅건설의 기존 브랜드에서 지금까지 쌓아 온 인지도가 무시할 수 없는 수준이었으니. 외관디자인의 혁신과 별개로 브랜드만큼은 그대로 가는 편이, 확실히 안전한 선택지였으니까.

　　그래서 우진의 전생에서는 내부에서 이어진 갑론을박 때문에, 아현 3-2구역의 착공이 시작된 이후까지도 단지의 브랜드가 확정되지 않았었다. 만약 해당 구역의 조합원들이 강하게 프리미엄 브랜드를 원하지 않았더라면, 'Clio'는 론칭되지 않았을지도 모를 일인 것이다. 그리고 이러한 비하인드 스토리 안에서, 재밌는 부분이 한 가지 있었다. 그것은 바로 Clio 브랜드의 홍보관 오픈이 우진의 기억 속에 없을 뿐 아니라 실제로 일어난 적 없던 일이라는 사실이었다. 우진은 자신이 기억하지 못하는 것이라고 생각했지만, 사실은 정말로 일어나지 않은 일이었던 것. 그래서 지금 경완이 추진 중인 브랜드 홍보관 오픈 계획은, '바뀐' 미래였다.

　　우진이 모형을 만들지 않았더라면 경완의 마음이 움직이지 않았을 테고, 경완이 푸시(Push)하지 않았더라면, 홍보관 오픈을 두고 고민하던 재무팀과 마케팅팀이 결국 폐기했을 계획. 작다면 작고 크다면 큰 이 하나의 미래가, 우진으로 인해 바뀐 것이다. 그리고 오늘의 이 회의도, 어쩌면 우진으로 인해 바뀐 작은 미래 중 하나

일 것이었다. 원래대로라면 이 회의에 우진의 모형이 함께할 일은 없었을 것이고, 주요 안건이었던 프리미엄 브랜드 론칭 건은, 다시 흐지부지 넘어가고 말았을 테니까. 하지만 우진이라는 변수와 경완의 추진력으로 인해, 상황은 완전히 바뀌었다.

"저거… 디자인 생각보다 더 잘 빠졌는데?"

"단지 네이밍도 입에 착착 감겨."

"보고서로 볼 때랑 느낌이 완전 다르네."

"이거… 잘하면 되겠는데?"

우진의 모형 덕에. 회의가 시작되기 전부터 모두의 관심사는 이미, 프리미엄 브랜드 Clio였다. 그리고 그 분위기가 그대로 이어진 회의장에서는, 브랜드 론칭 계획과 관련된 모든 안건이 일사천리로 통과되었다. 브랜드를 론칭하느냐 마느냐에 대한 논의는 이미 임원들의 관심사가 아니었다. 회의가 끝날 쯤 모두의 머릿속에 자연스레 정해진 아파트 단지 이름은, '마포 클리오 프레스티지'였으니까. 머릿속으로만 상상하던 것과 시각적 확신을 얻는 것에는, 그만큼 커다란 간극이 존재하는 것이다.

"좋습니다. 오늘 회의는 여기까지 하도록 하죠."

천웅건설의 이사이자 브랜딩 본부장을 맡고 있는 류준욱. 그의 말을 끝으로 회의는 마무리되었다. 깐깐하기 그지없는 성향의 그가 만면에 미소를 띤 채 회의를 끝낸 것만 보아도, 회의 결과가 얼마나 마음에 들었는지는 짐작할 수 있는 부분이었다.

"수고하셨습니다."

"다들 한번 제대로 뛰어 보십시다."

그리고 분위기가 이쯤 되자, 사람들이 관심 가질 수밖에 없는 부분도 하나 있었다. 그것은 바로, 이 실사 같은 모형을 만들어낸 'WJ studio'라는 업체의 정체. 몇몇 직원들이 그에 대해 물어봤지만, 경완은 말을 아꼈다. 어차피 설명을 해도, 누구도 믿기 힘든 내용이었으니 말이다.

'굳이 이해시킨다고 힘 빼고 싶지도 않고….'

하지만 마케팅팀장의 감사 인사를 들을 때만큼은, 경완도 만면에 떠오르는 웃음을 숨길 수 없었다. 그의 입을 통해, 생각지도 못했던 얘기를 듣게 되었으니 말이다.

"부장님, 이번에 진짜 거하게 한번 질러볼 수 있게 생겼습니다."

"그래요?"

"류 이사님께서, 이쪽 예산을 확 올려주셨거든요."

"하하, 그거 참 잘됐네요."

"남의 일인 듯 얘기하십니까, 왜."

"네?"

"이사님께서, 박 부장님 오더 받아서 TF팀 꾸리라고 하셨는데요."

"…!"

프로젝트의 TF(Task Force)팀을 따로 꾸린다는 것은, 본격적으로 해당 프로젝트를 밀어준다는 것이다. 그런데 그 전권을 박경완에게 줬다는 것은, 그에게 제대로 된 기회를 주겠다는 의미. 그리고 경완의 눈에 그 기회는, 임원 승진이 걸린 기회로 보였다.

'이거, 이렇게 잘 풀려도 되는 건가?'

의아할 정도로 술술 풀리는 상황들에, 경완의 만면에 웃음꽃이 피었다. 물론 어느 정도 콩고물이 떨어질 수도 있다는 생각을 하긴 했지만, 그게 이렇게까지 전격적인 지원이 될 줄은 몰랐으니 말이다. 그리고 이렇게 생긴 권한 덕분에 어쩌면 복덩이 꼬마 놈에게,

괜찮은 선물을 하나 줄 수 있을지도 모르겠다는 생각을 하는 경완이었다.

"잘 한번 해봅시다, 팀장님."

"하하, 저야말로 잘 부탁드립니다."

"아, 참. 이번 홍보관, 청담 본관이죠?"

"당연하죠. 명색이 프리미엄 브랜드인데요."

"VIP 명단도 미리 뽑아놔야겠고…."

잠시 뜸을 들이던 경완이, 은근슬쩍 운을 띄웠다.

"홍보관 내장작업, 아직 업체 정해진 곳 없죠?"

"네. 아마도요."

"그럼 WJ 스튜디오에 한번 맡겨보는 건 어떻습니까?"

홍보관의 내부 디자인이야, 당연히 천웅건설의 디자인 팀에서 한다. 하지만 건설시공이 아닌 인테리어 시공의 경우, 외주로 돌리는 경우도 적지 않았다.

"WJ 스튜디오라면… 이번에 모형 작업해온 거기 말씀이시죠?"

"맞습니다."

경완의 제안을 들은 마케팅팀장은 반색하였다. 이 정도의 모형 퀄리티를 뽑아낼 수 있는 업체가, 일을 못 할 리 없다고 생각했으니 말이다.

"거기라면 저희야 당연히 환영이죠."

"하하. 저도 사실 그쪽이랑 다시 일을 해보고 싶어서… 그럼 제가 한번 연락 넣어 보겠습니다."

"좋습니다! 부탁드립니다."

마케팅팀장과 기분 좋은 대화를 나눈 뒤, 엘리베이터를 타고 자신의 사무실로 돌아가는 박경완. 그렇게 우진이 뿌려둔 씨앗은, 그의 생각보다 더욱 빠르게 발아(發芽)하고 있었다.

—— * ——

물 들어올 때 노 젓는다는 이야기가 있다. 한번 기세가 급물살을 타기 시작했을 때, 그 효과를 극대화시키기 위한 노력을 더한다는 말이다. 지금 우진의 상황이 딱 그랬다.

'이렇게까지 흥할 줄은 몰랐는데….'

원래 기대했던 수준을 아득히 넘어서는 성과. 그로 인해 찾아온 생각지도 못했던 기회. 갑작스런 전화를 통해 듣게 된 박경완의 선물은, 순풍을 타고 나아가던 우진의 배에 날개를 달 수 있는 기회나 다름없었다.

"다음에 소고기는 네가 사라, 애늙은이."

"감사합니다, 부장님. 소고기가 대숩니까. 제대로 한번 대접하겠습니다."

"또, 또. 애늙은이 같은 소리 하기는… 인마, 너랑 얘기하면, 과장급이랑 대화하는 것 같아, 꼭."

"말이 너무 심하신 거 아닙니까. 창창한 청춘인데."

"여튼 조만간 보자. 이번 건은 좀 크니까, 아마 우리 마케팅팀이랑도 같이 미팅해야 할 거야."

"옙, 곧 뵙겠습니다."

단지 학업을 위해 걷어차기에는 너무 큰 기회가 우진에게 찾아왔고. 여기서 노를 젓지 않는 것은 너무 미련한 선택이었다. 노를 저을 능력이 없다면 얘기가 다르겠지만 말이다.

'조금 시기가 이르긴 하지만… 못할 것도 없지.'

우진에게 온 기회란 다른 것이 아니었다. 천웅건설의 분양홍보관 전체를 꾸미는, 내장 인테리어 외주가 통짜로 들어온 것. 아직 논의된 바는 없지만, 금액도 최소 억 단위에서 시작할 것이다. 하지만 매출 크기를 떠나 남는 돈만 따지자면, 모형 외주만큼 짭짤한 수준은 아닐 것이다. 지금까지처럼 강력한 인상을 줄 수 있는 최고의 퀄리티를 뽑아내려면, 고급 자재를 아끼지 않고 발라줘야 했으니까.

'그렇게 시공하고 나면… 순이익이 3할 정도는 남으려나.'

그러나 그게 중요한 것은 아니었다. 신생 건축사무소가 일을 받기 얼마나 힘든지 아는 우진의 입장에서 천웅건설같이 큰 기업의 일을 받아서 제대로 된 포트폴리오를 남길 수 있다는 것은, 액수로 환산할 수 없는 무형의 가치가 있었으니까.

'일이 풀리려니까… 이렇게도 풀려버리네.'

인생이란 본래 계획대로 되는 것이 아니라 했던가. 그것은 인생 2회 차인 우진에게도 다를 것 없는 명제인 듯하였다. 처음에 모형 제작 사업을 시작한 것은, 훗날 큰 그림을 그리기 위한 포석일 뿐이었다. 장기적으로 자신의 건축사무소를 세우려면, 맨바닥에서 시작하는 것보다는 뭐라도 기반이 있는 게 좋았으니 말이다. 학교생활을 하는 동안 소소하게 모형제작 일을 하면서 업계에 이름을 알리고. 그 과정에서 쌓인 인맥과 인프라를 활용해, 졸업과 동시에 사무소를 오픈하는 게 본래의 계획이었다.

계획을 세운 우진이 생각하기에도, 대학 생활과 병행할 수 있는 최상의 빌드업. 하지만 어쩌다 보니, 첫 프로젝트부터 대박이 나버렸다. 천웅이 'SH물산'이나 '제운건설'급으로 업계 최상위 건설사는 아니었지만. 그래도 1군으로 분류되는 건설사에서 굵직한 프로젝트를 따 내는데 성공한 것이다. 우진이 야심차게 세웠던 계획들을, 처음부터 리빌딩해야 할 상황이 왔다. 빌드업을 제대로 하기도 전에, 다음 단계로 갈 수 있는 발판이 생겨버렸으니까.

'오늘부턴 두 배로 뛰어다녀야겠어.'

머릿속을 정리한 우진이, 작업실에서 벌떡 일어났다. 그러자 옆에 앉아있던 제이든이, 화들짝 놀라며 입을 열었다.

"Holy shit! 갑자기 왜 벌떡 일어나?"

"갈 데가 좀 생겨서."

"어딜? 나랑 맥스 해야지!"

"금방 올게. 하던 거나 마저 만들어 놔, 헬보이."

"제기랄. 네가 옆에 있어야 집중이 잘된다고."

"집중은 원래 혼자 있어야 잘되는 것 아냐?"

"난 아냐."

"그래도 어쩔 수 없어."

"후우, 정 없는 코리안."

고개를 절레절레 젓는 헬보이를 작업실에 남겨둔 채 우진은 빠르게 어디론가 걸음을 옮겼다.

'쇠뿔도 단김에 빼랬지.'

우진은 곧바로 행동을 시작하였다.

— * —

모든 일이 과할 정도로 잘 풀리고 있었지만, 그렇다고 해서 수반되는 문제가 전혀 없는 것은 아니다. 지금 이 상황을 최선의 결과로 만들어 내기 위해서, 우진에게 부족한 것은 바로 시간. 모형작업은 몰라도 이 정도 덩치의 프로젝트를 학업과 병행하는 것은, 거의 불가능에 가까운 일이었으니 말이다.

'물리적으로 불가능한 스케줄이지.'

하지만 우진이 실무자가 아닌 '오너(Owner)'의 포지션이 된다면 얘기가 달라진다. 본인이 직접 목공을 두들기는 것이 아닌, '관리자'의 포지션에서 일을 진행한다면 충분히 학교를 다니면서도, WJ 스튜디오를 굴릴 수 있었다.

"내가 시간이 없으면… 사람을 쓰면 돼. 어차피 언제까지, 내가 일선에서 일을 할 수는 없는 거였어."

그래서 우진이 이 프로젝트를 시작하기에 앞서 선행한 일은, 바로 같이 일할 사람을 구하는 것이었다. 그중에서도 가장 우선되는 것은 앞으로 우진을 대신해 헤더의 역할을 해줄, 믿을 수 있는 인재. 모형 쪽에서는 그 역할을 석현이 해줄 것이었으니, 시공 파트를 컨트롤해줄 사람이 한 명 필요했다. 그리고 그 역할을 괜찮게 수행해줄 수 있는 사람을, 우진은 한 명 알고 있었다.

"여기에요, 진태 형!"

"오! 우진이 일찍 와 있었네?"

"저야 뭐, 학교에서 가깝잖아요."

우진은 수서현장의 일이 끝난 뒤에도, 김진태와 지속적으로 연락을 주고받고 있었다. 언젠가 함께 일하게 될 것이라는 생각 때문이기도 했지만, 사람 자체가 무척이나 호인이었으니 말이다. 게다가 현장에서 오랜 기간 굴렀다는 공통점 때문인지, 진태는 가끔 만나도 편하고 즐겁게 만날 수 있는 인물이었다. 물론 김진태는 우진과 자신에게 그런 공통점이 있다는 사실을, 생각도 못 할 테지만 말이다.

"이야. 우진이 이거, 지난번 봤을 때보다 훨씬 더 대학생 같아졌는데?"

"대학생 같아진 게 뭐예요?"

"빡빡이가 사람 됐단 소리지."

서로 편하고 죽이 잘 맞는 것을 떠나, 진태는 우진에게 무척이나 호의적이었다. 수서현장에서 워낙 합이 잘 맞기도 했었지만, 그 이후에도 우진이 꼬박꼬박 연락하며 그에게 잘했기 때문이었다. 일전에 박경완이 목공 일을 제안했을 때도, 그 일을 김진태에게 넘기며 챙겨주었으니. 진태의 입장에서 우진은 예쁜 동생이 아닐 수 없었다.

치이익-

불판에 지글지글 익어가는 고기를 응시하며, 진태가 은근슬쩍 우진에게 물어보았다.

"근데 우진이 너, 어디서 크게 한탕 당겼나 보다?"

"무슨 한탕이요?"

"돈 좀 번 거 아냐? 갑자기 형한테 고기를 다 사준다기에 그런 줄 알았지."

"아, 벌긴 벌었죠."

"크, 형님!"

"뭐야, 징그럽게 왜 이래요."

"원래 돈 많으면 형이야, 짜샤."

진태는 우진의 실력을 어쩌면 경완보다도 더 잘 아는 사람이었다. 관리자인 경완과 달리, 바로 옆에서 같이 일했었으니 말이다. 때문에 우진이 꽤 많은 돈을 벌었다고 해도, 진태는 별로 놀랍지 않았다. 내장목공은 실력만 있으면 제법 많은 돈을 벌어들일 수 있는, 고급 기능공이었으니 말이다. 해서 돈을 벌었다는 우진의 말에, 진태는 허리띠까지 풀어놓고 신나게 고기를 집어 먹었다.

"야, 근데. 갑자기 좀 수상한데?"

"또 뭐가요."

"이렇게 배 터지게 먹이는 걸 보니… 뭔가 꿍꿍이가 있는 것 같아서."

진태의 말에 우진은 피식 웃으며 소주를 따랐다.

"그걸 이제 느꼈어요?"

"뭐?"

"이 형, 보기보다 더 둔하네."

"뭔데?"

"일단 먹어요. 먹고 얘기하자고."

두 사람은 한참을 더 각자의 얘기를 하며 떠들었고, 그렇게 불판이 식어갈 때쯤 드디어 우진이 운을 떼우기 시작하였다.

"형. 지난번에 제가 드린 일, 슬슬 끝나가죠?"

"그게 왜 네가 준 일이야. 박 부장님이 주신 일이지."

"어쨌든! 저한테 왔던 일을 형한테 넘긴 거잖아요."

"뭐, 그건 그렇지."

진태는 고개를 주억거리며, 마지막 남은 고기 한 점을 집어 먹었다. 그리고 다시 우진을 향한 그의 두 눈에는, 호기심이 살짝 떠올라 있었다. 이제 우진이 본론을 꺼내려 한다는 사실을, 분위기상 느끼고 있었으니 말이다.

"이번 주까지 나가면, 얼추 마무리될 거야."

"그래요?"

"그건 왜 물어? 또 뭐 나한테 넘길 거 있어?"

사실 진태 정도 되는 목수면 부르는 곳이야 널려 있었기에, 또 우진에게 일을 받길 기대하는 것은 아니었다. 다만 우진이 하려는 말이 일과 관련되어있는 것 같다는 느낌을 받았기 때문에, 넌지시 한번 던져본 것뿐.

'뭐, 큰 건수를 던져준다면, 그것도 그것대로 기대해볼 만하긴 하지만….'

하지만 우진의 대답이 이어진 순간, 진태의 표정은 묘하게 변할 수밖에 없었다.

"딱히 넘길 건 없고… 이번에는 형을 좀 데려가고 싶은데요?"

우진의 입에서 나온 말이, 한 번에 이해되지 않았으니 말이다.

"뭐?"

그래서 우진은 좀 더 확실하게 이야기해줬다.

"형을 고용하고 싶다고요."

"…!"

우진의 말을 들은 진태는, 순간 벙쩔 수밖에 없었다. 나이와 별개로 우진을 무척 높게 평가하긴 했지만, 그래도 스물두 살짜리 꼬마에게 스카웃 제의를 받을 줄은 몰랐으니 말이다. 승낙이나 거절을 떠나서, 상황 자체가 이해되지 않는달까.

'뭐 이런 놈이 다 있어?'

하지만 그런 진태의 당황은, 곧 그 수준을 넘어 충격으로 바뀌었다. 말을 잃은 그를 향해, 우진이 더 파격적인 이야기를 꺼내 들었으니 말이다.

"지금보다 최소 두 배 정돈 벌게 해 줄게요. 어때요?"

"장난해? 너, 내가 얼마 버는지는 알아?"

"알죠."

"어떻게?"

"사실 뻔하잖아요. 이 바닥, 하루 이틀도 아니고."

"…."

우진의 말에, 진태의 말문이 다시 막혀버렸다.

'역시 제정신은 아닌 놈이야.'

이 바닥 하루 이틀도 아니고 뻔하다니. 이게 갓 스물둘 된, 대학교 신입생의 입에서 나올 소린가? 하지만 진태가 얼마나 당황했던 그것과는 별개로. 우진은 아주 정신이 말짱하며, 진정성 넘치는 상태였다.

"형 많이 버는 거, 아주 잘 알고 있다고요."

우진의 판단으로 진태는, 지금도 매달 최소 사오백 이상 챙겨가는 목수였다. 아마 주말까지 풀타임 뛰는 달에는, 육칠백 이상도 충분히 벌어들일 터. 하지만 그것은 진태가 프리랜서이기에 가능한 금액이었다. 월급쟁이 목수에게 그 정도까지 챙겨주는 회사는, 거의 없었으니 말이다. 쉽게 말해 진태가 뼈 빠지게 뛰어다니고 일을 구해 와야 벌 수 있는 맥시멈이, 대략 팔백 정도라고 우진은 판단하였다. 해서 우진은 진태가 혹할만한 적정 금액을, 교묘하게 제시할 수 있었다.

"일단, 연봉으로 육천오백 정도 맞춰줄게요."

프리랜서가 아닌 안정적인 월급쟁이로서. 원래 벌던 평균 벌이를, 살짝 넘어가는 수준의 매력적인 연봉.

"뭐?"

놀람과 당혹스러움. 그리고 혼란이 뒤섞인 진태의 반문에, 우진이 침착한 목소리로 다시 입을 열었다.

"당연히 두 배가 아니란 거 알아요. 당장 두 배를 주겠다는 얘기도 아니었고요."

물론 여기서 끝이어서는 안 됐다. 사실 우진의 회사가 어디 굴지의 대기업도 아니었으니 말이다. 냉정히 평가하자면, 스물두 살 대표가 운영하는, 설립한 지 두 달도 채 안 된 구멍가게가 바로 WJ 스튜디오. 때문에 진태를 데려오려면, 그가 눈 딱 감고 몸을 던질 수 있을 정도로 확실한 카드를 제시해야만 했다.

"지금 농담하는 거 아니지?"

"흐흐, 저 아주 진지합니다."

우진이 소주잔을 집어들자, 진태가 그 앞에 잔을 가볍게 부딪쳤다.

"한번 끝까지 얘기나 들어보자. 여기서 무슨 헛소리가 더 나올 수 있는지 궁금하니까."

"흥미진진하죠?"

"장난 아냐. 이대로 집에 가면 오늘 잠 못 자."

진태는 소주잔을 그대로 입속에 털어 넣었고, 우진은 한 모금 홀짝인 뒤 내려놓았다. 그리고 잠시 뜸을 들인 우진이, 다시 천천히 입을 열었다.

수확의 달

"한 이 년 정도 필요할 거예요."

"뭐가?"

"형 연봉, 두 배로 인상해주는 데까지요."

"…."

"세후로 매달 천 정도 가져가게 해드릴게요. 딱 내후년 3월부터는요."

두루뭉술하게 던지는 것이 아닌, 구체적인 액수가 우진의 입에서 나왔다. 하여 진태도 이제는 알 수 있었다. 이 미친 꼬마 놈이, 지금 장난을 치고 있는 게 아니라는 사실을 말이다.

"어디 하우스라도 차리려는 건 아니지? 아니면 불법 토토?"

"아, 하나를 빼먹었네. 전 아주 합법적인 일만 할 겁니다."

"대체 무슨 합법적인 일을 하면, 나한테 그만큼 챙겨줄 수 있는 건데?"

"형이 맨날 하던 그거요."

"뭐? 목공?"

"바로 그거죠. 그게 아니면, 형을 왜 불러옵니까?"

"…."

가만히 있는 진태를 향해, 우진이 다시 입을 열기 시작했다. 이제 낚싯대는 던졌으니, 물가에 떡밥을 풀어놓을 차례였다.

"이미 천웅 쪽이랑, 괜찮은 건도 하나 계약했어요."

"…."

"천웅 말고 일 따올 곳도 여기저기 알아왔고… 무엇보다 자급자족할 수 있는 예산도 당겨놨고요."

건축사무소에게 자급자족이란, 부지를 매입해서 직접 지어다 파는 것을 의미한다. 작게는 대지 몇십 평짜리 빌라나 다가구주택부터, 크게는 몇백 평이 넘는 건축까지. 물론 아무리 작은 건축을 한다 해도, 현찰로 오류 억 정도는 필요하다. 건축자금 대출로 토지 매입부터 시작해서 총 건축 비용의 6~90%를 당긴다고 하더라도, 10~40%의 현찰은 필요했으니 말이다. 그래서 예산이 있다는 우진의 이야기는, 절반 정도 거짓말이었다. 우진이 생각하는 5억 이상의 예산이 확보될 시점은, 최소 지금으로부터 몇 개월 이후의 일이었으니 말이다. 진태가 다시 입을 열었다.

"너 원래 금수저였냐?"

"음, 뭐. 비슷해요."

꼭 돈이 많아야 금수저는 아니다. 누구도 갖지 못한 경험을 가진 것도, 우진은 금수저의 일종이라 생각했다.

"개소리."

"뭐가요?"

"금수저는 무슨. 대체 어느 나라 금수저가 그러는지 몰라도, 적어도 이 나라 금수저는 타카질 할 줄 모를걸."

"흐흐흐."

인지 부조화라도 온 것인지 황망한 농담을 하는 진태를 보며, 우진은 기분 좋게 웃고는 다시 말을 이었다. 전반적인 사업계획부터 시작해서, 구체적인 솔루션까지. 우진의 얘기는 갈수록 더 가관이었지만, 진태는 그저 듣기만 하고 있었다. 어차피 그의 연봉 얘기가 나왔을 때부터, 이미 비현실적인 것은 매한가지였다.

"자, 일단 제가 할 수 있는 얘기는 여기까지예요. 다시 말하지만, 형한테 거짓말할 이유는 없어요. 알죠?"

우진의 얘기가 끝난 뒤에도 가만히 있던 진태는, 지금 자신이 느끼는 감정에 살짝 당황하였다. 머리로는 분명히 어이없는 상황이었건만 이 꼬마의 말을 듣고 있으면, 정말 그렇게 될 것 같다는 생각이 자꾸 들었으니 말이다.

'분명 말이 안 되는데, 또 되는 것도 같아. 내가 취한 건가?'

그리고 이제 하려던 모든 이야기를 다 꺼내 놓은 우진은 맘 편히 다시 술잔을 들어 올렸다.

"어차피 당장 답변을 달라는 건 아니에요."

"그렇겠지."

"4월 셋째 주까지만 대답해 주시면 됩니다."

"그게 당장이 아니면… 뭐가 당장이냐?"

"이 자리에서 대답해달라고는 안 하잖아요. 하하."

우진은 더 이상 일에 대한 이야기를 꺼내지 않았다. 그는 이런 이야기를 할 때, 맺고 끊을 때를 확실히 아는 사람이었으니 말이다.

'자질구레하게 더 말만 늘어놔봐야, 이 시점부턴 이제 구차해 보일 뿐이지.'

생각하는 확실한 패를 던져놨으니, 이제 결과가 나오기를 기다린다. 진태가 뜻대로 안 움직여줄 수도 있겠지만, 차선이야 만들면 되는 것이었다. 하여 다시 일상적인 이야기로 화제를 돌린 두 사람은, 삼십여 분 정도 잡담을 더한 뒤 자리에서 일어났다.

끼이익-

"이모, 여기 계산이요!"

"네, 갑니다!"

고깃값을 계산하는 우진의 뒤로, 뒤늦게 옷을 챙긴 진태가 따라 나왔다. 그리고 우진의 뒤로 다가온 진태가, 지나가듯 작은 목소리로 물어보았다.

"그래서, 회사 이름은 뭐냐?"

진태의 목소리에서 복잡한 감정을 느낀 우진이, 피식 웃으며 답해주었다.

"WJ 스튜디옵니다."

— * —

진태와 고기를 먹은 날을 기점으로, 우진은 더욱 바빠졌다. 천웅건설과의 계약이 곧바로 진행되어서는 아니었다. 박경완과 전화통화를 한 뒤 우진이 계약서에 사인하는 데까지는, 대략 보름 정도의 시간이 걸렸으니 말이다. 다만 우진이 바쁜 것은, WJ 스튜디오의 구색을 갖추기 위한 물밑작업 때문이었다. 박경완의 전폭적인 지지를 제외하고 천웅건설 내부적으로도 WJ 스튜디오에 호감을 가지고 있는 상황이었지만, 단순히 모형만 만들던 작업장의 상태로 천웅과 계약을 체결할 수는 없었으니까. 인테리어 시공이 가능한 건축사무소로 탈피해야 했으니, 페이퍼워크(Paper Work)은 물론, 여기저기 손 쓸 데가 많았다.

'목공이야 걱정할 게 없지만, 다른 파트는 미리 괜찮은 커넥션을 만들어 놔야 해.'

보통 인테리어 공사는, '철거'에서부터 시작된다. 기존의 인테리어를 철거해서 백지상태로 만들고, 그 위에 새로운 디자인을 입혀야 하니 말이다.

'천웅건설의 청담 홍보관도 이전에 분명 모델하우스로 쓰고 있었을 테니⋯ 철거부터 해야 작업을 시작할 수 있겠지.'

해서 철거가 끝나고 나면, 그다음에 하는 작업이 보통 목공이다. 목공으로 뼈대를 세우고 구조를 만들면서, 배선작업까지 같이 하는 것이다.

'이건 네댓 명 데려다가 내가 직접 하면 되고⋯.'

그렇게 배선과 함께 목공이 마무리됐다면, 그다음은 설비작업. 수도설비, 소방설비 등의 설비작업을 선행해야, 디자인 마감을 위한 작업들을 시작할 수 있었다. 해서 이 도색, 타일 작업 등 디자인 마감 작업까지 끝나면, 모든 인테리어 공사가 끝나는 것이고 말이다.

'마감이야 어차피 내가 감리 보면서 직접 시공해야 할 거고. 결국 필요한 건⋯ 철거, 전기, 설비인데.'

보통의 작은 건축사무소들은, 이런 인력을 전부 보유하고 있는 경우가 거의 없었다. 모든 공정의 인원을 상시로 고용하려면, 그 인원이 만만치 않은 숫자이기 때문이다. 일이 끊기는 순간 직원 월급만 억 단위로 깨져 나갈 테니, 어지간한 규모가 아니고서는 감당이 되질 않는 것이다. 해서 우진도 마찬가지였다. 목공부터 마감 작업까지 잘할 수 있는 분야만 직접 움직이고 나머지 다른 파트들은, 실력 있는 팀을 찾아 연결해뒀다.

"부탁드립니다, 소장님. 인건비는 최대한 맞춰 드릴 테니, 실력 있는 팀으로 연결 좀 해주세요."

"그래. 노력은 해보겠네만… 괜찮은 팀들은 다들 일정이 빡빡할 거야."

현장과 관련된 우진의 인맥은, 사실상 전생의 인맥이다. 현장에서 이십 년을 구르며 만들어낸, 그의 피와 땀으로 만들어진 인맥들. 하지만 전생의 인맥이라 해서, 활용할 방법이 없는 것은 아니었다. 관계가 돈독했던 사람일수록 그의 취향부터 시작해서 많은 것이 우진의 머릿속에 있었고. 적당한 선을 지키며 차근차근 스텝을 밟아 나가면, 전생보다 훨씬 빨리 다시 인맥으로 만들어낼 수 있었으니까. 물론 우진이 기억하는 인력사무소의 소장들 중 김진태와 면식이 있는 괜찮은 사람이 한 명 있었으며, 덕분에 조금 더 쉽게 풀린 것은, 어느 정도 운의 영역이라고 해야겠지만 말이다.

"에이, 그래도 소장님 능력이면, 파트별로 한 팀 정도씩 따오는 건 일도 아니잖아요?"

"어허, 요놈 보게. 그렇게 아부한다고 없던 팀이 생기나."

"다음에 진태 형이랑 같이, 곱창에 쐬주 한잔하시죠. 제가 양 대창 기가 막히게 하는 가게를 압니다."

"크흠… 내가 곱창 좋아하는 건 또 어떻게 알고. 알겠어, 최대한 노력해볼 테니까 날짜나 잡아봐."

"공사 일정이라면 이미 나와 있….."

"진태랑 같이 곱창 먹을 날짜 말이다, 이놈아."

"아, 넵…! 물론입니다!"

몇 다리만 건너면 전 세계 거의 모든 사람을 알 수도 있다고 했던가. 그런 기준으로 보면 국내의 건설바닥은 좁은 편이었고, 때문에 조금만 노력하면 우진의 예전 인맥들은 얼마든지 찾아낼 수 있다. 하여 우진은 그 인맥들을, 최대한 활용할 생각이었다.

'할 수 있는 건 모조리 다 활용해야지. 그래도 갈 길은 멀어.'

물론 이렇게 바쁘게 움직이다 보니, 어쩔 수 없이 수업에 빠져야 할 일도 생겼다. 하지만 그것은 같은 수업을 듣는 친한 동기들이 적당히 커버해주었다. 그 표현방식이 조금 독특한 친구도 하나 있었지만 말이다.

"헤이, 우진. 오늘 아주 기가 막힌 걸 배웠어."

"음? 디공(디지털 공간 그래픽) 말하는 거야?"

"맞아."

"뭐, 지난주에 작업하던 거 이어서 한 거겠지. 난 이미 저번 주에 과제 다 끝내 놨는데."

"어리석은 코리안."

"난 어리석지 않아."

"그렇다면 빨리 이 제이든 님에게 무릎을 꿇어라."

"어제 홈파티 한다더니, 피자를 잘못 먹고 체한 건 아니지?"

"넌 상상도 못 할, 기가 막힌 기능을 배웠다고."

"그래?"

"그러니까, 궁금하면 얼른 무릎을…."

"안 궁금해."

"What?"

"다음 주에 교수님께 직접 물어보지 뭐."

"크음…."

"그럼 난 밥이나 먹으러 나가본다?"

"Wait! 잠깐!"

"뭔데?"

"생각이 조금 바뀌었어."

"…?"

"특별히 무릎을 꿇지 않아도 알려주도록 하지. 이 제이든 님이, 불쌍한 코리안에게 은혜를 베푸는 거야."

"…."

어쨌든 다사다난했던 시간들이 흘러, 그렇게 보름이 지나 정해 둔 날짜가 되었다. 그리고 우진은 오전수업이 끝나자마자 천웅건 설의 본사로 향했다.

— * —

"홍보관 오픈 일정이 5월 20일로 잡혔어."

"빠듯하네요."

"엄살은. 너 수서에서 하던 대로 하면, 3주면 뒤집어쓰잖아?"

"그거야, 디자인이 미리 나와 있을 때 얘기죠."

천웅건설 본사 건물의 25층. 서울 시내가 훤히 보이는 접견실에 서, 우진은 경완과 마주 앉아있었다.

"흐흐. 그렇지 않아도, 디자인팀 지난주부터 들들 볶았어."

"갈아 넣었나 보네요."

"뭐, 비슷하지. 거의 일주일 풀로 야근한 모양이니까."

"어휴…."

"여튼, 오늘 내로 디자인팀에서 메일 발송해줄 거야."

"알겠슴다."

"이번에도 믿어도 되지, 서 대표?"

"대표라니, 좀 소름 돋긴 하네요. 여튼 실망시켜드릴 일은 없을 테니, 걱정은 붙들어 매세요, 부장님."

마케팅팀과의 미팅. 그리고 재무팀과의 의견 조율까지. 도급계약서에 법인 도장을 찍기까지, 우진은 그리 오랜 시간이 걸리지 않았다. 미리 의견 조율이 어느 정도 되어 있던 상태인 데다, 우진이 전혀 욕심을 부리지 않았으니 말이다. 협상 테이블에서 시공단가를 한 번 정도는 올려칠 수도 있었는데, 천웅에서 제시한 금액 그대로 계약서에 사인을 한 것이다. 애초에 박경완이 신경 써준 덕에 계약서 자체가 나쁘지 않기도 했지만, 굳이 따지자면 우진이 조금 양보한 게 맞았다.

'길게 봐야지. 길게.'

돈을 벌 수 있는 기회는 앞으로도 많이 올 것이지만, 인지도를 키울 수 있는 기회는 흔치 않다. 특히 이렇게 구멍가게 수준의, 신생 업체일 때는 더더욱 말이다. 앓는 소리 몇 번 하고 공사 평단가를 몇십 올릴 수도 있지만, 업체의 이미지가 더 중요한 시기라는 게 우진의 판단이었다.

"그럼, 착공은 5월 1일부터 가는 거지?"

"예, 부장님. 상황 봐서 그 전 주에 자재 투입할 수도 있어요."

"뭐, 4월부터 2층은 비어있으니까, 미리 얘기만 해. 조금 일찍 시작해도 상관없어."

"흐흐, 감사합니다."

해서 깔끔하게 도급계약서에 도장까지 찍은 우진은 기분 좋게 천웅건설 본사를 나섰다.

띠링-!

계약 완료를 알리는 문자메시지는, 덤이었고 말이다.

[Web발신]

○○은행 4/22 14:43

8391001**212

계약금

전자금융입금

35,250,000

잔액 70,142,275

보통 계약서상 계약금의 비율은, 10%정도가 표준이다. 때문에 우진이 받은 약 3,500만 원의 계약금 또한 총공사비의 10%. 그러니까 우진이 이번에 따낸 계약의 총금액은, 3억 5천짜리라는 이야기였다.

'이 정도면, 당장 필요한 자재 정돈 미리 주문해둘 수 있겠어.'

모형 외주비용으로 받은 3,500만 원에 계약금까지 더해지니, 대략 7천만 원 정도의 잔액이 우진의 통장에 찍혔다. 제법 큰돈이지만, 우진은 별다른 감흥이 없었다. 석현과 제이든에게 줘야 하는 인건비에, 곧 공사 준비를 위한 자재비용까지 빠지고 나면 잔액이 순식간에 다시 제로에 수렴할 것임을, 우진은 아주 잘 알고 있었으니 말이다.

'3억 5천 중에, 딱 5천만 남기자. 나머지는 진짜, 아낌없이 때려박는 거야.'

디자인팀에서 보내올 설계도를 봐야 정확한 견적이 나오겠지만, 그것과 별개로 이미 우진의 머릿속에는 대략적인 그림이 그려져 있었다. 박경완으로부터 계약 얘기가 나온 이후 청담 홍보관에 이미 여러 차례 들락거린 우진이었으니까.

'진태 형도 이번 주 안으로는 답변 준댔고… 슬슬 정리가 되어 가는데?'

버스에 오른 우진은 구석 자리에 앉아 머릿속을 정리하였다. 지금 우진이 향하는 곳은 바로 송파구 문정동. 오늘은 천웅건설과의 계약서에 도장을 찍는 날임과 동시에, 두 달 전에 뿌려둔 씨앗을 수확하는 날이었다.

—— * ——

문정동에서만 벌써 십수 년째 부동산을 운영하는 김 씨는, 투자자들 사이에서도 제법 알려진 실력자였다. 부동산 사장에게 '실력'이란, 바로 괜찮은 물건을 수급해서 제값을 받고 팔아주는 일. 길어지는 부동산 불경기에 사업을 접는 중개사무소가 속출하고 있었지만, 김 씨네 부동산이 여지껏 괜찮은 매출을 유지하고 있는 이유가 바로 여기에 있었다.

"흐음… 윤 사장님이 이번 달에 괜찮은 물건 하나 잡아 달라 하셨는데… 매물이 씨가 말랐네, 씨가 말랐어."

사무실 벽에 붙어있는 송파구 지도를 보던 김 씨는, 뒷머리를 긁적이며 소파에 몸을 파묻었다. 하지만 거의 반쯤 몸을 누인 상태임에도 불구하고, 김 씨의 시선은 지도의 한 부분을 뚫어지게 보고 있었다.

'분명 ○○○레이크빌… 던지는 사람이 나올 때가 됐는데.'

그의 시선이 닿아있는 위치는, 바로 얼마 전 완판에 성공한 '○○○레이크빌' 아파트가 지어질 위치였다. 고분양가 논란과 함께 분양 기간 내 결국 미분양이 되었고 그 덕에 할인분양까지 해가며 겨우 완판해낸 아파트. 김 씨도 미분양분을 한 채 주워 담은 투자자였기에, 이 아파트에 대해선 아주 잘 알고 있었다.

'지금 프리미엄이 4천 정도 붙었나? 생각보다 많이 붙었단 말이지.'

부동산 사장일 뿐 아니라 이 문정동 토박이나 다름없는 김 씨는, 이 레이크빌 아파트의 입지가 괜찮다는 사실을 잘 알고 있었다. 해서 분양가가 제법 높게 나왔음에도 불구하고, 할인분양이 시작되자마자 곧바로 한 채 계약했던 것이고 말이다.

'고민 많이 했었는데… 안 샀으면 어쩔 뻔했어?'

물론 김 씨조차도, 이렇게 빠르게 프리미엄이 4천만 원이나 붙을 줄은 몰랐다. 그가 예상했던 것은, 완공 시점인 이삼 년 뒤에 5~6천만 원 정도의 차익이었으니까. 하지만 그것은 경기 부양을 위한 정부 시책이 나오기 전의 이야기였고 전망이라는 것은 원래 상황에 따라 그때그때 달라지는 법이다.

'분양가 상한제 폐지가 생각보다 유효했어.'

정부 정책이 시기와 맞물려 떨어지며, 2달이라는 단기간에 4천이라는 프리미엄이 붙어버린 ○○○레이크빌 아파트. 이쯤 되면 차익 실현을 원하는 투자자가 분명 나올 것이고, 김 씨가 찾는 것이 바로 그런 매물이었다. 그가 볼 때 ○○○레이크빌은 앞으로도 최소 사오천 이상 더 프리미엄이 붙을 것이었고 이 정도 포텐이면 그의 단골손님인 윤 사장에게 소개하기에는, 충분히 괜찮은 카드였다. 본인이 한 채 더 매수하기에는 부담되는 프리미엄이지만, 적당히 추천하기에는 더없이 좋은 물건이라는 의미다.

'흐음, 모하에서 미리 계약자 명단이라도 따놨어야 했는데… 이

거 이러다가, 이번 달 나가리 되는 거 아냐?'

지도에서 눈을 뗀 김 씨는, 전면유리로 된 외벽을 통해 길가를 살펴보았다. 한가한 평일 오후였지만, 어디 손님이라도 오지 않을까 해서 말이다. 하지만 곧 김 씨는 실망할 수밖에 없었다. 길가에 보이는 사람이라곤, 그의 아들뻘도 되어 보이지 않는 어린 청년 하나뿐이었다.

"쩝. 전화번호 걸어놓고 퇴근이나 일찍 할까… 아무래도 오늘은 글러 먹은 것 같은데."

땅이 꺼져라 한숨을 쉰 김 씨는, 소파에서 일어나 책상을 정리하기 시작하였다. 어차피 오늘은 손님이 올 것 같지도 않아 보였으니, 얼마 전에 태어난 손주 놈이나 보러 갈 생각으로 말이다. 한데, 그가 뒤를 돌아 정리를 시작하고, 고작 일 분도 채 지나지 않은 그때.

짜라랑-

사무실 문에 걸린 현관 종이 울리며, 김 씨의 귓전으로 촐싹 맞은 소리가 흘러들어왔다. 그리고 그 반가운 소리를 들은 김 씨는, 반사적으로 고개를 돌리며 손님 응대를 위해 튀어나갔다.

"어서 오십시오…!"

언제 한숨을 쉬었냐는 듯, 이미 만면에 영업용 미소를 띠고 있는 김 씨. 하지만 바로 다음 순간, 김 씨는 표정 관리에 실패할 수밖에 없었다.

'음…?'

분명 사무실의 문을 열고 누군가 들어오기는 했는데, 아무리 생각해도 그가 손님일 것 같지는 않았던 것이다. 그의 사무소가 있는 위치가, 대학가였으면 몰라도 말이다.

'젠장. 그럼 그렇지. 길이라도 물어보러 들어왔나?'

이십 대로 보이는 젊은 남자의 얼굴을 확인한 김 씨의 표정은 다시 심드렁해졌고, 그런 그의 마음을 모르는 손님은 성큼성큼 사무실 안으로 들어섰다. 그런데 손님의 입이 열리는 순간.

김 씨는 다시 한번 반전을 겪게 되었다.

"사장님, 여기 분양권 취급하죠?"

"예?"

"○○○레이크빌, 59타입 매도하러 왔는데… 여기 잠깐 앉아도 됩니까?"

김 씨의 두 눈이 놀란 개구리의 그것처럼 커졌음은, 당연한 수순이라고 할 수 있었다.

— * —

우진의 기억에 있는 ○○○레이크빌 아파트는, 사오 년쯤 뒤에 억 단위로 가격이 더 오르게 된다. 완공 이후에 시장이 살아나기 시작하면서, 좋은 입지와 시너지가 생겨 가격이 순식간에 솟아오르는 것이다. 만약 우진이 계속해서 이 분양권을 들고 간다면, 몇 년 뒤에는 어마어마한 차익을 거두게 되는 것. 하지만 우진은 오늘 분양권 두 장을 전부 다 매도하러 송파구까지 걸음 했고, 그에는 당연히 합당한 이유가 있었다.

'투자에는 돈만 들어가는 게 아니라, 시간도 같이 묶이니까.'

우진이 파악한 시세대로라면, 지금 두 채를 매도하는 것으로 거의 1억에 가까운 차익을 남길 수 있게 된다. 할인분양으로 이득 본 1,200만 원에, 프리미엄으로 붙은 4,000만 원까지. 한 채당 5,000

만 원이 넘는 차익을 보며, 두 채를 매도하는 것이니 말이다. 그런데 만약 이 두 채를 팔지 않고 4~5년 뒤까지 기다린다면, 그 차익은 5배도 넘을 것이다. 완공 시점에 우진이 기억하는 프리미엄이, 대략 2억에서 3억 수준이었으니까.

'하지만 그걸 기다리자면, 당장 쓸 수 있는 1억이 몇 년 동안 묶여버리지.'

우진의 논리는 간단했다. 이 1억을 당장 회사에 투입함으로서 3년 내로 그 5배 이상의 이득을 취할 자신이 있었으니 미련 없이 털어버리고 자금 유동성을 확보하겠다는 것이다. 때문에 답을 정해놓고 부동산을 찾아온 우진의 말은, 거의 청산유수나 다름없었다.

"한 채당 4,200만 원씩 받을게요."

"프리미엄… 말씀이시죠, 대표님?"

"네. 만약 이번 달 내로 잔금까지 가능하다면, 한 채당 100만 원 정도는 에누리 생각 있습니다."

아들뻘도 되지 않는 어린 학생이었지만, 김 씨의 입에서는 바로 대표님 소리가 흘러나왔다. 사실 나이가 무슨 상관인가? 돈 벌어주는 사람이 상전인 것은, 자본주의 사회에서 불변의 법칙이었다.

"4,000만 원 정도면 얼추 시세가 맞습니다, 대표님."

"알아보고 왔으니까요."

하지만 그것과 별개로, 김 씨에게는 다른 상전들도 많았다. 그래서 언제나 그렇듯, 약간의 조율은 필요한 법이었다.

"그런데 대표님. 물건이 층은 괜찮은데 동, 향이 좀 마이너해서…."

물론 그 '조율'이라는 것이, 통하는 상대에게나 가능한 것이었지만 말이다.

"사장님."

"네?"

"근처 부동산 아무 데나 가서 내놔도, 바로 나갈 거 알고 있습니다."

"…."

"사실상 마지막 거래가 피 사천인 것뿐이지, 물건이 없어서 못 팔고 있는 거잖습니까."

"그, 그건…."

속사포처럼 쏟아지는 우진의 말에, 김 씨는 당황하였다.

'뭐 이런 녀석이 다 있지?'

처음 이야기를 섞은 순간부터 보통내기가 아님은 느끼고 있었지만, 이렇게 시장 상황까지 빠삭하게 꿰고 있을 줄은 몰랐으니 말이다.

"4,200만 원에 못 팔아주시면, 다른 데 알아보러 가야겠습니다. 이거 원래 피 오천까지는 기다렸다 매도하려 했던 물건이라서요."

"아, 아니. 대표님, 그런 건 아니고…."

김 씨는 정말 돌아서 나가려는 우진을 가까스로 잡아 앉히고, 이마에서 흐르는 식은땀을 닦아내었다. 그는 우진의 이 제스처가, 블러핑이 아님을 확실히 느낀 것이다. 하지만 우진을 돌려세웠음에도 불구하고, 김 씨는 결국 조금 더 손해를 볼 수밖에 없었다.

"복비는 물건 한 채당 50만 원으로, 총 100만 원에 하시죠."

"네? 분양가가 4억인데 어떻게…."

"요율이야 어차피 비율 내 협의 아닙니까."

부동산의 중개수수료는, 매매하는 물건의 일정 퍼센트로 정해진다. 아파트 같은 주거공간의 경우 매매가격이 6억 미만이라면, 총

매매가격의 0.4% 이하에서 협의하도록 되어있는 것이다. 우진의 물건으로 치면, 맥시멈 한 채당 160만 원까지 중개수수료로 받을 수 있는 것. 물론 160만 원을 전부 받아내는 경우는 거의 없었지만, 그래도 김 씨가 생각했던 금액은 100만 원 이상이었다.

"아니, 그래도 50만 원에 하는 데가 어디 있습니까?"

"왜 없습니까."

"예?"

"어차피 매도인인 저는 제 발로 찾아왔고, 매수 대기자도 지금 널려 있는 상황인데… 사실상 제 물건 받아서 전화 몇 통 돌리시면, 그대로 100만 원 버시는 것 아닙니까."

우진과 대화하던 김 씨는, 꿀 먹은 벙어리가 되고 말았다. 그의 말 한마디 한마디가, 틀린 부분이 전혀 없었으니 말이다. 하지만 기분이 꿀꿀한 것도 사실이었다. 우진이 지금 제시한 가격은, 통상 거래되는 가격보다 낮아도 너무 낮았으니까. 하지만 고민하던 김 씨는 결국 고개를 끄덕일 수밖에 없었다. 이번 달 매출이 워낙 저조하기도 했고, 우진의 표정이나 분위기가 너무 단호했으니 말이다. 여기서 더 실랑이를 벌여봐야, 손해 보는 것은 자신일 게 분명했다.

"후우, 알겠습니다. 그럼, 그렇게 하죠."

한숨을 푹 쉬며 얘기하는 김 씨를 보며, 우진은 티 나지 않게 쓴 웃음을 베어 물었다. 이렇게 몰아붙이기는 했지만, 사실 감정 상하면서까지 이득을 취하려던 것은 아니었다. 해서 채찍이 충분하다고 느낀 우진은 이제 김 씨를 향해 당근을 내밀었다.

"대신, 사장님."

"예?"

"제 물건, 사장님께 단독매물로 드리겠습니다."

"…!"

"4월 동안은 아무 데도 오픈 안 하고 들고 있을 테니, 매수인 찾아서 양쪽으로 복비 받으세요."

"정말, 그렇게 해주시겠습니까?"

김씨의 두 눈이 휘둥그레졌다. 사실 '알아보고 왔다'는 우진의 말에, 이미 다른 부동산에도 내놓은 매물인 줄 알았는데 지금 우진의 제안이 사실이라면, 적어도 물건을 내놓은 것은 여기가 처음이라는 얘기였으니 말이다.

"매물 품귀니까, 그쪽에서 맥시멈으로 당겨 받으세요. 그러면 사장님도 이득 아니십니까?"

원래 부동산 중개수수료는, 매도, 매수인에게서 둘 다 받는다. 그러니까 한 공인중개사가 매수인과 매도인을 전부 구해 거래를 성사시키면, 시쳇말로 '양타'를 치게 되는 것이다. 우진이 제안하는 것은 이것이었고, 김 씨의 입장에서는 썩 좋지 않던 기분이 활짝 필 수밖에 없었다. 그의 말대로 '○○○레이크빌'의 분양권은 품귀였으니, 매수자를 상대할 때는 얼마든지 높은 중개비를 제시할 수 있었다.

"감사합니다, 대표님! 제가 빠르게 매수인 구해서, 정확히 사천이백 받게 해드리겠습니다."

단숨에 밝아진 김 씨의 표정을 보며, 우진은 천천히 자리에서 일어났다. 사실 복비를 깎기 위해서 강하게 얘기하긴 했지만, 그는 김 씨가 제법 괜찮은 중개사라고 생각했다. 적어도 우진이 어리다고 깔보거나 무시하지 않았으며, 딜(Deal)하는 과정에서도 우진을 속이려거나 하지 않았으니까. 그래서 우진은 품속에서 명함을 하나 꺼내 들었다. 오늘 천웅건설과의 미팅을 위해 미리 뽑아뒀던, 'WJ studio' 로고가 박혀있는 자신의 명함을 말이다.

"사장님, 혹시 잠실동이나 신천동 쪽 매물도 취급하십니까?"

"예? 아, 예. 송파구 쪽은 어지간해선 다 하기는 하는데…."

우진은 그에게 명함을 건네며, 다시 입을 열었다.

"잠실나루 쪽에, 세영아파트 재건축 아시죠?"

갑자기 우진의 입에서 나온 다른 이야기에, 김 씨는 살짝 당황하였다. 하지만 그것도 잠시뿐, 뭔가 낌새를 느낀 그는 재빨리 대답하였다.

"아, 물론입니다. 물건도 몇 개 가지고 있죠."

우진의 말이 다시 이어졌다.

"30평형 6억 언더로 나오는 물건 있으면, 연락 주세요. 강변 고층 매물이라면, 6억이 살짝 넘어도 괜찮습니다."

"네?"

"물론 지금은 그런 물건 없는 거 압니다. 6월이나 7월쯤은 돼야 나올 거예요."

"…?"

우진의 말을 이해하지 못한 김 씨는, 다시 벙찐 표정이 되었다. 사실 그의 반응은 당연한 것이었다. 신천동에 있는 세영아파트는, 최근 재건축 절차를 밟으면서 가격이 조금씩 오르는 추세였으니 말이다.

'지금도 최하 6.5억인데, 대체 무슨 말이지?'

게다가 우진이 무슨 예언자도 아니었는데, 6월, 7월에 그런 물건이 나올 것이라 확정적으로 얘기하니 김 씨로서는 어떻게 반응해야 할지 감도 잡지 못한 것이다. 하지만 그것은 김 씨의 사정이었고, 우진은 할 말만 전했을 뿐이었다.

"여튼, 그럼 전 가보겠습니다. 매수자 연결되면 바로 전화 주세요."

우진의 명함을 받아 든 김 씨는, 멍한 표정으로 잠시 그의 명함을 응시하였고.

[WJ studio]

[CEO 서우진]

우진의 직함을 확인한 뒤에는, 화들짝 놀랄 수밖에 없었다.

'정말 대표였잖아?'

젊은 청년을 올려 부를 만한 호칭이 '대표님'뿐이라 영업용으로 그렇게 부른 것이었는데, 우진의 직책이 정말 CEO로 되어 있었으니 말이다. 하여 김 씨는 뭐에 홀리기라도 한 듯, 고개를 꾸벅 숙이며 우진을 배웅하였다.

"살펴 가십쇼, 대표님. 곧 연락드리겠습니다."

"그럼, 잘 부탁드리겠습니다."

김 씨를 향해 공손히 마주 인사한 우진은 성큼성큼 사무실을 걸어 나갔다. 그리고 사무실을 나서 역을 향해 걸어가는 그를 잠시 지켜보던 김 씨는, 고개를 갸웃하며 다시 사무실로 들어왔다.

"떡방 경력 20년 동안, 이런 놈은 또 처음이구만."

김 씨의 머릿속에, 서우진이라는 이름 세 글자가 다시 떠올랐다. 노회한 투자자들에게서도 본 적 없는, 특이한 분위기와 언변을 가진 청년. 분명히 말 한마디 한마디를 강한 어조로 던짐에도 불구하고, 우진은 끝까지 공손한 태도를 잃지 않았다.

"확실히 난 놈은 난 놈 같은데…."

해서 새파랗게 어린 녀석에게 휘둘렸음에도 그리 나쁘지 않은 기분이 된 김 씨는, 다시 고개를 절레절레 저으며 사무실을 정리하기 시작하였다.

"그래도 그렇지. 6월, 7월은 뭐야? 지가 무슨 예언이라도 한 거야?"

하지만 이때만 해도 그는 알 수 없었다. 지금으로부터 약 2개월 정도 후에, 정말 그의 눈앞에서 기적이 벌어질 것이라는 사실을 말이다.

— * —

그로부터 며칠 뒤, 우진의 통장에 정말 1억에 가까운 돈이 생겼다. 문정동의 공인중개사 김 씨는 깔끔하게 일 처리를 잘했고, 우진은 사람을 잘 봤다고 생각하였다.

'괜찮은 곳을 잘 찾았네.'

앞으로도 적절한 시기마다 부동산 투자를 할 우진은 서울 각지에 괜찮은 부동산을 뚫어둘 생각이었다. 그런 의미에서 문정동의 김 씨는, 종종 보게 될 사람일 것 같았다.

"이제 이 돈을 어떻게 아름답게 쓰느냐가 관건인데."

우진은 아직 7천만 원을 다 쓰지 않았고, 1억에 가까운 돈이 추가로 생겼다. 하지만 그 모든 돈이 하나의 통장에 들어있는 것은 아니었다. 우진이 일을 따서 벌어들인 돈은 WJ 스튜디오의 법인통장에 들어있는 것이었고, 분양권 매도로 벌어들인 수익은 그의 개인 자산이었으니 말이다. 그리고 우진은 이 돈을 어떻게 써야 이익을 극대화시킬 수 있을지 고민 중이었다.

'일단 마땅한 투자처가 나오기까지는, 시간이 좀 더 필요해. 그

렇다면 당장은 이 돈도 스튜디오에 투자하는 게 맞는데….'

우진은 일단 사업체를 키우는 데 돈을 쓰기로 마음먹었다. 그렇다면 이제 남은 것은, 개인 계좌에 있는 돈을 어떤 방식으로 법인 계좌에 집어넣느냐는 것. 얼핏 보기에는 이 고민이 이해되지 않을 수도 있지만, 이것은 생각보다 중요한 문제였다. 아무 생각 없이 법인계좌에 돈을 집어넣고 빼고 했다가는, 훗날 폭탄 같은 세금을 두들겨 맞을 테니 말이다.

'가장 심플한 방법은, 자본금을 증자하는 건데….'

법인계좌에 돈을 넣는 가장 간단한 방법은, 우진이 자신의 법인에 투자하는 것이다. 한데 WJ 스튜디오의 지분구조가 100% 우진의 명의로 되어 있다 보니, 우진의 투자가 곧 자본금 증자로 이어지는 셈이다. 하지만 이 방법은 내키지 않았다. 세법상 법인사업자는 우진과 별개의 존재였고, 때문에 법인에 한번 들어간 돈을 개인 자산으로 빼오려면 적지 않은 세금을 내야 했으니 말이다. 월급이든 배당이든, 어떤 방식이어도 마찬가지다.

'일단 차입으로 넣어야겠어. 회사 계좌에 잉여금이 충분히 생기면, 그때 그대로 뽑아 와야지.'

해서 우진은 자신의 돈을 법인에 '빌려주는' 형태로 입금하였다. 투자한 돈이 아닌 빌려준 돈은, 다시 회수해온다고 해서 세금을 물지 않았으니까. 내야 할 세금을 부당한 방법으로 피할 생각은 없었지만, 내지 않아도 될 세금까지 기부할 생각은 별로 없는 우진이었다.

"좋아. 그럼 이거로 자본은 확보됐고…."

우진은 법인통장을 들여다보며, 치밀하게 캐시 플로우(Cash Flow)를 짜기 시작하였다. 가진 자본을 최대한 효율적으로 굴리되, 타임라인이 엉켜서 '돈맥경화'가 오지 않도록 말이다. 자금 순환계획이 엉켜서 필요할 때 유동성이 묶여서 파산하는 것을, 우진은 돈맥경화라고 부르곤 했다.

'됐어, 이렇게 움직이면….'

해서 자금계획을 얼추 세운 우진은 다시 움직이기 시작하였다. 그가 가장 먼저 한 것은, 작업실의 공간을 추가로 확보하는 것이었다.

"사장님, 잘 지내셨죠?"

"이게 누구야, 우진 학생 아니야?"

우진에게 작업실을 잡아준 부동산 사장 아주머니는, 그를 반갑게 맞아주었다. 예의 바른 손님인 우진의 인상이 그녀에게 나쁠 리 없었다.

"이번에 임대면적을 좀 더 늘리고 싶은데요."

"어머, 작업실이 잘되나 봐, 학생?"

"그럭저럭요, 하하."

"같은 층에 공실로 확장하고 싶은 거지?"

"맞아요, 가능하면 2층 전체 다 임대하고 싶어요."

"이야, 허름한 건물이긴 하지만, 그렇게 하려면 월세가 최소 삼백은 나올 텐데?"

아주머니의 이야기를 듣던 우진은 저도 모르게 웃고 말았다. 공실이 길어지고 있던 탓인지, 생각했던 것보다도 월세가 더 쌌으니 말이다.

"그 정도 선에서 협의해서, 주인아저씨께 얘기 좀 해주세요."

"좋아요. 그 양반이야, 아주 신나서 계약해줄 거야. 안 그래도 공실이 벌써 두 달째라, 심란해하시던 참이었거든."

우진이 작업실을 확장하는 이유는 간단했다. 모형작업 할 작업자를 더 늘림과 동시에, 건설사들을 돌며 건축모형 일을 대량으로 따올 생각이었으니 말이다. 사실 구석진 대학가가 아닌 시내로 작업실을 옮길까 생각도 해봤지만, 여러 측면에서 학교 인근이 장점이 더 많다고 판단하였다. 마침 같은 층에 공실이 많았던 것도, 그 결정에 한몫했고 말이다.

'학교 애들을 불러다가 알바로 쓸 수도 있겠지만, 그렇게 하더라도 직원을 최소 셋 정돈 채용해야겠어. 관리는 석현이를 시켜야겠지.'

너무 많은 일들을 우진 혼자서 동시에 진행하다가는, 결국 머리에 과부하가 오고 말 것이다. 해서 우진이 찾는 것은, 최대한 효율적인 운영방식이었다.

'천웅건설에서 작업한 포트폴리오 들고 몇 군데 돌면, 일이야 쏟아져 들어오겠지. 다만 물량을 늘리면서도 퀄리티를 어떻게 유지하느냐가 관건인데….'

시간이 갈수록 우진은 설계와 시공 쪽으로 더 많은 시간을 투자할 것이다. 때문에 아무리 석현이 관리해준다 한들, 이번 작업물 정도의 퀄리티를 항상 뽑아낼 수는 없다. 그래서 우진은 고민했고, 괜찮은 아이디어를 하나 생각해냈다.

'프리미엄 상품을 따로 만들어야겠어. 일반 작업보다 단가를 2배까지 올리고, 프리미엄으로 들어온 외주만 석현이랑 내가 직접 작업하는 거지.'

우진은 자신의 생각이 흡족했는지, 노트에 빠르게 메모하기 시작하였다. 확실한 차별화만 가능하다면, 충분히 먹혀 들어갈 전략. 이번에 '프리미엄 모형'의 위력을 확실히 본 천웅건설이 있으니, 이 전략을 정착시키는 게 생각보다 더 쉬울지도 몰랐다.

"흐으으아. 오늘은 구인공고만 올리고 자야겠다. 내일부터는 다시 학교에 좀 더 집중해야 하니까."

생각난 아이디어들을 전부 노트에 정리한 우진은 작업실 구석에 펼쳐둔 간이침대에 풀썩 몸을 던졌다. 이제 천웅건설의 홍보관 착공 날이 되기 전까지, 급하게 해야 할 일은 모두 처리한 셈이었다. 내일부터 학교에 좀 더 집중해야 하는 이유는 명확했다. 이제 곧 4월 말 5월 초. 벚꽃 피는 계절은 곧, 대학교의 중간고사 시즌을 의미했으니까.

— * —

우진은 학과의 필수전공 수업 중, 가장 애매한 수업이 '기초 공간 조형'이라고 생각하였다. 과목 설명만 놓고 보면 공간디자인과의 가장 메인이 되는 전공 수업이었는데. 오히려 다른 과목에 비해, 명확히 뭔가를 배운다는 느낌이 들지 않았으니 말이다. 우진이 포함된 '기초 공간 조형 B반'의 교수인 고승훈은 휴강도 잦은 교수였고. 수업에서 다루는 내용 또한, 무척이나 추상적이고 두루뭉술한 것이었다. 조금 예쁘게 포장한다면, '철학적인' 주제를 공간디자인으로 풀어내는 수업이랄까.

'물론 이런 수업도 필요할 것 같긴 한데… 딱히 와닿진 않는단 말이지.'

우진은 고승훈 교수가 월급루팡을 하는 게 아닌가 하는 합리적 의심을 하곤 했지만, 지금까진 딱히 나쁠 것도 없었다. 전공필수 과목 하나가 그의 부담을 덜어준 덕에, WJ 스튜디오의 일을 더 적극적으로 많이 할 수 있었으니 말이다.

'그래. 날로 먹는 전공 수업 하나쯤은, 생각보다 괜찮은 것 같기도 해.'

그런데 중간고사 기간이 다가오자, 이 수업도 슬슬 뭔가를 하기 시작하였다. 휴강 마니아 고승훈 교수도, 학생들의 강의 평가는 무서운 모양이었다. 학생들은 휴강 소식에 환호하면서도, 정작 종강 이후 수업내용이 별로였다면, 가차 없이 악평을 남기곤 하는 존재들이었으니까.

"지난주까지 이론 수업은 충분히 한 것 같고… 이제 우리 곧 중간고사죠?"

"네, 교수님!"

"맞아요!"

"그런 의미에서 이번 주부터는, 슬슬 조별과제를 시작해야 할 것 같아요."

"으아아!"

"아니, 교수님! 꼭 그러실 필요는…"

"마음 같아서는 여러분 모두 A+를 주고 싶지만, 교칙상 그럴 수는 없으니… 저도 뭔가 평가라는 걸 해야 하지 않겠어요?"

고승훈 교수 특유의 나긋나긋한 목소리가 울려 퍼지자, 학생들은 전부 울상이 되었다. 중간고사가 다가오며 모든 과목이 점점 숨통을 조여오는 상황이었는데, 믿었던 공간 조형마저 한 팔 거들게 되었으니 절로 탄식이 튀어나오는 것이다.

"어디 보자…."

강의실을 한 차례 빙 둘러본 고승훈 교수는, 빙긋 웃으며 다시 입을 열었다.

"지금 앉아있는 대로, 둘씩 짝지어서 조를 정하면 되겠군요."

"예에?"

고승훈은 누군가의 반문에도 아랑곳하지 않은 채 말을 계속했다.

"공교롭게도 정확히 둘씩 짝지어 앉았네요. 완벽해."

뭐가 그렇게 완벽하다는 건지 박수까지 친 고승훈 교수는, 칠판에 뭔가를 적어 내려가기 시작했다. 그리고 교수의 말이 끝난 바로 그 순간. 강의실 내에서 가장 행복해 보이는 것은, 우진의 옆자리에 앉았던 한소연이라고 할 수 있었다.

"예! 예쓰!"

그런 그녀를 건너편에서 입을 삐죽 내민 채 지켜보고 있는 것은, 지난주만 해도 우진의 옆에 앉았던 혜진이었고 말이다.

"언니."

"왜."

"좋냐? 좋아?"

"좋지, 그럼 안 좋겠냐?"

다른 동기들은 이해할 수 없는 둘의 행동이었지만, 그것과 별개로 소연은 진짜 신이 났다. 디자인의 밤에서 우진의 실력을 적나라하게 본 적 있었으니, 조별과제로 엮인 것이 행복하지 않을 수 없었던 것이다. 소연은 돌연 우진의 어깨를 주무르는 시늉을 하기 시작했고, 우진은 짐짓 모른 척 입을 열었다.

"어허, 한 선생, 갑자기 왜 이러시나."

"전, 우진 님만 믿습니다."

"뭘?"

"이 가련한 중생을, A+로 인도해주시옵소서."

하지만 소연의 과장된 제스처에, 결국 우진은 웃을 수밖에 없었다.

"야, 무슨 과제가 나올 줄 알고 날 믿는다는 거야?"

"뭐가 됐든 잘할 거잖아. 난 믿어."

"에이, 왜 이러십니까. 기사님."

"내가 기사야?"

"어."

"오케이. 그럼 오빠 엔진."

"…"

"너무 억울해하지는 마. 원래 세상을 지배하는 건 남자지만, 그 남자를 지배하는 건 여자랬어."

우진은 능글거리는 소연이 딱히 밉지 않았다. 최근까지 겪어봐서 알지만, 말만 이렇게 하지 그녀는 뭐든지 열심히 하는 타입이었고. 재수생답게 실기 실력이 뛰어나서, 함께 과제를 수행하기에 제법 괜찮은 파티 구성원이었으니 말이다. 무엇보다 예쁜 얼굴을 들이밀며 신이 나서 헤실헤실하는데, 그게 싫다면 우진은 남자가 아닐 것이었다.

"일단 교수님 쓰는 거나 메모해서 정리해보자. 아무래도 저게, 중간고사 과제인 것 같으니까."

"옛 썰! 내가 또 필기는 잘하지."

우진과 소연이 실없는 대화를 나누는 동안, 칠판에는 고승훈 교수의 글씨가 제법 빼곡하게 들어찼다. 그리고 강의실에 앉은 학생들은, 저마다 진지한 표정으로 그 내용을 읽어 내려가고 있었다.

[기초 공간 조형 B반, 1학기 중간고사 과제.]

[가상의 클라이언트에게, 특별한 공간을 선물하십시오.]

[상업공간이건, 주거공간이건, 혹은 전시공간이건 교육공간이건. 공간의 용도는 어떤 것이 되어도 관계없습니다.]

[다만 최대한 구체적인 가상의 클라이언트를 만들어, 창의적이면서도 현실적인 공간을 디자인해 그에게 선물하십시오.]

[가상의 클라이언트를 만족시키면서도, 디자인에 여러분의 철학이 명확히 담겨 있어야 합니다.]

…중략…

[과제 결과물 : 판넬 1EA, 건축모형 1EA]
[과제 마감일 : 4월 29일(목)]

과제는 우진을 비롯한 학생들의 예상대로, 중간고사 점수를 평가하는 과제였다. 디자인 대학을 포함한 미대의 전공과목 대부분은 시험 대신 실기 과제로 점수를 평가하곤 하니, 딱히 특별한 케이스는 아니라고 할 수 있었다.

'가상의 클라이언트에게, 특별한 공간을 선물하라….'

고승훈 교수답게 추상적인 주제이면서도, 지금까지 그의 수업내용을 생각하면 비교적 구체적이고 현실적인 주제와 요구들. 소연은 이 내용을 꼼꼼히 노트에 메모하였고, 그동안 우진은 어떻게 과제를 풀어내면 좋을지 머릿속으로 고민하기 시작하였다.

'출제 의도가 뭘까? 고승훈 교수의 성향을 생각해보면….'

생각에 잠긴 우진의 귓전으로, 고승훈 교수의 목소리가 다시 들려왔다.

"지금부터 한 시간 드릴 테니, 조별로 콘셉트 잡아보세요."

"한 시간 뒤부터는 조별로 개별 컨펌(Confirm)을 진행할 겁니다."

"컨펌을 통과하지 못한 조는 절대로 진도를 나갈 수 없으니, 고민 많이 해서 가져오세요."

고승훈 교수의 말을 들은 학생들은 조별로 머리를 맞대고 저마다 열띤 토론을 시작하였다. 그리고 그것은, 우진과 소연도 마찬가지였다.

"오빠. 일단 클라이언트부터 정해야겠지?"

"그게 아무래도 좋겠어. 특별한 클라이언트를 한번 만들어볼까?"

소연이 먼저 의견을 제시하였고, 우진은 열심히 그녀의 말을 경청하였다.

"특별한 고객이라면, 직업부터 특별해야겠지? 화가나 요리사? 아니면 스포츠 선수나 연예인?"

"음, 공간에 창의성이 부여되려면, 좀 자유분방한 직업을 가진 클라이언트가 좋겠지?"

하지만 십 분이 지나고 이십 분이 지나도, 우진과 소연은 쉽게 진도를 나갈 수 없었다. 막상 이야기를 나누어 봐도, 그들의 마음에 확 와닿는 가상의 클라이언트는 만들어지지 않았으니 말이다. 그런데 그렇게 얘기를 나누던 그때. 우진의 머릿속에 불현듯, 괜찮은 생각이 하나 떠올랐다.

벚꽃 피는 계절

좋은 공간, 좋은 건축물을 설계하기 위해선, 사실 좋은 클라이언트의 존재가 선결되는 것이 무척이나 중요하다. 아무리 디자이너, 설계자의 실력이 빼어나다 하더라도 클라이언트의 요구조건이 터무니없거나 예산이 말도 안 되게 빡빡하다면, 멋진 공간이 만들어지는 것은 불가능에 가까운 일이니 말이다. 해서 우진은 이렇게 '가상의 클라이언트'를 설정할 수 있다는 전제조건이, 처음부터 마음에 들었다.

'어쩌면 이렇게 클라이언트를 마음대로 설정해보는 것도, 학부생들에게만 주어지는 특권일 테니까.'

그리고 그와 동시에. 클라이언트를 어떻게 설정하느냐가, 이번 중간과제의 결과물에 생각보다 큰 영향을 줄 것이라 생각하였다.

'하지만 무작정 좋아 보이는 요소들만 죄다 때려 박는다면, 클라이언트 캐릭터가 붕 떠버리겠지. 실존하지 않을 것 같은 비현실적인 고객은, 오히려 마이너스일 수 있어.'

그래서 우진이 떠올린 아이디어는, 실존하는 누군가를 가상의 클라이언트에 대입해보자는 것이었다. 현실에 있는 인물을 클라이언트로 설정하고, 디자인하고 싶은 구도에 따라 우진과 소연의 입맛에 맞게 조금씩 조건을 조정한다면. 좋은 디자인을 뽑아내기 편하면서도, 더 사실적인 클라이언트를 만들어낼 수 있을 테니 말이다. 해서 우진은 소연에게 생각난 의견을 이야기하였고, 그 말을 들은 소연은 두 눈을 반짝이기 시작하였다.

"그거 좋은 생각인데?"

"그렇지?"

"그러고 보니, 왜 이렇게 마음에 드는 설정이 없나 고민 중이었는데… 너무 비현실적이어서 그랬던 것 같아."

그리고 의견을 모은 두 사람은, 가장 먼저 유명인들을 떠올려 보기 시작하였다. 실존하는 유명 인물들을 노트북으로 검색해보면서, 독특해 보이는 배경을 가진 클라이언트를 찾는 것이다. 그런데 한참을 그렇게 검색하던 소연이, 문득 우진을 향해 물어보았다.

"으음. 그런데, 오빠."

"응?"

"혹시 이건 어때?"

"어떤 거?"

"이렇게 유명인을 찾을 게 아니라, 우리 주변인을 클라이언트로 설정해보는 건 어떨까 해서 말이야."

"오호?"

소연의 아이디어를 들은 우진은 살짝 반색한 표정이 되었다. 그녀의 의견을 듣는 순간, 확실히 괜찮다는 생각이 들었으니 말이다.

'소연이 말대로 평범한 주변인이 클라이언트가 되는 게, 오히려 다른 조에 비해 돋보일 수 있는 차별점이 될지도 몰라.'

아마 대부분의 동기들은, 호화롭고 아름답고 멋진 공간을 설계하기 위한 클라이언트를 구상 중일 것이다. 건축 디자이너의 꿈을 가진 대부분의 이들은, 그런 화려한 공간을 가장 먼저 꿈꿀 수밖에 없으니까. 그런 의미에서 소연의 의견대로 보다 더 현실적이고 친근한 클라이언트를 설정하는 것은, 분명히 특별한 작품을 만들어 낼 수 있는 장치였다. 게다가 이것은, 고승훈 교수의 감성에도 제법 맞아떨어지는 발상이라고 생각되었다.

"좋은 생각이야."

"오빠도 그렇게 생각해?"

"응. 교수님, 스토리 좋아하시잖아."

"스토리?"

"항상 디자인에는 스토리, 철학이 담겨야 한다고. 그렇게 노래를 부르셨는데… 기억 안 나?"

"생각해보니 그러네?"

우진의 동의를 얻자 더욱 신난 소연은 펜대를 세워 잡고 옐로 페이퍼를 죽 찢었다. 옐로 페이퍼는 디자인학도들이 아이디어 스케치나 메모를 할 때 자주 쓰는 아이템인데, 소연은 이것을 무척이나 애용하였다.

"자, 그럼 지금부터 한번, '스토리'를 들어볼까나?"

마치 취조실에 들어온 형사마냥, 우진의 책상 앞에 바짝 다가앉은 소연.

"뭐야, 갑자기 이건 무슨 시츄에이션?"

그녀는 펜대를 빙글빙글 돌리며 장난스럽게 우진을 향해 입을 열었다.

"지금 내 주변, 가장 가까운 곳에 있는 사람."

"나…?"

"서우진 고객님. 어떤 공간을 원하십니까?"

"켁…."

"돈은 충분히 있는 거죠?"

"…."

당황한 나머지 말이 없어진 우진을 향해, 소연이 강압적인 목소리로 쏘아붙였다.

"대답해."

"그렇다고… 치자."

우진은 어이가 없었지만, 일단 신나 보이는 소연에게 장단을 맞춰주었다. 그러자 소연의 흥이 더욱 돋은 것은 당연했고 말이다.

"소연 건축사무소에 아주 잘 오셨습니다. 저희가 디자인 비용이 조금 비싸기는 한데, 실력 하나는 확실하거든요."

"정말?"

우진의 태클에도, 전혀 아랑곳하지 않을 정도로 상황극에 심취한 소연.

"당연하죠. 디자인이 마음에 들지 않으신다면, 돈은 받지 않겠습니다."

"으…음? 방금 그건 조금 과한 설정인 것 같은데?"

"아닙니다. 정말입니다."

"건축사무소가 무슨 길거리에서 닭 꼬치 파는 푸드 트럭이냐."

"미래의 디자이너 한소연은 이미 엄청나게 성공해서, 재벌만큼 돈이 많다는 설정이거든요."

"얼씨구… 그러다 행복회로 녹아서 없어지겠어, 한 씨."

하지만 상황극에 심취한 것과 별개로, 소연은 무척이나 진지하게 말을 이었다. 그녀는 정말 우진을 클라이언트 삼아, 과제를 진행해보려는 듯하였다.

"일단 필요한 공간이나 말해봐, 서우진 고객님."

"정말, 내가 클라이언트야?"

"그렇다니까? 물론 좀 들어보고 마음에 안 들면, 바로 바꿀 거지만."

"그런 게 어딨어."

"그러니까 빨리 대답이나 해. 어떤 공간을 원하시냐고요, 고객님?"

소연의 말을 듣던 우진은 잠시 생각에 잠겼다. 그녀의 장난. 혹은 상황극이 당황스러운 것을 떠나, 이런 생각은 단 한 번도 해본 적이 없었으니 말이다.

'내가 원하는 공간…?'

지난 생에서부터 오늘까지. 우진은 단 한 번도, 자신을 위한 공간을 고민해본 적이 없었다. 항상 누군가를 위한 새로운 공간을 설계하고 시공하면서도, 정작 자신은 몸 눕힐 곳만 있으면 만족하며 살아왔으니 말이다. 그만큼 그의 인생에는 항상 여유가 없었고, 그런 생각이 들자 절로 쓴웃음이 지어졌다.

'수업 듣다가 이런 감정을 느끼게 될 줄이야.'

하지만 그럼에도 불구하고 우진의 고민은, 길게 이어지지 않았다.

"WJ 스튜디오."

"응?"

"내 건축사무소 이름이야."

우진이 꿈꾸는 가장 행복한 공간은 그가 일구어낸 그의 사람들이 일하는, 그의 꿈이 담긴 디자인 건축사무소였으니 말이다.

"뭐야, 이름도 벌써 지어놨던 거임?"

"여튼, 내 사무실 좀 설계해줘. 직원은 서른 명 정도일 거고, 대지 200평 정도에 5층에서 7층 정도 되는 사옥을 지을 거야."

술술 요구조건을 얘기하는 우진을 보며, 이번에는 소연 쪽에서 말문이 막혔다. 그녀가 우진에게서 기대했던 것은, 이런 이야기가 아니었으니 말이다. 잠시 고민하던 소연이, 뭔가 어색해진 표정으로 다시 입을 열었다.

"음… 그러니까, 서우진 고객님."

"예?"

"아무래도 사무실은 안 될 것 같아요."

"뭐가? 아니. 그 전에, 시작도 안 해놓고 왜 안 된대?"

우진은 황당해했지만, 소연은 더욱 뻔뻔한 표정으로 얘기했다.

"'스토리'가 부족하잖아요."

"스토리?"

우진은 소연의 말이 선뜻 이해되지 않았지만, 일단 더 들어보기로 했다.

"아직 사회경험도 없는 고객님에게, 오피스와 관련된 스토리가 어디 있겠어요."

"…."

'있어. 아니, 많아'라는 말이 목구멍까지 차올랐지만, 우진은 가까스로 참고 소연의 다음 말을 기다렸다.

"스물두 살 서우진 고객님의 '진짜' 스토리가 담긴, 그런 공간을 한번 설계해보자구요."

짐짓 진지한 어조로 이야기하는 소연을 보며, 우진은 속으로 실소를 흘렸다.

'이거, 완전 답정녀잖아?'

정확히 이 팀원이 뭘 하고 싶은 건지는 알 수 없었지만, 그렇다고 딱히 틀린 말도 없었다. 하여 우진은 그녀가 하자는 대로 장단을 맞춰보았다.

"내 스토리가 담긴 공간이라…."

소연의 입맛에 맞춰주려면, 회귀 전의 이야기들은 일단 배제해야 했다. 아마 이야기를 꺼내는 순간, 어디서 소설을 쓰냐며 핀잔을 줄 게 분명했으니 말이다. 해서 우진이 머릿속에 떠올린 것은, 스무 살까지의 기구했던 그의 인생사였다. 2년 전이지만, 그의 기억 속에는 20년 전이기도 한. 이제는 정말 희미해져 가는, 그의 어릴 적 이야기들. 그리고 그 빛바랜 과거를 떠올리던 우진의 머릿속에는, 자연히 한 사람의 얼굴이 그려졌다. 스물두 살 우진의 인생에서, 가장 많은 자리를 차지하는 단 한 사람.

'어머니.'

그래서 우진은 저도 모르게 입을 열었다.

"수제비 칼국수 집."

"응…?"

"클라이언트 서우진이 원하는 공간은… 아늑한 수제비 칼국수 집이야."

의외의 이야기에 당황한 소연의 두 눈이, 놀란 토끼의 그것처럼 휘둥그레 확대되었다.

— * —

소연이 우진을 클라이언트로 잡은 것은 조금 충동적인 행동이었고, 때문에 그렇게 큰 의미를 부여할 만한 행동도 아니었다. 하지만 그에 굳이 이유를 찾자면, 첫 번째가 그냥 우진의 당황하는 모습을 보는 게 재밌을 것 같아서였고.

두 번째는….

'궁금하니까.'

말 그대로 우진이라는 사람이 궁금해서였다.

"지금 내 주변, 가장 가까운 곳에 있는 사람."

"나…?"

"서우진 고객님. 어떤 공간을 원하십니까?"

우진은 본인을 어떻게 생각하는지 모르겠지만, 10학번 동기들 사이에서 그는 조금 특별하고 신기한 친구였다. 디자인의 밤 때 함께했던 몇몇을 제외하고는, 대부분이 친분도 없었던 데다. 강의만 끝나면 항상 귀신같이 어디론가 사라지니, 학기가 시작된 지 꽤 많은 시간이 지났음에도 불구하고 친해지기 힘든 동기였던 것이다. 게다가 우진과 가장 친해 보이는 동기라고는, 그만큼이나 특이한 녀석인 영국인 유학생에, 오티 때부터 붙어 다니던 소연과 혜진 정도가 전부였으니. 처음에는 관심을 갖던 동기들도 이제 그냥 '항상 바쁜 형 혹은 오빠'정도로 생각하게 되었다. 지금 그와 한 조가 되어 과제를 진행하고 있는, 소연을 빼고는 말이다.

'그러고 보면 학교 와서 제일 친해진 오빠인데… 사실상 아는 게 거의 없다는 말이지.'

소연이 다른 동기들과 달리 우진에 대해 궁금해하는 데에는 그만한 이유가 있었다. 다른 신입생들에겐 우진이 가장 친해지기 어려운 동기일지 몰라도, 소연에게는 우진이 가장 친한 동기였으니 말이다. 물론 그것은 소연 혼자만의 생각일 뿐이었다. 활달하고 예뻔 소연은 동기들 사이에서도 인기 많고 두루두루 친분이 있었으니. 그녀가 우진을 가장 친한 동기로 생각한다고는, 다들 떠올리지 못할 것이었으니까.

여자 동기들 사이에서 소연이 우진과 붙어 다니는 것은, 착하고 예쁜 언니가 학교생활에 적응 못하는 불쌍한 오빠를 챙겨주는 것으로 보일 뿐이었으며. 남자 동기들 사이에서 예쁜 소연과 붙어 다니는 우진은 은연중에 질투의 대상일 뿐이었다. 정작 우진은 별생각이 없으며, 오히려 소연이 자꾸 요상한 영국 놈과 어울리는 우진에게 질투 아닌 질투를 느끼고 있었지만 말이다.

'제이든인지 제이슨인지. 그 초딩 같은 영국인은… 대체 왜 동네에 좋은 학교 놔두고 우리 학교까지 유학을 온 거야?'

소연은 우진과 함께 학교에 있을 때가 가장 재밌었다. 별것 아닌 시답잖은 농담을 하며 스낵바를 털어먹을 때도. 카페에서 핫초코를 하나씩 나눠 들고, 연애하느라 바쁜 혜진의 뒷담화를 할 때도 말이다. 이유는 아직도 알 수 없었지만, 단지 우진과 함께 있을 때 재밌고 편했던 것. 그래서 소연은 충동적으로 얘기했다.

"스물두 살 서우진 고객님의 '진짜' 스토리가 담긴, 그런 공간을 한번 설계해보자구요."

어쩌면 지금 이 과제를 함께할 때가 바로, 그 어느 때보다 우진에 대해 자연스럽게 알 수 있는 상황일지도 몰랐으니까. 하지만 이런 꿍꿍이를 가지고 말을 꺼낸 소연조차, 우진에게서 이런 답이 나올 줄은 몰랐다.

"수제비 칼국수 집."

"응…?"

"클라이언트 서우진이 원하는 공간은… 아늑한 수제비 칼국수 집이야."

"갑자기? 수제비 칼국수?"

우진이 전에 없던 진지한 표정을 지으며, 그의 어머니에 대한 이야기를 꺼냈으니까.

"어머니께서 십 년이 넘게 수제비 칼국수를 팔고 계시거든. 비좁고 허름한 가게에서."

"아….'

"비록 과제긴 하지만, 어머니께 아늑하고 멋진 수제비 칼국수 집을 설계해드리는 것도 괜찮은 선물이 될 것 같아서."

"그, 그래."

"이 수제비 칼국수 집을 주제로 가면, 네가 말하는 바로 그 스물둘 서우진의 스토리를 진정성 있게 담을 수 있지 않을까?"

우진의 목소리는 담담했고, 평소와 크게 다를 바 없었지만. 갑작스레 훅하고 들어오는 기묘한 감정에, 소연은 순간적으로 가슴이 먹먹해졌다. 그리고 그런 그녀를 향해, 우진은 자신의 이야기를 짧게 풀어놓았다.

— ＊ —

우진은 오늘 소연이 조금 이상하다고 생각하는 중이었다.

'이상한 상황극부터 시작해서… 갑자기 얘, 왜 이래?'

사실 상황극 자체만 놓고 보자면 오히려 그것은, 우진이 알던 소연과 어울리는 장난이었다. 때문에 우진이 진짜로 이상하게 느끼는 것은, 자신의 이야기에 과도하게 공감 중인 지금의 소연이었다.

"아니, 그게 진짜야?"

"와, 오빠네 어머니 너무 고생하셨다."

"그래서. 그럼, 그 집에선 그냥 쫓겨난 거야?"

"으아, 내가 다 열 받잖아?"

소연의 반응만 모아놓고 보면, 우진이 무슨 엄청난 인생 고난을 구구절절 읊은 것만 같았다. 하지만 사실 우진이 이야기한 것들은, 정말 담백하고 간결하게 표현한 그의 어린 시절일 뿐이었다. 아버지의 실수로 인해 집이 빚더미에 앉았고, 그 빚을 갚기 위해 어머니께서 홀로 고생하셨으며 지금까지 어머니와 우진을 버티게 해준 유일한 원동력이 바로, 어머니께서 운영하시는 수제비 칼국수 집이라는 이야기.

물론 완전히 평범하다고는 할 수 없는, 안타까운 가정사인 것은 맞았다. 우진도 전생에서 이십 대가 되었을 때 즈음에는, 자신보다 불쌍한 사람이 몇 없을 거라는 착각도 하고 그랬으니까. 지금도 사실 이 이야기를 하면서 우진의 감정도 조금 먹먹해지기는 중이었는데, 소연의 격한 공감으로 인해 차오르던 감정이 쑥 하고 들어가 버렸다. 뜬금없이 제3자가 더 공감하고 슬퍼해주니, 민망해진 느낌과 비슷하였다. 어쨌든 우진의 이야기가 끝났다.

"아무튼, 내 얘기는 이 정도야."

그리고 소연은, 더욱 의욕을 불태우기 시작했다.

"그래, 좋았어. 빨리 어머님께 선물할 수제비 칼국수 가게 콘셉트부터 잡아보자고."

이 이야기를 그대로 콘셉트까지 끌고 가자는 소연의 말에 우진이 살짝 난색을 표했지만….

"저, 정말 이대로 괜찮겠어?"

소연은 전혀 신경 쓰지도 않는 눈치였다.

"물론이지. 이 정도 스토리면, 충분히 진정성 담긴 디자인을 녹여낼 수 있을 거야."

"기왕 이렇게 된 거, 소연이 네 얘기도 한번 들어보는 건…."

"그건, 좀 나중에. 오늘은 오빠 이야기만으로 충분해."

"…."

소연은 우진이 본 그 어느 때보다 더 진지한 표정으로 아이디어 스케치를 시작했다. 해서 우진도 멋쩍은 표정으로, 그녀와 함께 작업을 시작할 수밖에 없었다.

'뭐, 조금 민망하긴 하지만….'

소연은 옐로 페이퍼에 선을 슥슥 그리며 다시 입을 열었다.

"일단 공간구성은 나중 문제야."

"오늘은 이 콘셉트를 교수님께 컨펌받아서 통과시키는 게 가장 중요하니까, 스토리를 어떤 식으로 아이디어 스케치에 녹일지부터 한번 고민해보자고."

평소였다면 우진이 했을 대사를 먼저 읊어대며, 아예 프로젝트를 주도하기 시작하는 소연. 우진은 그녀의 이러한 변화가 어느 시점을 기점으로 시작됐는지, 대충 알 것도 같았다.

'아무래도 내 어린 시절 얘기가 나오면서부터인 것 같은데…'

우진은 소연의 감탄스런 공감능력에 고개를 절레절레 저으며, 그녀의 주도에 따라 콘셉트 기획을 같이 시작하였다. 하지만 막상 작업이 시작되자, 우진 또한 금세 프로젝트에 몰입하였다. 그것은 당연했다. 처음에 조금 당황하기는 했지만, 결국 자신의 이야기를 담은 프로젝트에 몰입되지 않는 것도 이상하였다. 그리고 그렇게, 삼십 분 정도가 더 지났을 무렵….

"클라이언트 설정이 독특하군요. 아니, 평범하다고 해야 하나."

"좀 더 현실적이고 감성적인 스토리가 담긴 클라이언트를 담아보고 싶었습니다."

"좋아요. 두 사람이 이 감성을 어떻게 디자인에 녹여낼지 기대가 되네요. 이대로 한번 진행해보죠."

고승훈 교수의 흡족한 평가를 끝으로, 두 사람은 결국 이 프로젝트를 컨펌받을 수 있었다.

"좋아. 다음 작업은 이제 평면디자인부터 시작해야겠지?"

컨펌을 받았음에도 불구하고 의욕 넘치는 소연을 보며, 우진이 한숨을 푹 쉬며 얘기했다.

"오늘 수업시간 끝났어, 한 선생."

"음, 벌써?"

"컵밥이나 먹으러 가자. 출출해."

"그… 럴까?"

우진은 아쉬움이 남은 듯 보이는 소연을 데리고, 재빨리 강의실을 나섰다. 프로젝트 자체는 몰입해서 진행했지만, 막상 수업이 끝날 때가 되니 뭔가 묘한 기분이 들었던 것이다.

'그러고 보면, 내 어린 시절에 대해 누구한테 얘기하게 된 건 처음인 것 같은데….'

전생에서도 그랬지만, 우진은 자신의 아픈 과거를 누구에게 꺼낸 적이 없었다. 우진은 힘든 것을 누구한테 털어놓는다고 해서, 그것이 딱히 나아질 것이라고는 생각하지 않는 주의였으니까. 하지만 어쩌다 보니 생각지도 못했던 사람과 과거를 공유하게 되고, 그것은 우진에게 복잡한 감정이 되어 돌아왔다. 다 아물었다고 생각했던 상처에, 아직 아픔이 조금 남아 있었다는 사실을 깨닫게 되었으며. 이렇게 누군가에게 털어놓는 것도, 그리 나쁘지만은 않다는 사실까지 동시에 느끼게 되었다.

'이것 참, 모르겠네.'

학교 본관 건물을 향해 걷는 사이, 우진은 소연의 옆모습을 슬쩍 응시하였다. 그녀는 오늘 우진에게, 조금 더 특별한 친구가 된 것도 같았다.

— * —

인터넷 사이트에 우진이 올린 구인공고는, 무척이나 심플한 내용이었다.

[모형작업을 좋아하고 사랑하는, 손재주가 좋은 사람을 구합니다.]

[기본급은 2,400만 원에서 시작이지만, 두 달의 수습 기간 이후 작업능력에 따라 연봉을 재협상하도록 하겠습니다.]

[실력만 좋다면, 두 배 이상의 연봉도 지급할 용의가 있습니다.]

다른 회사들처럼 구구절절 인재상이나 이력서 양식을 나열하지도 않았다. 이력서는 자유 양식이었으며, 우대하는 것은 직접 만든 포트폴리오 정도. 하지만 우진이 제시한 조건이 파격적이었던 탓인지, 제법 많은 사람들의 이력서가 우진의 메일로 쏟아져 들어왔다.

"석현, 이 사람, 이 사람. 이렇게 둘 어때?"

"일단 불러볼 수준은 되는 것 같아."

"이 남자는?"

"손재주야 잘 모르겠지만, 모형제작에 딱히 애착이 있는 것 같진 않네."

"그래?"

"당장 잘하는 것도 중요하지만, 이 작업을 재밌게 할 수 있는 사람을 뽑는 게 중요해."

석현은 중간고사 준비로 바쁨에도 불구하고, 우진과 함께 작업실에 모여 이력서들을 확인하고 있었다. 공부할 시간까지 쪼개가며, 함께 일할 사람을 뽑기 위해 작업실에 출근한 것이다. 석현은 지금 무척이나 열정적이었다. 이제는 그도 우진이 벌이는 사업의 규모가 상상했던 것 이상으로 크다는 사실을 인지하고 있었고. 어쩌면 석현이 취미 이상의 노력과 시간을 할애할 만한 가능성까지도, WJ 스튜디오에서 찾은 상태였으니 말이다.

"이력서 통해서는 딱 셋만 뽑으면 돼. 사실 그것도 좀 많아."

"네가 말했던 두 사람은 확실히 데려올 수 있는 거야?"

우진의 물음에, 석현은 고개를 끄덕이며 답했다.

"한 명은 이미 확답을 줬고, 내가 볼 때 나머지 하나도 거의 넘어왔어."

석현이 데려온다는 사람은, 그와 같은 프라모델 커뮤니티에서 활동하는 온라인 친구였다. 물론 온라인으로만 아는 사이는 아니었다. 얼굴도 한 번 보지 않은 사람들에게 채용제안을 보내자고 할만큼, 석현이 물정에 어두운 인물은 아니었으니 말이다.

"둘 다 실력은 확실하게 보장할 수 있어. 여러 번 같이 작업해봤거든."

우진이 직설적으로 물었다.

"너랑 비교하면?"

"음…."

사실 대답하기 낯간지러울 수도 있는 질문이었지만, 석현은 진지하게 생각했다. 지금 뽑는 사람들이 앞으로 얼마나 중요한 역할을 하게 될지, 아주 잘 알고 있었으니까.

"하나는 나보단 조금 못할 거고, 다른 한 놈은 거의 나 정도 돼."

"오호."

"둘 다 건축모형은 처음일 거라 조금 버벅일 순 있는데, 모형작업을 워낙 좋아해서 금방 적응할 거라고 봐."

석현의 설명에 우진은 고개를 끄덕였다. 그는 이미 석현이라는 비슷한 케이스가 얼마나 빨리 적응했으며 얼마나 뛰어난 퍼포먼스를 보여줬는지 경험한 상태였으니 말이다.

"한동안은 건축모형 일만 가져오겠지만, 인프라가 갖춰지면 다른 것도 시작할 거야."

생각지 못했던 우진의 이야기에, 석현의 두 눈이 반짝였다.

"예를 들면?"

의욕적인 석현의 기색을 느낀 우진이, 피식 웃으며 대답하였다.

"제품모형이나 자동차 모형 쪽으로도 시장이 좁지 않을 테고…"

"그리고?"

"시간이 좀 많이 필요하긴 하겠지만. 거기서 규모가 더 커지면, 대형 파빌리온(pavilion) 제작까지도 확장시켜 볼 생각이 있어."

파빌리온이라는 단어를 들은 석현은, 살짝 의아한 표정이 되었다. 제품이나 자동차 모형 쪽 일은 어렴풋이라도 감이 오는데, 파빌리온은 대체 뭘 말하는 것인지 전혀 알 수 없었으니 말이다. 애초에 그 단어 자체가, 무척이나 생소한 것이었으니까.

"파빌리온? 그게 뭔데?"

"쉽게 조형물이라고 생각하면 돼."

"조형물…?"

대기업의 신사옥이나 대규모 상업 시설 등. 상업지구에 있는 거대한 규모의 빌딩들은, 그 앞이나 주변. 혹은 건물 내부의 로비를 거대한 조형물로 장식하는 경우가 많다. 그리고 우진의 경험상 이쪽 시장의 규모는, 상상 이상으로 노다지였다.

'워낙 스케일이 크다 보니, 디자인만 잘 뽑으면 부르는 게 값이지.'

단가 자체가 비싸기도 했지만, 우진이 노다지라 얘기하는 이유는 수요에 비해 부족한 공급 때문이었다. 3미터에서 5미터 정도의 크기는 기본에, 정말 대규모 작업의 경우 10미터에 육박하는 조형물이 설치되기도 했으니. 이 작업을 제대로 된 퀄리티로 해줄 수 있는 업체가 시장에 많지 않은 탓이다.

'생각해보면, 정말 크기만 큰 쇳덩이 얹어놓고 수억씩 받아 챙기던 업체도 있었지.'

물론 석현에게 말했듯, 이것은 좀 시간이 지난 후에나 도전해볼 수 있는 작업이었다. 어지간한 공정이 전부 작업실 내에서 자급자족될 정도의 설비들을 갖추기 전까지는, 우진으로서도 엄두가 나지 않는 시장이었으니까. 우진의 설명을 듣던 석현은, 눈이 휘둥그레져서 반문하였다.

"넌 대체 이런 건 어떻게 아는 거냐?"

"내가 이래 봬도, 무려 건축 디자인학도 아니냐."

"진짜 보면 볼수록 신기한 놈이라니까. 내가 볼 때 군대가 있는 동안, 최소 외계인이라도 만나고 온 게 분명해."

"…."

여튼 파빌리온에 대한 이야기를 짧게 마무리한 우진과 석현은, 다시 본론으로 돌아가 채용에 관한 이야기를 나누었다. 그리고 면

접을 볼 사람들을 다섯 정도 추린 뒤에는, 추가될 직원들을 어떤 식으로 운용할지에 대한 계획에 대해 고민하였다.

"앞으로 모형 파트는, 네가 디렉팅해줘야 해, 석구."

"내가…?"

"당연한 얘기겠지만, 일은 내가 열심히 뛰어다니면서 따올 거야."

"그건 다행이네."

"하지만 지난번처럼 적극적으로 모형작업을 도와줄 시간은, 이제 없을지도 몰라."

우진이 작업에서 빠지겠다는 이야기를 했지만, 석현은 자신 있는 표정이었다.

"걱정 마. 너한테 배울 건 거의 다 배웠으니까."

"하긴, 작업 실력만 따지자면, 네가 나보다 위지."

우진은 석현의 자신감이 기꺼웠다. 그의 모형작업 실력이야 처음부터 누구보다 믿고 있었지만, 이렇게 적극적으로 사업에 가담해줄 것인지에 대해서는 사실 지난달까지만 해도 반신반의했으니 말이다.

'다음 주쯤 해서 메이저 건설사 몇 군데만 다녀와야겠어. 신입이 와도 적응할 시간이 필요할 테니… 처음부터 너무 많은 일을 가져오는 것은 독이 되겠지.'

우진의 시선이 넓어서 휑해진 작업장 구석구석을 향했다. 지금은 비어있지만, 각종 설비들을 들여오면 곧 빼곡히 채워질 중요한 공간들.

'천웅 쪽 일 끝내서 잔금 받으면, 그걸로는 슬슬 설비를 하나씩 매입해야겠어.'

계획대로 착착 성장하는 WJ 스튜디오를 보며, 우진의 입가에 만족스런 미소가 떠올랐다. 그리고 석현과의 회의를 마친 우진의 기분을 더욱 기껍게 만들어준 것은, 때맞춰 날아온 진태의 문자였다.

"우진아, 지난번 거기로 나와라. 오늘은 형이 산다."

우진은 진태를 잘 안다. 만약 그의 제안을 거절할 것 같았으면, 이렇게 만나자는 이야기도 꺼내지 않았을 것이다. 진태가 마음을 정했음을 느낀 우진은 5월의 일정을 더욱 구체화시키기 시작하였다.

시공 施工

　다른 신입생들에 비해 한 과목을 덜 듣는 우진의 시간표는, 그렇게 빡빡한 편은 아니었다. 하지만 그 시간표 안에서도 아무 수업도 없는 날은 하루뿐이었고, 오늘이 바로 우진의 공강 날인 금요일이었다. 물론 그렇다고 해서 우진에게, 늦잠을 자거나 뒹굴거릴 시간이 주어진 것은 아니었지만 말이다.

　"2층으로 이어지는 계단실이 조금 부실해 보여서, 구조체를 좀 덧대줘야 할 것 같습니다."

　"확실히 그렇군요."

　"시선이 잘 닿지는 않는 부분이니, 여긴 석고보드 몇 장 덧대서 시트로 마감처리 하겠습니다."

　"그렇게 해주세요. 비용은 얼마나 추가될까요?"

　"많아야 50만 원을 넘지 않을 겁니다."

　우진은 지금 현장에 나와 있었다. 오늘은 시공에 앞서, 마지막으로 천웅건설의 디자인팀과 함께 현장을 체크하는 날. 천웅건설 측에서는 디자인 팀장인 손준기가 현장에 나와 있었고, 우진은 그와 함께 마감재 하나하나까지 꼼꼼히 체크해가며, 의견을 조율하는 중이었다.

"손 팀장님. 여기 머테리얼 보드(Material Board)*에 표시되어 있는 마감재, 혹시 좀 바꿔도 됩니까?"

"음, 이거면… 출입로 양측으로 이어지는 아트월 말씀이시죠?"

"맞습니다."

"이 정도면 제 재량으로 가능하긴 한데… 어떻게 바꾸시려고요?"

지금까지 두 사람의 최종 디자인 점검은, 아주 일사천리로 진행되어 왔다. 사실 시공업체의 디자인 이해도를 확인하러 손준기가 직접 나온 것이었는데. 지적하거나 시정해야 할 거리가 있기는커녕, 오히려 우진의 세심함과 꼼꼼함에 혀를 내두르는 중이었으니 말이다. 그래서 준기는 우진의 첫 번째 제안에, 큰 거부감 없이 호의적으로 대답하였다. 사실 시공업체가 마감재 변경제안을 하는 것은, 상황에 따라 디자인팀 입장에서 충분히 기분 나쁠 수 있는 일이었음에도 말이다.

"이 아트월이 지금 사실상, 고객들의 동선을 유도하는 역할이잖아요?"

"그렇다고 할 수 있죠."

"그래서 사선으로 붉게 깔리는 이 타일들 말입니다."

"말씀하세요."

"면적을 조금 줄이고 포인트를 줘서, 아예 천연 대리석으로 시공해버리는 건 어떻습니까?"

"예에?"

---

* 공사에 사용되는 각종 마감재를 분류해놓은 서류.

우진의 말을 들은 준기는, 순간 저도 모르게 목소리를 높일 수밖에 없었다. 그의 제안에 불만이 있어서는 아니었다. 우진의 제안은 마감재의 업그레이드였고, 천웅건설의 입장에서 그걸 마다할 이유는 없었으니까.

'시공단가는 이미 픽스라는 걸, 모르지는 않을 텐데….'

공간에 생각지 못했던 하자가 있어서 추가공사를 해야 하는 것이라면 비용이 추가되겠지만, 이미 결정된 디자인 시안의 마감재를 바꾼다고 예산이 추가 지급되지는 않는다. 이미 WJ 스튜디오는 최종 계약서에 사인을 한 상태였고, 자재 변경 의견을 낸 것은 준기가 아닌 우진이었으니까. 그래서 보통 이런 경우에 시공업체들은, 더 싸구려 자재를 사용하기 위해 얕은수를 쓰기도 한다. 그런데 우진은 오히려 더 비싼 자재로 업그레이드를 제안했다. 해서 준기는 의아했지만, 일단 우진의 얘기를 끝까지 들어보기로 했다. 아직 구체적으로 어떤 대리석을 쓴다는 건지, 듣지 못했으니 말이다.

"뭐, 의도 자체는 좋은데… 그래도 디자인 콘셉트가 바뀌어선 안 됩니다."

"그 말씀은…?"

"마감재의 종류가 바뀔 수는 있어도, 색감이나 톤 자체가 바뀌면 안 된다는 말입니다."

"기존 적갈색 타일과 비슷한 색감의 대리석을 사용해야 한다는 말씀이시죠?"

"그렇습니다."

"그거라면 당연합니다. 기존 색감을 그대로 살릴 수 있는 대리석을 미리 생각해뒀으니까요."

자신 있는 우진의 대답에도, 준기는 아직 의문스러운 표정을 짓고 있었다. 기존의 폴리싱 타일은 채도가 높아 브라운보다는 레드에 가까운 적갈색이었고. 이렇게 붉은 채도를 유지하는 천연 대리석은 그리 흔하지 않았으니 말이다.

'인조 대리석이면 몰라도, 분명 천연 대리석이라고 했는데….'

준기가 그런 생각을 하는 동안, 우진은 옆구리에 끼고 있던 가방을 열어 자신의 머테리얼 북을 꺼냈다. 이어서 천연 대리석 페이지를 펼친 뒤, 한쪽 구석에 붙어있는 붉은 대리석 조각을 검지로 짚었다.

"여기 보이는 '로소 레판토' 정도면 어떻습니까."

로소(Rosso)는 이태리어로 '붉다'는 뜻이다. 그리고 그 이름에서도 알 수 있듯, 정열적인 붉은 빛깔을 띤 대리석이 로소 레판토(Rosso Lepanto)였다. 선명하게 짙붉은 빛깔을 띤 대리석을 보며, 준기의 입에서 침음성이 새어 나왔다.

"음…."

사실 디자인 팀장인 준기도, 모든 대리석의 종류와 단가를 달달 외우진 못한다.

해서 우진이 제시한 이 붉은 대리석이, 정확히 어떤 자재인지까지 기억하지는 못했다. 하지만 벌써 10년이 넘게 이 일을 해오는 그는, 감으로 알 수 있었다. 비싸다. 우진이 제시한 이 대리석이, 무척이나 고가의 대리석이라는 사실을 말이다.

"예쁘네요."

"그렇죠?"

"확실히 포인트 디자인으로 이 녀석을 발라주면… 고급감이 확 살아나긴 하겠어요."

"물론입니다."

"그런데 말입니다….."

우진과 시선이 마주친 준기는, 마른침을 꿀꺽 집어삼켰다. 사실 우진의 제안이 그의 마음에도 쏙 들었기 때문에, 이대로 그냥 넘어갈 수도 있었다. 하지만 궁금했다. 궁금해서 물어볼 수밖에 없었다.

"마감재가 업그레이드된다고 해서, 추가비용이 따로 지급되진 않습니다. 아시죠?"

"알고 있습니다."

"그런데 대체 왜….."

홍보관으로 통하는 출입로는 꽤나 중요한 공간이다. 고객들이 공간에 들어서며 처음 만나게 되는 섹터였으며, 때문에 프리미엄 관의 첫인상에 지대한 영향을 줄 수 있는 곳이었으니 말이다. 그래서 기존에 마감재로 지정되어 있던 붉은 빛깔의 폴리싱 타일도, 타일치고는 꽤나 고급 자재였다. 600미리 타일 한 장당 대략 2~3만 원 정도 하는 녀석이었으니, 다른 타일의 2배 가까운 값인 것이다. 하지만 아무리 그렇다고 한들, 천연 대리석에 비할 수는 없다. 게다가 우진이 제시한, 한눈에 봐도 고급스러워 보이는 로소 레판토 라면. 모르긴 몰라도 기존 타일의 열 배는 넘는 가격이리라.

"뭐, 생색내려고 드리는 말씀은 아니지만, 아마 기존보다 오백 정도는 더 깨질 겁니다."

"….."

"그래도 전 그게 더 이득이라고 판단한 겁니다."

"어째서요?"

"오백만 원으로 WJ 스튜디오의 신뢰도와 인지도를 확 올릴 수 있다면, 제 생각엔 남는 장사니까요. 그것도 아주 많이."

우진은 설명이 충분했다고 생각했는지 더 이야기하지 않았다. 하지만 준기는 여전히 이해되지 않는 표정이었다.

'이거 하나 바꾼다고, 시공업체의 신뢰도나 인지도가 올라간다고?'

물론 '이거 하나'는 아니었다. 그 뒤에도 우진의 제안은, 서너 번 더 이어졌으니까.

"이 정도면 충분합니다. 더 바꾸고 싶은 부분은 없습니다."

"뭔가 주객이 전도된 것 같은데… 기분 탓입니까?"

"하하, 팀장님. 기분 탓입니다."

우진이 계산하기로 자재비용은 약 3~4천만 원 정도 증가했다. WJ 스튜디오가 남길 수 있는 돈이, 그만큼 줄었다는 소리다. 하지만 우진은 이것이, 더 큰 이득이 되어 돌아올 것이라고 확신하고 있었다. 우진이 추가로 들인 비용은 삼사천 정도겠지만. 천웅 관계자들이나 프리미엄관 고객들이 느끼는 인테리어 고급감은, 시공비 1억 이상이 추가된 효과일 테니까. 우진이 어떻게든 그렇게 만들 테니까.

'기존이랑 느낌이 완전히 다를 거야. 이제 공사만 잘하면… 그림 한번 제대로 뽑아낼 수 있겠어.'

게다가 이 홍보관에서 메인으로 밀어줄 콘텐츠 또한, 우진이 만든 건축모형이다. 손준기는 느끼지 못했겠지만, 우진이 제안한 디자인 변경 건들은 조금이라도 그 모형을 더 돋보이게 하기 위한 것들이었다. 때문에 그 누가 어떻게 생각하든, 우진으로서는 상당히 합리적인 투자라고 할 수 있었다.

"더 이야기하실 부분은 없죠?"

"완벽합니다. 오늘 이야기한 대로만, 확실하게 시공해주신다면 말이지요."

"그럼, 내일 아침 일찍부터 공사 시작하겠습니다."

우진이 손을 내밀자, 팀장 손준기가 고개를 끄덕이며 그 손을 맞잡았다.

"잘 부탁드립니다, 서 대표님."

"최선을 다하겠습니다."

"완성된 프리미엄관의 모습이 기대되는군요."

"적어도 실망하시진 않을 겁니다. 하하."

손준기와 마지막 조율을 끝낸 우진은 노트에 몇 가지 메모를 추가한 뒤 현장을 빠져나왔다. 이어서 휴대폰을 꺼낸 그는 누군가에게로 전화를 걸었다.

"디자인 변경 픽스했어."

"그래? 그럼 이대로 발주 넣는다?"

"그렇게 해줘 형."

"뭐, 난 아직도 이해가 안 되지만, 대표님이 시키는데 해야지 뭐."

"흐흐, 그럼 좀 부탁할게."

휴대폰 너머로 흘러나온 목소리는, 바로 어제 WJ 스튜디오에 합류한 진태의 목소리였다. 진태는 지난번 우진이 샀던 것 이상으로 거하게 고기를 대접한 뒤, 그 길로 우진의 작업실에 와, 고용계약서에 사인을 했던 것이다. 우진은 오늘 외부에서 움직일 일이 많았기 때문에, 자재 발주를 진태에게 대신 부탁하였고 말이다. 잠시 후 모든 견적서가 간결하게 정리되어 우진의 문자로 날아왔고, 그것을 본 우진은 헛웃음을 지으며 지하철 역사로 걸어 들어갔다.

"히야, 어쩌면 5천은커녕… 3천도 못 남기겠는데 이거?"

벌어들일 돈이 더 줄어든 상황이었지만, 우진의 얼굴은 여전히 웃고 있었다. 완공 후에 더 큰 이득이, 이미 눈앞에 아른거리고 있었으니 말이다. 다시 휴대폰을 든 우진은 쉴 새 없이 계속 전화를 돌렸다. 우선 내일 시공 일정에 필요한 철거 인력 수급부터 체크했으며….

"예, 소장님! 내일입니다. 아시죠?"

"안다 녀석아. 내가 무슨 아마추어도 아니고…."

"아침 7시에 문 열어놓는 답니다. 그때까지 철거반 보내주세요!"

"정확히 맞춰 갈 거야. 일 하나는 확실하게 하는 놈들로 보냈으니까."

"흐흐, 역시 소장님! 감사합니다!"

미리 컨택해둔 다른 작업반의 반장들에게도 한 번 더 연락을 돌렸다.

"김 반장님! 저 WJ 스튜디오 서우진입니다."

"아, 서 대표님이시군요. 김진태 반장에게 이야기는 들었습니다."

"내일 모레 목공 시작입니다. 전기는 오후부터 작업하면 되니까, 1시까지만 현장에 와주세요."

"배려 감사합니다. 그렇게 하겠습니다."

우진은 정말 쉴 새 없이 움직였다. 전화를 돌리는 것뿐 아니라, 발로도 하루 종일 뛰어다닌 것이다. 특히 가장 많이 움직인 것은, 최대한 저렴하고 좋은 자재를 떼오기 위한 발품. 더 좋은 시공 퀄리티를 위한 투자와 아낄 수 있는 돈을 아끼기 위한 흥정은, 엄연히 다른 법이었다.

"후우, 그래도 어떻게 일정은 다 소화했네."

계획했던 모든 일정을 끝낸 우진은 집으로 돌아와 침대에 털썩

걸터앉았다. 피로는 몰려왔지만, 그것과 별개로 정신은 아주 맑은 상태였다.

'내일부터 드디어… 착공인가?'

오늘도 그렇게, 여느 때처럼 눈코 뜰 새 없이 바쁜 우진의 하루가 또 한 번 지나갔다. 그리고 WJ 스튜디오의, 첫 번째 공사가 시작되었다.

— * —

강남이 부촌으로 부상한 이후, 청담동은 그 강남 안에서도 항상 럭셔리의 이미지를 확고히 가진 동네였다. 때문에 서울 내 여러 군데 존재하는 천웅건설의 홍보관 중, 프리미엄 브랜드 홍보관의 위치가 이곳 청담으로 정해진 것은 그리 특별한 일이 아니었다.

"자, 자재 들어갑니다!"

"30층 상담관부터 먼저 공사해야 하니, 세팅된 품목들 전부 화물 엘베로 넣어주세요."

"컴프레서! 컴프레서도 올려줘!"

땅- 땅-!

천웅건설의 청담 홍보관 위치는, 청담역에서 도보로 5~6분 정도면 도착할 수 있는 위치에 있었다. 게다가 고급 주거단지 안쪽에 근린공원까지 끼고 있는 위치였기에, 프리미엄 브랜드 홍보관으로는 최상의 입지라고 할 수 있었다. 대로변의 소음조차 잘 들리지 않는, 고급스럽고 고즈넉한 위치인 것이다. 하지만 언제나 조용했던 이 근방이, 최근 들어 시끄러워졌다.

"오늘 내로 3층 뼈대는 전부 다 칠겁니다."

"곧 전기반 들어올 거야! 그전에 빨리 각목부터 다 때려 박아!"

몇 달 전 천웅건설에서 성수동에 분양한 'CW성수'라는 이름의 고급 오피스텔 홍보관으로 쓰인 이후. 천웅건설의 청담 홍보관은, 오랜만에 공사 중이었으니 말이었다.

"반장님, 저희가 아무래도 양반은 못 되나 봅니다."

"그러게 말이야. 우리 지금 들어가는 거 어떻게 알았대."

장비를 챙겨서 공사장 안으로 들어가던 김관홍은, 경력 10년이 넘은 베테랑 전기공이었다. 목공으로 따지자면 김진태와 비슷한 수준의, 반장급 기술자인 것. 하지만 제법 많은 사람들이 한 팀으로 움직이는 목공과 달리, 전기반은 대부분 소수정예로 투입되는 경우가 많았다. 전기공사의 특성상 사람이 많이 투입되어 봐야, 효율적인 시공에 별 도움이 되지 않았으니 말이다. 해서 홍보관에 전기공사를 위해 들어온 인원은, 반장인 김관홍을 포함해 총 셋뿐이었다.

"그나저나 이거, 예상보다 공사 규모가 제법 큰데요?"

"그러게. 홍보관 인테리어라기에 전기는 별로 할 거 없을 줄 알았는데… 내벽을 다 뜯어버렸잖아?"

보통 건설사의 홍보관은, 신축 분양하는 단지의 모델하우스로 거의 쓰인다. 때문에 인테리어를 변경한다 해도, 사실 규모가 큰 공사는 많지 않았다. 애초에 용도가 같기 때문에 구조가 바뀔 일이 없었고, 그 말은 곧 마감재 공사가 거의 전부라는 이야기였으니 말이다.

해서 오늘 청담 현장에 나온 김관홍은, 아주 가벼운 마음으로 마실 나오듯 걸음 한 것이었다. 반나절 안에 필요한 전기공사 전반을 깔끔하게 마무리하고, 일찍 퇴근하여 소주라도 한잔할 생각으로 말이다. 어지간한 일일 공사는 한나절 안에 야리끼리 치는 김관홍이었기에, 그리 비현실적인 계획도 아니었다. 적어도 실제 현장을 두 눈으로 보기 전까지, 관홍은 그렇게 생각했었다.

'어후. 잘못하면 오늘 하루 꼬박 여기 박혀있어야겠는데?'

3층 현장 곳곳에 각목으로 세워진 뼈대를 보며, 김관홍은 저도 모르게 고개를 절레절레 저었다. 보통 벽체가 들어서면 그 안에 전기도 같이 들어가야 했으니. 베테랑 기술자인 김관홍으로서는, 대충 구조 잡힌 것만 봐도 견적이 나오는 것이다.

"야, 잘못 걸린 것 같다."

김관홍의 말에, 그와 함께 온 조공 박경필이 울상이 되어 고개를 끄덕였다.

"그러게요 반장님. 이 정도면 어지간한 오피스보다 빡센 것 같은데…."

"끄응."

하지만 현장이 빡세다고 해서, 이미 계약된 건을 도로 물릴 수도 없는 노릇. 김관홍은 오늘 이 현장을 총괄할 목공반장이, 실력 있는 사람이기를 조용히 기도할 뿐이었다.

'어디서 실력도 없이 연차만 쌓은 답답한 노땅은 아니었으면 좋겠는데….'

전기공사는 결국, 후행성으로 목공작업을 따라 움직일 수밖에 없다. 공사속도가 더 빠르다고 해서, 아무것도 없는 허공에 전선을 설치할 수는 없는 노릇이니 말이다. 해서 김관홍이 아무리 일을 빠르게 잘해도 목공 팀의 실력이 나쁘다면. 연장을 쥔 채로 공사바닥에 털썩 주저앉아, 무의미한 시간을 보내야 하는 것이다. 그리고 손이 놀면서 퇴근은 못하는 그런 상황이, 김관홍이 가장 싫어하는 형태의 일터였다.

"아, 반장님 오셨습니까!"

3층에 도착하자 관홍을 발견한 한 청년이, 밝게 웃으며 다가와 그에게 인사를 건네었다. 관홍은 이 청년을 알고 있었다.

'우진. 서우진이라고 했던가?'

그에게 직접 찾아와서 일을 주고 갔던 것이, WJ 스튜디오의 대표라고 했던 바로 이 청년이었으니 말이다. 그리고 아무리 상대가 어려 보인다고는 하지만 그의 고용주이자 한 회사의 대표였기에, 관홍은 깍듯이 존대를 하며 그에게 마주 인사하였다. 물론 우진의 나이가 20대 초반일 것이라고까지는, 생각지 못했지만 말이다.

"서 대표님, 계셨군요. 조금 일찍 도착하기는 했는데, 바로 시공 시작해도 되겠습니까?"

"물론입니다, 반장님. 그렇지 않아도 골조시공 끝내놓고 준비하고 있었습니다."

관홍은 이 우진이라는 청년이, 대표로서 현장에서 어떤 역할을 하는 것인지는 잘 몰랐다. 그저 일을 받은 것뿐, 우진에 대한 설명까지 따로 들은 것은 없었으니 말이다. 때문에 다음 순간, 그는 적잖이 놀랄 수밖에 없었다.

"그런 것 같더군요, 하핫. 그럼 혹시, 목공반장님 좀 모셔주실 수 있겠습니까? 작업 전에 전반적인 브리핑 좀 듣고 싶어서 말입니다."

목공반장을 데려와 달라는 그의 이야기에, 우진이 불쑥 자신을 가리켰으니 말이다.

"뭘, 멀리서 찾으려 하십니까."

"예?"

"브리핑은 제가 해드릴 겁니다. 일단 오늘 목공작업 총괄은, 제가 맡고 있으니까요."

"…?!"

평정심을 잃은 김관홍의 동공이 살짝 흔들렸다.

'뭐? 농담하는 건 아니겠지?'

나이, 경력만 많고 실력은 없는 꼰대 반장과 일할 것을 걱정했건만. 반대로 나이조차 어린 애송이가 목공반장의 역할을 할 것이라고는, 상상조차 하지 못했으니 말이다. 그는 쉽게 어떤 상황이나 사람에게 편견을 갖는 부류는 아니었다. 하지만 아무리 생각해도 이건 아니었다.

'후우, 당장이라도 일 못하겠다고 박차고 나가야 하나? 대체 이걸 어떻게 반응해야 하지?'

당황하여 귓불까지 빨개진 관홍을 보며, 우진은 그가 대충 무슨 생각을 하는지 알 수 있었다. 하지만 우진은 무시했다. 어차피 이런 상황에서 변명 같은 말을 꺼내는 것보다는, 실력으로 보여주는 것이 훨씬 더 확실하고 명확했으니 말이다.

척-

관홍의 앞에 실시설계 도면을 펼친 우진은 붉은 형광펜으로 능숙하게 표시하며 작업을 설명하기 시작하였다.

"이렇게 안쪽에서부터 바깥쪽으로. 하나씩 차곡차곡 치고 나갈 겁니다."

"…."

"최대한 효율적으로 작업하기 위해서, 목공 1팀은 판재들을 한쪽만 덧대면서 지나갈 겁니다."

"나머지 한 팀이 우리 뒤를 따라오면서 뚜껑을 덮는다는 거겠죠."

"바로 그렇습니다."

우진의 설명을 듣던 김관홍의 마음에, 조금이나마 평정심이 찾아왔다.

'흐음, 그래도 아주 아무것도 모르는 녀석은 아닌 건가?'

작업 설명도 요점만 짚어서 간결하게 잘 정리해주었으며, 무엇보다 그가 효율적인 시공방식을 잘 알고 있어 보였으니 말이다.

'그래. 시공능력이 좀 떨어져도, 답답하지만 않으면 해볼 만해.'

우진의 작업설명은, 대략 십 분 정도 안팎으로 마무리되었다. 이어서 김관홍의 질문 몇 개가 이어진 뒤, 전기공사가 시작되었다.

"바짝 따라붙으셔야 합니다. 늦어도 다섯 시 즈음엔 작업 끝내고, 퇴근시켜드리는 게 제 목표니까요."

자신감 넘치는 우진의 말에 관홍은 다시 어이가 없어졌지만, 일단 고개를 끄덕이며 대답하였다.

"제발, 말씀대로 부탁드립니다. 설마 전기공사가 목공을 못 따라가겠습니까?"

우진은 웃으며 농담조로 반문하였다.

"못 따라오던데요?"

"어지간히 초짜였나 봅니다."

관홍은 작업준비를 하는 우진의 뒷모습을 잠시 응시하며, 속으로 단단히 벼르기 시작하였다.

'대체 무슨 자신감인지는 모르겠지만… 오늘 제대로 한번 갈궈봐?'

관홍이 갈군다는 것은 별 게 아니다. 최대한 빨리 우진의 작업에 따라붙으며, 더 빨리 작업하라고 압박하는 것. 한 성격 하는 그는 목공반장과 기 싸움이 붙을 때마다 이런 방식으로 상대의 콧대를 눌러줬었고, 그것은 이번에도 마찬가지일 것이라 생각하였다.

'다른 목수들 앞에서 망신 한번 당해봐야….'

하지만 막상 작업이 시작되자, 관홍은 생각했던 계획을 전혀 실천할 수 없었다. 아니, 그럴 기회가 없었다는 표현이 더 맞는 것일지도 몰랐다.

"선태 님, 왼쪽으로 3미리만 더!"

"스톱!"

탕- 타탕-!

"오케이! 사포질은 조금 있다가 하고, 다음 섹터!"

톱날과 전동드릴에 전자 각도기라도 붙여놓은 것인지, 우진의 작업속도가 믿을 수 없는 수준이었으니 말이다.

'뭐야? 제대로 작업하고 있는 거 맞아?'

분명 관홍과 그의 조공은 여느 때보다 더 빠르게 작업을 처내고 있었건만, 도저히 따라붙을 수 없는 우진의 작업속도. 심지어 더 믿을 수 없는 것은, 작업된 벽체나 구조물의 퀄리티가 놀랍도록 깔끔하고 정확하다는 것이었다.

'미친. 엄마 배 속에서부터 목수질만 했나…!'

하지만 자존심 강한 관홍은, 우진의 실력에 주눅 들지 않았다. 오히려 어떻게든 그의 작업속도를 따라가며, 큰소리친 자신의 실력을 증명하기 위해 안간힘을 썼다.

드르륵- 텅-!

"야, 경필이! 한 번에 하자고, 한 번에!"

"아니, 반장님이 너무 빨리 움직이시니까…."

"시꺼 인마! 뒤에서 뚜껑 따라오는 거 안 보여?"

"으아아, 여기 분위기 대체 왜 이래!"

그리고 이런 별난 상황 때문인지, 홍보관 현장의 전기 작업속도는 놀라운 수준으로 빠르게 진행되었다. 스무 군데가 넘는 내벽 전기 작업부터 시작해서, 수십 개의 LED조명과 할로겐들이 붙을 천장 전기 작업까지. 느긋하게 하면 이틀도 넘게 걸릴 작업을, 오후 한 타임 만에 싹 다 끝내버린 것이다.

"헉, 헉. 끝났습니다, 반장님!"

"후우, 이제 남은 파트 없지?"

"그런 것 같아요."

이마에 흐르는 땀을 닦아내며 현장을 돌아본 관홍은, 저도 모르게 혀를 내둘렀다. 자존심 때문에 무아지경으로 일을 하다 보니, 그가 보기에도 어마어마한 작업량을 소화해낸 것이다.

'잠깐. 그러고 보니 이쪽 파트는 내일 작업 분량이었던 것 같은데….'

관홍은 벽에 간이로 걸린 시계를 확인해 보았다.

[17:25]

본래 생각했던 퇴근시간인 저녁 6시까지는 아직 30분 정도가 남았지만, 왠지 모르게 억울해졌다.

'생각해보니 야리끼리로 치면… 대충 한 시간 전쯤 퇴근할 수도 있었잖아?'

뭔가 우진의 계략에 말려, 노동력을 착취당한 느낌이랄까.

'젠장!'

하지만 그럼에도 불구하고 관홍은, 밝게 웃으며 공손히 인사하는 우진이 밉진 않았다.

"오늘 고생하셨습니다, 반장님."

"서 대표도 고생 많으셨습니다."

물론 미운 것과 얄미운 것은, 조금 다른 종류의 얘기였지만 말이다.

"작업량 충분히 채우셨으니, 시간은 좀 남았지만 먼저 퇴근하시지요."

"거참, 그렇지 않아도 퇴근하려 했습니다."

"내일도 잘 부탁드립니다."

"오늘처럼 필요 이상으로 하진 않을 생각이요."

"하하하."

관홍이 무슨 말을 하는지 아는 우진은 기분 좋게 웃었고, 관홍 또한 고개를 절레절레 저으며 같이 웃었다.

"여튼 내일 봅시다. 이런 속도로 작업하면, 전기 일정 이틀은 빼도 되겠습니다."

조금 뼈가 느껴지는 관홍의 이야기에, 우진이 빙긋 웃으며 대답하였다.

"너무 억울해하지 마시죠, 반장님."

"억울한데 어떻게 억울해하지 않습니까."

"아무리 일찍 끝나도 원래 일정대로 일당은 전부 챙겨드릴 테니, 오늘처럼 최대한 빠르게 작업 부탁드린다는 얘깁니다."

우진의 이야기에 관홍의 두 눈이 휘둥그레졌다. 그날 작업을 빠르게 끝내고 야리끼리 쳐본 적은 많아도, 당긴 일정과 별개로 수당을 그대로 주는 업주는 본 적이 없었으니 말이다.

"…?! 그게 정말입니까?"

"제가 이런 걸로 왜 거짓말을 합니까."

수서현장에서 경완의 배려가 고마웠던 우진은 이게 작업자 입장에서 얼마나 큰 동기부여가 되는 제안인지 잘 알고 있었다. 그리고 김관홍 또한, 보통 범주를 벗어나지 않는 마인드를 가지고 있는 평범한 작업자였다.

"조, 좋습니다! 그 말씀이 정말이라면… 이틀이 아니라 사흘도 당겨봐야죠!"

관홍의 반응에 더욱 기분이 좋아진 우진은 빠르게 현장을 정리하고 공사를 마무리 지었다.

"오늘은 다들 여기까지 하시죠! 모두 고생하셨습니다."

"감사합니다, 대표님!"

"내일 뵙겠습니다!"

그리고 WJ 스튜디오의 시공현장은 바로 이날처럼, 하루하루 순탄하게 완공을 향해 달리기 시작하였다.

— * —

김관홍은 우진을 이번에 처음 알았지만, 우진은 사실 아주 오래 전부터 그를 알고 있었다. 구체적인 시간으로 따지자면, 거의 십 년도 더 된 인연. 물론 우진의 나이 열 살 때 알았다는 의미는 아니었다. 관홍은 우진이 전생에 서른 정도 되었을 즈음, 함께 일한 적 있는 전기반장이었으니 말이다.

'그때도 이 아재는, 한 성질 하는 사람이었지.'

인력소장이 일정 가능한 전기반 리스트를 보내줬을 때, 관홍은 우진의 눈에 띌 수밖에 없는 이름이었다. 해서 반가운 마음에 우진은 연락을 넣어봤다. 물론 그가 동명이인일 가능성도 없진 않다 생각했지만, 결국 그는 전생의 그 인연이 맞았다. 그렇게 낯익은 얼굴을 마주하였을 때는, 환하게 웃을 수밖에 없었고 말이다.

'진짜, 세상 참 좁다니까.'

사실 김관홍은 그렇게까지 친한 사람은 아니었다. 현장에서 네 댓 번 정도 함께 일했을 뿐, 개인적인 친분이 있던 것은 아니었으 니까. 하지만 그런 친분과의 별개로 반가움은 생각보다 더 컸다. 마치 타지에서 만난 동향인이 몇 배로 더 반가운 것처럼 말이다.

'그래도 덕분에, 작업이 훨씬 수월해졌어.'

우진의 기억에 남아있는 전생의 인연은, 보통 다음 중의 하나였 다. 정말 좋은 사람, 혹은 나쁜 사람이었다거나. 혹은 실력이 좋아 함께 일하는 것이 즐거웠던 사람이었거나. 관홍은 그중 좋은 쪽으 로 기억에 남아있는 사람이었고, 그래서 WJ 스튜디오의 공사 일정 에도 큰 도움이 되었다. 그리고 이번 공사에서만 관홍과 같은 전생 의 인연을, 우진은 둘이나 더 찾을 수 있었다. 한 명은 아주 우연히.

"혁진 반장님 소개로 온 나시환이라고 합니다! 잘 부탁드립니 다."

한 명은 아주 필연적으로.

"안녕하세요, 벨로스톤즈에서 나온 민주영입니다. 서우진 대표 님이시죠?"

"아, 제가 서우진입니다. 반갑습니다."

"와아, 진짜 젊으시네요. 목소리부터 젊으시다 생각하긴 했지 만…."

"하하, 그렇게 말씀해주시니 감사하네요."

이태리 산 천연 대리석 수입업체인 '벨로스톤즈'의 대표 민주영. 그녀와 마주한 우진이, 환하게 웃으며 악수를 청하였다.

—— * ——

나시환은 전생에서, 한때 우진과 가장 친했던 동료였다. 우진이 김지훈 반장의 팀에서 본격적으로 내장목공을 배우기 시작했던 시절. 그와 거의 비슷한 시기에 김지훈의 제자가 되었던, 같은 팀의 동료였으니 말이다. 둘은 나이도 동갑이었다.

'얠 이렇게 만난다고?'

하지만 나시환과의 인연은, 그렇게 좋게 마무리되지 못했었다. 뛰어난 편이던 손재주와 별개로 작업 머리가 부족했던 시환은, 시간이 갈수록 팀 내에서 우진과 비교되었으며. 그로 인한 열등감과 스트레스 때문인지 어느 순간부터 우진을 멀리하기 시작했으니 말이다. 사실 지금 생각해보면, 우진의 잘못도 있었다. 혈기왕성하던 20대의 우진은 여느 또래들과 다를 바 없이, 우월감을 표출하는 걸 꺼리지 않았으니까.

'나라도 얄미웠겠지.'

어릴 때는 그러한 시환의 마음을, 잘 이해할 수 없던 우진이었다. 그저 갈수록 자신에 대한 험담을 하고 노골적으로 적대감을 보이던 시환이 미웠을 뿐이니까. 이십 대의 우진은 타인의 감정에 대한 공감 능력이 부족한 편이었다.

'이렇게 손재주도 좋고 착한 친구였는데… 그땐 왜 그랬는지 몰라.'

그래서 우연히 목공팀에 외주인력으로 나온 시환이, 우진은 더욱 반가웠는지도 모른다. 해묵은 찝찝한 감정의 잔재를 털어버릴 수 있는 기회가, 제 발로 찾아온 것이었으니 말이다.

"반갑습니다, 시환 님."

시환은 시기 질투가 많고 여성스러웠던 친구임과 동시에, 칭찬에 무척이나 약한 타입이기도 했다. 그래서 우진은 선의의 거짓말을 좀 했다.

"소장님께서 칭찬을 아끼지 않으시던 조공이, 이제 보니 시환 님이셨군요."

"아앗, 아직 많이 부족합니다! 잘 부탁드립니다, 대표님!"

인력소장이 딱히 그에 대한 칭찬을 한 적은 없지만, 의도적으로 자신감을 더 북돋아준 것이다. 그는 잘한다 잘한다 할수록, 더 성실하고 꼼꼼히 일하는 친구였으니까.

'그나저나 지금쯤이면 시환이가 목공 2년 차일 거고… 아직 김 반장님 팀에는 합류하지 못한 시점이겠네.'

우진은 이번 일이 끝나고 난 뒤에도 종종 시환에게 일거리를 제시할 테지만, 향후 몇 년간은 WJ 스튜디오에 채용할 생각은 없었다. 그는 차후에 김지훈 반장과 연결고리가 되어줄 수 있는 훌륭한 징검다리 역할을 해줄 것이었고, 그때까지 시환을 프리하게 두어야, 그의 인생이 전생과 비슷하게 흘러갈 테니 말이다. 당장 우진에게 필요하진 않았지만, 장기적으론 꽤나 큰 도움을 줄 수 있는 카드인 시환.

시환이 이렇게 거시적으로 도움 될 인맥이라면, 공사 마지막 날쯤 나타난 민주영은 당장부터 긴밀한 관계로 만들어야 할 인맥이었다. 이태리 유학생 출신으로 우진보다 열 살 정도 많은 민주영은 향후 업계에서 독보적인 자재업체를 만들어낼, 떡잎 바른 새싹이었으니 말이다. 그래서 이번 자재를 발주할 때, 우진은 필사적으로 인터넷을 뒤져 '벨로스톤즈'를 찾아내었다. 아직 업계에 이름도 제대로 알려지지 않은, 신생 업체를 말이다.

"대표님 덕에 '로소 레판토'를 구할 수 있었어요. 이게 진짜 아무리 수입업체를 뒤져도 상등품을 구할 수가 없더라고요."

"호호, 그렇죠? 이렇게 장밋빛 채광을 뿜어내는 대리석은, 쉽게 구할 수 있는 게 아니거든요."

사실 고가의 로소 레판토를 굳이 마감재로 쓴 이유 중에는, 자연스레 그녀에게 접근하기 위함도 있었다. 현시점 벨로스톤즈가 유통할 수 있는 최고의 대리석이 바로 로소 레판토인 듯 보였고. 이걸 위해 굳이 그녀를 찾았다고 하면, 세영 또한 충분히 납득할 만했으니 말이다. 생각지도 못했던 실수로 그녀의 의심을 살 뻔하기도 했지만….

"엇, 그런데 서 대표님."

"예?"

"제가 벨로스톤즈 대표인 건, 어떻게 아신 거죠?"

그 정도는 다행히 유야무야 넘어갈 수 있었다.

"아, 그게… 통화할 때 말씀하셨던 것 같은데…."

"아하. 제가 그랬었나요?"

고개를 갸웃하는 그녀를 보며, 우진은 뒷머리를 긁적였다. 전생의 기억이 뒤죽박죽 섞인 탓에 자연스레 대표라는 말이 나온 것이었는데, 자칫 쓸데없이 곤란한 상황이 만들어질 뻔했으니 말이다.

'휴, 전생의 기억과 섞이는 것도 조금 더 조심해야겠어.'

어쨌든 현장에 나온 민주영과 커피를 한잔한 우진은 기분 좋게 이야기를 계속 나눌 수 있었다.

"그나저나 업장이 꽤 먼 것으로 아는데, 여기까지 대표님께서 직접 나오실 줄은 몰랐습니다."

"후후, 저희가 사실. 이제 막 사업을 키우기 시작한 신생이거든요. 고객 하나하나 정성스레 저희 편으로 만들어야, 이 치열한 업계에서 살아남죠."

틸틸하고 솔직한 민주영의 얘기에, 우진 또한 웃으며 대답하였다.

"에이, 저희도 신생인데요. 뭘."

"서 대표님같이 열정 넘치는 신생 업체 대표님을 오히려 잘 잡아 둬야죠. 신생이 천웅건설 일을 따낸 거면, 가능성이 무궁무진하다는 얘기 아니겠어요?"

감이 좋은 것인지 보는 눈이 좋은 것인지. 반짝이는 민주영의 눈동자를 본 우진은 그녀의 통찰력에 속으로 감탄할 수밖에 없었다.

'성공에는 다 이유가 있구나.'

그리고 우진이 찻잔을 홀짝이는 동안, 주영이 다시 말을 이었다.

"그리고 시공결과를 한번 보고 싶었어요."

"자재가 어디에 어떻게 시공되었는지… 말이에요?"

주영이 쌍꺼풀 없는 커다란 두 눈을 깜빡이며 답했다.

"네, 맞아요. 저희가 구한 최고의 자재가 어떤 느낌으로 시공되는지를 두 눈으로 보고 싶었어요."

"이유는요?"

"가능성을 알고 싶었거든요."

"…?"

"평범한 자재들이야 해당되지 않는 말이에요."

주영은 잠시 뜸을 들인 뒤 창밖으로 보이는 현장을 보며 얘기했다. 그녀의 눈빛은 무척이나 진지하였다.

"한국에서 로소 레판토 정도 되는 고가의 마감재들은, 프리미엄 상품으로서의 가능성이 무궁무진해요."

흥미가 생긴 우진이 턱을 괴고 그녀의 말에 더욱 집중했다.

"자재의 가격이 보다 뛰거나, 수요가 점점 더 늘어난다거나… 그런 맥락으로 말씀하시는 거죠?"

"뭐, 비슷해요. 유럽 쪽이야 이미 희귀하고 아름다운 프리미엄 대리석 시장이 포화상태지만, 한국은 아직 아니거든요."

그녀의 이야기는 조금 더 길게 이어졌다. 하지만 그 이야기의 핵심은, 짧게 요약할 수 있는 것이었다. 한국 사람들도 점점 더 고급화를 추구할 것이고, 사치재에 눈을 뜨게 될 것이다. 때문에 한국인들이 선호하게 될 프리미엄 자재들의 유통권을 독점할 수 있다면, 훨씬 더 빠르고 크게 회사를 성장시킬 수 있을 것이다. 미래를 알고 있는 우진의 입장에서는, 절로 감탄사가 터져 나올 수밖에 없는 통찰력이었다.

'확실히… 대단한 여자야.'

우진은 고개를 끄덕이며, 그녀의 이야기에 동의하였다.

"옳으신 말씀이라 생각합니다."

"역시, 그렇죠?"

"그리고 그런 의미에서, 한 가지 여쭙고 싶은 게 생겼습니다."

이번에는 민주영의 표정에 흥미가 어렸다.

"그게 뭐죠?"

한 차례 마른침을 삼킨 우진이, 웃으며 입을 열었다.

"오늘 저희가 시공한 로소 레판토의 점수는, 대표님 눈에 몇 점이었을까요?"

"…!"

"솔직하게 말씀 주셔도 됩니다. 말 한마디에 일희일비하고 그런 타입은 아니거든요."

생각지도 못했던 우진의 질문에, 주영은 순간적으로 당황한 표정이 되었다. 하지만 그것도 잠시뿐.

"호호호."

기분 좋은 얼굴이 된 그녀가, 빙긋 웃으며 대답하였다.

"오늘 회사로 돌아가면, '로소 레판토'의 유통권만큼은 필사적으로 확보하려고요."

그녀의 말뜻을 이해한 우진이 마주 웃었다.

"하핫."

"그리고 WJ 스튜디오와 서우진 대표님과의 관계도, 꽉 붙들고 놓지 않으렵니다."

흘러내리는 앞머리를 쓸어 넘기며, 민주영이 다시 입을 열었다.

"이 정도면, 대답이 되셨을까요?"

멋쩍은 표정이 된 우진이, 밀려 올라가는 광대를 문지르며 터져 나오려는 웃음을 참아내었다.

"비행기를 태워주시네요."

우진은 최근 들어 가장 기분이 좋았다. 통찰력 있는 민주영으로부터, 제대로 된 인정을 받은 것 같았으니 말이다. 우진이 아는 민 대표는 입에 발린 말을 잘하지 못하는 스타일이었고, 설령 빈말이었다고 해도 그 정도 구분 못 할 우진이 아니었다.

"어쨌든, 오늘 정말 구경 잘하고 가요, 서 대표님."

"저도 민 대표님 덕에 좋은 말씀 많이 들었습니다."

민주영이 손을 내밀며 다시 말했다.

"바쁘시겠지만, 다음에 한번 저희 사무실에 놀러 오세요. 인천이라 조금 멀기는 하지만… 오신다면 재밌는 것 많이 보여드리죠."

"하하, 더워지기 전에 꼭 한번 찾아뵙겠습니다."

그렇게 민주영을 돌려보낸 우진은 더욱더 마감 공사에 박차를 가하였다.

"타일 간격은 정확히 맞아떨어져야 합니다."

"이쪽에 실리콘 삐져나온 것, 안 보이십니까?"

"광택제 아끼지 말고 발라주세요. 광택이 제대로 살지 않으면, 할로겐 백날 쏴봐야 아무 의미 없단 말입니다!"

또 하루. 또 이틀. 우진이 미친 듯이 바쁘게 학교와 현장을 오가는 동안. 보름이 넘는 제법 긴 시간이, 말 그대로 쏜살같이 우진을 스치고 지나갔다.

"저기! 할로겐 비틀어진 거 바로잡아 주세요!"

"조명 열기에 모형 도색 녹으면 안 되니까, 측면은 거리 좀 띄워 주셔야 합니다!"

"아크릴이랑 유리에 먼지 묻은 것만 한 번씩 닦아주시고…!"

"공사, 여기서 마무리 짓겠습니다!"

우진의 말이 끝나자마자, 장내에서 환호성이 터져 나왔다.

"키야…!"

"다들 수고하셨습니다!"

총 20일 정도가 걸린, 천웅건설 프리미엄 브랜드 '클리오'의 브랜드 홍보관 시공 작업.

WJ 스튜디오에서 시공한 첫 번째 작품이, 완성되어 세상에 나오는 순간이었다.

프리미엄이란?

 사람은 누구나 더 좋은 것, 더 귀한 것, 더 편한 것을 추구하게 마련이다. 그리고 자본주의 사회에서 모든 돈의 흐름은, 이와 같은 맥락으로 움직인다고 우진은 생각하였다.

 '사람은 누구나 특별해지고 싶어 하지. 누구에게나 인생의 주인공은 자기 자신이니까.'

 우진의 부모님 세대에는 사치와 낭비를 흉으로 여겼지만, 시간이 지날수록 그것은 너무 당연한 것이 되어갔다. 자산, 소득의 격차와 별개로 모든 사람이 같은 수준의 소비만을 고집한다면, 자본주의 사회는 굴러갈 수 없었으니까. 해서 현대의 사람들은 자신의 특별함을 증명하기 위해 돈을 쓴다. 그리고 우진은 가장 많은 사람들이 돈을 아끼지 않는 분야가 바로 주거(住居)라고 생각하였다.

 '좋은 주거에 대한 갈망이야말로, 고금을 통틀어 변치 않는 인간의 욕망이니까.'

 우진은 욕심이 나쁘다 생각지 않았다. 그것은 인간의 본성이었고, 또 인간을 움직이는 원동력이기도 했으니까. 언제나 문제가 되는 것은. 자신의 능력 밖의 것을 원하거나, 노력 없이 과실만을 바라는, 그릇된 탐욕일 뿐이었다. 해서 우진은 현대인의 욕심이 담겨있는 고상한 단어가 바로 '프리미엄'이라고 생각하였다. 그리고 '프리미엄'을 찾는 사람들이 원하는 가장 중요한 것이, 자신을 '특별한' 사람으로 만들어주는 것이라 생각하였다.

"말씀드렸던 대로 면적을 아래위로 200 정도 줄이고, 폴리싱타일(유광타일) 대신 천연대리석으로 시공했습니다."

"보시면 모델하우스로 진입하는 동선을 따라 대리석 마감재가 자연스럽게 이어지고…."

"여기, 이 지점부터 화이트 헤링본(Herringbone)*이 들어가면서, 모하 내부의 마감재와 같은 톤으로 변경됩니다."

"아마 홍보관을 찾은 사람들은 이 웅장한 호화 인테리어를, 분양받을 집과 연관 지어 생각할 수밖에 없을 겁니다."

"워낙 모델하우스 내장재도 고급스러운데, 홍보관 로비까지 이어지는 디자인 톤을 최대한 부드럽게 뺐거든요."

"공동주택. 아파트라고 생각할 수 없는 이 특별한 고급감."

"이 클리오 프레스티지 아파트를 분양받으러 온 사람들은, 이 공간이 자신들을 특별하게 만들어준다고 느낄 겁니다."

우진의 설명이 청산유수처럼 이어졌고. 최종감리를 나온 천웅건설 디자인팀장 손준기가 할 수 있는 것은, 그저 고개를 끄덕이는 일뿐이었다.

'와, 이게 이렇게 뽑힌다고?'

우진의 설명에는 한 치도 트집 잡을 부분이 없었으며, 그 전에 그럴 생각이 들지도 않았으니 말이다. 디자인 디테일과 마감 퀄리티

---

* 판재나 띠 모양의 소재가 일정한 각도를 이루면서 서로 엇갈리게 조합된 무늬.

에 감탄하기 바쁜 상황에서, 무슨 말이 더 필요하겠는가?

"진짜 고생하셨습니다, 서 대표님. 이거, 대표님 시공이 저희 팀 디자인을 제대로 살려주셨네요."

진심이 담긴 손준기의 이야기에, 우진은 멋쩍은 표정을 지으며 대답하였다.

"별말씀을요. 기본적으로 디자인이 잘 빠졌으니, 시공도 예쁘게 나올 수 있었던 것 아닙니까."

손준기의 감사 인사는 물론. 우진의 대답 또한 전혀 빈말이 아니었다. 개인적으로 디테일 측면에서 설계도가 아쉬운 점들이 분명 있었지만. 그래도 회귀 전 우진과 협업하던 디자인 팀의 작업물들과 비교하면, 앉혀놓고 절이라도 하고 싶을 정도로 군더더기 없는 훌륭한 디자인이었으니 말이다.

'유학파 디자이너랍시고 설치던 임 차장만 생각하면… 진짜 아오.'

그리고 우진이 이런 생각을 하고 있던 그 시점. 손준기와 함께 온 디자인 팀원들은 적잖은 충격을 받고 있었다. 눈앞에 있는 것은 분명 그들이 디자인하고 설계한, 디자인팀의 머릿속에서부터 나온 프리미엄 홍보관의 디자인이었는데. 3D로 렌더링한 투시도에 포토샵을 덕지덕지 발랐던 시뮬레이션 이미지보다도, 지금 완공되어 눈앞에 나타난 홍보관의 모습이 몇 배는 더 아름다웠으니 말이다.

'디자인이 끝인 줄 알았는데…'

'시공과정에서 이렇게까지 결과물이 살아날 수도 있다니.'

천웅건설의 디자인 팀은, 지금까지 수많은 현장을 디자인해왔다. 때문에 지금 우진이 시공한 현장보다, 더 멋지고 더 아름다운 공간도 분명히 많이 봐왔다. 하지만 이제까지 그들이 디자인했던 공간이, 디자인하며 상상했던 수준 이상으로 멋지게 뽑힌 경우는 한 번도 없었다. 생각했던 그림대로 잘 뽑혔다며 감탄한 적은 더러 있었지만… '이거 우리가 디자인한 것 맞아?'라는 생각이 들 정도로 결과물이 더 좋았던 적은 단 한 번도 없었던 것이다.

"자, 이제 설명 끝나셨으면 촬영 좀 하겠습니다!"

우진의 브리핑이 전부 끝나자, 그들의 뒤를 따르던 촬영팀이 일사불란하게 장비를 풀었다. 촬영팀의 역할은, 천웅건설 본사에서 여러 방면으로 쓰일 그럴싸한 현장 사진들을 뽑아내는 것. 보통 이렇게 찍힌 사진들은 윗선에 보고하기 위한 용도로 가장 많이 쓰이지만, 오늘은 조금 다를 것이다. 홍보관이 본격적으로 오픈되기 전, 이 사진들을 담은 수많은 기사들이 동시다발적으로 인터넷에 뿌려질 예정이었으니까.

"호호, 공간이 좋으니까 사진 찍을 맛도 나네요."

"앵글 잡기 진짜 편하네."

촬영팀이 세팅되는 것을 잠시 지켜보던 손준기의 앞으로, 우진이 다가가며 슬쩍 입을 열었다.

"저기, 팀장님."

"아, 말씀하세요, 대표님."

우진이 멋쩍게 웃으며, 그에게 한 가지 부탁을 하였다.

"혹시 촬영팀에서 찍은 사진들, 저희 측에도 공유가 좀 가능할까요?"

전문 촬영팀이 찍은 사진들은, 그 자체로도 천웅건설 자산의 일부이다. 때문에 우진은 조심스레 물어봤고, 손준기는 웃으며 대답하였다.

"아하, 그 정도야 제가 얼마든지 해드릴 수 있죠."

"정말 감사합니다."

"그런데 사진들은 어디에 쓰시려고…?"

숨길 것도 없었기에, 우진은 솔직히 대답하였다.

"저희 스튜디오 포트폴리오에 쓰려고 합니다. 아시다시피 저희, 신생이잖아요."

우진의 말에 잠시 멈칫 한 준기가, 너털웃음을 터뜨렸다.

"하하. 신생이라… 그랬죠."

준기는 이번 작업을 진행하는 동안 우진이나 WJ 스튜디오에서 어설픈 구석을 단 한 번도 찾을 수 없었고. 때문에 WJ 스튜디오가 신생업체라는 사실을, 자연스레 망각하고 있었던 것이다. 준기는 현장을 한 번 더 둘러보며, 다시 말을 이었다.

"그리고 뭐, 신생이 아니더라도 사실 이 정도 퀄리티의 작업이면, 어느 업체라도 포트폴리오에 추가하고 싶을 겁니다."

"그렇게 말씀해주시니 감사하네요. 여튼, 도와주셔서 감사합니다."

그렇게 감리확인까지 전부 끝나고 현장 촬영 작업까지 마무리되자. 우진은 점점 더 지금의 상황이 실감 나기 시작하였다.

'이걸… 내가 만들었단 말이지?'

인테리어 공사 그 자체를 말하는 게 아니다. 일을 받아오는 것부터 시작해서 인력을 수급하고 자재들을 직접 발주 넣는 일련의 작업들까지. 오롯이 우진과 WJ 스튜디오가 가진 힘으로만 해낸 첫 번째 작업물이었으니, 이것은 우진에게도 첫 번째 경험인 것이다.

'이제 남은 건….'

우진은 휴대폰을 열어서 달력을 확인해보았다. 구닥다리 폴더식

폰이었지만, 그래도 달력 기능 정도는 탑재되어 있었다.

[5월 26일, 수요일. 잔금 수령]

[5월 29일, 토요일. 기자회견]

[6월 3일, 목요일. 홍보관 오픈]

남은 일정들을 확인한 우진의 입가에 저도 모르게 미소가 걸렸다. 지난 한 달 동안 최선을 다했고 열심히 일했으니 이제 남은 것은, 달콤한 열매를 따 먹는 일들뿐이었다.

— * —

십 년 차 샐러리맨이자 3인 가족의 가장인 경택은 오늘도 아침부터 출근을 위해 바삐 지하철에 올라탔다. 지난 십 년 동안 항상 반복되어왔던, 평소와 별다를 것 없는 평범하기 그지없는 하루의 시작.

덜컹-

출근길의 지하철은 언제나처럼 사람이 많았고, 앉을 자리조차 한 곳 없었지만. 어쩐지 그의 기분은, 평소보다 훨씬 더 좋아 보였다. 금요일 퇴근길도 아닌 월요일 출근길에, 콧노래까지 흥얼거리고 있었으니 말이다. 그리고 오늘따라 그의 기분이 좋은 데에는, 당연히 그만한 이유가 있었다.

"드디어 나도 여의도 금융맨이란 말이지."

경택에게 오늘은, 여의도 직장에 처음 출근하는 날이었으니까.

'흐…! 서울이라. 게다가 여의도!'

경택은 어릴 적부터 지방에서 나고 자란 토박이였다. '지거국'이라 불리는 지방 거점 국립대를 나와, 나고 자란 지역에서 마흔이

다되도록 회사를 다닌 진성 토박이. 첫 직장부터 금융회사에 몸담 았던 그에게 여의도 증권사는 꿈의 직장이었으며, 오늘은 그렇게 원했던 꿈을 이룬 날이었다. 그러니 월요일 출근길이라 한들, 그의 기분이 좋지 않을 수 없었던 것이다. 게다가 이직 성공과 함께 무려 20퍼센트에 가깝게 인상된 연봉은 그의 기분을 더욱 행복하게 만들어주는 요소였고 말이다.

"이번 정거장은 여의도. 여의도역입니다. 내리실 문은….”

여의도역에 내린 경택은, 경쾌한 걸음으로 출구를 향해 걸어 나 갔다. 그런데 그때.

위이잉-

주머니에 들어 있던 경택의 휴대폰이, 요란하게 진동하기 시작 했다. 그리고 발신자를 확인한 경택의 얼굴에, 다시 웃음꽃이 폈 다.

"어, 여보.”

"출근 잘했어요? 혹시 늦잠 잔 건 아닌가 해서.”

"늦잠이라니. 오늘 첫 출근인데. 새벽부터 일어나서 준비하고 나 왔죠.”

"아침은 챙겨 먹고 나간 거죠?”

"걱정 마요, 걱정 마. 자기가 냉장고에 넣어놓고 간 거 그대로 잘 먹고 나왔으니까.”

때맞춰 걸려온 아내의 전화를 기분 좋게 받은 경택은, 전화를 끊 으며 작은 목소리로 중얼거렸다.

"빨리 가족들도 데리고 올라와야 하는데….”

꿈꾸던 직장으로 이직을 성공한 경택에게, 이제 남은 걱정은 단 하나였다. 지방과는 비교되지 않을 정도로 집값이 비싼 이 서울에,

어떻게 번듯한 집 한 채 마련해서 가족을 데리고 올라오냐는 것. 경택은 이제 제법 고액연봉자 축에 낄 만큼 벌이가 괜찮았지만, 그래도 서울에 집을 장만하는 것은 아득한 일이라고 할 수 있었다.

'전세대출이라도 받아야 하나? 여의도에 살면 제일 좋겠지만, 그건 아무리 생각해도 무리고… 오늘은 퇴근하면, 서울 지도 좀 펼쳐놓고 고민해야겠어.'

아내의 전화로 인해 조금 무거운 표정이 된 경택은, 에스컬레이터를 나와 지하철 출구를 빠져나갔다. 이어서 그는 주변을 두리번거렸다. 회사에 들어가기 전에 커피라도 한 잔 살까 해서 말이다. 그런데 카페를 찾기 위해 고개를 돌리던 그의 눈에, 지하철 출구 옆에 꽂혀 있는 신문들이 눈에 들어왔다. 조금 더 정확히는. 그 신문의 한 면을 가득 채우고 있는, 커다란 아파트 분양 지면 광고가 눈에 들어온 것이다.

"여의도까지 10분! 천웅건설의 럭셔리 프리미엄 브랜드, 마포 클리오 프레스티지 분양홍보관 오픈!"

다른 것보다 경택의 눈에 가장 먼저 밟힌 것은, '여의도까지 10분'이라고 쓰여 있는 커다란 붉은 폰트.

'10분? 저기가 대체 어디지?'

궁금해진 경택은 저도 모르게 다가가 신문을 한 장 뽑아 들었고, 카페에 가는 대신 그 지면 광고를 읽으며 회사를 향해 걸어갔다.

'천웅건설에서 새로 만든 프리미엄 브랜드라….'

그리고 잠시 후.

"와…!"

그의 입에서 저도 모르게, 육성으로 감탄사가 터져 나왔다. 광고 하단에 실린 아파트 단지 이미지들이, 마치 아파트가 아니라 고급

호텔 같은 이미지였으니 말이다.

"무슨 아파트 커뮤니티 센터에 수영장도 있네? 서울은 원래 다 이런가?"

경택은 회사를 향해 걷는 와중에도 내용 하나하나를 꼼꼼히 읽어보았고, 갈수록 이 분양 광고에 혹하기 시작하였다. 그리고 회사에 도착할 즈음, 신문을 접어 가방에 집어넣었다.

'그래. 이번 주말에는 홍보관이라도 한 번 가봐야겠어. 분양홍보관에서 입장료를 받는 것도 아닐 테니까.'

분양가가 얼마인지, 투자 가치는 있는 것인지. 그런 것은 아직 전혀 알 수 없었지만, 경택은 난생처음으로 '아파트 분양 홍보관'이라는 곳에 가보기로 결심하였다. 이곳은 어쩐지, 특별하게 느껴졌으니 말이다.

— * —

5월이 전부 지나갔다. 그리고 이것은, 대학교의 몇 가지 굵직굵직한 행사들이 마무리되었음을 의미했다. 5월 초, 중간고사 마무리를 시작으로, 5월 중순부터 이어진 대학 축제까지. 5월은 신입생들에게 있어 대학 생활의 새로운 경험들을 하게 해주는, 다사다난한 한 달이라고 할 수 있었다. 물론 개중에는 이 행사들에 거의 신경을 쓰지 않은, 특이한 신입생도 한 명 있었지만 말이다.

"우리 이번 축제 때 주점 열어서 번 돈으로, 인당 50만 원씩 남겨서 가져갔다?! 부럽지?"

"글쎄, 별로?"

"그… 럼, 이건 어때."

"또 뭔데."

"지난주 축제 무대에, 걸 그룹 세 팀이나 왔다 갔거든? 이번에는 진짜 부럽지? 후회되지?"

"흐음, 그거 못 본 건, 좀 아쉽긴 하네. 그렇다고 치지 뭐."

"아잇…!"

오랜만에 수업이 끝나고도 과실에 우진이 남아있자, 소연은 쪼르르 다가와 재잘재잘 떠들었다. 뭔가 기회만 되면 하고 싶었던 말들이 한가득 쌓여 있었는지, 우진의 옆자리에 착 달라붙어 앉은 소연은 쉼 없이 말을 이었다.

"아니, 어떻게 신입생이 축제를 즐기지 않을 수가 있어?"

"그리고, 어! 조별과제 같이하려면 학교에도 좀 남아있고 해야지, 어!"

우진은 눈치가 아주 나쁘지는 않은 편이었다. 때문에 소연의 어투에 약간의 서운함 같은 것이 묻어남을 어렵지 않게 느낄 수 있었다.

'하긴. 내가 너무 팀플에 소홀하긴 했지. 팀플 날짜 잡자는 걸, 세 번이나 거절했으니 말이야.'

당연히 우진은 팀플을 하기 싫어서 거절한 게 아니었다. 전공 수업에 대한 욕심은 우진도 다른 학생들 못지않게 많았고. 때문에 소연과의 팀플 또한, A+를 목표로 삼고 있었으니 말이다. 다만 5월은 그에게, 정말 조금의 여유도 없을 만큼 눈코 뜰 새 없이 바쁜 한 달이었을 뿐이다. 소연의 눈치를 잠시 살피던 우진이, 슬쩍 입을 열었다.

"자, 우리 팀원님."

"왜, 뭐!"

"그런 의미에서 오늘, 지난번에 못 했던 팀플을 하는 건 어때."

우진의 말에 소연이 어이없는 표정으로 반문했다.

"뭐? 미리 얘기도 안 하고 갑자기? 오늘?"

"응."

"안 해. 못 해. 갑자기 바쁜 일이 생겼어. 나 간다! 빠이!"

우진을 향해 코웃음을 친 소연은, 고개를 휙 돌리며 가방을 싸기 시작했다. 우진은 어쩐지 소연이 집에 가려는 시늉만 하는 것 같다고 느꼈기에, 피식 웃으며 말을 이었다.

"팀원님. 팀플, 진짜 안 하고 가시렵니까?"

"나, 간다니까?"

"팀플 예정 장소가 '한우마을'인데도?"

노트북을 정리하던 소연의 두 손이, 잠깐 멈칫하였다.

"한우… 마을? 티, 팀플을 왜 거기서 해?"

소연의 목소리가 살짝 떨린다. 그녀가 고기, 특히 소고기 마니아라는 사실을 알고 있는 우진의 강력한 한 수라고 할 수 있었다.

"팀플이 꼭 노트북을 켜고 스케치를 하고 도면을 그려야만 팀플인 것은 아닌 법."

"뭐…?"

"투플 꽃등심을 음미하면서 팀원 간의 돈독한 우애를 다지는 것도, 일종의 팀플이 아니겠는가."

평소 같았다면 아재같이 말하지 말라며 등짝을 때렸을 소연이었지만, 이번만큼은 그럴 수 없었다. 한우, 그것도 투플러스 등급의 꽃등심이라니. 소연은 자신도 모르는 마음속 어딘가에 콕 박혀있던 우진에 대한 서운함이, 저도 모르게 사르르 녹는 것을 느낄 수 있었다.

"조, 조금 괜찮은 생각인 것 같긴 한데…."

이어서 고민하는 소연을 향해, 우진이 결정타를 날렸다.

"내가 지난달에 노느라 팀플을 못한 게 아니거든."

"…?"

"5월 한 달 동안 개미같이 일해서, 우리 팀원님께 소고기 대접할 돈을 벌어왔단 말씀."

"진심?"

"오늘 하루만큼은… 우리 팀원님이 설령 밥 한 숟갈 안 뜨고 엽진살만으로 배를 터질 때까지 채운다고 해도, 기꺼이 내 지갑을 내어놓도록 할게."

사실 투플 꽃등심이라는 이야기를 듣는 순간, 소연은 이번 달에 들어온 알바비를 머릿속으로 계산하고 있었다. 소고기를 설마 사준다고 이야기할 줄은 몰랐으니 말이다. 그런데 심지어 배가 터지도록 먹을 수 있게 사준다니. 이미 팀플 거부로 인한 서운함은, 저 멀리 날아간 소연이었다.

"좋아, 이번만 특별히 양보하도록 할게."

"역시 한우는 위대해."

"한우 때문인 줄 알아?"

"응."

"그렇지 않아. 단지 미안해하는 오빠의 진심이, 내 마음을 움직였을 뿐이야."

"그렇다면 역시, 한우는 훌륭한 매개체였어."

"그건 동의해."

한우 생각에 신이 난 것인지, 소연은 책상 위에 널브러진 우진의 짐을 대신 정리해주기까지 하였다. 그리고 고기를 향한 그 정성에 감동받은 우진은 '한우마을'에 도착하자마자 소연에게 메뉴판을 내밀었다. 메뉴 옆에 쓰여 있는 가격표는, 손으로 가린 채로 말이다.

"자, 골라."

"이건 왜 가렸어?"

"가격은 신경 쓰지 말고 고르라는 의미야."

"이 오빠 오늘 뭐지? 어디서 로또라도 맞은 건 아니지?"

"그럴 리가."

"설마 로또 맞고 한우 한 끼로 퉁 치려는 거면…."

"오늘 팀플, 취소할까?"

"꽃등심 하나, 채끝 하나, 갈빗살 하나. 괜찮으면 육회도 한 그릇 추가."

"콜."

일사천리로 고기를 주문하자, 곧 지글거리는 불판과 함께 새하얀 마블링이 가득한 최상급 한우가 대령되었다. 이어서 영롱한 고기의 자태에 두 눈이 반짝이기 시작한 소연이, 순식간에 고기와 함께 나온 집게와 가위를 낚아채었다.

"오늘 고기는, 이 소연 님이 집도한다."

"너, 고기 잘 구워?"

"당연."

"좋아, 좋은 자부심이다."

"기다려 봐. 고기가 혀에 닿자마자 살살 녹는 기적을 보여줄 테니까."

소연은 자신의 장담처럼 기대 이상으로 고기를 잘 구웠고, 우진은 그녀가 구워주는 고기를 맛있게 먹으며 소연의 고기 철학을 경청하였다.

"오빠. 소고기는 말야, 세 번 이상 뒤집으면 안 돼."

"왜?"

"센 불로 앞뒤 바싹하게 한 방에 구워줘야, 육즙이 그대로 안에 갇혀서 야들야들해지거든."

"흠…."

"맛있지?"

"맛있어."

우진의 대답이 마음에 들지 않았는지, 소연이 압박을 가했다.

"그게 끝이야?"

"아니. 지금 혀 위에서 고기가 녹고 있는 중이야. 맛을 음미하느라 대답을 길게 못 한 것뿐."

"그렇다기엔 발음이 너무 좋은데?"

"대충 겁나 맛있다는 뜻이야. 넘어가자."

열심히 변명하는 우진의 태도가 만족스러운 소연은, 배시시 웃으며 다시 입을 열었다.

"역시 그렇지? 그럼 이번에는 이것도 한번 먹어봐. 사실 입에서 녹는 맛은 채끝이 일품인데, 갈빗살은 식감이 탱탱한 게 또 다른 매력이 있거든."

고기를 구우며 신나서 떠드는 소연을 보며, 우진은 문득 그런 생각을 했다.

'그러고 보면, 얘도 참 특이한 캐릭터란 말이지.'

얼굴은 예쁘장하게 생겨가지고서, 남고 다니던 시절의 친구들이 떠오를 만큼이나 털털하고 수더분한 성격. 게다가 학교에 잘 나타나지도 않는 노땅 오빠를 이렇게나 열심히 챙겨주는 착한 마음씨라니.

'회귀 덕에 이렇게 좋은 친구도 생겨보고… 복 받은 인생이야. 복 받은 인생.'

우진은 새삼 소연에게 고마움을 느끼고 있었다. 그래서 우진의 입에선, 자신도 모르게 불쑥 한마디가 새어 나왔고….

"야, 잘해보자."

"…? 갑자기 분위기 뭔데? 왜 이래?"

"음, 방금 뭔가 오해가 있었던 것 같은데…."

"극혐!"

"아니, 물주한테 못 하는 말이 없네, 이 친구."

그렇게 티격 대던 두 사람은, 결국 즐겁게 웃으며 고깃집을 나올 수 있었다. 물론 20만 원이 넘게 찍힌 계산서를 몰래 확인한 우진은 속으로 눈물을 머금어야 했지만 말이었다.

'앞으로 소고기는… 좀 조심할 필요가 있겠어.'

소고기값을 법인카드로 슬쩍 긁긴 했지만, 결국 그 돈도 우진의 돈이나 다를 바 없는 것이었다.

—— * ——

일주일 중 직장인에게 가장 설레는 시간. 금요일 오후 4시에 상사의 호출을 받은 박병재는, 무척이나 불안한 마음으로 엘리베이터를 기다리고 있었다.

'젠장. 월요일 업무보고서까지 싹 다 써놨는데… 이 시간에 대체 왜 부르는 거지?'

그에게는 한 가지 징크스가 있었다. 금요일 오후를 잘 넘기지 못하면, 그 주 주말은 항상 불행해진다는 징크스. 그 불행이라는 것이 크게 거창한 것은 아니다. 야근 때문에 금요일 술 약속을 취소하게 되고… 그렇게 좋아하는 술도 한 모금 못 한 채 열심히 일하고 퇴근했는데, 늦었다며 아내에게 바가지가 긁히게 되고. 억울한 나머지 버럭 화를 내면, 그것이 부부싸움이 되어 황금 같은 주말을 스트레스 속에 통째로 날리게 되는 그런 사소한 불행들 말이다.

사실 평소에 술자리를 좋아하여 이미 아내와의 신뢰가 깨진 것이 진짜 부부싸움의 이유였고. 그러니까 사실 징크스라기보단 아주 필연적으로 찾아온 불행들이었지만. 항상 업무 스트레스에 찌들어있는 병재에게 그런 이성적인 사고와 통찰력을 바라는 것은, 어쩌면 무리일지도 모르는 일이었다. 그리고 여느 때와 마찬가지로 병재의 징크스는, 어김없이 그를 찾아와 우울하게 만들고 있었다.

"박 과장, 왔어?"

"예, 부장님. 무슨 일이신지….."

"자네 이번에, 천웅건설에서 프리미엄 브랜드 론칭한 거 알고 있지?"

"옙, 알고 있습니다."

"거기 분양홍보관이, 청담동에 오픈했다고 하는데 말이야….."

왔다. 올 것이 왔다.

"말씀… 하십시오."

이 비슷한 레퍼토리를 이미 수없이 경험한 병재는, 가슴속 깊은 곳에서부터 우러나오는 한숨을 꾹꾹 눌러 집어삼켜야 했다.

"내일 아침에 거기 좀 갔다 와봐. 애들 둘 정도 데려가서, 천웅 놈들이 무슨 꿍꿍이로 신규 브랜드를 론칭한 건지, 분석 좀 해보라는 말이야."

병재는 당장이라도 쌍욕이 튀어나오려는 것을 참아내며, 속으로 분을 삼켰다.

'아니, 이 새끼는 내일이 토요일인 걸 모르는 건가? 이런 걸 시킬 거였으면, 업무시간에 보내면 되잖아, 업무시간에! 제기랄!'

그의 직속상관인 김 부장은, 항상 이런 식이었다. 꼭 주중에는 별말 없다가 금요일 오후만 되면 이런 귀찮은 일을 하나씩 툭툭 던지는, 아주 악질적인 습관을 가지고 있는 최악의 상사. 하지만 사회생활 십 년이 넘은 베테랑 샐러리맨 병재는, 그렇게 쉽게 불만을 표출할 만큼 어리석은 사람이 아니었다. 인성과 별개로 김 부장은 회사 내에서 능력 있는 인물이었고. 결국 김 부장의 줄을 잘 붙잡고 있어야, 몇 년 안에 병재가 그의 자리를 꿰찰 수 있을 테니 말이었다. 병재는 불만스런 표정을 짓는 대신, 환한 자본주의 미소와 함께, 청산유수처럼 거짓말을 시작했다.

"아, 그렇지 않아도 기본적인 자료는 이미 수집 좀 해뒀습니다, 부장님."

"오호, 그래?"

"천웅에서 겨우 인지도 쌓아 둔 CW브랜드를 버리고 프리미엄 브랜드를 론칭하는 데에는, 뭔가 그럴 만한 이유가 있지 않겠습니까?"

"하하, 그렇지. 역시 자네는 생각하는 게 빠르단 말이야. 이래서 내가 자넬 좋아한다니까, 하하핫."

병재는 호쾌하게 웃는 김 부장의 얼굴에, 당장이라도 주먹을 꽂아 넣고 싶었다.

'있긴 뭐가 있어, 제기랄. 멍청한 천웅건설 마케팅 부서에서, 허공에 돈 날리면서 바보짓 하고 있는 거지.'

건설사의 주거브랜드 인지도란, 하루아침에 만들어지는 것이 아니다. 집이라는 것이 일이십만 원짜리 전자제품도 아니고, 보통의 가정에선 전 재산을 들여야 장만할 수 있는 것이었는데. 'ㅇㅇ아파트라면 믿고 분양받을 수 있어'라는 인식이 생기는 데까지, 오랜 세월과 같은 노력이 필요한 것은 너무 당연한 사실이었으니 말이다. 그러니까 천웅건설에서 겨우 이미지 만들어 놓은 CW를 버리고 새 브랜드를 론칭한다는 발상 자체를, 병재로서는 도저히 이해할 수 없었다. 그래서 그는 더 화나고 짜증났다. 그의 기준에선 멍청이들의 멍청한 생각을 알아보는 데에, 그의 황금 같은 주말을 써야 하는 상황이었으니까.

'그리고 명성이나 태진이면 모를까. 대체 회사에선 왜 자꾸 천웅을 신경 쓰는 거야?'

게다가 천웅건설은, 병재의 회사인 '제운건설'과 비교했을 때, 모든 면에서 비교할 수 없을 정도로 작은 회사였다. 업계 순위야 같은 한 자릿수라곤 하지만, 1위와 9위 사이에는 극복하기 힘든 격차가 존재하는 것이었으니 말이다. 해서 병재는, 아주 썩어버린 기분으로 김 부장의 방에서 나와야 했다.

"월요일 보고서에 첨부하겠습니다, 부장님."

"좋아. 기대하도록 하겠네, 박 과장."

양심에 가책이라도 느끼라는 마음에 한마디 던져봤지만….

"그럼, 좋은 주말 보내십시오."

"고맙네, 이제 나가 봐."

김 부장이라는 인물은, 역시 전혀 신경조차 쓰지 않는 눈치였다. 애초에 김 부장에겐 박병재가 주말에 일하는 것이, 별로 특별한 상황이 아니었다.

'후우. 진짜 거지같네. 홍보관 오픈이 10시였지? 애들 데리고 오

픈 맞춰 가서, 대충 둘러보고 나와야겠어.'

병재는 어떻게 하면 최대한 적은 노력으로 이 귀찮은 상황을 해결할 수 있을지 고민하며, 엘리베이터를 타고 다시 자신의 자리로 돌아왔다. 하지만 이때만 해도 그는 알 수 없었다. 별생각 없이 홍보관을 방문한 그가, 누구의 강압도 아닌 '자의'로 열심히 일하게 될 것이라는 사실을 말이었다.

"…? 대체 이 미친놈들은, 여기에 얼마를 처바른 거지?"

이것이 팀원들과 청담 홍보관에 도착해 아무 말 없이 내부를 둘러본 그의 입에서, 가장 처음으로 튀어나온 첫 마디였다.

—— * ——

사실 병재가 당황한 것은, 처음 홍보관에 도착한 그 순간부터였다.

'뭐지? 주말이라곤 해도, 홍보관에 사람이 이렇게 많다고?'

06, 07년. 그러니까 근 10년 이내, 부동산이 최고의 호황이던 시절. 그때는 인서울 괜찮은 자리에 아무 브랜드나 홍보관을 오픈해도, 사람들이 인산인해로 모여들던 그런 시절이었다. 하지만 08, 09년이 지나면서 마지막 불꽃까지 전부 꺼져버린 지금. 어지간한 위치에 분양하는 대부분의 아파트들은, 전부 미분양을 걱정해야 하는 시대였다.

업계 1위인 제운건설의 '더 빌리지(The Village)'도 그랬고, 거의 그에 준하는 최상위 아파트 브랜드인 명성건설의 '수경(秀景)' 또한 마찬가지였다. 소비자들의 심리가 전부 죽어버린 마당에 아무리 메이저 건설사의 브랜드가 분양을 한다 해도, 어지간한 입지에 분양하는 것이 아니라면, 소비자들은 거들떠보지도 않는 상황인 것이다.

그런데 분명히 천웅건설의 홍보관에는 '줄'이 늘어서 있었다. 강남은커녕 달동네에 가까운 아현 뉴타운에 첫 번째 들어서는 아파트 단지인데 말이다. 물론 부동산 호황 시기에 봤던 끝이 보이지 않는 수준의 줄은 아니었다. 하지만 근 일 년 썰렁한 모델하우스만 봐왔던 병재에겐, 충격적인 광경이 아닐 수 없었다.

"야, 진욱아."

"예, 팀장님."

"우리 지금 잘못 찾아온 거 아니지?"

"아마… 그럴 겁니다."

홍보관에 오는 동안에도 속으로 욕밖에 않고 있던 병재의 태도는, 완전히 달라질 수밖에 없었다. 만약 자신의 제안서로 '더 빌리지(The Village)' 홍보관을 이렇게 붐비게 만들 수만 있다면, 회사에서 그의 입지는 완전히 달라질 테니 말이다. 해서 마른 침을 집어삼킨 병재는, 차분히 줄을 서서 홍보관 안으로 들어갔다. 그리고 건물 안에 첫발을 내딛은 순간부터, 병재는 완전히 말을 잃어버릴 수밖에 없었다. 상방으로 뻥 뚫려 엄청난 층고를 자랑하는 프리미엄 브랜드 홍보관의 입구는, 병재를 비롯한 제운건설 직원들을 완전히 압도해버렸으니 말이다.

'여기가 무슨 호텔 라운지야? 모델하우스 구조가 무슨 이렇게 생겼어?'

3층 높이까지 쭉 솟아있는 커다란 세 개의 기둥. 그 기둥을 따라 높게 펼쳐진, 아름답고 고급스런 아트월(Art Wall). 아트월에 수놓아진 유려한 패턴의 붉은 천연 대리석들은, 디자인의 고급감을 몇 단계는 더 업그레이드시키고 있었으며. 그 벽의 높은 곳, 한가운데 새겨진 'Clio'라는 폰트는, 구름 위에 떠있는 학 마냥 황금빛으로 고고하게 빛나고 있었다. 이 아름다운 공간은 병재를 향해 말하고 있었다. 이곳에 들어선 당신은, 프리미엄 브랜드 클리오에 선택된 '특별한' 사람이라고 말이다. 해서 잠시 동안 뭔가에 홀리기라도 한 듯 멍한 표정으로 멈춰 있던 병재는, 곧 정신을 차리고 다시 걸음을 옮기기 시작하였다. 처음부터 큰 충격을 받은 그는, 저도 모르게 이다음을 궁금해하고 있었다.

'대체 모델하우스는 얼마나 고급지게 만들어놨기에, 홍보관 입구부터 이렇게 공을 들인 거야?'

병재는 무의식적으로 걷고 있었지만, 자연스레 홍보관의 중앙 홀을 향하고 있었다. 아트월부터 포인트 디자인으로 사용된 장밋빛 대리석이 그의 동선을 끌어당기듯 리드하였고. 마치 고가의 미술품들이 전시된 '미술관'처럼, 복도를 따라 장식된 모던한 디자인의 그림들이 그의 시선을 쉴 틈 없이 빼앗았으니 말이다. 해서 말을 잃은 병재는 디자이너의 의도를 좇아 움직일 수밖에 없었으며. 공간을 따라 빨려 들어간 그의 시선의 종착점은, 홀 중앙에 전시된 팔각형의 거대한 단상이었다. 정확히는 그 단상 위에 전시된, 아름다운 '작품'이었다.

'나 지금, 분양홍보관에 온 거 맞지?'

미술관을 좋아하는 아내를 따라 유명 전시를 보러 갔을 때도, 이렇게 집중해서 작품들을 감상한 적은 단연코 한 번도 없었다. 물론 이 홍보관이 유명 미술품들보다 더 아름답고 가치 있다는 얘긴 아니다. 미술품들은 병재의 관심사가 아니었고 이 분양홍보관은 그의 전문분야가 녹아있는 곳이었으니. 애초에 대하는 자세부터가,

완전히 달랐으니 말이다. 하지만 그런 전제들을 차치하고라도, 병재는 경악스러울 수밖에 없었다. 어느새 커다란 스케일로 전시된 모형 앞에 선 그는, 놀랍게도 '전율'하고 있었으니까.

'미친, 소름이 다 돋네. 회사에 돌아가서 이런 얘기를 했다간, 미친놈 취급받기 딱 좋겠지만 말이야.'

병재는 모형에 둘러쳐진 얇고 반투명한 금빛 펜스에 손을 얹은 채, 모형을 더 가까이서 보기 위해 고개를 쭉 뺐다. 옆에서 보면 웃긴 모양새였지만, 누구도 병재를 그렇게 생각하진 않을 것이다. 이 모형 주변에는 병재 말고도 이미, 수많은 사람들이 펜스 앞에서 똑같은 자세를 하고 있었으니 말이다.

'그냥 아파트 실물을 복사해서 가져다 놨네. 대체 어떤 변태 같은 놈이 이런 걸 만든 거야?'

현대미술에 유행하는 장르 중, 하이퍼 리얼리즘(Hyper Realism)이라는 분야가 있다고는 들었다. 하지만 그것은 말 그대로 '작품'일 뿐, 그런 미술 작품을 제작하는 작가가 분양홍보관의 모형을 제작했다고 생각하는 것은, 말도 안 되는 상상이었다. 만약 진짜 그런 사람을 데려다가 이 모형을 제작했다면, 못해도 수억 단위의 돈이 모형에만 들어갔을 테니 말이다.

'정말 그만큼 돈을 쓴 건 아니겠지? 이 정도 작정하고 만들었으면, 그랬을 수도 있겠는데….'

모형 앞에 선 병재는, 한참 동안 그것을 감상하였다. 대체 어떤 변태를 데려와야 제운건설의 더 빌리지 홍보관에도, 이 정도 퀄리티의 모형을 전시할 수 있을지 고민하면서 말이다. 그리고 모형의 퀄리티에 대한 감탄은 곧, 클리오 아파트에 대한 관심으로 이어졌다. 사고의 흐름이 자연스레 그렇게 이어진 것이다.

'프리미엄 브랜드로 만든다더니, 커뮤니티 시설도 말도 안 되게 호화롭네. 이거 이렇게 만들면, 관리는 제대로 할 수 있는 건가?'

아파트 단지 모형의 한편에는, 단지 지하에 쭉 펼쳐져 있는 커뮤니티 시설들까지도 만들어져 있었다. 단지 내 카페는 물론, 사우나에 스크린 골프. 거기에 제법 큰 규모의 수영장까지. 커뮤니티 시설을 이렇게까지 뽑은 천웅건설도 놀라웠지만, 병재가 지금 가장 궁금한 것은, 이 모든 시설을 전부 다 모형으로 만들어낸 변태 모형제작자의 얼굴이었다. 그리고 병재의 이러한 생각들은, 다시 한번 '클리오'에 대한 호감으로 이어졌다.

'그러고 보니 여기, 위치도 꽤나 괜찮네. 아현 뉴타운에서는 사실상 대장 자리가 될 것 같은데….'

애초에 아파트를 분양받고자 하는 고객이 아닌, 경쟁사 브랜드 분석을 위해 왕림한 병재였다. 하지만 의식하지 못한 사이, 어느새 그 또한 한 명의 고객이 되어 있었다. 병재 또한 건설사의 직원이기 이전에, 내 집 마련의 꿈을 가진 한 가정의 가장이었으니까. 한참 동안 이어진 모형 감상이 끝난 뒤, 병재가 향한 곳은 평형 타입별 모델하우스였다.

1층이 오로지 모형에 집중된 공간이었다면, 2층부터 3층까지는 아파트 단지에 들어갈 각 평형의 모델하우스로 구성되어 있었다. 국민 평형인 25, 34평부터 시작해서. 47평, 그리고 53평까지 다양하게 구성된 평형 타입들. 여기서 53평형 분양분이 제법 많은 것을 확인한 병재는, 또다시 놀라움을 금치 못했다.

'아현동에 대형평형을 이렇게 많이 집어넣어 놓다니… 진짜 배짱 한 번 두둑하네.'

한때는 대형평형이 열풍인 적도 있었지만, 이제 그 거품은 완전히 꺼진 상태였다. 지금은 서울 대부분 지역에서 25평형이 강세였고. 강남 같은 부촌이 아닌 다음에야, 40평대도 잘 만들지 않는 것이 트렌드였으니 말이다. 40평형대만 하더라도 5인 가족 이상이 아니라면 실용적인 관점에서 과하게 넓은 평수였으니. 사실상 50평대부터는 '사치재'라고 분류해야 하는 상품. 낙후된 아현동에 50평대 상품을 만들었다는 것은, 천웅건설의 자신감이 어느 정도인지 여실히 보여주는 부분이었다. 전부 다 국민 평형으로만 가득 채워 분양해도, 미분양을 걱정해야 하는 마당에 말이다.

'진짜 미쳤어. 미친놈들이야. 이건 아무리 봐도 도박이라고.'

클리오 브랜드를 론칭하는 천웅건설에 대한 병재의 평가가, '말도 안 되는 헛짓거리나 하는 멍청한 놈들'에서 '수천억' 단위의 사업장을 놓고 도박하는 미친놈들' 정도로 격상되었다. 하지만 병재의 그 평가는 다시 한번 더, 바뀔 수밖에 없었다. 모델하우스까지 전부 다 구경한 다음, 저도 모르게 상담창구 앞의 번호표를 뽑으면서 말이다.

'이거 분양가가 얼마라고 했지? 한번 미친 척하고 질러봐?'

병재는 천웅건설 프리미엄 브랜드에 대한 분석이고 나발이고, 이 아파트에 살고 싶어진 모양이었다.

— * —

올해로 서른하나가 된 임수하는, 작년까지만 해도 데뷔 7년 차의 무명배우였다. 연기 전공도 아니었고 연예계에 줄도 없는 상황에서 오로지 연기가 좋다는 일념 하나만으로 오디션을 보고 배우가 되어, 오랜 시간 동안 무명으로 조연 혹은 단역을 연기해온 실력파 여배우. 하지만 그녀의 꾸준함이 보상받은 것인지, 작년부터 그녀의 연기 인생은 조금씩 풀리기 시작하였다. 조연으로 합류한 국내 마이너 영화에서 그녀의 캐릭터가 꽤나 호평을 받았으며, 그 덕에 연말 시상식에서 조연상까지 받게 되었으니 말이다. 여전히 배우로서의 인지도는 많이 부족한 편이었지만, 이제는 작품도 어느 정도 골라 받을 수 있는 인정받는 조연이 된 것. 덕분에 올해부터는 여기저기서 예능 섭외도 들어왔으며, 드디어 그녀의 통장에도 목돈이 모이기 시작하였다.

'그래. 올해도 열심히 노력하면, 이렇게 점점 더 나아질 수 있을 거야.'

하지만 그렇다고 해서 그녀는, 자신의 인생을 그렇게 낙관하지만은 않았다. 꾸준한 배우가 될 자신은 있었지만, 그렇다고 대박 배우가 될 수 있을 것이라는 기대까지는 크게 하지 않았던 것이다. 그래서 통장에 억 단위의 돈이 처음으로 생긴 순간. 그녀는 이 돈으로, 가장 먼저 '집'을 사야겠단 생각을 하였다.

'서울에 내 몸 눕힐 집 한 채만 있으면… 한결 마음 편히 연기에만 집중할 수 있지 않을까?'

이제 서른이 넘었지만, 그녀는 딱히 결혼하고 싶은 마음도 없었다. 하지만 나이든 부모님을 서울로 모셔와 살고 싶기도 하였고, 예전부터 서울에 번듯한 집 한 채라는 막연한 목표도 가지고 있었기에 집을 갖고 싶다는 마음이 가장 먼저 떠오른 것이다. 그리고 그렇게 마음을 먹자 가장 먼저 생각나는 것은 아파트 분양이었다.

'그래, 모아둔 돈에 이것저것 보태면… 괜찮은 아파트 한 채 정도는 충분히 분양받을 수 있을 거야.'

수하는 아파트 분양에 대해 대략적으로 알고 있었다. 주변에 결혼해서 집을 가진 친구도 몇 있었고, 부동산에 관심 있는 친구들도 더러 있었으니까. 그녀의 의지와 관계없이, 종종 분양과 관련된 이야기를 어깨너머로 들을 수밖에 없었던 것이다.

'계약금에 잔금 낼 돈은 모아뒀으니, 중도금만 어찌어찌 해결하면…'

그래서 스케줄이 없는 주말인 오늘 아침. 그녀는 매니저에게 연락도 않은 채, 조용히 차를 끌고 강남으로 향했다. 물론 그녀에게 10억 단위가 넘는 강남 아파트를 분양받을 만큼 돈이 있는 것은 아니었다. 단지 그녀가 관심 있는 신규분양 아파트의 모델하우스가, 청담동에 있었던 것뿐이었다.

'친구가 부동산 더 떨어질 거라고 조금 더 기다렸다. 사라고 했는데… 그래도 일단, 구경해서 손해 볼 건 없을 테니까.'

부동산에 관심 많은 친한 언니가 하나 있었지만, 일부러 연락은 하지 않았다. 그녀에게 아현동의 아파트 분양홍보관에 같이 가자고 하면, 가보기도 전에 욕부터 먹을 것 같았으니 말이다.

"뭐? 아현동? 너 거기 가보기는 했어? 완전 달동네야 달동네. 야, 차라리 분양받을 거면 무리해서라도 강남을 사. 대출 풀로 당기고 여기저기 긁어모으면, 전세 끼고 한 채 정도는 어떻게 살 수 있을 거야."

언니의 목소리가 환청처럼 들리기라도 했는지, 수하는 고개를 절레절레 저으며 홍보관의 주차장에 차를 대었다.

끼익-

그런데 운전석의 문을 열고 차에서 내린 순간, 수하는 잠시 당황할 수밖에 없었다.

"뭐지? 사람이 왜 이렇게 많아?"

홍보관을 빙 둘러선 사람들의 숫자가, 상상했던 것 이상으로 어마어마했으니 말이다.

'주차장에도 차가 많다고 생각하긴 했지만….'

뉴스에서 최근 텅 빈 모델하우스에 대한 기사만 접해왔던 그녀로서는, 전혀 고려하고 있지 않았던 의외의 상황. 하지만 그렇다고 해서 큰마음 먹고 나왔다가 그냥 돌아갈 수는 없었으니, 수하는 조용히 걸음을 옮겨 기다랗게 늘어진 줄의 맨 뒤에 붙어 섰다.

'이거 이러니까… 뭔가 오기가 생기잖아?'

이어서 홍보관 직원이 건네는 팸플릿을 받아든 수하는, 그것을 관심 있게 읽으면서 입장할 차례가 돌아오기를 기다렸다. 사실 그녀가 줄까지 서며 기다리는 이유는, 단순히 오기가 아니었다.

'우와, 이거 사기 아냐? 아파트 외관이 이렇게 예쁠 수 있다고?'

'와…! 내장도 엄청 고급스러워 보이는데? 커뮤니티 카페는 무슨 VIP라운지처럼 생겼잖아?'

팸플릿에 소개된 사진들과 설명들은, 그녀가 인터넷 기사로 봤던 것보다 훨씬 더 럭셔리하고 멋졌다. 분명 강남의 ○○○팰리스처럼, 리버뷰가 나오는 수십억 대의 럭셔리 주상복합이 아니었음에도 불구하고. 그런 주거공간과 뭔가 다르면서도 그에 버금갈 정도로 고급스러운, 특별한 디자인이 홍보사진에 녹아 있었던 것이다. 그래서 앞단의 줄이 짧아질수록, 그녀의 기대감은 더욱 커지기 시작했다.

'모델하우스에 들어가면, 실제로 시공된 내부까지 볼 수 있다고 했지? 정말 팸플릿처럼 훌륭할까?'

그리고 이윽고 그녀의 차례가 왔을 때.

"앞에 다섯 분, 기다려주셔서 정말 감사드립니다. 입장해주세요."

수하는 정말 호기심 넘치는 표정으로, 홍보관 입구를 향해 걸음을 옮겼다.

또각- 또각-

그런데 바로 다음 순간.

"…!"

잔뜩 기대감으로 가득했던 그녀는, 기분이 살짝 상할 수밖에 없었다.

획-

자신은 줄까지 서가며 열심히 기다려서 홍보관에 이제야 입장하건만. 웬 젊은 남자 하나가 자신의 앞으로 너무 당당히 지나서 들어갔으니 말이다. 관계자라면 모르겠지만, 딱 봐도 앳돼 보이는 것이 20대 초반 정도의 어린 학생.

'무슨 새치기를 이렇게 당당하게 해?'

홍보관 안으로 들어선 그녀는, 따끔하게 한마디 해주기 위해 빠른 걸음으로 그의 뒤로 따라붙었다.

뜻밖의 만남

"헤이, 우진. 오늘 바빠?"

"바쁠 예정이야. 왜."

"홀리…! 아니, 너는 무슨 대학교 1학년이 우리 아빠보다도 더 바쁜 거야?"

"너 아니고 형이라 했지, 제이든."

"그래, 흥. 대체 주말까지 뭘 하는 건데 그렇게 바빠?"

"맥스 할 거야."

"Shit! 맥스? 나랑 같이 해야지 그건!"

"농담이야. 오늘 맥스 할 시간 없어."

"제발 장난치지 마, 브로. 나 지금 매우 진지하다고."

"네가? 진지하다고?"

"Of course. 난 오늘 진지하게 심심하거든. 정말 할 게 아무것도 없어. 이렇게 지옥같이 심심한 건 처음이야."

"그럼 맥스 해."

"퍼킹 맥스!"

아침부터 요란스런 영국 놈의 전화를 받은 우진은 고개를 절레

절레 저으며 한숨을 푹 쉬었다. 홈 파티도 열고 하는 것 보면 친구는 많은 게 분명한 녀석이었는데, 대체 주말 아침부터 왜 우진을 귀찮게 구는지 알 수 없는 노릇이었다.

"나 이제 나갈 준비해야 해. 끊어, 제이든."

"젠장, 정 없는 코리안!"

"정이 뭔지는 아나?"

"네가 정 없다는 건 알아."

"무튼, 월요일에 보자고."

툭-

제이든의 전화를 끊은 우진은 조금 미안한 표정이 되었다.

'생각해보니… 제이든도 데리고 갈 걸 그랬나?'

오늘 우진이 바쁜 이유는, 청담동의 모델하우스에 가기 때문이었다. 홍보관이 오픈한 지는 이미 며칠 지났지만, 바쁜 탓에 이제야 처음 방문하는 것이다. 생각해보면 모델하우스에 전시된 모형에는 제이든의 지분도 제법 있었으니, 그를 데려갔어도 나쁘지 않을 뻔했다. 물론 그렇다고 해서, 다시 전화해서 제이든을 불러내는 수고까지 할 생각은 없었지만 말이다.

'뭐, 됐어. 오늘은 조용히 혼자 둘러보고 싶었으니까.'

간편한 차림새로 집을 나선 우진은 모델하우스가 있는 청담까지 금세 도착하였다. 대중교통으로 한 시간도 넘게 걸리는 학교보다는, 같은 강남구인 청담이 훨씬 더 가까웠으니 말이다. 그리고 홍보관에 도착하자마자, 우진은 뿌듯한 표정이 될 수밖에 없었다.

'오전부터 사람이 제법 많잖아? 이제 3일 찬데, 이 정도까지 사람이 많이 모였을 줄이야.'

전생에서도 클리오 브랜드가 성공하기는 했지만, 그것은 '마포 클리오 프레스티지'가 완공된 이후의 일이었다. 한창 건물이 올라 갈 때까지만 하더라도, 천웅건설의 새로운 시도는 부정적인 시각 으로 보는 사람들이 더 많았으니 말이다. 해서 우진은 붐비는 홍보 관의 전경을 보는 것이, 제법 고무적일 수밖에 없었다. 물론 천웅 건설의 브랜딩과 마케팅 능력의 결과물이겠지만, 그 안에 우진의 지분이 제법 크다는 것 또한 부인할 수 없는 사실이었으니까.

'줄 서있는 사람만 최소 삼사십 명은 되는 것 같고….'

가방에서 표찰을 꺼내 든 우진은 그것을 가드에게 보여준 뒤 홍 보관 안으로 입장했다. 천웅건설에 부탁해서 'STAFF'라고 쓰인 표 찰을 이미 받아놓은 상태였으니, 굳이 다른 사람들처럼 줄을 서서 기다릴 필요는 없었다.

'오늘은 시간 좀 비워뒀으니… 입구부터 느긋하게 살피면서 들 어가 볼까?'

우진은 홍보관 입구에 들어서자마자, 그대로 걸음을 멈춰 자신 이 시공한 공간을 둘러보았다. 이 도입부야말로 우진이 가장 신경 써서 공사한 섹터 중의 한 곳. 하지만 공간을 둘러본 것은 정말 잠 시뿐. 우진의 시선은, 곧 주변 방문객들을 향해 움직였다. 공간이 야 시공하면서부터 질리도록 본 것이었고. 지금 우진이 가장 궁금 한 것은, 이곳에 들어선 사람들이 공간을 감상하며 보일 반응들이 었으니 말이다.

'뭐, 반응이 나쁠 수는 없겠지만….'

그런데 시선을 돌리던 우진은 잠시 후 살짝 당황할 수밖에 없었 다. 그의 입장 뒤에 들어온 방문객 중 한 명이, 너무 명확하게 자신 을 향해 걸어오고 있었으니 말이다. 선글라스를 써서 얼굴이 제대 로 보이지는 않았지만, 한눈에 봐도 평범하지 않은 외모의 여자.

'뭐지? 왜 이쪽으로….'

그리고 잠시 후, 우진의 당황은 종전보다 더욱 커질 수밖에 없었다.

척–

그의 앞에 선 여자가 선글라스를 벗으며, 마치 꾸중하듯 우진을 혼내기 시작했으니 말이다.

"학생, 무슨 새치기를 그렇게 뻔뻔하게 해요?"

"예…?"

"아니, 사람들 뻔히 줄 서면서 기다리고 있는데… 새치기를 할 거면 좀 티 안 나게 몰래 하든가."

"아니, 저. 그게 아니고….'

"당장 나가서 다시 줄 서요. 안 그러면 가드들 부를 거예요."

너무 당황한 나머지 말문이 막힌 우진은 허공에서 그녀와 눈이 마주쳤다. 그리고 잠시 후, 우진은 뒷머리를 긁적이며 표찰을 다시 꺼내 들어야 했다.

"저… 새치기한 것 아니고, 여기 관계잔데요."

"으응…?"

우진을 불러 세운 그 여자는, 그대로 얼어붙은 채 두 눈만 깜빡여야 했다.

— * —

우진이 당황한 이유는, 정확히 두 가지였다. 하나는 당연히 생각 지도 못했던 상황에서 듣게 된 꾸중 때문이었고. 다른 하나는….

'뭐, 이런 신기한 일이 다 있어?'

지금 우진을 불러 세운 이 여자가, 우진이 아주 잘 아는 얼굴을 가지고 있다는 것이었다.

'이 여자, 임수하 맞지? 아무리 봐도 임수한데….'

지금이야 선글라스를 벗어도 알아보는 사람이 많지 않을 만큼, 임수하는 그리 인지도 높은 배우가 아니었다. 하지만 그것은 2010년이 기준일 때의 이야기일 뿐이었고, 전생의 우진이 알던 임수하는, 국민 여배우라는 수식어가 어색하지 않을 정도로 유명한 연예인이었다.

'나, 참. 살다 보니 진짜 별일이 다 있네.'

해서 우진은 지금, 말로 표현하기 어려울 정도로 복합적인 감정 상태였다. 당황스럽고 어이없으며, 한편으로는 반갑기도 하고 신기하기도 한, 그런 상태. 전생에 임수하를 만났다면 곧바로 사인부터 부탁했겠지만, 지금의 상황에서 그러기는 많이 어색할 것 같았다.

"미, 미안해요. 너무 동안이시라, 건설사 관계자이실 줄은 몰랐어요."

어쩔 줄 모르는 표정으로 재차 사과하는 임수하를 보며, 우진은 웃을 수밖에 없었다. 결과적으로 이 상황이 뭔가, 재밌게 느껴졌으니 말이다.

"하하, 그렇게까지 미안해하실 필요는…."

"아니에요. 저였더라도 기분 상했을 것 같은걸요."

동안이 아니라 그냥 어리다는 이야기까지, 굳이 설명하지는 않았다. 그것은 여러모로 귀찮은 상황을 생산해낼 뿐일 테니까. 대신 우진은 이 어처구니없을 정도로 신선한 상황 속에서, 좀 더 재밌는 생각을 머릿속에 떠올리고 있었다.

'임수하라… 이 정도 급 되는 연예인을 인맥으로 만들어놓을 수

있다면, 그것만큼 매력적인 카드도 없을 텐데 말이야.'

임수하는 여배우답게, 무척이나 매력적이고 아름다운 외모를 가지고 있었다. 하지만 그렇다고 해도 우진이, 이성으로서 그녀에게 관심이 있는 것은 아니다. 우진이 알기로 그녀와의 나이 차이는 거의 열 살이었으니까. 물론 우진은 마흔이 넘었던 적도 있었지만, 그때의 기억 속에 있는 임수하의 이미지도 사십대 후반의 여배우였다.

'뭐, 그때도 거의 삼십 대로 보이긴 했었지만.'

다만 국민배우 급의 인지도를 쌓을 예정인 임수하와 알고 지낸다면, 사업적으로 크게 도움이 될지도 모른다는 게 우진의 생각이었다. 그래서 우진은 조금 더 호의적으로 그녀에게 대답하였다.

"정말 괜찮습니다. 뭐, 그러실 수도 있죠. 줄 서는데 새치기하는 사람 보면, 원래 짜증 확 올라오지 않습니까."

"하핫, 그렇게 말씀해주시니 마음이 좀 편해지네요. 이해해주셔서 감사해요."

그리고 그녀의 눈치를 보며 상황을 살핀 다음, 슬쩍 떡밥을 깔기 시작하였다.

"그런데 저기….'

"네?"

"혹시, 임수하 배우님 아니신가요?"

"어엇, 절 아세요?"

정말 놀란 얼굴이 된 그녀를 보며, 우진은 마른 침을 꿀꺽 집어삼켰다.

'이제부터 말 잘해야 해.'

거의 이십 년 전의 기억을 더듬어내기 위해서는, 두뇌를 풀가동

해야만 했으니 말이다.

'어떻게 해야 자연스럽게 팬인 척할 수 있지?'

우진은 임수하의 무명생활이 길었지만, 꾸준히 영화를 찍었다는 사실을 알고 있다. 물론 2010년에 그녀가 무슨 영화에서 나온 줄은 모른다. 그래서 우진은 잔머리를 좀 쓰기로 했다.

"왜, 작년에 개봉했던 영화 있잖아요, 그…."

말끝을 살짝 흐리며 고민하듯 연기하자, 임수하가 재빨리 영화 제목을 얘기했다.

"미스터 제이!"

그리고 그녀가 우진의 예상대로 말해준 덕분에, 대화는 한층 수월하게 풀리기 시작했다.

"맞아요! 제가 그 영화를 되게 재밌게 봤었거든요."

다행히 그녀가 언급한 영화는 우진도 본 적이 있는 영화였다.

"오오, 정말요?"

"네네. 배우님 연기가 너무 좋았어서, 인터넷으로 여러 번 검색도 했었어요."

"그… 렇게까지나…."

"배우님 팬인데, 이렇게 우연히 뵙게 되다니, 오늘은 운이 정말 좋네요. 하하."

"하아, 제가 몇 되지도 않는 팬분께 이런 결례를 범했다니…. 송구스럽습니다, 정말."

연예인치고 자신의 팬이라는데 싫어할 이는 없을 것이다. 그런데 하물며 인기에 목마른 무명배우라면, 우진의 이야기가 기꺼울 수밖에 없는 것이다.

"그나저나 배우님도, 여기 분양받으려고 오신 거예요?"

"아, 꼭 그렇다기보단, 한번 구경이라도 해보려고 왔어요. 홍보 기사 봤는데, 꽤나 괜찮아 보여서….".

자연스레 대화를 튼 두 사람은, 천천히 이야기를 나누며 홍보관의 안쪽으로 들어섰다. 임수하 또한 매니저 없이 혼자 방문한 것이었고, 우진도 혼자인 것은 마찬가지였으니. 임수하의 입장에서도 희귀한 자신의 팬과 말동무라도 하며 홍보관을 둘러보는 것이, 혼자 다니는 것보단 낫게 느껴진 것 같았다. 게다가 이쪽 분야에 박식한 우진이 이것저것 설명도 잘해줬기에, 그녀는 실질적인 도움도 제법 받을 수 있었다.

"뭐, 혼자 사실 집을 구하시는 거면 59A타입이나 C타입도 괜찮은데, 그래도 어지간하면 84A타입으로 분양 노려보세요."

"84A타입이라면, 34평을 말씀하시는 거죠?"

"네. 맞아요."

"이유는요?"

"거의 모든 호실이 판상형*에 남향으로 구조가 잘 빠져서, 환기도 잘 되고 살기 좋을 거예요. A타입이 거의 앞 동쪽에 몰려 있어서, 위치도 제일 좋구요."

"아하!"

"살기가 좋으니, 당연히 투자 가치도 제일 높겠죠?"

"관계자시라더니, 정말 아시는 게 많네요."

"이 정도야 뭐….".

우진의 이야기를 들으며 모델하우스를 둘러보던 임수하는, 점점 더 여러모로 놀라는 중이었다. 일단 아무리 많게 봐줘도 20대로 보

---

* 한 방향을 바라보며 일자형으로 거실 포함 대부분의 방이 배치되어, 통풍이나 채광이 좋은 구조.

이는 우진의 박식함에 놀랐으며.

'건설회사 다니려면, 원래 이 정도는 다 알아야 하는 건가?'

그와 동시에 분양홍보관의 퀄리티가 기대 이상으로 놀라웠으니 말이다.

'디자인도 그렇고 편의시설도 그렇고… 우리 집이랑 너무 비교되잖아?'

심지어 이 둘은 시너지를 내고 있었는데, 그 이유는 간단했다. 우진의 설명을 들으면 들을수록, '마포 클리오 프레스티지'라는 아파트가 엄청나게 매력적으로 다가왔으니까.

'여기, 살고 싶다.'

물론 그러한 시너지가 우진이 의도한 설계의 일환이었음을, 임수하로서는 알 턱이 없었지만 말이다.

"사실 아현동이 지금은 많이 낙후되어 있는데, 여기 아현 3-2구역이 뉴타운 첫 번째 타자나 다름없거든요."

"디자인이나 시설이 잘 빠진 걸 떠나서, 여기 위치도 앞으로 엄청 좋아질 겁니다."

"줄줄이 다른 구역들 지어지기 시작하면, 프리미엄도 상당히 많이 붙을 거예요."

마치 약장수가 빙의하기라도 한 듯, 청산유수처럼 클리오 아파트의 장점을 이야기하는 우진. 그가 이렇게까지 하는 데에는 당연히 이유가 있었다. 이 아파트는 분양이 끝난 이후 정말 미친 듯이 프리미엄이 붙을 아파트였고. 그렇게 되면 임수하는, 그에게 조금이라도 빚을 지게 되는 것이니 말이다. 거기에 한 가지 더.

"나중에 만약 계약하러 오게 되시면, 연락이나 한번 주세요, 배우님. 그때 제가 시간이 되면 계약하시는 것도 도와드릴 수 있으니까요."

　수하가 이 아파트를 계약하러 와야만, 그녀를 좀 더 자연스럽게 인맥으로 만들 수 있을 것이었다. 우진이 내미는 명함을 받아든 수하는, 살짝 놀란 표정이 되었고.

　'WJ 스튜디오 대표… 서우진? 단순한 건설사 직원이 아니었네?'

　이어서 눈을 반짝이며 반문했다.

　"정말 그래도 돼요?"

　"물론이죠. 저야 어차피 여기 어지간하면 있을 텐데요."

　물론 거짓말이다.

　우진이 관계자는 맞았지만 분양 관계자가 아닌 시공 관계자였고. 그가 대부분 머물 곳은, 이곳 홍보관이 아닌 K대학교 캠퍼스였으니까. 하지만 누구에게 피해를 주는 것도 아니었고, 수하에게도 나쁠 것은 없는 거짓말이었다. 하여 모든 목적을 달성한 우진은 그녀를 상담원에게로 인도해준 뒤 고개를 살짝 숙여 보였다.

　"볼일 보고 가세요, 배우님. 덕분에 재밌었습니다."

　"저도요, 서우진 대표님. 다음에 꼭 연락드릴게요."

　"그럼, 이만."

　우진이 아무리 설명을 잘해줬다고 해도, 홍보관의 상담사에게 들어야 할 내용도 따로 있다. 평형별 분양가라든가, 분양 일정이라든가. 혹은 분양받기 위해 필요한 금융상품에 대한 안내라든가. 그런 부분까지 우진이 얘기해줄 수는 없는 노릇이었으니 말이다. 때문에 우진은 미련 없이 걸음을 돌려, 본래의 목적을 위해 움직이기 시작했다. 어차피 오늘 우연히 처음 만난 사람과 이 이상의 대화를 나누려 하는 것도, 수하의 입장에선 이상하게 느껴질 수 있을 것이다.

"후후. 배우님이 충분히 혹하셨어야 할 텐데….."

우연한 만남으로 인해 뜻밖의 이벤트를 치른 탓인지, 우진의 발걸음은 평소보다 더욱 경쾌하였다.

— * —

우진이 스물둘로 되돌아온 지도, 어느덧 4개월이라는 시간이 흘러갔다. 그동안 우진은 말 그대로 눈코 뜰 새 없이 바빴고, 덕분에 제법 많은 기반들을 만들어냈다. 물질적으로도 스물둘의 나이를 감안하면 충분히 대단한 성과를 일궈냈지만, 그보다 더 고무적인 것은 WJ 스튜디오라는 회사의 기반이 다져졌다는 것이다. 설립된 지 3개월밖에 되지 않은 회사에 '인지도'라는 것이 생기게 만들었으며, 직원들의 월급을 충당하고도 남을 훌륭한 캐시카우까지 확보했으니. 이것에는 우진이 벌어들인 돈보다 훨씬 더 큰 무형적 가치가 있다고 할 수 있었다.

'적어도 스물다섯은 돼야 뭔가 기반이 잡힐 거라고 생각했었는데….'

그리고 우진이 이렇게 많은 것들을 해냈다면, 그 과정에서 몇 가지 깨달은 것들도 있었다. 그 깨달음 중 가장 큰 것은, 알고 있는 미래에 대한 통찰. 우진은 자신의 행보에 따라 미래에 충분히 바뀔 수 있는 여지가 있다는 것을 확인했으며 그와 동시에 터무니없이 바뀌지는 않을 것이라는 것 또한 확신하였다. 미래는 결국 우진이 영향을 주는 만큼만 바뀌는 것이며, 그것이 대세에 큰 영향을 주려면 우진의 영향력이 그만큼 커져야 한다는 이야기다.

예를 들어 이번 천웅건설 프리미엄 홍보관의 오픈이 분명 건설

업계에 큰 파장을 몰고 온 것은 맞지만. 그렇다고 없던 일이 생긴 것은 아니라는 것. 원래라면 클리오 아파트가 준공된 시점부터 시작되었어야 할 프리미엄 브랜드 붐이, 한 2년 정도 앞당겨진 것일 뿐이니까.

'알고 있는 미래의 정보를 이용할 수는 있겠지만, 그걸 맹신하면 안 되겠어. 시간이 지날수록, 내가 점점 더 성장할수록… 미래가 바뀔 수 있는 여지는 점점 더 커질 테니까.'

결과적으로 이러한 사고들 속에서, 우진은 한 가지 결론을 도출할 수 있었다. 오직 그만이 가지고 있는 미래의 경험들을 통해 선험적 통찰력을 키운다면, 그가 새롭게 다가올 미래를 주도할 수 있을 것이라는 사실 말이다. 그것은 우진의 결론이자 목표가 되었으며 그렇게 우진이 가지고 있던 막연한 꿈은, 한 단계 더 성장하고 있었다. 그런데 한 가지, 우진조차 미처 생각지 못했던 문제가 하나 발생하였다. 그로 인해 바뀌어버린 사소한 미래 때문에 말이다.

"네? 부장님. 그게 정말이에요?"

"내가 그럼 너한테 거짓말이라도 하겠냐?"

"59타입부터 114타입까지, 싹 다 완판이라고요?"

"그래, 짜샤. 진짜 말 그대로 대박 났어. 인터넷에 타입별로 경쟁률 뜬 거 못 봤냐? 그 덕에 윗선에서도 아주 입이 귀까지 걸렸다고."

"…"

"전무님께서 너 한번 만나보고 싶으시다는데, 시간 언제 낼 수 있냐?"

박경완과 통화 중이던 우진은 잠시 벙찐 표정이 되었다. 경완이 말한 것처럼, 대박이 맞았다. 스물두 살짜리 신생업체의 대표가 천웅건설 전무와 만날 기회가 생긴 것도 대박이었으며. 미분양 예정이던 클리오 아파트가 완판에 가까운 성과를 거둔 것도 대박이 맞았다.

'그래, 대박이지. 정말 대박인 건 맞는데….'

우진의 입에서 왜인지 모를 한숨이 새어 나왔다.

"하아…."

"아니, 좋은 소식 전해주려고 전화했더니, 한숨은 대체 왜 쉬는 겨?"

"좋긴 좋은데…."

"좋은데?"

"계획에 좀 차질이 생겨서요."

"무슨 계획?"

"클리오 미분양 나면, 59타입이나 84타입으로다가 한 세 채 정도 주워 담으려고 했거든요."

휴대폰 너머로, 박경완의 걸쭉한 목소리가 들려왔다.

"…미친 꼬마 놈."

그는 우진의 말이 결코 장난이 아님을 알았기 때문에 더욱 어처구니없는 목소리였다.

"남은 거 진짜 하나도 없어요?"

"50평대 다섯 채 정도 남은 것 같던데, 그거라도 가져갈래?"

"음… 그거라도 해야 하나…."

바뀐 미래와 관계없이. 마포 클리오 프레스티지 아파트의 프리미엄은, 앞으로 수직 상승할 것이다. 우진이 미래를 바꿨다고 해서, 기존에 아파트가 가지고 있던 미래가치가 바뀔 일은 없었으니 말이다. 해서 우진은 정말 있는 자본 싹 다 끌어모아서, 미분양분

딱 세 채만 계약하려고 계획했었다. 전생에서도 분명 분양 후 한 달이 넘도록, 미분양분 소진이 되지 않았던 아파트였으니. 미래가 바뀐다고 해도 우진이 계약할 몇 채 정도는 남을 줄 알았던 것이다.

그런데 우진이 홍보관을 너무 기깔나게 뽑아내는 바람에, 계획이 틀어져 버렸다. 청약 경쟁률이야 전생에서보다 압도적으로 높은 수준은 아니었지만, 투자자가 아닌 실수요자 위주로 구성된 당첨자들이 한두 명을 제외하고는 전부 다 계약해버린 탓에 말이다. 천웅건설 실무진들도 믿기 힘들 정도의, 말도 안 되는 계약률.

'하아, 쭉 들고 갈 거면 50평대 받는 것도 나쁘진 않은데⋯ 나한테는 지금 당장 자금 유동성이 더 중요하니까⋯.'

아쉬움에 입맛을 다신 우진이, 전화통에 대고 다시 입을 열었다.

"하, 부장님. 50평대는 아무래도 포기해야겠어요."

"그래. 네가 여길 아무리 좋게 봐도, 아현동에 50평대라니. 그건 좀 과하지."

"사실, 별로 안 과해요. 이거 완공 시점에 최소 네 장은 붙을 거라 봐서요."

"응⋯?"

네 장이 붙는다는 우진의 말은, 프리미엄으로 4억이 더 오를 것이라는 이야기다. 그것을 이해한 박경완은 당황할 수밖에 없었고 말이다.

"야, 여기서 네 장 더 붙으면, 거의 13억이야 13억. 아현동 아파트를 누가 13억 주고 사."

"좀 더 기다리면 15억까지도 올라요 그거. 부장님 집 옮길 생각 있으시면 한 채 주워가세요."

진담인지 농담인지 모를 우진의 말에, 박경완은 잠시 말을 잃었다. 15억이라면 무려 분양가의 1.5배가 훌쩍 넘는 액수. 게다가 분양권 투자에 들어가는 실질적인 투자금은, 분양가의 10퍼센트에 불과하다. 9천만 원을 투자해서 6억이 오른다면, 투자금 대비 수익률이 600퍼센트가 넘는 것이다. 다른 사람이 얘기했다면 그냥 농담으로 치부해버렸겠지만, 말을 꺼낸 놈이 우진인 게 문제였다. 경완은 우진이 분양권 투자를 활용해서 어떻게 자본금을 만들었는지, 대충 들어 알고 있었다.

　'이놈, 진심인 것 같은데.'

　게다가 우진이 말하기 전에도, 박경완은 클리오 아파트에 조금 혹해 있던 상태였다. 클리오가 지어질 아현동은, 종각역 인근에 있는 천웅건설 본사와도 제법 가까운 거리였으니까.

　"그렇게 오를 게 확실하면, 너는 왜 안 하는데?"

　"실거주로 생각했으면, 저도 망설임 없이 질렀을 거예요."

　"뭐?"

　박경완의 입에서 다시 어처구니없다는 듯한 목소리가 흘러나온다. 보통의 이십 대 초반이라면, 주거는 그냥 부모의 선택을 따라다니는 시기다. 그런데 50평대 아파트를 두고 실거주 운운하며 이야기하니, 기가 찰 수밖에 없는 노릇이다. 물론 박경완의 반응과 별개로, 우진은 할 말을 이었지만 말이다.

　"하지만 아시다시피 저, 이제 막 사업 키우고 있잖아요?"

　"그렇지."

　"대형평수는 환금성 떨어져서, 아무래도 들고 가기 부담스럽네요. 여차하면 분양권 상태로 팔 수 있어야 하는데, 완공 전까지 제값 받긴 쉽지 않을 것 같아서요."

"음….."

좋은 소식 전해준다며 신이 나서 우진에게 전화했다가, 어느새 부동산 투자 상담을 받는 박경완.

"부장님, 애도 셋이잖아요? 여기, 본사랑도 가깝고."

"그… 렇긴 해."

"제가 부장님 입장에서 여력 된다고 치면, 망설임 없이 바로 계약합니다."

"그 정도야?"

"혹시 로열층도 남은 거 있어요?"

"하, 하나 있는 것 같긴 한데….."

"뭐 하세요, 빨리 끊고 그거나 잡으러 가세요."

"이, 일단 끊는다?!"

뚝-

경완과의 전화를 끊은 우진은 웃으며 고개를 절레절레 저었다.

"아무튼, 귀여운 아재라니까."

경완은 우진이 잘됐으면 좋겠다고 생각하는 주변인들 중 하나였다. 장기적으로 천웅건설의 중진이 되어 천웅과 긴밀한 관계를 유지하는 데 도움을 줄 중요한 인물이기도 하였지만. 어느새 인간적으로도 무척이나 친밀해졌으니 말이다.

"그나저나 이렇게 되면… 투자하려고 했던 자금이 살짝 떠버리는데….."

수업이 끝나고 집으로 향하던 우진은 잠시 생각에 잠겼다. 법인에 넣었던 차입반환과 추가로 벌어들인 수입으로 인해, 지금 우진의 통장 잔고는 3억 정도. 통장에서 놀고 있는 돈들에게 어떤 일을 시켜야 할지, 우진은 열심히 고민하며 집으로 들어왔다.

"다녀왔…."

그런데 집 현관 안으로 들어선 우진은 잠시 멈칫할 수밖에 없었다. 그의 귓전으로, 통화 중인 어머니의 목소리가 들려왔으니 말이다.

"아… 네에, 형님."

"그럼요, 이제 우진이 학교도 보냈으니, 형님께 빌린 돈부터 최대한 빨리 갚아드려야죠."

"아, 돈이 좀 급해지셨구나… 알겠어요. 제가 어떻게든 이달 안으로는 마련해서…."

"이자요? 당연하죠. 지난번에 말씀드렸던 대로, 몇백만 원 정도는 더 넉넉하게 얹어서…."

어머니의 목소리를 듣던 우진은 순간 망치로 뒤통수를 크게 한 번 맞은 기분이었다.

'젠장, 서우진 이 멍청한 놈…!'

우진은 어머니와 통화 중인 사람이 누군지 어렵지 않게 알 수 있었다.

'큰고모겠지.'

아버지는 기획부동산에 사기를 당한 이후, 고모에게도 꽤나 큰 돈을 빌렸었고. 어머니께서 형님이라고 칭하며 돈 이야기를 할 만한 사람은, 그녀밖에 없었으니 말이다. 전생에서도 우진 모자와 사이가 좋지 않을 수밖에 없었던 큰고모.

'아빠가 고모에게 빌렸던 돈이, 대충 6천 정도였었나?'

아마 이제 남은 액수는, 많아야 2~3천 정도일 것이다. 어머니는 항상, 은행의 빚보다 지인의 빚부터 먼저 갚아야 한다고 입버릇처럼 말씀하셨으니까. 그리고 그 정도의 액수는 지금의 우진이라면 어렵지 않게 털어버릴 수 있는 돈. 때문에 우진은 자책할 수밖에 없었다. 주변을 챙긴답시고 박경완에게 오지랖을 떨어놓고는, 정작 그에게 가장 중요한 한 사람은 헤아리지 못하고 있었으니까.

'하아, 불효자식도 이런 불효자식이 없구나.'

물론 우진이 도와드리지 않더라도, 몇 년 내로 어머니께선 모든 빚을 갚아내실 것이다. 그리고 미래의 자산가치만 놓고 보자면, 어머니의 빚을 갚아드리는 대신 다른 곳에 투자해서 돈을 더 불리는 것이 맞는 선택일지도 모른다. 하지만 그런 모든 상황을 떠나서. 당장 어머니의 어깨에 얹힌 짐을 덜어드리는 것이, 그 어떤 물질적 가치에 우선하는 것이다. 적어도 우진은 그렇게 생각하였다. 그래서 우진은 어머니가 계신 방문을 두들겼다.

"저예요, 어머니."

"엇, 우진이 언제 왔니?"

그리고 그 길로 그녀의 앞에 앉아, 언젠간 했어야 할 이야기들을 하나씩 꺼내놓기 시작하였다.

"잠깐, 시간 되시죠?"

"그래, 뭐 엄마가 이 시간에 바쁠 게 뭐가 있겠니."

"제가 드릴 말씀이 좀 있어서요."

"응…?"

방 한켠에 대충 가방을 풀어둔 우진은 지난 몇 개월 동안 있었던 일들을 하나씩 풀어놓기 시작하였다. '회귀'라는 초자연적 현상에 대한 이야기를 제외하고는, 거의 모든 일들을 전부 풀어놓은 것이다.

"어쩌다 보니 제가 좀 잘 풀렸는데, 바빠서 말씀드릴 기회가 없었어요."

"우진이 너, 어디서 못돼먹은 짓 하고 다니는 건 아니지?"

"엄마 아들, 그런 사람 아닌 거 아시잖아요."

어머니는 제대로 믿는 눈치가 아니셨지만, 우진은 차분히 설명하였다. 하여 결국 우진의 말이 전부 끝났을 때, 그녀는 아들의 말을 믿을 수밖에 없었다. 무엇보다 이렇게까지 거짓말을 해야 할 이유가 없는 상황이었고. 거짓이라기엔 우진의 이야기 하나하나가 너무 사실적이었으니까.

"집에 남은 빚, 다 합해서 얼마예요?"

"그게…."

"괜찮아요, 엄마. 엄마가 편해지셔야, 저도 더 마음 놓고 계속 일하죠."

그저 번듯한 대학에 다닌다는 사실 하나만으로도 충분히 그녀를 행복하게 해줬던 아들이었건만. 자신도 모르는 사이 이렇게 훌쩍 자란 아들을 보며, 주희는 소리 없이 눈물을 흘릴 수밖에 없었다.

일 잘하는 돈, 일 못하는 돈

5월이 WJ 스튜디오의 기반을 만들기 위한 달이었다면, 6월은 만들어진 기반을 발판으로 사업을 정비하는 달이었다. 때문에 조금은 한가해질 줄 알았던 우진의 기대는, 월초부터 산산조각 나고 있었다.

"대표님, 이번 주까지 새로 들어온 발주가 총 다섯 건입니다. 이거 다 수용 가능할까요?"

"소름 돋으니까, 그런 식으로 말하지 말랬지, 석구."

"대표님을 대표님이라고 하지 그럼 뭐라고 합니까. 하하."

우진이 홍보관 시공으로 인해 바쁘게 움직이는 동안, 석현이 총괄하는 모형 작업장은 완전히 시스템이 자리 잡았다. 석현을 제외한 총 여섯 명의 작업 인원들은 매일 정해진 시간에 출근하여 발주 들어온 모형들을 제작하고 있었으며, 석현이 수업시간을 제외하곤 항상 상주하면서, 그 모든 과정을 관리 감독하는 시스템이 된 것이다. 일감이 떨어질 일은 없었다. 우선 천웅건설에서만 추가 모형 발주가 세 건이 들어왔고, 이제 업계에서도 알음알음 소문이 퍼지고 있었으니까. 특히나 업체 평균 가격보다 두 배 이상 비싼 WJ

스튜디오의 프리미엄 모형 발주가 전체 물량의 절반이나 차지한다는 것은, 우진도 예상치 못한 놀라운 결과라고 할 수 있었다.

'이 페이스로 굴러가면, 보수적으로 봐도 매달 3~4천 정도는 순이익으로 떨어지겠어.'

인원을 더 늘리고 작업실 규모를 더 키우는 것도 방법이지만, 우진은 그렇게까지 욕심부리진 않기로 했다. 규모가 더 커지면 필연적으로 관리의 어려움이 생기고, 그렇게 급격하게 속도를 키우다가 모형의 퀄리티가 떨어진다면 최악의 결과를 가져올 테니 말이다. 다른 업장에서 흉내 낼 수 없는 극한의 퀄리티를 무기로 삼는 WJ 스튜디오의 작업실 특성상, 어쩔 수 없는 부분이었다.

"그거 전부 진행하면, 매출총액이 얼마가 더 늘지?"

"대충 1억 2천 정도?"

"그렇게나 많이?"

"대부분 프리미엄 건이거든."

"젠장."

우진의 입에서 탄식이 새어 나왔고, 석현은 웃으며 다시 입을 열었다.

"무슨 말 할지 알지?"

"나도 한 손 거들라는 얘기겠지."

"빙고."

"왜 이 회사는, 대표가 제일 바쁜 거야?"

"아주 바람직한 회사의 표본이야."

"후우…."

우진은 겉으로야 한숨을 쉬고 있지만, 표정은 무척이나 밝았다. 점점 회사가 커가는 것이, 눈에 보였으니 말이다.

'진태 형도 슬슬 시스템에 적응한 것 같던데… 역시 내가 사람은 잘 봤단 말이지.'

이제 완전히 업계에 자리를 잡은 모형 파트와 달리, 아직까지 시공 파트는 조금 더 시간이 필요했다. 천웅건설의 프리미엄 홍보관이라는 훌륭한 포트폴리오가 만들어지긴 했지만, 모형처럼 그게 곧바로 다음 일거리까지 이어지긴 쉽지 않았으니 말이다. 모형의 퀄리티는 오롯이 WJ 스튜디오의 능력이었으나, 완성된 홍보관의 퀄리티는 WJ 스튜디오와 천웅건설의 지분이 반반 정도였으니까.

'일단 박 부장님이 일거리 한두 개 정돈 더 주신다고 했으니, 그거 진행하면서 따로 또 움직여 봐야겠네.'

우진이 생각하는 시공 파트의 다음 스텝은, 디자인과 설계다. 단순한 시공업체가 아닌 건축사무소로서 완전히 자리 잡기 위해선, 디자인 능력과 설계 능력을 갖추는 것이 필수요건이었으니 말이다. 물론 지금도 충분히 역량은 되지만, 그것은 아직 우진 혼자만의 생각이다. 시공능력을 이번에 증명한 것처럼, 디자인과 설계 능력도 증명해낼 기회가 필요하다는 것이다. 디자인부터 시작해서 설계, 시공까지. 우진에게는 이제, 이 모든 과정을 자체적으로 진행하여 완공해낸 완벽한 포트폴리오가 필요했고, 그러기 위해서는 결국 건설사의 외주를 벗어나서, 독립적인 프로젝트의 수주를 성사시켜 내야만 했다.

'아니면 내 돈으로 땅 사서, 직접 공구리 쳐올리든가.'

잠시 생각에 빠졌던 우진은 결국 피식 웃고 말았다. 지금도 충분히 빨리 달리고 있건만, 아직도 목마른 자신의 모습이 낯설었던 탓이다. 우진은 다시 고개를 들어, 자신의 결재를 기다리는 석현에게로 시선을 돌렸다.

"알겠어. 그럼 일단 지금까지 들어온 일은 전부 다 소화해보는 방향으로 가자고."

"오케이!"

"작업은 오늘부터 바로 시작하는 거지?"

"이미 처음 받았던 발주는, 어제저녁부터 작업 시작했어."

"좋아, 잘했어. 그럼 나는 내일부터 본격적으로 합류할게."

"음…?"

오늘 모형작업은 빠지겠다는 우진의 이야기에, 석현의 눈이 살짝 게슴츠레해졌다.

"뭐야, 오늘 오후에 수업도 없다면서."

"좀 중요한 일이라 어쩔 수 없어. 대신 내일부터는 최대한 도울 테니까, 오늘 하루는 좀 봐줘라."

"흐음. 뭐, 그렇다면 어쩔 수 없지."

"대신 헬보이 오늘 수업 끝나면, 작업실로 소환해볼게."

"콜!"

우진은 책상에 놓여있던 가방을 들어 올리며, 푸념하듯 중얼거렸다.

"이것 참, 내가 대표인지 노예인지…."

"아마 둘 다일걸?"

씨익 웃는 석현을 향해 고개를 절레절레 저어 보인 우진은 그 길로 작업실을 나와 어디론가 바삐 향했다. 중요하고 바쁜 일이 있다는 우진의 이야기는, 거짓말이 아니었으니까.

— * —

　우진이 향한 곳은 세무사 사무소였다. 집에 남아있던 부채는 생각보다 더 자질구레하고 복잡하게 꼬여 있었고, 그것을 최대한 깔끔하게 해결하기 위해 작정하고 전문가를 찾은 것이다.

　"이런 식으로 돈이 옮겨간다면, 별다른 문제없이 깔끔하게 해결될 겁니다."

　"확실히 그렇겠군요. 감사합니다, 세무사님."

　"별말씀을요. 젊으신 분이 세법도 빠삭하시고, 이렇게 큰 부채도 갚으시고… 부모님께서 아주 든든하시겠습니다."

　"하하, 앞으로 더 든든한 아들이 되어 드려야죠."

　어머니께 장담했던 것처럼, 바로 다음 날 집안에 남아있던 부채를 싹 다 털어버린 우진. 우진이 갚은 것은 큰고모에게 진 빚뿐 아니라, 여기저기 남아있던 모든 채무였다. 때문에 이자에 채권 말소 비용에 증여세까지, 도합 7천만 원 정도의 거액이 통장에서 홀랑 사라져버렸지만 우진의 마음만큼은 그 어느 때보다도 후련했다. 가슴속 묵직한 곳에 얹혀 있던 돌을, 홀렁 털어 낸 기분이랄까. 그리고 사실 1억 넘는 돈이 깨질 것을 각오했던 우진으로서는, 7천만 원의 비용이 싸게 먹힌 느낌이기도 하였다.

　'생각보다 빚이 많이 남아있지는 않았네. 엄마가 정말 고생 많이 하셨구나….'

　해서 은행까지 돌아 모든 일을 싹 다 처리한 우진은 어머니 계좌로 용돈도 500만 원 정도 보내드렸다. 그러자 우진의 개인계좌에 남은 금액은, 정확히 2억 4천만 원이었다.

　"2억 4천… 그래도 이 정도면 많이 남았네."

모든 빚을 해결하고 홀가분한 마음이 되자, 우진의 머릿속이 다시 팽팽 돌기 시작하였다. 이제는 정말 가벼운 마음으로, '돈 벌 궁리'를 할 수 있게 되었다.

'내가 이렇게 열심히 뛰어다니고 있는데, 내 돈이 통장에서 탱자탱자 놀고 있는 꼴은 볼 수가 없지.'

본래는 마포 클리오 프레스티지에 투자하려 했던 자본이지만, 당연히 대체할 만한 투자처가 없는 것은 아니다. 당장 클리오 아파트 인근에 분양 준비 중인 다른 사업장의 재개발 투자만 하더라도, 비슷한 수준의 수익을 낼 자신이 우진에겐 있었으니까. 하지만 우연인지 때가 맞은 것인지, 은행을 나서는 우진의 휴대폰이 진동하기 시작하였다.

위이잉-

그리고 휴대폰에 찍힌 번호를 확인한 순간, 우진은 저도 모르게 쾌재를 부를 수밖에 없었다.

"캬, 타이밍 죽이고."

그가 두 달 전 던져둔 낚싯대에서, 드디어 입질이 올라온 것이었으니까.

[문정동 김씨 아저씨]

우진은 망설임 없이 전화를 받았고, 수화기 너머에선 깐깐한 김씨 아저씨의 목소리가 들려왔다.

"대표님, 통화 괜찮으십니까?"

이미 어떤 이야기를 꺼낼지 예상한 우진은 반대로 그에게 되물었다.

"세영아파트, 매물 나왔나 보죠?"

"어떻게… 아셨습니까?"

"그야, 때가 됐으니까요."

"…"

당황했는지 잠시 말을 않던 김 씨 아저씨는, 곧 다시 입을 열었다.

"매물 두 채 확보했습니다."

"어떤 물건들이죠?"

"하나는 5.95짜리 강변 고층 매물. 또 하나는 5.7짜리 대로변 중층 매물입니다."

5.95와 5.7이라는 숫자 뒤에 생략된 단어는 '억'이다.

우진이 김 씨에게 이야기했던 6억 언더의 매물이, 드디어 시장에 나온 것이다. 예측이 정확히 맞아떨어졌음을 확인한 우진은 기분 좋은 웃음을 지었다.

'최근 실거래보다 거의 5천 가까이 싸게 나온 매물… 확실하군. 드디어 터졌어.'

빠르게 머릿속으로 계산기를 두들긴 우진이, 다시 입을 열었다.

"사장님, 지금 시간 되시나요?"

"물론입니다."

"바로 가겠습니다. 아마 30분 정도… 걸릴 겁니다."

작업실로 돌아가기 위해 지하철에 타려던 우진은 그 길로 걸음을 돌려 택시를 잡았다.

'상황 봐서 법인 명의로, 업무 차량이라도 한 대 사야겠어.'

우진의 목적지는, 문정동 김 씨네 부동산이었다.

———— * ————

툭-

전화기를 내려놓은 김 씨는, 마치 귀신에 홀리기라도 한 것 같은 표정이었다.

'내가, 전화할 줄, 알기라도 한 눈치였어.'

발단은 지난주 주말이었다. 한창 재건축 추진으로 인해 시세가 상승세를 타고 있던 세영아파트에, 기다렸다는 듯 변고가 생긴 것이 말이다.

"김 씨, 거 얘기 들었어?"

"무슨 얘기?"

"세영아파트 재건축 조합이, 조합설립인가 무효 소송에서 패소했다는구면."

"뭐? 자네, 지금 뭐라 했어?"

"추진위에서 조합 설립 인가받던 당시에, 가짜 동의서로 동의율을 조작했다고 하더라고."

"그, 그게 사실이야?"

"말도 마시게. 지금 내부적으로 쉬쉬하고 있긴 하네만, 곧 기사 뜨면 모두가 다 알게 될 거야."

"대체 어떻게 이런…!"

"자네 고객 중에 세영 투자자 있으면, 최대한 빨리 던지라고 하시게. 오늘 내일 중으로 6억 초반 정도에 내어놓으면, 빠르게 계약되긴 할 테니 말이야."

약 두 달 전, 자신의 부동산에서 분양권을 거래했던 어린 손님은, 6월이나 7월쯤 던지는 매물이 나올 것이라 얘기했었다. 심지어 가격가지도, 정확히 6억 언더라고 짚어주면서 말이다. 당연히 김 씨는, 그 어린 손님의 말을 한 귀로 듣고 한 귀로 흘릴 수밖에 없었다. 당시의 상황으로 놓고 봤을 때에는, 그야말로 말도 안 되는 일이었으니까. 하지만 결국 6월이 되자마자, 귀신같이 그가 말한 대로 되어버렸다. 어린 손님은 마치 이런 상황이 올 것을, 예상하고 있기라도 했다는 듯 말이다.

'대체 어떻게 안 거지? 무슨 신내림이라도 받은 걸까?'

게다가 우진의 예상이 맞아떨어짐으로 인한 놀라움과 별개로, 김 씨는 또 다른 측면에서 혼란에 빠질 수밖에 없었다. 이 최악의 사태를 예언했던 우진은 분명, 6억 언더의 매물이 나오면 매수할 것처럼 얘기했으니 말이다. 조합설립인가 무효 소송에서 조합이 패소했다는 말은, 지금까지 진행됐던 재건축 절차가 전면 취소됨을 의미한다.

그럼 세영아파트는 다시 재건축을 하기 위해서 지난 십 년 가까이 걸어왔던 길을 다시 한번 걸어야 하는 상황에 직면하게 되는 것이고, 시간이 곧 돈인 재건축 사업장에서 이것은 돌이키기 힘들 정도의 강력한 치명타라고 할 수 있었다. 그런데 이 사태를 예언한 사람은, 이걸 사겠다고 했다. 이대로 소송 건이 언론에 빵 터지는 순간, 4억대로 내려앉아도 이상하지 않은 아파트를 5억 후반 정도의 가격에 말이다.

'뭔가 있어. 대체 그게 뭘까?'

김씨는 너무 궁금했다. 너무 궁금해서, 미칠 것만 같았다. 지금 자신의 업장으로 오고 있을 그 어린 손님의 머릿속에, 대체 뭐가 들어 앉아있을지가 말이다.

"후우."

치이익-

담배를 한 모금 빨아들인 뒤 그대로 재떨이에 문질러 버린 김 씨는, 지끈거리는 관자놀이를 양손으로 문지르며 곧 도착할 손님을 기다리기 시작하였다. 그리고 그렇게 이십 분 정도가 더 지났을 무렵.

짜라랑-

김 씨가 기다렸던 남자가, 사무실 문을 열고 들어왔다.

— * —

부동산 투자를 논할 때, 빼놓을 수 없는 투자 방식 중 하나가 바로 재건축, 재개발에 대한 투자다. 누구나 살면서 한 번쯤은 들어봤을, 제법 낯익은 단어들. 하지만 보통의 사람들은 얘기만 들어봤을 뿐, 실제로 재개발 재건축 물건을 사본 사람은 그리 많지 않을 것이다. 복잡한 용어들도 많고 알아야 할 절차들도 많았기 때문에, 선뜻 큰돈을 쓰기가 쉽지 않은 탓이다. 그러나 우진은 어쩌면 가장 쉬운 부동산 투자 중 하나가 재개발 재건축이라고 생각했다. 재개발 재건축은 가치 투자이기에 앞서, 돈을 시간으로 사는 단순한 투자였으니 말이다.

'개발에 필요한 시간 동안 기다려서, 그 개발로 인한 시세차익을 보는 투자. 개발이 엎어지지만 않는다면… 확실한 이익이 보장된 투자니까.'

부동산 투자는 어떤 측면에서, 주식이나 금융상품 투자와는 그 결이 좀 달랐다. 자산증식만을 목적으로 부동산을 매입하는 사람도 없는 것은 아니지만, 대부분의 투자자들이 실수요를 겸하고 있기 때문이다. 실제로 거주할 집이 필요해서 집을 사면서, 기왕이면 투자 가치도 있는 곳을 사고 싶어 하는 것이 집을 사는 대부분의 사람들의 마음. 그런 사람들의 입장에서 당장의 불편함을 감수하고 낙후된 집을 사야 한다는 것이, 또 다른 진입장벽 중 하나일지도 몰랐다.

'미래의 행복을 위해 현재를 포기하는 건, 아무래도 쉬운 일은 아니지.'

하지만 우진은 달랐다. 낙후된 지역에 살면서 세입자로서 재개발을 경험해보기도 했으며, 개포동의 재건축 예정아파트에 살면서 조합원으로서 재건축을 경험해보기도 했다. 게다가 건설사의 직원으로서 개발과정을 수없이 지켜봤던 그였으니. 이것에 대한 거부감이 있으려야 있을 수가 없었다. 우진은 그 누구보다도 훨씬 더, 재건축 재개발에 대해 빠삭할 수밖에 없는 사람이었던 것이다.

'재건축 때문에 배 아파 보기도 했고, 억울해보기도 했고… 마흔 즈음에는 크게 이득을 보기도 했었고….'

그리고 그런 우진이었기에 이 세영아파트 재건축의 상황을 훤히 꿰뚫어볼 수 있었다. 물론 전생의 기억 속에서 얻은 단서가, 결정적인 도움을 주기는 했지만 말이다.

'어떻게 보면 흔해 빠진 일이지. 재건축 사업장에 소송이 걸린다는 건….'

재건축은 단순히 거주민들만의 일이 아니다. 공동주택이 지어져 있는 공간을 전부 철거하고 새로운 건물을 올려야 하는 사업이다 보니 그 땅에 얽힌 수많은 사람들의 이해관계가 상충할 수밖에 없는 것이다. 당장 재건축이 진행되는 아파트를 배후지역으로 음식이나 물건을 파는 상인들은 밥줄이 끊길 수밖에 없으며,

모든 거주민들이 새 아파트를 원하는 것도 아니었으니까. 우진이 경험해본 바론, 아무도 손해 보지 않는 사업장은 단연코 한 곳도 없었고. 그러다 보니 개발을 반대하는 사람들이 모여 비대위(비상대책위원회)를 설립하고 조합을 상대로 소송을 벌이는 것은, 흔해 빠진 일이었다.

'물론 이렇게 조합설립인가 무효 소송이, 1심에서 패소하게 되는 경우는 흔한 경우가 아니지만 말이야.'

애초에 조합설립이 인가 났다는 것은, 해당 재건축 사업이 국가에서 타당하다 생각하여 허가를 내려준 것이다. 때문에 이게 뒤집히는 것은, 당연히 쉬운 일이 아니었다. 그러다 보니 세영아파트 재건축 조합의 소송 패소는, 비록 1심 패소라고는 하지만, 여파가 상당할 수밖에 없었다. 진짜 사업이 엎어지는 순간, 지난 세월 동안 개발로 인해 상승한 아파트 가격이 그대로 날아가버릴 테니까. 투자자들이 불안에 떨며 낮은 가격에 아파트를 던지는 이 상황에서, 대체 우진은 왜 그 던지는 물건들을, 받으려고 생각한 것일까?

"정말… 계약하시는 거죠, 대표님?"

"한다니까요."

"그런데 정말 외람되지만, 몇 가지만 여쭤도 되겠습니까?"

"물어보세요."

우진의 대답에, 김 씨가 기다렸다는 듯 말을 이었다.

"이렇게 될 줄, 미리 알고 계셨던 거죠?"

"뭐, 비슷합니다."

"그렇다면 이 상황에서… 대체 매수를 왜 하시는 겁니까?"

김 씨가 가진 의문은 너무 당연한 것이었고, 때문에 우진은 웃으며 다시 입을 열었다. 김 씨는 앞으로도 우진에게 도움 될 사람이었기 때문에, 조금은 알려줘도 된다고 생각했다.

"투자자가 물건을 사는 이유가 뭐겠습니까?"

"당연히, 차익을 보기 위해서겠죠?"

"그렇습니다."

우진은 잠시 뜸을 들인 뒤, 낮은 목소리로 말을 이었다.

"세영아파트 재건축 조합은 2심에서 다시 승소할 테고, 결국 최종 패소하는 쪽은 비대위일 거거든요."

"…!"

김 씨는 부동산 업자임과 동시에 전문 투자자다. 때문에 우진의 이 말을 들은 순간, 그가 뭘 노리고 이 투자를 선택한 건지 대번에 이해할 수 있었다.

'확실히 이 남자의 말대로 되기만 한다면, 단기간에 엄청난 차익을 보게 되겠지만….'

생각에 잠긴 김 씨를 향해, 우진의 목소리가 다시 이어졌다.

"사실 투자자들은 알음알음 알고 있었습니다. 세영아파트 비대위가, 엄청나게 강성이라는 사실을요. 그게 세영아파트의 시세가 오르는 것을, 꽤나 강하게 눌러주고 있었고요. 6억대에서 시세가 정체된 지, 벌써 몇 년은 지나지 않았습니까."

"그렇긴… 했지요."

비대위가 강하다는 말은, 재건축 사업을 방해하는 세력이 강하다는 말과 일맥상통한다. 해서 세영 재건축조합은 모든 요건을 갖췄음에도 불구하고 진행이 꽉 막혀있던 상황이었고. 그것이 세영아파트가 7억을 넘지 못하고 있었던 가장 큰 원인이었다.

하지만.

"만약 이번에 조합에서 승소하고 비대위가 무너진다면, 사업은 어떻게 흘러갈까요?"

전화위복을 넘어, 기존에 사업을 막고 있던 장애물까지 해소된다. 우진이 물었고, 김 씨는 그 답을 알고 있었다.

"순풍에 돛을 단 배처럼, 순식간에 사업이 진행되겠지요."

"그럼 시세가 그저 회복되는 것으로 끝날까요?"

김 씨는 고개를 절레절레 저으며 대답했다.

"그럴 리가요. 곧바로 7억 초반 매물부터 나오기 시작할 겁니다."

김 씨의 대답에 우진은 고개를 끄덕였다. 사실 우진은 순식간에 8억을 넘어 9억까지도 시세가 튀어 오를 것이라는 사실을 알지만, 굳이 거기까지 얘기해줄 필요는 없었다. 예언자 내지 사이비 교주 취급을 받고 싶은 생각은 별로 없었으니 말이다.

"잘 아시네요. 그게 제 투자 이읍니다."

"그렇… 군요."

우진의 말이 끝나고, 잠시 동안 정적이 흘렀다. 하지만 김 씨에게는 아직, 의문이 하나 남아있었다. 사실상 가장 큰 의문이 말이다.

"그럼 마지막으로…."

김 씨가 운을 떼자, 우진이 먼저 입을 열었다.

"어떻게 알았는지, 그리고 어떻게 확신하는지. 그게 궁금하신 거죠?"

김 씨는 떨떠름한 표정으로 고개를 끄덕이며 대답했다.

"그… 렇습니다."

우진이 웃으면서 대답했다.

"내부사정을 제가 잘 알고 있었다는 정도로만 대답하죠. 그 이상은 좀… 곤란하거든요."

우진의 대답을 들은 김 씨는, 멋쩍은 표정으로 뒷머리를 긁적였다. 그는 더 이상 우진에게 묻지 않았다. 대신, 속으로 한 가지 생각을 하고 있었다.

'다시 느끼는 거지만… 확실히 난 놈이야, 난 놈… 앞으로도 어떻게든 관계를 유지해봐야겠어.'

오늘로 김 씨는 확신했다. 우진의 이 투자가 맞아떨어지든 그렇지 않든, 그가 황금알을 낳는 거위라는 사실 말이다.

— * —

계약은 일사천리로 진행됐다.

"전세는 3.5억 이상으로 맞춰주셔야 합니다."

"그거야 어렵지 않습니다. 이미 한강변 매물은 전세 4억에 세입자가 들어가 있으니까요."

"40년 다 돼가는 재건축 아파트치고, 전세가율이 엄청 높네요."

"여기가 학군이 괜찮습니다."

6억짜리 아파트에 전세가 4억이 들어가 있으면, 그 아파트를 사기 위해 실질적으로 필요한 돈은 2억 정도다. 세입자가 나갈 때 돌려줘야 할 전세금 4억은 '부채'의 개념이었는데, 아파트를 매수할 때 그 부채까지 같이 승계받는 개념이었으니 말이다. 그래서 우진은 가진 돈으로 로열 물건 한 채를 매수할 수 있었다. 재건축이 진행될 시, 한강이 훤히 보이는 로열 중의 로열 호실을 배정받을 수 있는 최고의 물건. 물론 우진은 세영 재건축이 완공될 때까지 계속 보유하고 있을 생각은 아니었다. 늦어도 가을이 오기 전에는, 팔 생각으로 샀으니 말이다. 다만 가장 좋은 물건을 산 이유는, 팔고 싶을 때 최대한 빠르고 비싸게 팔기 위해서라고 할 수 있었다.

"매도자분 계좌 있으시면, 가계약금 먼저 바로 쏘겠습니다."

"물론 가지고 있죠. 잠시만 기다리세요."

김 씨에게서 매도인의 계좌를 받은 우진은 가계약금으로 아예 5천만 원을 쏘아버렸다.

그러자 김 씨는, 당혹스런 표정으로 되물었다.

"가계약금을… 이렇게나 많이 보내신다고요?"

우진이 씨익 웃으며 답했다.

"파기당하고 싶지 않으니까요."

"…."

문자 기록이 남아있는 상황에서 보낸 가계약금은, 법적 효력을 가지고 있다. 만약 매도인이 이 계약을 파기하고자 우진이 보낸 가계약금을 돌려주려면, 배액 배상의 원칙에 따라 그 두 배인 1억의 돈으로 갚아야 하는 것이다. 쉽게 말해 우진이 보낸 5천만 원은, 파기할 생각은 하지도 말라는 엄포 같은 것. 하여 가계약금 송금까지 끝난 우진은 망설임 없이 자리를 털고 일어났다. 목적은 확실히 달성했으니, 부동산에 오래 앉아있을 이유는 없었다.

"계약 날짜는 최대한 빠르게 잡아주세요."

김 씨가 고개를 끄덕였다.

"알겠습니다. 매도인분께선 아마… 한시라도 빨리 팔고 싶어 하실 겁니다."

"잔금까지 늦어도 보름 이내로 끝냈으면 좋겠군요."

"현찰로 전부 가지고 계신가 보네요."

"그렇습니다."

우진의 대답을 들은 김 씨는, 좀 더 편안한 표정이 되었다. 이러한 계약 건의 경우 잔금까지 늘어질수록, 중개인 입장에서는 골치 아픈 상황이 많이 발생하게 되니 말이다. 계약 날 이후 시세가 크게 오르거나 내릴 경우, 매도자 혹은 매수자 한쪽이 파기하겠다고 생떼를 쓰는 경우가 많았으니까. 그리고 그런 꼴은, 우진 또한 보고 싶지 않았다.

'부동산에서 고함을 고래고래 지르며 욕을 퍼붓는 사람도 봤었지.'

분명 우진에게 물건을 판 사람은, 정확히 한 달 뒤면 배가 아파 쓰러질 것이다. 개발이 원점으로 돌아갈 것이라 판단하여 싸게 내놓은 것이었는데, 그게 잘못된 판단이었다는 것을 한 달만 지나도 알 수 있을 테니 말이다. 그렇다고 이렇게 싸게 나온 매물을 낚아가는 우진을 나쁘다고 할 수 있냐면, 그건 당연히 아니었다. 어차피 파는 사람도 매수자들이 소송 패소 사실을 알기 전에 재빨리 팔아넘기려고 물건을 싸게 내놓은 것이었으니. 누구를 나무랄 수 있는 입장이 아닌 것이다.

"복비는… 100만 원만 받겠습니다."

"그래도 되겠습니까?"

"아무래도 앞으로, 자주 뵙게 될 분인 것 같아서 말입니다."

"하하. 사양하지 않겠습니다."

투자란 본래 그런 것이다. 부동산이 됐건, 주식이 됐건. 버는 사람이 있으면 잃는 사람이 있는 법이고, 투자의 모든 책임은 오롯이 자신에게 있는 것.

'일 잘하는 돈이 있으면, 일 못하는 돈도 있는 법이지.'

김 씨의 호의로 복비까지 싸게 해결한 우진은 기분 좋게 문정동을 나섰다. 바쁘게 움직이다 보니, 시간은 벌써 해가 뉘엿뉘엿 저

물어가는 여섯 시. 그런데 집으로 향하던 우진의 전화기에, 또 한 통의 전화가 걸려왔다.

첫 번째 공모전

　우진에게 걸려온 전화는, 최근 그에게 가장 자주 전화를 거는 세 사람 중 한 명의 것이었다. 그 세 사람이란 바로, 어머니와 소연, 그리고 제이든.

　"제이든, 오늘은 또 무슨 일이야."

　"'또'라니! 난 오늘 처음 전화했다고, 우진."

　"무튼, 그래서 무슨 일인데?"

　"지금 인터넷 볼 수 있어?"

　"아니, 밖이야."

　"젠장, 잠깐만. 내가 문자 하나 보내줄게."

　웬일로 전화를 건 제이든의 목소리는 진지해 보였고, 그래서 우진은 그가 보낸다는 문자의 내용이 무척이나 궁금하였다.

　'무슨 일이지?'

　그리고 잠시 후.

　위이잉-

　진동과 함께 우진의 휴대폰에 도착한 문자는, 제법 장문의 것이었다.

"-안내-"

"서울시 디자인재단에서 알려드립니다."

"2010, 서울시에서 주관하는 공공 디자인 공모전 SPDC(Seoul Public Design Contest)에 관심을 가져주셔서 대단히 감사합니다."

"본 공모전은, 서울시 공공건축의 지속적인 발전을 위해 기획된 공모전으로…."

우진은 휴대폰 통화음을 최대로 키워놓은 채 문자를 읽고 있었고. 그래서 문자를 읽는 와중에도, 전화 너머로 들려오는 제이든의 목소리를 들을 수 있었다.

"우진, 네가 말했던 공모전이야."

"보고 있어."

"정확히 3분 전에 발표된 따끈따끈한 소식이라고."

"훌륭하네."

"역시 제이든밖에 없지?"

"1인칭으로 얘기하지 말랬지."

"제이든은 1인칭이 뭔지 몰라."

"후… 잠깐만 조용히 좀 해줄래?"

제이든에게 퉁명스레 이야기하긴 했지만, 우진은 속으로 그에게 제법 고마워하는 중이었다.

'우리 헬보이… 좀 귀찮기는 해도 역시 쓸모가 많은 친구라니까.'

한두 달 전 우진은 제이든에게 이 SPDC 공모전에 대한 이야기를 한 적이 있었다. 한국에서 학부생이 참여할 수 있는, 가장 인지도 높은 공모전이라는 이야기를 하면서 말이다. 그리고 우진에게 그 얘기를 들었을 때, 제이든은 분명 이렇게 얘기했었다.

"공모전? 흠… 별로 관심이 생기진 않지만, 네가 같이하자고 한다면 특별히 팀원이 되어줄게."

관심이 얼마나 없어야 발표 3분 만에 우진에게 전화할 수 있는 건지는 미스터리였지만 그런 게 중요한 것은 아니다.

'제이든 아니었으면 잊을 뻔했는데….'

SPDC는 우진이 꼭 참가하려 했던 공모전 중 하나였고, 제이든 덕에 놓치지 않을 수 있었으니까. 그런데 집중해서 문자의 내용을 읽던 우진은 잠시 후 당황한 표정이 될 수밖에 없었다.

"올해 주제가… 요양원?"

"그래, 우진. 설마 요양원이라는 단어가 무슨 뜻인지 모르는 건 아니겠지?"

"난 한국인이야, 제이든."

SPDC의 주제로 나온 시설물이, 그가 갖고 있던 기억과 완전히 달랐으니 말이다.

'잠깐. 내 기억으론 분명… 10년도 주제가 문화복합공간이었는데?'

우진은 적잖이 당황하였다. 물론 미래지식을 이용해, 기존 수상작의 아이디어를 베끼거나 하려 했던 것은 아니다. 그것은 지식을 이용한다는 개념을 넘어서, 도둑질이나 다름없는 행위였으니까. 다만 우진이 놀란 이유는, 너무 명확하게 '바뀐 미래'때문이었다.

'언제든 일어날 수 있는 일이었지만… 이렇게 완전히 바뀐 미래가 벌써 나타난다고?'

우진의 행보가 어떤 식으로 영향을 미쳐 공모전의 주제를 바꿨는지는 알 수 없었다. 하지만 그건 알 수도, 알 필요도 없는 부분이었고, 지금 우진에게 중요한 것은 이 공모전에서 수상해야 한다는 사실. 게다가 달라진 것은, 주제가 되는 시설물의 종류뿐만이 아니었다.

"공동작업 가능한 팀원은 최대 셋… 총상금 규모는 5천만 원 정도…."

"상금은 중요하지 않아, 우진. 중요한 건… 이 제이든 님과 한 팀이 될 수 있다는 사실이지."

제이든은 쉴 새 없이 떠들었지만, 지금 우진의 귀에 그런 것은 들리지 않았다.

'공동작업 가능한 팀원 숫자와 상금 규모도 바뀌었어.'

지금 우진의 머릿속을 가득 채운 것은, 이 공모전을 발판 삼아 한 번 더 도약할 방법에 대한 모색이었으니까. 그리고 모든 내용을 다 읽은 우진이, 전화통에 대고 다시 입을 열었다.

"자세한 건, 홈페이지를 확인해봐야 알겠네."

"아니, 나를 만나면 모든 것을 알 수 있을걸? 이 제이든 님이 이미 분석이 다 끝났으니까."

우진은 제이든의 헛소리에 대답해주는 대신, 중요한 부분들을 짚었다.

"출품 마감일까지는 정확히 한 달 남은 거지?"

"한 달이면 충분하지. 제이든 님과 함께라면…."

하지만 그 헛소리가 계속 길어지자, 우진은 문득 제이든을 놀려주고 싶은 마음이 생겼다.

"너, 혹시 나랑 같은 팀이라고 생각하는 거야?"

"Holy…! 설마 다른 팀원을 구했어?"

격한 제이든의 반응에, 우진은 웃음이 터져 나오려는 것을 참으며 연기를 계속했다.

"으음… 이미 생각해둔 팀원이 있기는 한데….”

"Bloody Hell!"

"그중에 멀대같이 길고 맹하게 생긴 영국인도 한 명 포함돼. 그러니까 너무 흥분하진 말라고, 제이든.”

"후우. 자꾸 날 화나게 하지 마, 휴먼.”

우진이 웃으며 다시 말을 이었다.

"대신, 다른 한 명은, 내가 원하는 사람을 영입하고 싶은데.”

우진의 말에, 제이든은 잠시 고민하는지 말이 없었다. 그리고 잠시 후, 제이든은 우진도 잘 아는 친구의 이름을 꺼내었다.

"선빈? 그 기린같이 생긴 친구를 생각하는 거라면, 아마 어려울 거야.”

우진은 선빈과 함께하려던 것이 아니었지만, 이유가 궁금했기 때문에 물어보았다.

"왜?”

"선빈은 이미, 예전부터 이 공모전을 준비하고 있었더라고.”

"오호, 그래?”

"아마 다른 팀원들이 따로 있나봐. 그러니까 다른 친구를….”

물론 선빈은 동기들 중에서 단연 돋보이는 실력을 가진 친구였다. 우진이 생각해도 팀원으로 영입할 수 있다면, 제법 든든한 조력자가 되어줄 인물. 하지만 우진은 그를 선택할 생각도 없었고, 그럴 수도 없었다. 만약 여기서 '그녀'를 배제한다면, 절교를 당할지도 모른다고 생각했으니까.

"걱정 마, 제이든. 내가 생각하는 나머지 한 명은, 소연이야. 한소연.”

"오우, 소연? 좋아, 그녀라면 찬성이야. 물론 제이든만큼은 아니지만, 소연도 똑똑하고 실력 있지."

소연은, 우진이 가진 어떤 사적인 감정을 배제하더라도, 무척이나 높게 평가하는 동기들 중 하나였다. 특히나 그녀가 팀원으로서 훌륭한 이유는, 우진이 상대적으로 부족한 부분에서 뛰어난 능력을 가졌다는 점이었다.

'소연이가 모델링이나 실무설계가 좀 서툴긴 해도, 평면디자인 감각이 확실히 뛰어나단 말이지.'

여기서 우진이 얘기하는 평면디자인이란, 건축의 평면도를 얘기하는 것이 아니었다.

다만 3D가 아닌 2D의 평면적 공간 위에서 이뤄지는, 일련의 디자인들을 의미하는 것. 우진이 모델링 프로그램을 잘 다루는 것만큼, 소연은 일러스트, 포토샵을 기가 막히게 잘 다뤘고, 우진이 계산적인 디자인에 탁월하다면 그녀는 감각적인 디자인을 잘하는 타입이었다.

'아무래도 포샵 실력은, 다년간의 셀카 보정경험 덕분인 것 같지만….'

그러니까 우진에게 있어서 소연은, 정말 객관적인 관점으로 놓고 봐도 확실히 훌륭한 선택이었다.

"일단, 소연이한테도 전화해서 의사를 물어볼게. 내가 영입하고 싶다는 거지, 아직 소연이 대답을 들은 건 아니니까."

"나와 함께한다고 해. 그러면 분명히 혹할 테니까."

"음… 너랑 같은 팀이라는 말은, 하지 말아야 할 것만 같은 느낌인데…."

순간 소연과 제이든이 함께하는 그림에서 알 수 없는 위화감을 본능적으로 느낀 우진은 저도 모르게 움찔할 수밖에 없었다. 물론 여전히 전화 너머에 있는 제이든은 신나서 떠드는 중이었지만 말이다.

"통화하면서 우리 집으로 와, 우진. 일단 콘셉트 기획부터 한번 시작해보자고."

"오늘은 너무 늦었어, 제이든."

"What? 뭐가 늦어? 이제 겨우 여섯 신데."

"일단 끊어. 소연이한테 전화해봐야 하니까."

"젠장, 너무 느긋한 거 아냐?"

"네가 너무 급한 거야."

툭-

제이든의 전화를 끊은 우진은 곧바로 소연에게 전화를 걸었다. 그리고 소연으로부터 승낙을 얻어내는 것은, 그리 어렵지 않은 일이었다. 소연에게도 예전에 SPDC에 대한 이야기를 한 적이 있었고, 그때부터 이미 관심을 보였었으니까.

"그래서 시간은, 대충 한 달 정도 있는 셈이야."

"기말고사랑 좀 겹치기는 하겠지만… 그거야 다른 대학생들도 마찬가지겠지?"

"그렇지 뭐."

"좋아, 재밌겠네."

"그럼, 콜?"

"콜!"

사실 제이든에 대한 이야기는 아직 꺼내지 않았지만, 그것은 아주 사소한 부분일 뿐이라고 생각했다. 조금 특이하긴 해도 제이든이 나쁜 녀석은 아니었고, 소연이 그를 싫어하는 것도 아니었으니 말이다. 하지만 다음 순간. 우진은 어쩌면 이 팀의 구성 자체가, 지나치게 성급했는지도 모른다는 생각을 할 수밖에 없었다. 소연의 다음 말이 이어진 순간, 우진은 마치 데자뷔를 경험하는 기분이었으니 말이다.

"그럼, 오빠가 지금 학교로 와."

"뭐?"

"나 방금 수업 끝났으니까, 과실에서 콘셉트 기획이나 짜보자고."

"오늘은… 너무 늦었어."

"뭐가 늦어? 이제 겨우 여섯 신데."

"제, 젠장. 혼란스러우니까 일단 끊어."

"혼란스럽다고? 뭐가? 여보세요? 오빠, 들려?"

전화를 끊은 우진은 한숨을 푹 쉬며 일단 집으로 향했다. 뭔가 잘못됐다는 생각이, 우진의 머릿속을 강하게 채우기 시작하였다.

— * —

컴퓨터 앞에 앉아있던 선빈은, 두 주먹을 불끈 쥐며 작은 목소리로 중얼거렸다.

"떴다. 드디어 떴어."

동기들에게는 말한 적 없었지만, 선빈은 지난 두 달 동안 오직 이 날만을 기다려왔다. SPDC 공모전의 주제가 발표되어, 본격적으로 프로젝트를 시작하게 될 날을 말이다.

'주제도 얼추 예상한 범주 내에서 떴어. 역시 교수님 예상이 맞았던 거야.'

그간 선빈은 박준민 교수의 도움을 받아, 실무에 대한 지식들을 위주로 열심히 공부해왔다. 1학년인 선빈에게 가장 부족한 것은, 아무래도 전문적인 건축 지식들과 컴퓨터 툴(Tool) 사용능력. 하여 박준민 교수는 그런 부분들 위주로 선빈에게 많은 것을 가르쳐주었고, 덕분에 지금 선빈은 자신감이 넘치는 상태였다. 객관적으로도 지금 선빈의 실력은, 신입생 수준을 훌쩍 벗어나 있었으니 말이다.

'요양원이라… 결국 UX(User Experience) 디자인 측면에서 접근해야 할 주제겠는걸?'

공모전 공고를 꼼꼼히 읽는 선빈의 머릿속에, 가장 먼저 들어찬 것은 '주제'와 관련된 고민이었다. 하지만 당장 잠깐 생각한다고 답이 나올 수 있는 부분은 아니었기에, 선빈은 다른 문제부터 생각하기 시작하였다. 본격적으로 프로젝트가 시작된 이 시점에서, 가장 먼저 해결해야만 할 문제.

'기간은 한 달이고, 최대 세 명까지 한 팀이 될 수 있군.'

그것은 당연히, 함께 공모전에 출품할 팀원을 구하는 일이었다.

'세 명이라… 적당한 것 같기도 하고, 애매한 것 같기도 한 숫자네.'

선빈은 몇 달 전부터 공모전을 준비했음에도 불구하고, 아직 팀원을 모으지 않은 상태였다. 사실 모을 수 없었다는 표현이 더 정확할 것이었다. SPDC는 매 회마다 팀원 제한 숫자가 들쑥날쑥하였고, 재작년의 경우에는 팀플레이가 아예 금지되었던 주제도 있었으니 말이다. 공고가 뜨기 전에 미리 팀원을 꾸리는 것은, 불가능할 수밖에 없는 시스템이었던 것. 하지만 그렇다고 해서, 영입대상을 생각하지 않았던 것은 아니다. 어쨌든 지난 공모전들의 케이스를 살펴봤을 때. 솔로 플레이보다는 팀플레이가 될 확률이 훨씬 더 높았으니 말이다. 그리고 사실 선빈의 머릿속에 가장 먼저 떠오른 인물은, 우진일 수밖에 없었다.

'후우우….'

하지만 선빈은 가장 먼저 떠오른 우진을, 가장 먼저 머릿속에서 지워버렸다. 우진은 좋은 형이고 뛰어난 실력자지만, 아이러니하게도 그렇기에 같은 팀이 될 수는 없는 사람이었으니까.

'그 형이랑은, 롤(Role)이 너무 많이 겹쳐.'

선빈이 아는 우진의 가장 뛰어난 부분은, 실무와 관련된 지식들과 설계 능력이었다. 그리고 그것들은, 지금의 선빈에게도 가장 자신 있는 부분들. 그는 자신 있는 분야에서 본인이 가장 돋보이기를 원했으며, 그래서 우진과 함께할 수 없었다. 선빈이야 인정하고 싶지 않겠지만, 그것은 불안감에서 기인한 것이었다. 우진이 팀에 들어오는 순간, 자신이 서브가 되어버릴지도 모른다는 불안감 말이다. 만약 그렇게 된다면 자신에게 집중되어 있는 박준민 교수의 관심도 우진에게 옮겨갈 것이고, 선빈은 결코 그런 결과를 원치 않았다. 그래서 선빈은, 곧바로 다음 사람을 떠올렸다.

'우진이 형 빼면, 그다음으로 괜찮은 멤버는 인하.'

선빈이 떠올린 인하는, 10학번 과 대표 김인하였다. 그녀는 선빈이 아는 동기들 중에 가장 의욕적으로 수업을 듣는 친구였으며, 그만큼 성실하고 실력도 있는 학생이었다.

'소연 누나도 좀 탐나고, 재욱이도 진짜 괜찮은데… 누구부터 연락을 해보는 게 좋을까?'

선빈은 미리 생각해뒀던 동기들을 하나씩 머릿속에 떠올리며, 동시에 행복한 상상을 하기 시작했다. 신입생 최초로 SPDC에서 우수상 이상을 수상한, K대학교의 슈퍼루키 디자이너 류선빈. 물론 특선보다 높은 성적인 '우수상'을 받는 것은, 결코 쉽지 않을 것이다. 우수상을 받기 위해선, 전체 출품작 중 다섯 손가락 안에 들어야만 했으니까. 지금까지 K대 역사상 우수상을 받았던 학생 중엔, 신입생은커녕 2학년조차 없었을 정도였다. 하지만 선빈은 정말로 자신 있었으며, 그 자신감에는 '노력'이라는 근거도 있었다.

'내가, 최초가 되는 거야.'

최초라는 타이틀을 떠올린 선빈의 양쪽 입꼬리가, 귀밑까지 걸려 올라갔다.

— * —

공모전 발표가 난 바로 다음 날. 우진의 팀원들은, 수업이 끝나자마자 한자리에 모일 수밖에 없었다. 빨리 작업을 시작해야 한다는 두 팀원의 성화가, 생각보다 더 강력했으니 말이다.

"헤이, 우진! 빨리 빨리 좀 다니라고! 벌써 30분이나 기다렸잖아."

"네가 30분 일찍 왔으니까 그렇지."

"소연! 우진이 너무 게으른 것 같아. 혼내줘."

"동의해. 좀 혼나야 되는 오빠야."

"…"

의외로 죽이 잘 맞는 제이든과 소연을 보며, 우진은 한숨을 푹 쉬었다. 분명 평소에 과실에서 제이든을 만나면 시끄럽다고 잔소리를 해대던 소연이었는데, 어쩐 일인지 팀플이 시작되자 동맹을 맺어버린 것이다. 추측컨대, 공공의 적을 우진으로 설정한 듯 보였다.

"후, 바보들. 쓸데없는 소리 말고, 작업이나 시작하자."

"제이든은 천재야. 여기에 바보는 우진뿐이라고."

"절반 정도는 맞는 이야기네."

"게다가 나랑 소연은, 이미 30분 전부터 열심히 회의 중이었지."

"맞아, 맞아."

만나자마자 시끌벅적 떠들어대는 제이든 탓에, 팀에는 활기가 조금 과할 정도로 넘쳐흘렀다. 하지만 본격적으로 우진까지 노트북을 펼치고 회의가 시작되자, 세 사람은 모두 진지한 표정이 되었다.

"그럼 일단 둘이 했던 얘기를 먼저 좀 들어볼까?"

우진이 운을 떼자, 제이든이 신나서 먼저 자신의 아이디어 스케치들을 펼쳤다.

"자, 이것 봐 우진."

"그게 뭔데?"

"내가 디자인한, 요양원의 파사드(Facade)야."

"으음…?"

소연도 옆에서 맞장구치며 거들었다.

"맞아. 내가 디자인의 콘셉트를 짰고, 제이든이 그 콘셉트에 맞춰서 아이디어 스케치를 했어."

제이든이 말하는 파사드란, 외부에서 보이는 건물의 정면 디자인을 얘기한다. 한눈에 봐도 제법 멋들어지는, 제이든의 감각적인 스케치. 제이든은 마치 주인이 던진 공을 물어온 강아지마냥 눈을 반짝이며 우진의 칭찬을 기다리고 있었고, 소연 또한 기대하는 표정으로 우진의 말을 기다리고 있었다. 하지만 그런 둘을 보며, 우진은 헛웃음을 지어야만 했다.

"흐음… 콘셉트가 뭔데?"

우진의 그 물음에, 콘셉트를 구상했다던 소연이 재빨리 설명을 시작하였다.

"포근함과 안락함. 하늘의 구름처럼, 뭉글뭉글한 질감이 시각적으로 느껴지는 조형감을 살린 거지."

"오호."

우진이 소연의 설명을 들으며 다시 스케치를 살펴보는데, 제이든이 옆에서 슬쩍 끼어들었다.

"하지만 곡선으로 만들어진 건축물 외관은, 시공도 어렵고 비효율적이잖아?"

"그렇지."

"그래서 레고처럼, 작은 육면체를 하나의 모듈로 만들어서 전체적으로 곡선의 느낌이 나게 배치했어."

건축에서 모듈화란. 특정 구조를 하나로 묶어, 패턴화하여 배치하는 것을 의미한다. 해서 제이든이 그려낸 아이디어 스케치에는, 육면체들이 아래위로 출렁이며 이어 붙어 부드러운 곡선을 연출해내고 있었다. 그리고 우진 또한, 이 스케치가 제법 멋지다고 생각하였다.

'조금 맹해 보이긴 해도, 어쨌든 미래의 스타 건축가라는 건가?'

그러나 제이든의 스케치가 멋진 것과는 별개로, 우진은 고개를 절레절레 저었다. 그가 생각할 때는 지금, 디자인의 프로세스가 틀렸기 때문이었다.

"자, 제이든. 그리고 소연이."

"응?"

"…?"

"멋지고 그럴 듯하고 다 좋은데, 지금 우리는 순서가 틀렸어."

"What?"

조금 우울한 표정이 된 제이든을 향해, 우진이 다시 입을 열었다.

"우리는 조형물을 디자인하는 게 아니라, 건축물을 디자인하는 거잖아, 그렇지?"

이번에는 소연이 대답하였다.

"맞아, 그렇지."

우진이 다시 말을 이었다.

"물론 외적으로 예쁘고 아름다운 것도 중요하지만, 그것보다 먼저 생각해야 할 게 '사람'이야."

예상치 못했던 우진의 이야기에, 제이든과 소연은 잠시 침묵에 빠졌다. 우진이 칭찬해주지 않았다 해서 기분이 상한 건 당연히 아니다. 두 사람이 그 정도로 유치한 사고를 가진 학생들은 아니었으니 말이다. 다만 그들은, 우진의 말뜻을 이해하기 위해 생각 중이었다.

"건축은… 결국 사람의 삶을 담는 그릇이거든. 아무리 아름다운 건축이라도, 사람을 담지 못한다면 의미가 없어."

건축이란, 인간의 삶을 담는 그릇이다. 물론 이것은 우진이 생각해낸 말은 아니었다. 지금까지 그가 이 바닥에서 일해 오면서 들었던 이야기 중, 가장 가슴속 깊게 남았던 문장일 뿐이었으니까. 우진의 말이 이어졌다.

"우린 요양원을 사용할 사람들의 삶을 먼저 이해해야 해. 요양원이 가지는 사전적 의미 정도야 우리 셋 모두 알고 있겠지만, 반대로 우리가 아는 건 그게 전부거든."

"음…."

소연이 침음을 흘렸고, 우진은 계속해서 말했다.

"우리에게 지금 가장 필요한 건, 소스야."

"Source?"

제이든이 반문하자, 우진이 고개를 끄덕이며 답했다.

"맞아. 바로 그 Source."

우진의 이야기는 꽤나 장황했지만, 그 얘기들이 담고 있는 본질은 어렵지 않았다. 건축물을 디자인하기에 앞서, 그곳을 이용하게 될 사람들에 대해 명확히 이해해야 한다. 그리고 그 이해를 위해, 철저한 조사와 공부가 필요하다. 이것이 우진이 말하는 이야기들의 가장 큰 골자라고 할 수 있었다.

"요리를 하려고 하는데, 재료가 부족해. 그래서 어떻게든 있는 재료로 뭔가 만들어 보려니까, 밋밋한 맛이 날 수밖에 없었던 거지."

"흐으음…."

물론 제이든이 그려낸 아이디어 스케치는, 멋지고 그럴싸하다. 하지만 우진이 보기에 여기에는, 제대로 된 알맹이가 보이지 않았다. 소연이 이야기한 '콘셉트'라는 것도 마찬가지. 단순히 요양원은 '편해야 한다'라는 명제에서부터 출발해 도출된 '푸근함'과 '안락함'이라는 콘셉트는, 다소 뜬구름 잡는 느낌일 수밖에 없었다. 우진의 말을 완전히 이해한 소연이, 고개를 주억거리며 입을 열었다.

"오빠가 말하는 요리재료라는 게, 요양원에 대한 자료조사와 사례조사가 되겠네?"

"바로 그렇지."

제이든 또한 고개를 끄덕이며 말했다.

"그래서 뭔가 자꾸 스케치에 확신이 생기지 않았던 거였군. 분명 내 스케치는 완벽했는데 말이지."

"…."

어찌 보면 디자인의 가장 기본이 되는 것이, 바로 레퍼런스를 찾고 분석하는 일이다. 하지만 소연과 제이든은 아직 경험 없는 신입생이었고, 그래서 이런 프로세스가 제대로 정립되지 못했던 것이다. 그러나 미처 생각지 못했던 것일 뿐. 우진의 이야기를 듣는 순간 둘은 머리가 환하게 맑아지는 기분이었다. 디자인을 하면서 뭔가 답답하고 막막했던 이유를, 비로소 깨달았으니까.

"자, 그럼 이제 다시 처음부터 시작해볼까?"

우진의 이야기에 둘은 동시에 고개를 끄덕였고, 우진은 자신의 노트북을 펼치며 두 사람을 리드하기 시작했다. 우진이 합류하면서 본격적으로 회의가 시작되자, 팀플의 분위기는 더욱 달아올랐다.

"제이든, 네가 요양원 건축 사례부터 쭉 찾아보는 게 어때."

"Okay, 영미권 사례들 위주로 한번 분석해볼게."

"오, 그래. 생각해보니 제이든이 영어를 잘하니까, 해외 사례들을 찾아주면 되겠네."

그리고 다시 작업이 시작되자, 잠깐 떨어졌던 제이든의 텐션이 다시 살아나 펄떡이기 시작했다.

"What? 영어를 잘한다고? 나 영국인이야. The British!"

하여 제이든에게 사례조사를 맡긴 우진은 이번엔 소연에게 '사용자 경험'에 대한 조사를 맡겼다.

"요양원은 확실한 용도가 있는 건물이야, 그렇지?"

"뭐 일단 사전적 의미를 다시 한번 찾아봤는데… [환자들을 수용하여 요양할 수 있도록, 시설을 갖추어 놓은 보건 기관]이라고 되어있네.”

“맞아. 그래서 내 생각에 이번 공모전은, UX(User Experience)디자인이 특별히 더 중요할 것 같아.”

“그러게. 나도 동의해. 그 UX디자인이라는 게… 결국 오빠가 건축에 담아야 한다고 했던, ‘사람의 삶’이라는 것과 비슷한 맥락이네.”

UX디자인이란 소비자가 어떤 시설이나 서비스, 제품 등을 사용할 때 발생하는 상호작용을, 디자인함에 있어 1순위로 고려하는 것이다. 요양원의 경우 노쇠하여 자립해서 생활하기 힘든 노인들이, 의료보호와 복지서비스를 받을 수 있도록 지원하는 시설이었고. 때문에 유저(User), 즉, 노인들이 이 시설을 사용하면서 어떤 경험(Experience)을 할지. 그것을 디자인에 중점적으로 반영하는 것이, 우진이 지금 강조하는 UX디자인의 골자가 될 것이었다.

“소연이 넌, 보통 요양원에 어떤 시설들이 있고, 어떤 식으로 운영되는지 조사해줘.”

“알겠어, 오빠.”

“꼭 들어가야 하는 필수시설 먼저 찾아서 픽스해 두고, 그 외 아이디어에 대한 부분들을 따로 정리해두면 좋겠어.”

“좋아. 맡겨줘.”

소연까지 확실하게 롤이 주어지자, 먼저 자료조사를 하고 있던 제이든이 우진을 향해 물었다.

“그럼, 우진은 뭘 할 거야?”

소연 또한 궁금하다는 듯한 표정으로 우진을 응시했고. 우진은 대답 대신, 노트북에 띄워뒀던 화면을 두 사람에게 보여주었다.

"Site. 그러니까, 입지분석."

"아하?"

"어떤 위치에 어떤 식으로 지어질지, 대지 타입이나 주변 환경을 한번 조사해보려고."

SPDC공모전은, 대상 수상작에 한해 실제로 건축에까지 반영하는 실질적인 건축 공모전이다. 학부생을 대상으로 하는 건축 공모전 중에는, 거의 유일하다고 할 수 있는 시스템. 때문에 공모전의 주제가 나올 때, 해당 건축물이 지어지게 될 지적도(地籍圖) 또한 공고에 함께 명시된다. 우진이 지금 하려는 것은 그 지적도에 명시되어 있는 정보를 활용하여, 해당 입지에 지어질 수 있는 건축물을 심도 있게 분석하는 것이었다.

"얼마나 큰 규모의 건물을 지을 수 있는지. 얼마나 높게 지을 수 있는지. 어떤 디자인이 적용되어야 주변 환경이랑 어울릴 수 있는지 등등?"

그리고 우진의 이야기를 들은 제이든과 소연은, 절로 고개를 끄덕일 수밖에 없었다. 지금 우진이 하려는 것은, 이 셋 중에 유일하게 우진만이 잘할 수 있는 일이기도 했으니까. 사실 다른 대부분의 팀에서는, 이런 부분에 대해 교수님께 조언을 구하는 것이 보통이었다. 학부생들이 공부를 열심히 했다고 한들, 실무라는 것은 경험 없이 알기 힘든 부분이 많은 분야였고 건축법 등의 지극히 실무적인 부분에 대해 알지 못한다면, 제대로 된 대지분석은 쉽지 않았으니까. 물론 4학년 졸업반쯤 되면, 조금은 다를지도 모르지만 말이다.

타다탁- 타닥- 탁-

각자의 역할이 정해지자, 조용해진 과실에는 세 사람의 키보드

소리만이 울려 퍼졌다. 모두가 의욕 넘치는 상태였기에, 각자 맡은 역할에 빨려 들어가듯 집중한 것이다. 그리고 우진의 요청에 따라 한참 작업하던 소연은, 모니터에 빨려 들어갈 듯 집중해 있는 우진을 힐끔 쳐다보았다.

'이 오빠는 대체, 어떻게 이런 생각들을 할 수 있었을까?'

소연은 우진이란 존재가 너무 신기했다. 나이가 한 살 더 많다고는 해도 결국 자신들과 다를 것 없는 신입생이었는데 가끔 보면 정체를 숨긴 교수님인 건 아닌가 싶을 만큼, 건축에 대해 박식했으니 말이다. 게다가 무슨 일을 벌이고 있는 건지는 모르겠지만, 우진이 학교 인근에 오픈한 작업실은 날이 갈수록 규모가 커지고 있었다. 제이든의 말에 의하면 거기서 건축모형을 만들어 납품한다는데, 신입생이 이래도 되나 싶을 정도로 어이없는 일이 아닐 수 없었다.

'WJ 스튜디오 어쩌고 하더니, 그게 진짜 있는 회사인 줄은 꿈에도 몰랐지. 게다가 대표라고?'

혼자 생각하던 소연은, 저도 모르게 고개를 절레절레 저었다. 이 특이한 오빠를 이해하는 것은, 보통 어려운 일이 아닌 것 같았다.

— * —

조금 소란스럽게 시작되긴 했지만, 그래도 순조롭게 진행된 공모전 콘셉트 회의. 이 첫 번째 공모전 팀플에서, 우진의 팀은 제법 괜찮은 스타트를 끊을 수 있었다. 결국 소연과 제이든이 찾아낸 자료들을 바탕으로, 좀 더 프로젝트 방향성을 확실하게 구체화할 수 있었으니까.

"좋아, 오늘은 여기까지 하자."

"그래. 다음 팀플 날까지, 서치는 완벽하게 끝내기로 하자고."

"흠. 이 제이든 님은 이미 완벽한 레퍼런스(Reference)들을 찾아 뒀지만… 뭐, 알겠어. 둘을 위해 좀 기다려 주도록 하지."

어느 정도 회의가 일단락되자, 제이든과 소연은 천천히 짐을 싸며 노트북을 덮었다. 대략 세 시간 정도 이어진 팀플이었지만, 워낙 열정적으로 작업한 탓에 다들 진이 좀 빠진 모양새였다. 하지만 그럼에도 불구하고, 아직 정해야 할 게 하나 남아 있었다. 첫 번째 팀플이 끝났으니, 이제 다음 일정을 픽스할 필요가 있었던 것이다.

"다음 날짜는, 금요일 괜찮아?"

우진의 말에, 짐을 싸던 두 사람이 곧바로 대답하였다.

"Good, 난 좋아."

"나도 좋아. 그날은 거의 공강이니까."

"그럼 날짜는 정해졌고…."

휴대폰 달력에 우진이 일정을 표시하는 동안, 이번에는 소연과 제이든이 차례로 입을 열었다.

"그럼 팀플 장소는 어디? 오늘처럼 학교에서 할까?"

"아니면 Site에 답사를 가는 건 어때? 어디였지? 강북구 수유동?"

제이든이 말하는 Site란, 당연히 공모전의 건축물이 지어질 위치를 말함이다. 소연은 그것이 괜찮은 생각이라 여겨졌는지, 눈을 반짝이며 그의 말에 동의했다.

"오…? 그거 좋은 생각인데?"

"후후, 역시 제이든은 똑똑해. 천재인 것 같아."

두 사람의 대화를 듣던 우진은 피식 웃으며 고개를 절레절레 저었다. 제이든의 의견도 괜찮은 생각이기는 했지만, 우진이 이미 생각해놓은 장소가 따로 있었으니까.

"제이든, 천재의 의견에 태클을 걸어서 미안하지만…."

"Bloody Hell!"

헬보이가 지옥을 외치며 인상을 팍 찡그렸지만, 우진은 계속해서 말을 이었다.

"불광동, 어때?"

"불광? 거기가 어디지?"

"불광이면… 은평구 아냐?"

"맞아."

우진의 말을 들은 제이든은, 더욱 인상을 찡그리는 대신 아리송한 표정이 되었다. 그가 제시한 불광동이라는 장소가, 선뜻 이해되지 않았기 때문이었다.

'불광? 거기 뭐 특별한 게 있었나?'

3호선 깊숙한 곳에 있는 불광동은, K대의 캠퍼스에서 제법 먼 곳이었다. 그렇다고 우진의 집이 가까운 곳이냐? 그건 더더욱 말도 안 되는 얘기였다. 은평구 불광동은, 우진의 집이 있는 개포동에서 완벽한 서울 반대편에 위치했으니 말이다. 때문에 소연은, 이 불광동이라는 장소가 공모전과 뭔가 연관성이 있을 것이라 추측했다. 물론 그 연관성이라는 것이, 쉽게 떠오르지는 않았지만 말이다.

'뭐지? 진짜 모르겠는데….'

하지만 소연과 제이든이 의문을 표현하기 전에, 우진이 먼저 설명을 시작하였다. 당연히 두 사람이, 의문을 가질 것이라 생각했으니까.

"수유동과 불광동의 공통점이 뭔지 알아?"

"글쎄."

우진이 자신의 노트북을 들어 지도를 보여주며 손가락으로 하나의 위치를 짚었고, 거기에는 '북한산'이라는 글씨가 큼지막하게 박혀 있었다.

"바로 여기, 이 북한산을 등지고 있다는 점."

우진은 마른 침을 삼키며, 다시 말을 이었다.

"물론 동네 전체가 산자락에 인접해 있지는 않아. 하지만 공모전에 공고된 지적도대로라면⋯ 우리가 디자인해야 할 요양원이 지어질 곳은, 임야와 인접해 있는 제2종일반주거지역이야."

복잡한 우진의 말을, 제이든이 간결하게 정리했다.

"산이랑 붙어있다는 거지?"

"맞아."

공모전에 명시되어있는 수유동의 대지를 지도상에서 보여준 우진이, 이번에는 불광동의 지도를 펼쳐 보였다. 정확히는, 불광동 안에서도 특정 위치를 손가락으로 가리켰다. 공모전에서 주어진 Site처럼, 북한산 자락을 등지고 있는 제법 넓은 면적의 부지. 그 위에는 [세운 요양병원]이라는 글씨가 작게 쓰여 있었다.

"그리고 내가 찾아낸 이 요양병원이, 우리에게 주어진 공모전 Site랑 엄청 흡사한 환경에 지어져 있어."

"오호."

"물론 여긴 요양병원이고, 우리가 디자인해야 할 건축물은 병원 기능이 빠진 요양원이라 조금 다르지만⋯ 충분히 참고될 만한 사례인 것 같거든."

"그럴 수 있겠네."

팀플이 진행된 세 시간 동안 우진을 비롯한 세 사람은, 정말 많은 자료들을 서치했다. 우진이 얘기했던 그 '소스'라는 것을 채우기 위해서 말이다. 하지만 백문이 불여일견이라는 말이 있듯, 직접 가서 보는 것만큼 확실한 경험은 없다. 우진은 실제로 요양병원에 방문해서, 그곳의 시스템을 직접 보고 싶었던 것이다.

"그러니까 금요일은 여기를 한 번 답사하고, 근처 카페 같은 곳에서 작업하면 좋을 것 같아."

우진의 설명이 끝나자, 제이든이 눈을 반짝이며 대답했다.

"난 좋아."

우진이 자신의 의견을 기각했다는 것에 대한 불만 같은 것은, 이미 오래전에 잊어버린 제이든. 소연 또한 마찬가지로, 고개를 끄덕이며 대답했다.

"나도 찬성."

겉으로 표현은 하지 않았지만, 두 사람은 우진의 제안에 감탄하고 있었다. 다 같이 레퍼런스를 찾고 분석했지만, 이렇게 지형까지 비슷한 사례를 찾아 직접 가볼 생각은 못했으니 말이다.

'확실히 비슷한 환경에 지어진 같은 용도의 건축물을 보면… 시설 구조를 짤 때 많은 도움이 되겠어.'

소연은 이것이 일종의 통찰력이라고 생각했다. 한 수 앞을 빠르게 내다보며, 프로젝트를 진행하는 데 필요한 요소들을 적재적소에 캐치하는 능력. 아마 모르긴 몰라도 공모전을 준비하는 대부분의 학생들은, 제이든이 제안했던 것처럼 현장 답사 위주로 스케줄을 짰을 것이다. 그것이 일반적인 사고의 흐름이었으니까. 물론 그게 나쁘다는 얘기는 아니다. 하지만 거기서 볼 수 있는 것은, 표면적으로 드러난 일차원적인 정보들뿐. 그 이상의 무언가를 보기는 쉽지 않을 것이다. 그런 의미에서 우진은 뛰어난 리더라고 할 수 있었다.

"그럼 이제 진짜로 해산!"

순조롭게 다음 일정까지 픽스되자, 우진 또한 서둘러 자리를 정리하였다. 공모전 덕에 해가 질 때까지 학교에 있었으니, 이제 작업실에 가서 석현과 함께 밤새 모형을 만들어야 할지도 몰랐다.

'하, 배도 고픈데. 작업실에서 피자나 시켜 먹을까?'

그런데 잠시 후 먼저 짐을 싸고 기다리던 소연이, 과실을 나서려던 우진을 불렀다.

"저기, 오빠."

"응?"

"그… 답사 말이야."

뭔가 이야기를 꺼내려는 듯 머뭇머뭇하다가, 이내 고개를 젓는 소연.

"아, 아니야. 아무것도 아니야."

"뭐야, 무슨 일인데?"

"아냐. 조금만 더 생각해보고, 다음에 다시 얘기할게."

"…?"

우진은 그녀가 무슨 말을 하려던 것인지 궁금했지만, 더 이상 캐묻지는 않았다. 뭔가 소연의 얼굴이, 생각이 많아 보이는 표정이었으니까.

'뭐지? 얘가 무슨 일이라도 있는 건가?'

물론 눈치 없는 제이든은 여전히 옆에서 시끄럽게 떠들었지만 말이다.

"우진, 이제 공모전 팀플 끝났으니까, 우리 집에 가서 같이 맥스하자!"

"무슨 소리야. 나랑 같이 작업실 가서 모형 만들어야 한다니까?"

"Shit! 모형! 젠장, 괜히 한다고 했어!"

갑자기 어색한 표정이 되어, 빠른 걸음으로 교정을 나서는 소연. 끊임없이 구시렁거리면서도, 우진의 뒤를 졸졸 따라오는 멀대. 그렇게 그들의 첫 번째 공모전 팀플은, 묘한 분위기 속에서 마무리되었다.

— * —

공모전이라는 새로운 일거리까지 생긴 탓에, 그렇지 않아도 빡빡하던 우진의 일정은 더더욱 빼곡해졌다. 자신 있게 일거리를 따오겠다던 김진태가 알짜배기 시공일도 두어 개 물어왔으며 기말이 다가옴에 따라 학교 전공 수업들도 점점 더 빡빡해졌으니 말이다. 우진은 이 일정을 전부 다 소화해내고 있는 자신이, 대견스럽게 느껴질 지경이었다.

'나… 졸업할 수 있을까?'

하지만 사업이 잘 풀린다고 해서, 바쁜 학업이 짐처럼 느껴지는 것은 아니었다. 우진은 학교 수업에서도, 기대했던 것 이상으로 많은 부분들을 배우고 있었으니까. 특히 최근 수업에서 가장 고무적이었던 것은, 디지털 공간 그래픽에서 배운 렌더링(Rendering) 기법. 렌더링은 3d로 만들어낸 모델링 파일에 질감을 입히고 생명력을 불어넣는 작업이었고 이것은 우진이 전생에서도, 전혀 배워보지 못했던 분야였으니 말이다.

'모델링으로 실사 같은 화면을 어떻게 만드는 건지 궁금했는데… 이런 방식이었구나.'

렌더링을 높은 퀄리티로 뽑아내기 위해서는, 수많은 설정값들과 기능들을 이해해야만 한다. 하지만 그 본질 자체는 간단하게 설명할 수 있는데, 그 과정은 다음과 같은 것이었다. 3D공간 안에 모델링을 완성한 뒤, 만들어진 모형의 모든 표면에 각각 들어갈 질감을 설정해준다. 금속이나 유리. 거울 같은 질감들은, 빛의 반사율과 색상, 투명도 등을 설정하는 것으로 질감을 만들 수 있었으며 나무나 석재, 대리석같이 패턴이 있는 질감들은, 2D에서 해당 질감을 그려낸 뒤 모델링의 표면을 따라 교묘하게 그것을 적용시키는 방식으로 질감을 만들 수 있었다.

업계에선 'Mapping'이라 칭하는 작업. 그리고 이렇게 모든 질감이 세팅이 되고 나면, 3D 공간 안에 빛을 설정한다. 그 빛은 인조 조명이 될 수도 있고, 프로그램에 의해 구현된 태양광이 될 수도 있다. 해서 그 모든 설정값들이 완벽한 조화를 이룰수록 렌더링으로 만들어진 3D모델링 컷은, 더욱 실사에 가까운 이미지로 탄생된다.

'앞으로 WJ 스튜디오에서 대규모 프로젝트를 수주하려면, 렌더링 스킬은 정말 필수야.'

건축사무소에 설계를 맡기는 클라이언트들은, 도면을 제대로 이해하고 볼 줄 모른다. 비전공자의 입장에서 그것은, 너무도 당연한 사실인 것. 때문에 그들의 마음을 동하게 만들고 일을 따내기 위해선, 디자인 된 결과물을 직관적인 이미지로 보여줄 수 있어야 한다.

'우리가 디자인한 대로 시공되면, 이런 공간이 나올 겁니다.'라고 얘기하며, 실제 시공된 사진처럼 퀄리티 높고 아름다운 가상의 공간 이미지를 보여줄 수 있어야 한다는 말이다.

물론 모델링만으로도 어느 정도 느낌은 낼 수 있겠지만, 제대로 렌더링된 이미지는 아예 격이 다른 수준이었다. 단순 모델링 파일은 공간의 구조 정도를 보여줄 수 있다면 잘 뽑힌 3D 렌더링 컷을 보면, 실제로 그 공간을 시공한 뒤 사진을 찍어 가져온 것 같은 느낌이 들 정도였으니 말이다. 우진은 전생에서도 기가 막히게 3D컷을 뽑아내는 능력자들을 많이 보아왔고, 항상 그 기술을 배우고 싶다고 생각해왔었다.

'좀 빡세게 배우면, 이번 공모전에서도 써먹을 수 있지 않을까?'

그리고 이렇게 바쁜 일정 와중에도, 우진은 청담동 홍보관에 두어 번 정도 다녀와야 했다. 한번은 박경완이 천웅건설의 전무와 자리를 주선해줘서 다녀왔으며 또 한 번은 잊고 있던 사람의 전화를 받았기 때문이었다.

"저, 서우진 대표님 전화 맞죠?"

"네, 제가 맞습니다만… 누구신지요?"

"아, 저 지난번에 모델하우스에서 뵀던, 임수하예요."

"아! 임수하 배우님이셨군요!"

우진이 그녀를 잊고 있었던 데에는 이유가 있었다. 청약 당첨 발표가 나고 계약일이 지났음에도 불구하고 그녀에게는 연락이 없었고. 때문에 우진은 그녀가 청약에서 떨어졌거나, 계약하러 모델하우스에 왔음에도 불구하고 자신에게 연락하지 않았다고 생각한 것이다. 하지만 여기에는 우진이 생각지 못했던 약간의 변수가 있었다.

"글쎄, 제가 쓴 평형의 경쟁률이 1.5대 1이었는데, 떨어졌지 뭐예요?"

"1.5대 1이면, 40평대 쓰셨나 봐요?"

"맞아요. 기왕 좋은 집 계약하는 거 넓게 살고 싶어서 그랬는데… 1.5대 1을 떨어질 줄은 생각도 못 했다고요."

"그럼 계약은 못 하신…?"

"아, 그건 아니에요."

"…?"

"제가 1번 예비 당첨자였거든요."

"아…."

"오늘 됐다고 연락 왔어요. 그래서 이렇게 대표님께 전화 드렸잖아요. 휴우…."

아파트 청약시스템은, 정해진 당첨자 외에도 예비 당첨자를 일정 퍼센트만큼 더 뽑는다. 당첨됐음에도 불구하고 계약하지 않는 경우가 꽤나 많았으며. 심지어는 '설마 되겠어?'라고 생각하며 '묻지 마' 청약을 넣는 사람들도 많았으니 말이다. 때문에 계약 날 오지 않는 당첨자들은 조금씩이라도 분명 있었고, 그때 계약되지 않은 물량은 예비 당첨자에게로 넘어가게 된다. 그래서 계약 날짜가 지나 뒤늦은 타이밍에, 임수하에게서 연락이 온 것이고 말이다.

"저, 몇 시쯤 찾아가면 대표님 계실까요?"

"아, 저는 오전에 있을 겁니다. 그때 오실 수 있나요?"

"아, 네! 그럼 내일 오전에 갈게요."

"옙, 그럼 내일 뵙겠습니다, 배우님."

"고마워요 대표님!"

그리고 임수하의 전화를 끊은 우진은 기분 좋은 표정이 될 수밖에 없었다. 결국 자연스럽게 그녀의 번호를 손에 넣었고 그가 계획한 대로, 확실히 인맥으로 만들 기회를 잡았으니 말이다.

'기왕이면 배우님 빨리 성공하셔서, 별장 한 채 지어달라는 의뢰라도 주셨으면 좋겠는데 말이야.'

426

우진이 알기로 임수하는, 조만간 예능 위주로 섭외되면서 인기를 순식간에 얻게 된다. 그 정확한 시점이 언젠지는 기억나지 않았고, 공모전이 그랬듯 미래가 바뀔 수도 있는 것이었지만. 그래도 그녀가 성공한다는 사실만큼은, 변함없을 것이라 생각하는 우진이었다. 그리고 그녀를 통해 방송 쪽 인맥을 얻을 수 있다면, 그것은 장기적으로 WJ 스튜디오에 큰 힘이 될 것이다. 지금은 아니지만 조금만 시간이 더 지나도, 부동산과 관련된 예능 및 프로가 많이 생겨나게 될 테니 말이다. 매체를 타고 한 번에 큰 인지도를 쌓을 수 있다면, 그것은 WJ 스튜디오에 날개를 달아줄 것이었다.

"후우, 배우님 전화 없어서 좀 아쉬울 뻔했는데… 이쪽도 결국 잘 풀렸네."

한층 기분이 좋아진 우진은 달력에 새로운 일정을 표시하며 기분 좋게 웃었다.

'목요일 오전에 홍보관에 갔다가 오후 수업 듣고 나면….'

우진의 시선이 금요일 달력으로 향했다. 어느새 SPDC공모전의, 두 번째 팀플 날이 돌아왔으니 말이다.